RETROUVE-MOI À WHISPERWOOD

PATTI CALLAHAN HENRY

RETROUVE-MOI À WHISPERWOOD

Traduit de l'anglais
par Aurore Guitry

fleuve
ÉDITIONS

Titre original :
The Secret Book of Flora Lea
Première publication par Atria,
New York

Fleuve Éditions
92, avenue de France – 75013 Paris
serviceclients@lisez.com

ISBN : 978-2-265-15797-2

Dépôt légal : mars 2025

Aux femmes farouches et sages de « Friends and Fiction » :
Mary Kay Andrews, Kristin Harmel,
Kristy Woodson Harvey et Meg Walker

« La rivière dit : imagine tout ce que tu peux imaginer, et poursuis ton chemin. »

Mary Oliver

CHAPITRE 1

Il était une fois, il n'y a pas si longtemps,
un endroit invisible, tout près d'ici. Il existe toujours.
Si tu en es conscient dès le premier jour,
tu trouveras à travers bois le chemin
menant jusqu'aux portes étincelantes d'un pays
qui n'a été créé que pour toi.

HAZEL MERSEY LINDEN, 1939

Octobre 1940
Binsey, Oxfordshire

Allongée sur une couverture rouge au bord du fleuve, Flora Lea Linden, six ans, se réveille seule, entourée du chant des oiseaux sous un dôme de ciel bleu. *Est-ce que quelqu'un m'appelle ?* Elle regarde l'eau verdâtre de la Tamise, les remous furieux qui lèchent la rive, emportant vers la mer tout ce qui ose s'aventurer dans leur étreinte.

Les eaux déferlent vers Oxford où les étudiants vont et viennent entre les tours à pinacle dressées comme des gardes au-dessus des rues pavées. Puis elles dessinent une courbe, gagnent en vigueur, rebondissent sur les murs en pierre et les écluses d'Angleterre jusqu'à atteindre Londres, où les bombes s'écrasent et sèment la désolation, où des cathédrales en feu et des maisons dévastées rejettent braises et cendres dans le fleuve.

Est-ce que quelqu'un m'appelle ? Flora se redresse en se frottant les yeux. Elle n'est pas tout à fait seule. Il y a Berry, son ours en peluche. Et elle n'a pas peur. Qu'aurait-elle à craindre ? Sa grande sœur, Hazel, lui a répété à maintes reprises que ces bois leur appartenaient, que la clairière ombragée et la canopée des arbres s'ouvrant sur des flaques d'eau sacrée baignées de soleil offraient un lieu sûr qui leur était destiné, un pays créé rien que pour elles.

Flora se lève et s'approche prudemment du fleuve. Hazel ne veut plus l'accompagner à Whisperwood, alors quelle autre solution que d'y aller seule ? Ce lieu est pour elle – impossible de renoncer au château rutilant et à l'aulnaie, aux écureuils bavards et aux arbres animés.

Hazel lui a confié que les éclats scintillants sur le fleuve sont des étoiles et des galaxies qui s'empressent de regagner la mer. Quand elles jouaient à se changer en créatures des bois, elle lui a interdit de devenir le fleuve. Flora ne doit pas non plus boire de son eau. Dans le cas contraire, lui a-t-on affirmé, elle ne retrouvera jamais Maman ou Bridie, ni le cottage douillet au milieu des landes de bruyères.

Ce fleuve enchanteur est pareil à la pomme de la Bible – défendu.

Mais Flora refuse de voir le danger de ce torrent étoilé. Agrippant la patte usée et duveteuse de Berry, elle s'approche du bord, fière de son audace. Nul ne sait quelle aventure l'attend ni ce qu'elle pourrait bien devenir.

Une voix familière surgit des bois, non loin de là, mais Flora ne l'écoute pas.

Une porte étincelante l'a conduite jusqu'ici, mais Hazel était trop occupée pour la voir. Le fleuve est le compagnon de Flora, son ami ; c'est ce qui la pousse lentement vers la rive.

Hazel ne veut jamais qu'elles fassent semblant d'être des lapines, alors c'est décidé : Flora en sera une aujourd'hui.

L'enfant se penche un peu vers les eaux agitées, à la recherche des étoiles, mais ne trouve que boue, vase et pierres que le courant a lissées en galets. Ses bottes en caoutchouc dérapent sur une pente de terre détrempée, là où les herbes jaunies d'octobre se sont décomposées. Elle tombe sur ses fesses et rit.

Quelle aventure !

Alors qu'elle plante ses mains dans la terre humide pour ne pas dégringoler, Berry lui glisse entre les doigts. Elle se précipite pour le rattraper. Il est trop près du fleuve.

— Tout va bien, lui assure-t-elle, le bras tendu vers sa patte, reprenant les mots de sa sœur. C'est notre pays. Nous sommes toujours en sécurité à Whisperwood.

CHAPITRE 2

Mars 1960

Jusqu'à ce que Hazel Linden dénoue le ruban en velours rouge effiloché du carton à dessin, son dernier jour de travail chez Hogan, une librairie de livres rares située dans le quartier de Bloomsbury, était une journée ordinaire, passée à organiser, trier et protéger le remarquable fonds du magasin – si toutefois on partait du principe que travailler au milieu d'ouvrages de collection et des souvenirs littéraires les plus rares d'Angleterre n'avait rien d'exceptionnel.

Hazel enregistrait tout ce qui l'entourait avec un brin de mélancolie et une pointe d'emphase.

C'était la dernière fois qu'elle rangeait *Le Hobbit* avec sa couverture de montagne enneigée.

La dernière fois que, par une fraîche journée de mars ponctuée d'averses, elle regarderait Charing Cross Road, à l'abri derrière les hautes fenêtres anciennes de la librairie aux lumières tamisées et aux rayonnages chargés de volumes reliés.

Avec ses murs vert foncé et ses appliques en laiton qui paraissaient tendre leurs bras vers les étagères, le magasin semblait receler des trésors. Derrière la caisse, des photos d'auteurs célèbres étaient accrochées au mur dans des cadres laqués noirs.

Une mère et sa fille, toutes deux vêtues d'un ciré rouge vif, se pâmaient devant une édition d'*Orgueil et Préjugés* qu'elles ne pourraient jamais s'offrir. Hazel avait secrètement surnommé ces inconditionnelles de Jane Austen les Janettes. Les odeurs de pâte à papier, de poussière et de passé se mêlaient au doux parfum des lilas que Hazel avait coupés dans la haie de son jardin et disposés dans un vase sur le comptoir.

Installée derrière sa vieille caisse enregistreuse, Hazel embrassait tout cela du regard. Elle portait une robe style Mary Quant qu'elle avait dénichée sur le marché de Notting Hill et arborait une nouvelle coiffure, ses cheveux fauves retombant sur ses épaules, avec une frange pas tout à fait conforme à la photo qu'elle avait apportée pour modèle au salon. Elle avait l'impression qu'un tambour lui martelait le crâne. Elle n'aurait jamais dû boire un dernier whisky, la veille. (C'était toujours celui-là qui l'achevait.) Mais ses collègues Tim et Poppy l'avaient tant fait rire que cela compensait largement le brouillard dans lequel elle avait passé la matinée. Ils avaient même qualifié cette soirée de « veillée funèbre ».

— Tu es morte à nos yeux, avait déclaré Poppy en s'esclaffant.

Son reproche avait cédé la place aux acclamations et aux pintes brandies en l'honneur de son départ pour Sotheby's, où Hazel avait été embauchée dans l'équipe internationale de spécialistes en livres rares et manuscrits de littérature anglaise – tous avaient brigué ce poste, mais c'était à Hazel qu'on l'avait proposé. Lorsqu'elle leur avait annoncé la nouvelle, ses collègues s'étaient sincèrement réjouis. À leur place, elle aurait été verte de jalousie.

— Tu vas devoir collaborer avec l'odieux lord Arthur Dickson, le bien nommé, si tu vois ce que je veux dire, avait ajouté Tim en feignant de frissonner.

— Ce n'est pas cher payé pour accéder aux collections privées et participer aux enchères de Londres, avait rétorqué Hazel en lui tapotant l'épaule.

— Franchement, Sotheby's n'a rien à voir avec notre librairie, avait déclaré Tim. C'est beaucoup plus guindé, voire un peu snob. Ici, aucun jour ne ressemble aux autres, c'est bien là que réside la beauté de notre métier. Je peux te garantir que tu ne t'amuseras pas autant qu'avec nous.

— Je n'en doute pas. Mais je viendrai vous voir souvent, c'est promis. Je n'ai pas l'intention de quitter la ville.

— Je préférerais encore qu'on m'assigne au rayon atlas et cartes, avait décrété Poppy en faisant rouler son verre entre ses mains.

— Ne te décourage pas, avait répondu Hazel. Ça t'arrivera peut-être un jour.

Sa collègue avait haussé les épaules et bu une bonne gorgée avant de reprendre :

— Je sais que je suis faite pour ce milieu depuis que je suis arrivée chez Hogan, mais les filles comme moi n'entrent pas chez Sotheby's.

— Ce n'est pas vrai, avait objecté Hazel.

Ce qui l'était, en revanche, c'étaient ses sentiments mitigés à l'idée de quitter cette librairie pour Sotheby's. Prendre le poste de ses rêves signifiait renoncer à la sécurité et au confort du magasin. Au début, elle avait envisagé ce premier emploi chez Hogan comme un tremplin, un petit boulot qui lui permettrait de rester à flot après ses études jusqu'à… jusqu'à quand ? Difficile à dire. À l'issue de la guerre, nul n'avait été capable de dire de quoi le lendemain serait fait.

Et voilà que Hazel s'apprêtait à quitter la librairie et ses merveilleux collègues : Edwin Hogan, le vieux propriétaire, son fils Tim, déjà sexagénaire, qui attendait de reprendre le flambeau depuis bien trop longtemps, Poppy, vingt-cinq ans, la plus jeune de l'équipe, qui avait commencé à travailler avec eux à dix-huit. Adolescente, celle-ci avait passé tellement de temps à déambuler entre les rayons, plongée pendant des heures dans de vieilles éditions d'*Alice au pays des merveilles*, qu'Edwin avait fini par la mettre au pied du mur : soit elle travaillait ici, soit elle débarrassait le plancher. Hazel avait compris bien plus tard que Poppy ne venait pas flâner là par plaisir, mais parce qu'elle n'avait nulle part où aller. La guerre l'avait laissée orpheline. Devenue trop âgée pour l'École des Orphelins de Londres, près du comté de Hampshire, elle dormait dans les parcs ou sur le canapé d'amis qui pouvaient l'accueillir pendant un temps. Elle avait cherché du travail, mais personne n'avait voulu lui donner sa chance.

Edwin lui avait offert une nouvelle vie. Il lui avait enseigné ce qu'il leur avait appris à tous : en cultivant, chez le client, l'amour des beaux livres rares, on ne réalisait pas juste la vente d'un jour ; on fidélisait un amateur pour des décennies. Poppy s'était dévouée à sa tâche corps et âme. Elle partageait désormais un appartement avec quatre femmes et se rêvait un avenir.

— Hazel !

Elle leva la tête. Edwin, auquel on donnait étrangement plus que ses quatre-vingt-douze ans, sortit en claudiquant de l'arrière-boutique, sa canne en argent martelant le parquet au rythme familier de ses pas.

— Nous avons un nouvel arrivage. Tu peux t'en occuper et les ranger au coffre, s'il te plaît ?

Aucune marque d'affection excessive de la part d'Edwin, pas même pour son dernier jour. Elle savait néanmoins que sa barbe hirsute et ses yeux en amande larmoyants cachaient un cœur aussi tendre qu'un oreiller en plumes. Elle l'avait remarqué plusieurs fois : dans ses mots aimables à un client qui cherchait à vendre une première édition précieuse de

L'Importance d'être constant, d'Oscar Wilde ; dans sa main tendue à Poppy alors qu'elle vivait dans la rue ; dans ses pupilles humides lorsqu'un de ses arrière-petits-enfants déboulait dans le magasin, et même dans le ton sévère avec lequel il les mettait en garde : « Ne touchez à rien avec vos doigts dégoûtants ! »

— Je m'en occupe tout de suite, monsieur, dit-elle.

C'était ce qu'elle préférait dans ce travail : déballer et répertorier les nouvelles livraisons. Chaque fois qu'elle dénouait une ficelle ou arrachait le ruban adhésif d'un emballage, Hazel faisait apparaître un trésor. Il lui fallait ensuite retrouver l'ouvrage dans le catalogue des ventes aux enchères, relié de toile rouge. Et même s'il s'agissait du dernier arrivage dont elle se chargerait ici, de la dernière fois qu'elle espérerait dénicher la perle rare au fond d'un carton donné par un vieux professeur, des livres encore plus rares et précieux lui seraient confiés chez Sotheby's. Elle sourit, surexcitée à l'idée de ce poste qui l'attendait dans la plus grande maison de ventes du monde.

Gains et pertes. Un thème récurrent dans tous les mythes ou presque : naissance, mort, renaissance. Une chose meurt, une autre lui succède. Un ancien emploi. Un nouveau.

« Tu en fais des tonnes ! » Elle entendait d'ici les tendres reproches de son amoureux, Barnaby, en admiration devant elle.

Elle poussa les portes battantes vertes, plaçant ses paumes toujours au même endroit. Au bout de quinze ans, elles avaient dû y laisser des traces indélébiles.

Quatre paquets emballés et ficelés dans du papier kraft étaient empilés sur la table en pin, au centre de la pièce poussiéreuse. Pour Hazel, cette partie du travail, c'était comme Noël. Edwin avait un flair merveilleux pour dénicher des ouvrages intéressants avant même que quiconque en apprenne l'existence. « Un bon bouquiniste, c'est d'abord un cerveau de chercheur, qui sait quelles questions poser et où trouver les réponses. »

Un épais registre relié de cuir noir était ouvert sur la table, à gauche des paquets. L'écriture serrée d'Edwin remplissait les petites lignes quadrillées. Il avait fallu à Hazel près d'un an avant de parvenir à la déchiffrer, comme elle aurait appris les hiéroglyphes. Combien de temps un nouvel employé mettrait-il avant de décrypter les gribouillis d'Edwin aussi bien qu'elle ?

À l'intérieur du registre très abîmé, à droite de chaque entrée, deux colonnes étaient réservées aux annotations soignées de Hazel : la première indiquait la qualité du livre, la seconde son numéro d'identification. Elle consignait l'état de tout ce qui franchissait la porte du magasin, attribuait un numéro à chaque livre avant de le ranger dans le coffre en attendant qu'Edwin décide où et comment l'exposer dans la boutique.

Elle lut la liste.

1. Première édition d'*Un chant de Noël* de Dickens
2. Une lettre manuscrite d'Hemingway à Fitzgerald, 1932
3. Une édition signée (mais pas originale) du *Hobbit* de Tolkien
4. Une édition originale de *L'Histoire de la philosophie occidentale* de Bertrand Russell, sa jaquette poussiéreuse réalisée avec une carte de la Seconde Guerre mondiale
5. Une édition originale signée de contes de l'écrivain[1] américaine Peggy Andrews, illustrée par Pauline Baynes.

Edwin adorait mettre la main sur des illustrations d'origine, car elles prenaient de la valeur au fil du temps. Plus l'ouvrage était connu, plus elles étaient convoitées par les

1. Afin de ne pas créer d'anachronisme l'éditeur a opté pour l'utilisation non genrée des termes auteur, écrivain.

collectionneurs. Pourtant, la date de parution ne faisait pas tout ; en particulier pour Tim qui s'intéressait davantage au parcours de l'œuvre en question. Il se préoccupait moins de l'ancienneté de l'ouvrage que de l'histoire de ceux qui l'avaient possédé, aimé ou même légué. Le paquet qui contenait les illustrations de Pauline Baynes intriguait Hazel, qui le garda pour la fin.

Elle enfila une paire de gants blancs et passa une demi-heure à répertorier chacun des ouvrages. La reliure d'*Un chant de Noël* était un peu déchirée en bas à droite et la couverture légèrement décolorée dans le coin supérieur gauche. Toutefois, malgré ces quelques défauts, il s'agissait d'une édition remarquable qui trouverait une place de choix au centre du magasin, dans la vitrine fermée à clé. Hazel reporta ses observations dans le registre et mit le livre de côté. Elle déplia la lettre d'Hemingway, y traqua taches et déchirures, compara la signature à celle qui figurait dans le dossier. Quant au *Hobbit*, son parfait état témoignait du soin avec lequel il avait été conservé, à la manière d'un trésor et non comme un roman qu'on a lu et aimé. Il y avait aussi le Russell, qui attestait les pénuries de papier après la Seconde Guerre mondiale, et la façon dont de vieilles cartes avaient servi de jaquettes. Celle-ci représentait Stettin, avec ses routes et ses rues bien dessinées, et cet avertissement : « Réservé aux Services de la Guerre et de la Marine. »

Hazel rêvassa. Ce soir-là, Barnaby et elle avaient prévu de dîner avec sa mère, son beau-père et son demi-frère. Comment y échapper ? Impossible, lui rappellerait son compagnon en l'embrassant pour lui confirmer qu'il était de son côté.

Et ensuite : à eux la liberté ! Elle avait trois belles semaines devant elle avant de commencer son nouveau travail.

Elle comptait bien profiter de ces journées pour se détendre. Peut-être prendrait-elle un train vers l'Écosse ou un ferry pour l'Irlande. Peut-être tenterait-elle une escapade à Brighton : elle s'installerait sur une terrasse et ne ferait rien d'autre que lire. Pour l'heure, elle n'avait pas élaboré d'autre projet que de passer une semaine avec Barnaby à Paris. L'hôtel était réservé, les billets pour le bateau, réglés. Elle siroterait des cocktails sophistiqués dans des bars, et non des pubs, visiterait la tour Eiffel, flânerait au Louvre, et ils feraient l'amour passionnément dans leur chambre d'hôtel avec vue sur les Tuileries. Elle avait économisé pour s'acheter deux nouvelles robes qui attendaient ce voyage sur leurs cintres, dans l'armoire.

Un printemps à Paris.

— Hazel ? (La voix de Tim la tira de sa rêverie. Elle n'avait toujours pas déballé le dernier paquet.) Il y a quelqu'un qui te demande !

Elle suivit le long couloir sombre vers la boutique et trouva un homme assez grand, coiffé d'un feutre noir, son manteau dégoulinant de pluie. À ses côtés, une femme aux cheveux noir corbeau était presque entièrement vêtue de rouge, de la robe au chapeau.

— Puis-je vous aider ? s'enquit Hazel.

— C'est votre collègue de chez Foyles qui m'envoie, expliqua l'homme. Il m'a recommandé de faire appel à vous. Avez-vous entendu parler d'une édition confidentielle de 1928 des poèmes d'Auden ? Je l'espère en tout cas.

— Ah, Tim répète toujours que l'optimisme est la qualité essentielle du collectionneur, répliqua-t-elle avec un sourire confiant.

D'un geste, elle l'invita à la suivre au fond de la boutique, où le livret rouge d'Auden était sous clé.

La femme ne bougea pas et Hazel lui prêta à peine attention, même après que le client eut réglé son achat. Elle glissa l'opuscule dans une pochette en papier paraffiné.

— Collectionneur ? lança-t-elle, curieuse.

— Non, répondit-il en secouant la tête. Mon amour, si.

Il fit un geste en direction de la vitrine derrière laquelle Hazel reconnut la femme qui l'accompagnait, le visage tourné vers le soleil.

— Elle est passionnée d'Auden. C'est pour le jour de notre mariage.

— « Le temps ne dira rien d'autre que : Je te l'avais dit », récita Hazel.

— Il compte parmi mes favoris, alors que ma fiancée a un faible pour « Je préfère des deux être le plus aimant ».

— C'est très touchant. Tous mes vœux de bonheur.

Quand Hazel en eut terminé avec l'amoureux transi, Edwin était sorti faire une course et Tim était accroupi, occupé à ranger les livres pour enfants qu'un bambin sans surveillance avait éparpillés par terre.

Hazel n'eut même pas le temps de regagner l'arrière-boutique que déjà la sonnette se remettait à tinter. Elle se retourna pour découvrir sa plus chère amie, Kelty, en compagnie de sa fille Midge, un lutin de huit ans. Elle sourit à la fillette dont les jambes avaient poussé plus vite que le reste. Des mèches de cheveux auburn s'échappaient de ses nattes et lui rappelaient Kelty, des années auparavant, quand Hazel l'avait rencontrée lors de l'évacuation.

Des images lui revenaient souvent ainsi – fugaces comme des colibris –, des souvenirs de cette journée claire et glacée de septembre où elles avaient quitté Bloomsbury et pris le train.

— Tante Hazel ! s'écria Midge en jetant ses bras autour de sa taille. Maman a dit que je pouvais m'acheter deux livres aujourd'hui chez Foyles. Deux !

— Eh bien, en voilà une bonne nouvelle ! lui répondit-elle en se penchant pour embrasser Kelty.

— On revient de l'école et on a décidé de faire un saut.

Son amie portait une robe émeraude cintrée et des chaussures en cuir verni qui lui donnaient davantage l'air d'une étudiante que d'une mère. Ses cheveux auburn étaient retenus en queue-de-cheval par un large ruban vert. Tous les hommes se retournaient sur elle dans la rue – parfois plusieurs fois.

Midge sauta sur la pointe des pieds.

— Je vais au fond pour admirer *Hirondelles et Amazones* puisque tu ne me laisses pas y toucher.

— Pas maintenant, ma chérie, répondit Kelty. Il faut qu'on aille retrouver ton père. (Elle se tourna vers Hazel.) C'est ta faute si elle aime autant les livres, tu sais ?

— J'en assume l'entière responsabilité, déclara Hazel en mimant une révérence, décrivant des moulinets exagérés de la main vers Midge qui pouffa de rire.

— Tu nous accompagnes ? s'enquit Kelty avec espoir.

Hazel esquissa un geste vers l'arrière-boutique.

— J'ai encore du travail.

— C'est ce que je pensais. Bon, on voulait juste passer te voir pour ton dernier jour chez Hogan. Il fallait bien marquer le coup, non ?

Hazel embrassa sa filleule sur la joue et tira un peu sur ses nattes.

— On se voit demain ? Ce soir, je dîne avec Maman et Alastair.

— Bonne chance, alors, lui souffla Kelty en la serrant dans ses bras.

Hazel regarda son amie et sa fille partir, main dans la main. Une vague d'amour et de regret la submergea. Comme elle les aimait toutes les deux ! Elle s'était refusée à avoir un enfant, une famille à elle. Et pourtant une nouvelle vie s'amorçait désormais. Barnaby et elle parlaient enfin mariage.

Tant de bonnes choses l'attendaient. Après tant de mauvaises.

Tim restant dans le magasin, Hazel retourna à ses paquets de l'arrière-boutique. Elle posa sa main sur le volume rectangulaire. *Le tout dernier*, songea-t-elle avec solennité, avant de se moquer d'elle-même. Après tout, ce n'était qu'un travail comme un autre.

Le carton et ses timbres rouge vif étaient arrivés d'Amérique. Elle décolla la bande adhésive et découvrit un dossier relié de parchemin fermé par un ruban en velours rouge. Il lui suffisait d'un coup d'œil pour savoir si l'ouvrage avait été conservé par intérêt ou par amour. Celui-ci l'avait été par amour.

Elle tira sur le ruban qui se défit doucement.

Munie de ses gants blancs, elle ouvrit le dossier pour en extraire un tas de dessins colorés à la main sur du papier de coton épais, séparés les uns des autres par du papier de soie.

La première illustration offrait une ravissante représentation de deux petites filles en robes à fleurs jaunes, couettes au vent, qui couraient main dans la main dans une forêt émeraude et dense. Sur la droite, il y avait une rivière. À l'arrière-plan, un château blanc étincelait et des oriflammes rouges et vertes flottaient au sommet de ses tours.

Hazel en eut le souffle coupé. Elle se sentit soudain défaillir, prise de vertige. La chair de poule. Un picotement dans la nuque. Son monde se réduisit brutalement aux illustrations empilées sur la table en pin.

Elle se pencha sur le feuillet. Qu'est-ce que c'était, au juste ? Comment ce dessin pouvait-il donner l'impression qu'on risquait de tomber dans cet univers magique ? Des petites créatures des bois – tamias, oiseaux, écureuils, papillons, castors – se cachaient entre des feuilles couleur menthe et des branches noueuses. Une grosse chouette perchée en haut d'un arbre observait les deux fillettes.

Elle frissonna.

À y regarder de plus près, la rivière était constellée de ce qui s'apparentait à des étoiles.

Des étoiles.

Une rivière d'étoiles.

Elle posa ses mains gantées à plat sur la table afin de reprendre ses esprits. Ce n'était pas possible. Son imagination lui jouait des tours. Il pouvait tout à fait exister d'autres mondes imaginaires avec des rivières d'étoiles.

Avec précaution, elle souleva le paquet d'illustrations et jeta un coup d'œil en dessous, sur le livre et son titre : *Whisperwood et la rivière d'étoiles*, de Peggy Andrews. La couverture vert et bleu reprenait l'image des deux petites filles.

— Ce n'est pas possible, murmura-t-elle. Non.

Whisperwood leur appartenait, à elle et à Flora, sa petite sœur disparue. Il s'agissait de leur refuge, d'un monde imaginaire qu'elles avaient créé pour survivre au pire de la guerre. Un endroit où trouver du réconfort quand il n'en existait nulle part ailleurs.

Et celui-ci avait sombré dans le fleuve en même temps que Flora.

Pour la première fois en vingt ans, totalement stupéfaite, Hazel prononça ce mot à voix haute : « Whisperwood. »

CHAPITRE 3

Septembre 1939

Hazel et Flora étaient assises sur l'herbe tendre du jardin situé à l'arrière de leur maison de Bloomsbury, en Angleterre. Ces derniers temps, il faisait trop sombre dans leur appartement trop calme. On avait éteint le poste de radio parce que Maman refusait que ses filles entendent de mauvaises nouvelles ; Maman avec ses yeux gonflés de larmes qu'elle s'efforçait de leur cacher. Malgré l'épaisseur des murs en plâtre, les petites l'entendaient pleurer jusqu'à épuisement avant de s'endormir – ou peut-être ne fermait-elle pas l'œil de la nuit.

Mais cet après-midi-là, un soleil radieux baignait le jardin, leur autorisant un instant de répit. Un tapis de feuilles dorées, marron et pourpres recouvrait le gazon, délimité par des murs plus hauts que leur père. Cet enclos était aussi grand que leur salle de classe, à l'école de Bloomsbury. Les filles attendaient que leur mère revienne du Royal Voluntary Service, où elle était bénévole. Celle-ci n'accepterait jamais, avait-elle proclamé, de rester à ne rien faire alors que la Grande-Bretagne avait besoin d'elle.

Désormais, les bombes pouvaient tomber du ciel à tout moment. À l'école, sur un écran de projection déroulé, Hazel avait vu un film en noir et blanc de qualité médiocre qui montrait des avions dans les airs, leur ventre s'ouvrant pour larguer des cylindres qui explosaient au sol en gerbes de feu. Hazel les imaginait s'écraser sur elle, sa sœur, sa maison, sa mère – son cher quartier de Bloomsbury.

Tous les matins, Hazel se réveillait indemne, pourtant elle se demandait si le jour était venu. Ce jour auquel Hazel et Flora se préparaient à l'école, celui dont parlaient les affiches collées sur les lampadaires de Londres, celui où les enfants seraient envoyés à l'abri, loin de leurs mères, de leurs foyers, et de tout ce qu'ils connaissaient et chérissaient depuis toujours.

On l'avait appelé Opération Pied Piper, associant ainsi le titre d'une légende pour enfants à une bien terrible entreprise.

Hazel avait entendu dire que certaines familles envoyaient leurs enfants en Amérique, chez de lointains parents, mais les Linden n'avaient ni tantes expatriées ni grands-parents en lieu sûr. Elle voulait faire preuve de courage, mais la simple perspective de quitter Mecklenburgh Square et leur appartement de l'hôtel particulier qui donnait sur le parc ovale et ses allées éclairées l'empêchait de dormir. S'il devait pleuvoir des bombes, elle ne voyait pas en quoi se déplacer changerait quelque chose. Le ciel était le même partout.

Il n'y avait aucun endroit où se cacher.

Tandis que Flora somnolait sur ses genoux, le souvenir du jour du départ de son père surgit à l'improviste, tel un visiteur importun – cela lui arrivait souvent lorsqu'elle était au calme.

— Tu gamberges trop, lui avait lancé son père en riant. (Il était planté devant Hazel et Flora, vêtu de sa veste militaire vert olive.) Ne va pas enquiquiner ta mère avec toutes tes questions, garde-les plutôt pour l'école. Maman a suffisamment de soucis pour ne pas avoir en plus à trouver des réponses à tes interrogations saugrenues.

Il s'était penché pour embrasser son aînée sur le front, un baiser triste et doux, rien que pour elle.

Hazel avait acquiescé, les larmes aux yeux, alors qu'elle aurait voulu crier : « Ne pars pas ! Si tu t'en vas, tout s'écroulera. » Elle en était convaincue.

Mais derrière la baie vitrée de leur appartement londonien, une longue voiture noire attendait leur père et le klaxon qui avait beuglé dehors ne lui avait pas permis d'empêcher l'inéluctable. Un crachin glacial pianotait sur les vitres.

Hazel s'était agrippée à la manche de son uniforme, et Flora s'était accrochée à sa jambe gauche. S'il avait commencé à marcher, il les aurait traînées au-delà du seuil de la porte, fait rebondir sur les marches en marbre jusque sur le trottoir trempé, en face du jardin public. Leur mère était restée derrière elles, sans même chercher à masquer ses larmes.

— Les filles, Papa doit partir, maintenant.

— Non, avait décrété Flora avec autant de simplicité que d'assurance.

Il s'était accroupi pour la serrer dans ses bras, seul moyen de lui faire lâcher prise, et elle avait niché son nez dans son cou. Ses épais cheveux noirs, la bénédiction des Irlandais, leur disait-il, dissimulés sous sa casquette kaki. Hazel avait envié sa petite sœur même si elle avait passé l'âge d'être ainsi portée. Au lieu de sangloter comme sa mère, elle avait retenu ses mots derrière un rideau de glace aussi froid et scintillant que les bords du Round Pond des jardins de Kensington en plein hiver.

Papa avait dénoué les bras de Flora de son cou et l'avait embrassée avant de la confier à leur mère.

— Je jure de revenir auprès de vous, avait-il déclaré à sa femme en lui glissant un regard si éperdu que Hazel n'avait pas pu s'empêcher d'espérer qu'un jour, un homme la regarderait de la même façon. Je vous aime tellement.

Soyez bien sages. Aidez votre mère, faites ce qu'elle vous demande, veillez bien les unes sur les autres. Je serai de retour bientôt.

Son visage avait frémi, comme si un tremblement de terre couvait sous sa peau, et ce détail, plus que son départ, avait étourdi et même terrifié Hazel.

Une tournée de baisers, et il était parti. Il avait franchi la porte sans cesser de promettre son retour, mais ç'avait été la dernière fois qu'elles l'avaient vu. Lors d'un entraînement de la Royal Air Force, un moteur défectueux avait pris feu et lui avait ôté la vie.

Une année déjà s'était écoulée. Après qu'il avait jeté son sac en toile marron sur son épaule et fermé la porte derrière lui, Hazel, Flora et leur mère étaient demeurées un moment plantées là, enlacées. Maman avait fini par soupirer et essuyer ses larmes du dos de la main.

— Bon, les filles, c'est l'heure de mettre le couvert. Le dîner est presque prêt.

Alors c'est comme ça qu'on s'y prend, avait pensé Hazel. *On fait semblant que tout va bien, on dîne, les jours se suivent, on attend que ça passe jusqu'à son retour*. Le télégramme qui annonçait son décès était arrivé à peine une semaine plus tard, et depuis, le monde s'était abîmé dans l'ombre et le silence. La guerre avançait dans leur direction et on en sentait déjà le souffle.

Papa était parti pour de bon et leurs besaces étaient prêtes, masques à gaz accrochés aux bretelles, pareils à des groins de monstres. On les avait équipées à l'école – le noir pour Hazel et celui de Flora, version maternelle, était en forme de Mickey rouge et bleu pour ne pas effrayer les enfants. Mais c'était raté, ils étaient terrifiants.

Et à présent, dans le jardin avec Flora, Hazel qui n'avait pas envie d'envisager son départ forcé ne pensait évidemment qu'à ça.

— Raconte-moi une histoire, lui demanda sa petite sœur en s'étirant.

Flora se blottit contre elle, son ours en peluche tout abîmé niché sous son bras. Elle était si mignonne avec ses boucles blondes et rebelles, ses grands yeux marron et ses longs cils qui frôlaient ses sourcils. Son nez et ses joues étaient parsemés de taches de rousseur. Elle possédait aussi un trait distinctif : une marque de naissance à l'intérieur du bras, à cinq centimètres du poignet. Hazel lui trouvait une forme d'oreilles de lapin, Maman celle d'ailes de papillon et Papa d'ailes d'ange. Maman lui avait un jour appris que leur grand-mère avait la même et qu'il s'agissait d'un don ancestral, et non d'une anomalie. Cette nuit-là, une fois seule dans la salle de bains, Hazel avait examiné son corps, du moins ce qu'elle pouvait en voir, à la recherche de sa propre tache. En vain.

Désormais, chaque après-midi, on laissait Hazel avec sa petite sœur et elle ne s'en plaignait pas : c'était facile. Ce qui l'était moins, c'était d'inventer de nouvelles histoires.

Les fleurs du jardin arboraient des couleurs de fin d'été. Les bleuets et les dentelles de la Reine Anne s'inclinaient jusqu'au sol tandis que les feuilles des laitues brunissaient sur les bords. Les rosiers répandaient des pétales roses et rouges au pied du mur en briques mitoyen sur trois côtés. Hazel prit une inspiration et sentit les mots enfler, puis affluer de ses entrailles.

— Il était une fois, il n'y a pas si longtemps, un endroit invisible, tout près d'ici…

Flora gloussa de plaisir. Les histoires semblaient l'apaiser et permettaient aussi à Hazel de la maintenir assise, de débrancher les piles qui la faisaient s'activer dans tous les sens. Voilà ce qui répondait au désarroi de Flora, à ses nuits sans sommeil, à ses sursauts au moindre bruit et aux sirènes : les histoires. Voilà comment elle surmontait la peur.

— Tout près d'*izi* ? demanda Flora avec son zozotement de fillette de cinq ans.

— Oui, tout près ! Et ce qui peut sembler incroyable, c'est que ce monde est ici et ailleurs en même temps.

Alors Hazel le comprit : personne ne déciderait pour elles de l'endroit où elles iraient jusqu'à la fin de la guerre. Elle le choisirait elle-même. Ce monde-là lui était encore inconnu, mais ne tarderait pas à se révéler dans son récit.

— Comment un endroit peut être izi et ailleurs en même temps ? s'enquit Flora.

— C'est magique, répondit Hazel simplement. Dans ce pays, tout est possible. On peut devenir tout ce qu'on désire. (Elle frappa dans ses mains.) Une rivière remplie d'étoiles le traverse.

— Je veux y aller ! (Flora se redressa et posa Berry, son ours en peluche, sur le sol.) Comment on le trouve ?

— Ouvre l'œil et cherche les passages secrets. Ils sont cachés partout, et se montrent uniquement à ceux qui en sont dignes. (Hazel marqua un temps.) Heureusement, c'est notre cas.

— Est-ce qu'on peut y aller ? demanda Flora.

— Oui !

— C'est où ?

Hazel regarda le ciel limpide dans l'espoir que son imagination lui donnerait la réponse. Elle pensa au Pays imaginaire, au Pays des merveilles, à la Forêt des rêves bleus. On accédait à ces territoires secrets en volant ou en y tombant.

— Sous les rochers ? hasarda Flora, qui se pencha et posa une main sur le gazon. Ou dans les airs, plus haut que les avions ?

— Non, répondit Hazel sans hésitation ni savoir d'où lui venait cette certitude. (Au même moment, elle aperçut une lueur irisée au coin des draps étendus dehors.) Il est toujours là, mais il faut d'abord franchir la porte pour le voir.

Regarde ! (Hazel désigna le châtaignier dont les fruits prisonniers de leurs bogues vertes et piquantes pendaient aux branches.) L'entrée scintille parce que la lumière passe sous la porte. L'air frémit.

— J'ai peur.

— Il ne faut pas. Oui, certaines forêts font peur. Mais pas la nôtre. Elle est magique et nous appartient. Ce pays est de notre côté. On y est… en sécurité.

Flora fronça le nez et commença à frotter la patte abîmée de son ours entre son pouce et son index.

— Comment s'appelle ce pays ? demanda-t-elle, les yeux plus ronds que d'habitude.

Hazel imagina un bois, une rivière, un château au loin. Là-bas, les guerres et les cœurs brisés n'existaient pas. Chacun faisait et devenait ce que bon lui semblait.

Flora tira l'une des boucles de sa sœur.

— Hazel, comment il s'appelle ?

Choisir un nom ne se faisait pas à la légère. Flora, Hazel et leur mère, Camellia, devaient les leurs à des plantes. Lea et Mersey, leurs deuxièmes prénoms, venaient de cours d'eau que leurs parents avaient connus pendant leur enfance.

— N'oubliez pas, leur avait dit leur père, vous êtes toutes deux faites de terre et d'eau. Et d'amour aussi. De notre amour.

Sur ces mots, il avait serré leur mère si fort qu'elle en avait rougi et l'avait repoussé.

Le nom de leur nouveau pays vint à Hazel telle une prière, un nom qui existait déjà, qui les attendait, un nom qui évoquait les secrets, les terres et les rivières, comme ceux de Hazel et Flora.

— Il s'appelle « Whisperwood et la rivière d'étoiles ».

Hazel prit sa sœur par la main et la conduisit jusqu'à l'arbre. Là, elles apposèrent leurs paumes sur les sillons entrelacés de l'écorce du châtaignier.

— Ferme les yeux, ordonna-t-elle à sa petite sœur une fois qu'elles se furent rassises sur la pelouse. (Flora se lova contre elle, tel un chiot.) Ce royaume est fait de fleurs, de rivières et d'arbres. Comme nous.

— Allons-y tout de suite !

— Une fois la porte franchie, on peut devenir ce qu'on veut. On se lancera dans une aventure, mais il faudra finir par rentrer, sinon...

— Sinon quoi ? murmura Flora. Et si on se perd ?

— Personne ne se perd jamais à Whisperwood.

— On peut y aller ? demanda-t-elle en levant la tête vers Hazel.

Les rayons du soleil, avec la complicité des feuilles de châtaignier, dessinaient un motif de dentelle sur ses joues.

Hazel réfléchit avant de répondre.

— Pas tout de suite... peut-être un jour, quand on aura décidé ce qu'on veut être. Mais pas avant.

Elle se rapprocha de l'arbre dans l'espoir de trouver une cachette, un passage qui les éloignerait d'ici. Au-dessus d'elle, le bec orange d'un merle solitaire perçait les feuilles émeraude. L'oiseau entonna son chant enjoué, reconnaissable entre tous.

— Qu'est-ce qu'on sera ? demanda Flora en regardant dans sa direction. Des oiseaux ?

— Nous le saurons le moment venu. Il suffit de continuer à réfléchir jusqu'à ce qu'on découvre le sort qui nous attend.

— Est-ce qu'on sera la même chose ? l'interrogea Flora en s'approchant de sa sœur, comme si ce contact leur garantissait un destin identique. Je pourrais être un oiseau et toi un putois.

— Un putois ? répéta Hazel en éclatant de rire. Pourquoi ?

Sa petite sœur se serra plus près.

— Parze que tu zens mauvais.

— C'est faux ! se récria-t-elle en faisant tomber Flora de ses genoux.

— Non, en fait, tu zens pas mauvais. Bon, qu'est-ce qu'on fait maintenant ?

Quand Hazel inventait des histoires pour Flora, il arrivait quelquefois que la suite de l'intrigue, pareille à un secret qu'elle seule pouvait entendre, s'impose à son esprit. D'autres fois, l'histoire restait tapie dans l'ombre, attendant d'être prête à se dévoiler.

— Je ne sais pas, lui répondit Hazel sans mentir. Peut-être sommes-nous destinées à être la même chose, peut-être pas. Mais je peux t'assurer qu'il y a toujours une chouette qui nous observe.

— Comment on y va ?

Un nuage bas semblable à un drap en lin s'enroula autour du soleil et elles frissonnèrent toutes les deux avant que Hazel ne reprenne :

— Il faut murmurer son nom trois fois. *Whisperwood. Whisperwood. Whisperwood.* (Elle marqua un temps pour créer du suspense.) Nous y sommes enfin ! N'est-ce pas magnifique ? Ces bois si verts, et la rivière qui scintille avec ses étoiles et… oh, oh ! Je vois un château plus loin !

— On est quoi, on est quoi, on est quoi ? s'impatienta Flora.

— On est… des merles bleus !

Hazel ouvrit un œil sur sa sœur et une douce sensation irradia dans sa poitrine. Flora s'allongea sur la pelouse et sourit, fermant les yeux si fort que son petit visage se fripa. Elle leva les bras et en battit comme s'ils avaient été des ailes. Oui, c'était le moyen de fuir la peur et l'inquiétude.

La voix de la grande sœur les guida à travers des forêts d'arbres aux branches si longues et robustes qu'elles semblaient capables d'attraper les fillettes et de les soulever. Depuis la berge, elles regardaient flotter les éblouissantes constellations et, sous l'eau cristalline, fuser les comètes.

— Aujourd'hui, nous allons retrouver le tamia au pelage roux, lui expliqua Hazel. Oh, regarde, Flora ! Nous survolons la forêt et la cime de tous les arbres. C'est là que la Tamise se jette dans la mer. Nous pouvons tout voir.

Elles restèrent tranquillement allongées toutes les deux, devenues des oiseaux qui partaient à la découverte de leur propre monde dans leurs propres esprits. Tandis qu'elle ouvrait ses ailes sur le pays vibrant de son invention, Hazel réalisa qu'elle avait trouvé un conte sans fin, à raconter encore et encore.

Les sœurs s'étaient tellement enfoncées dans leur pays imaginaire qu'elles sursautèrent quand leur mère les appela.

Hazel et Flora la découvrirent penchée sur elles, nimbée de soleil. Elle portait une robe à fleurs roses et jaunes ; ses longues boucles ambrées dansaient dans son dos, vivantes dans le vent.

Existait-il au monde une mère plus belle que la leur ? Hazel en doutait fort.

Pourtant, quelque chose clochait. Elle avait la bouche de travers, tremblante, incontrôlable, et son rouge à lèvres dessinait une éraflure rouge sur son visage d'albâtre. Son regard était perçant et son eye-liner avait coulé. Dans sa main, un papier de couleur crème claquait dans la brise.

CHAPITRE 4

Mars 1960

Hazel saisit le livre intitulé *Whisperwood* avec précaution, comme s'il risquait de se désintégrer entre ses mains. L'illustration en couverture attirait le regard et promettait de la fantaisie teintée d'un soupçon de danger. En toute logique, la rivière étincelait puisqu'elle contenait des étoiles.

Flora.

Sa Flora était-elle toujours en vie ? Là, quelque part, en train de raconter cette histoire au monde ?

Incrédule, Hazel commença à le feuilleter et en lut un premier passage.

> *Les jumelles orphelines Audrey et Janey Burton s'évadent de l'orphelinat qui les maltraite dès qu'elles aperçoivent la porte étincelante. Il leur suffit d'en franchir le seuil pour se retrouver dans le royaume de Whisperwood, où elles peuvent devenir qui et ce que bon leur semble. Mais après chaque aventure, Audrey et Janey doivent regagner les mornes chambres de l'orphelinat du comté – enfin, jusqu'à ce qu'elles découvrent ce qu'elles sont censées devenir à Whisperwood.*

Comté. Flora et elle avaient vécu dans le comté d'Oxford pendant l'évacuation.

Elle lut la première page.

Dédicace : À Linda Andrews, ma mère, qui est à l'origine de toutes les bonnes histoires.

Qui diable pouvait bien être cette Linda Andrews ? Impossible qu'elle ait eu connaissance de cette histoire. Personne ne savait rien de ce conte. Oui, les journaux avaient parlé de la disparition de sa sœur, en 1940 : une enfant perdue pendant le Blitz après avoir été envoyée à la campagne sans ses parents, comme tant d'autres enfants de Londres.

Personne n'avait osé imaginer que Flora pouvait se volatiliser – ou se noyer dans la Tamise, comme le croyait la police. À ce moment-là, c'était la terreur de la guerre qui constituait la menace imminente et non la disparition d'une enfant.

Ce matin d'automne 1940, Hazel et Flora s'étaient baladées autour du cottage en pierre des Aberdeen, avaient suivi le chemin tortueux à travers les bruyères humides, s'étaient installées dans la vaste prairie que longeait la Tamise, et Hazel n'avait pas fait attention au silence et aux messages secrets de la nature que Bridie Aberdeen leur avait révélés.

Autrement, elle aurait peut-être remarqué que l'orage de la veille avait gonflé le fleuve qui s'écoulait avec fureur, entraînant bien trop vite les branches tordues que sa sœur et elle y jetaient.

Peut-être que le corbeau avec son cri presque humain et ses yeux perçants leur prédisait un destin tragique, ou que la chouette qui avait hululé les jours précédents sans attendre la nuit avait cherché à les mettre en garde.

La veille au soir, le sommeil avait tant tardé à venir que Hazel aurait voulu pousser sa sœur hors du lit et dormir seule.

Un simple souhait pouvait-il expliquer ce qui était arrivé – celui de voir sa sœur disparaître, ne serait-ce qu'un instant ?

Mais en passant en revue tous les détails survenus depuis vingt ans, les avoir arrachés à sa mémoire comme on retire les bouloches d'un pull, elle restait convaincue qu'un signe, un indice, une trace, un élément lui avait échappé – quelque chose qui ressurgirait un jour et résoudrait le mystère de la disparition de Flora.

Et maintenant, dans l'arrière-boutique de la petite librairie, le passé revenait la happer. Cela faisait vingt ans qu'elle recherchait sa sœur, disparue à six ans dans le hameau de Binsey, et voilà que Hazel tenait un indice, quelque chose à quoi se raccrocher. Et elle ne le lâcherait pas.

Elle mit les autres ouvrages au coffre, enclencha le verrou et fit tourner la combinaison de la serrure. Avec une seule idée en tête : *ce livre va me conduire à Flora.*

Elle referma le dossier de *Whisperwood*, noua le ruban en velours et glissa le tout dans sa sacoche en cuir. Le cœur battant, elle quitta la librairie Hogan par la porte de derrière qui se verrouilla dans son dos.

C'était un après-midi de printemps grisâtre chargée de bruine, pareille à un voile séparant le présent du passé. Elle se dépêcha de remonter l'allée pavée jusqu'à l'entrée du magasin. Un groupe de huit touristes équipés de grosses chaussures de marche et de cirés jaunes suivait une guide corpulente à l'intérieur du magasin. Derrière la vitrine bombée, Hazel épia Tim qui était penché sur un livre de comptes. Il leva la tête au moment où le groupe entrait.

Il ne pouvait pas la voir. Elle descendit la rue en courant et dépassa le stand de location de vélos devant lequel des bicyclettes bleues, vertes et rouges étaient paresseusement adossées les unes aux autres. Les Londoniens déambulaient à ses côtés sans lui prêter attention.

Les hypothèses qui pouvaient expliquer l'ouvrage caché dans sa sacoche défilaient à toute allure dans sa tête, tel un déluge qu'elle avait peine à contenir. Peggy était-elle réellement Flora ? Sa sœur en avait-elle parlé à quelqu'un ? Avait-elle vraiment survécu, tel que Hazel et sa mère l'avaient secrètement espéré ?

Elle tourna dans Charing Cross, courut en direction du British Museum puis vers Mecklenburgh Square, dans Bloomsbury, où elle vivait. Elle dépassa à toute allure la pharmacie et son auvent rouge foncé, le café avec ses tables en fer où les couples se formaient autour de pintes débordant de mousse, traversa Mecklenburgh Square sous les frondaisons, longea les maisons georgiennes blotties derrière leurs pelouses bien entretenues et leurs feuillages qui s'épanouissaient à leur nouvelle vie printanière.

Hazel atteignit son appartement, la maison de son enfance. Ce bâtiment de prestige avait été construit dans les années 1800 puis converti en appartements pour satisfaire les Londoniens en quête de quartiers plus chics. À la fin des années 1930, leur père avait dégoté le meilleur appartement pour sa famille. Malgré les bombes et les guerres, l'édifice était resté debout, même s'il était désormais grêlé, abîmé, s'obstinant à exposer aux Londoniens ses cicatrices d'une époque traumatisante – la Seconde Guerre mondiale.

Ces stigmates lui sautaient toujours aux yeux dès qu'elle approchait de l'immeuble resplendissant, de ses pierres légèrement teintées, de ses colonnes sculptées entre le deuxième et le troisième étage, de la peinture écaillée du portail et des grilles en fer qui protégeaient son lustre, de ses portes peintes en noir et de ses grandes fenêtres dont une avait été fissurée des années auparavant lors d'un bombardement. Jamais elle ne détournerait le regard – ce serait nier cette période, nier la perte de Flora.

Elle plongea la main dans sa sacoche, en retira ses clés, déverrouilla la porte et se précipita à l'intérieur.

Son appartement se trouvait au rez-de-chaussée, et tant mieux, avait toujours dit son père. Des corniches en plâtre moulé décoraient les hauts plafonds, les fenêtres donnaient sur le jardin à l'arrière et le salon était assez grand pour accueillir les bibliothèques en pin encastrées qui couvraient tous les murs et encadraient la cheminée, encrassée par des décennies de suie.

Hazel retira son imperméable vert et l'accrocha à la patère de la porte d'entrée. Tous les meubles de l'appartement avaient été achetés dans des brocantes ou donnés par sa mère. Confortables, douillets ils étaient presque tous recouverts de tissu à fleurs, comme si elle avait voulu transposer le jardin à l'intérieur. Il y avait des livres partout : sur les étagères qui s'affaissaient, sur les consoles, et même empilés contre un mur.

Le courrier, que le facteur avait glissé par la fente de la porte, était éparpillé par terre. Des magazines. Des factures. Des publicités pour un club de jazz qui venait d'ouvrir dans le quartier de Soho. Hazel rassembla le tout et le jeta sur la table basse. Sur la couverture en papier glacé du *Vanity Fair*, il y avait la photo d'une femme en tailleur jaune et chapeau assorti, des jonquilles à la main, avec le slogan publicitaire du magazine : « Pour les femmes jeunes et intelligentes. »

Hazel éclata de rire. Jeunes. Intelligentes. Tu parles !

Chaque Noël, sa mère renouvelait à Hazel son abonnement à ce magazine dans l'espoir que sa fille lirait les articles sur la mode, le mariage et la féminité. Peine perdue. Encore plus avec ce numéro et ses « 16 pages sur les tenues indispensables à emporter en voyage de noces ! ». Et un nouvel épisode de la série *Les Enfants perdus de Pied Piper* par Dorothy Bellamy, qui chaque mois était consacré à un petit disparu lors de l'évacuation des enfants de Londres. La journaliste harcelait Hazel pour qu'elle lui parle de Flora depuis un an déjà.

Elle balança le magazine à la poubelle en allant dans la cuisine. Elle ne répondrait jamais plus aux questions sur cette journée et cette nuit-là hormis à celles de sa famille ou d'Aiden Davies, l'inspecteur de police qui était présent le soir de la disparition et avec qui Hazel était restée en contact. Elle s'engouffra dans la cuisine jaune vif, déposa sa sacoche sur la table en chêne du petit déjeuner avant d'allumer le plafonnier. Au-dessus de l'évier, une fenêtre donnait sur une ruelle où un mur la séparait des voisins. En ruine, dévoré de lierre, deux poubelles y étaient adossées ; on aurait dit deux clochards échoués là. Hazel plaça la bouilloire en porcelaine bleue sur le fourneau, alluma l'un des deux brûleurs et attendit le sifflement.

Il fallait qu'elle retrouve son calme ou elle devrait s'aider d'un sac pour réguler sa respiration. Elle brancha la radio sur une station qui passait de la musique baroque. La bouilloire siffla et elle versa l'eau bouillante sur le sachet de thé de Darjeeling déposé dans sa tasse préférée – décorée d'un liseré de minuscules fleurs roses – et y ajouta deux morceaux de sucre en se rappelant l'époque où le rationnement les privait d'un tel luxe.

Elle sortit le dossier de son sac et le plaça sur la table abîmée par des entailles de couteau, des taches d'encre et autres marques laissées par des casseroles.

Après avoir défait le ruban, elle mit de côté la pile d'illustrations et prit le livre. Sur le dos, on pouvait lire : Éditions Henry-Todd, New York, New York. Elle jeta un œil au rabat et ne trouva aucune photo souriante de l'écrivain à l'emplacement habituel. Hazel aurait voulu scruter son visage et y chercher les traits de Flora. Il n'y avait pas non plus de biographie, juste les deux lignes suivantes :

Peggy Andrews vit dans le Massachusetts. Il s'agit de son premier roman.

À croire qu'ils souhaitaient entretenir le mystère autour d'elle, à croire que… était-ce possible… ? Dissimulaient-ils sa véritable identité ? Bon sang ! Ils pouvaient toujours essayer, mais cette Peggy racontait *son* histoire et Hazel comptait bien la retrouver.

En toute honnêteté, quelques personnes les avaient sans doute entendues évoquer Whisperwood. Quelques-unes seulement. Et elles ne se seraient jamais enfuies en Amérique pour écrire cette histoire.

À moins que…

Il ne restait plus qu'une chose à faire à présent : lire.

Il existait sûrement une explication rationnelle à tout ça.

« Si tu es digne de le découvrir – et c'est notre cas à tous, même si on ne le sait pas toujours –, tu finiras par trouver le chemin à travers la forêt jusqu'aux portes qui t'attendent. Une fois que tu les auras franchies, tu découvriras un pays qui a été créé rien que pour toi », dit Audrey à sa sœur Janey.

Le début n'était pas tout à fait le même – la formule par laquelle Hazel commençait toujours ses histoires à Flora, sorte d'incantation, avait été légèrement modifiée. Elle poursuivit sa lecture.

Les sœurs s'installèrent sur une couverture rouge vif dans le jardin ensoleillé et profitèrent de cette parenthèse hors de l'orphelinat du comté. Madame Piffedebrute les y attendait après les avoir envoyées cueillir des mûres.

Cela fit rire Hazel. Madame Piffedebrute ! C'était d'une impertinence qui ne faisait pas partie de l'histoire originale de Hazel. Certes, il y avait des améliorations. Mais le jardin et la couverture rouge étaient les siens et ceux de Flora.

« Cette connaissance est innée, dit Audrey, mais les adultes accordent tant d'importance à leurs blessures, occupations et frivolités qu'ils finissent par l'oublier. Ils laissent leurs douleurs, pertes et chagrins d'amour bloquer le passage.

— Mais les enfants, eux, s'en souviennent », murmura *Janey.*

Les morceaux de musique s'enchaînaient à la radio, les oiseaux gazouillaient dehors et Hazel découvrait l'histoire d'Audrey et Janey, deux fillettes qui vivaient dans le Massachusetts, sur une langue de terre, le long du cap Cod.

Les héroïnes étaient parties chercher des baies et des myrtilles des marais, espérant trouver les portes étincelantes qui s'ouvraient sur un autre monde. L'histoire ne se déroulait pas en Angleterre, mais il y avait une rivière d'étoiles, des montagnes sauvages couvertes de bruyère, des falaises, des rochers imposants et d'autres plus petits. Il y avait aussi des dunes de sable se déversant sur de vastes plages, des mares avec des tortues serpentines, des poissons géants et des lacs insondables.

Les illustrations, insérées à quelques pages d'intervalle, éclairaient le récit, le rendaient plus fantastique encore.

Au fil de leurs aventures, les filles rencontraient des personnages de contes de fées. Elles croisaient Hansel et Gretel et leur conseillaient de ne pas pénétrer dans les bois, leur expliquant qu'ils y seraient faits prisonniers et gavés de bonbons par une vieille dame qui voulait les manger. Quelques pages plus loin, les deux sœurs tombaient sur Blanche-Neige et lui recommandaient d'éviter les pommes.

Les sœurs changeaient le cœur de ces histoires, leur inventant de meilleurs épilogues. Des fins qui leur plaisaient. Les trois petits cochons feraient rôtir le loup pour leur dîner et Boucle d'or aurait le droit d'adopter les trois ours.

Les orphelines de Peggy Andrews ne se bornaient pas à flâner dans Whisperwood en admirant les paysages ; elles transformaient des récits séculaires au gré de leur imagination.

Deux heures plus tard, Hazel s'affala dans son fauteuil. Cet auteur américain connaissait leur histoire secrète ; était-il possible que Flora l'ait racontée ? Écrite ? L'auteur en avait modifié des passages, c'était certain, mais après tout, une enfant de six ans pouvait-elle tout retenir ?

Elle referma le livre. *Comment se fait-il que tu existes ?* se demanda-t-elle.

Au cours des années, l'absence de Flora, le mystère et le bourdonnement sourd qui entouraient sa disparition avaient creusé une blessure au centre de son corps. Hazel s'était souvent demandé si Whisperwood avait perduré sans elles, si le monde qu'elles avaient construit ensemble poursuivait son cours, avec ses propres aventures, pendant qu'elle évoluait dans la vraie vie. Le conte fantastique de Whisperwood ressemblait à ceux que Hazel avait adorés, *Alice au pays des merveilles*, *Peter Pan*, *Le Hobbit* ou *Le Monde de Narnia*... Seulement Whisperwood avait disparu depuis longtemps, réduit à une fine toile de fond.

Elle avait commencé à l'écrire dans un de ses nombreux carnets, mais avait tout jeté au fleuve après la disparition de Flora. Plus tard, elle avait envisagé de jeter un coup d'œil en arrière, dans l'entrebâillement des portes étincelantes, pour voir si leur monde avait survécu. Mais chaque fois, une grande frayeur l'en avait dissuadée.

Pourquoi aller arpenter le pays qui avait fait disparaître Flora ? Ou les bois qui l'avaient mise en danger, la rivière qui avait probablement englouti sa sœur ?

Cela n'avait pourtant pas empêché leur rivière de rêves et ses histoires de s'envoler vers l'Amérique.

Qu'était-elle censée faire, à présent ?

Elle aurait pu fermer les yeux sur ce livre. Le ranger avec les illustrations dans le coffre-fort d'Edwin. Nier l'étrange synchronicité du conte de fées et attribuer son existence à l'inconscient collectif conceptualisé par Jung – le mystère de l'imagination.

Mais elle ne pouvait ignorer l'intuition qui la tenaillait.

Ce Whisperwood était incontestablement le sien.

Comment trouver l'auteur ? Peu d'options s'offraient à elle : elle pouvait appeler la maison d'édition ou traverser l'océan en avion et passer le Massachusetts au peigne fin. Elle se voyait mal demander à une opératrice en Amérique : « Connaissez-vous une Peggy Andrews qui réside dans le Massachusetts ? » Y avait-il un annuaire des habitants de cet État à la British Library ? Et, dans ce cas, combien d'Andrews y seraient répertoriés ?

Hazel disposa les dessins originaux en éventail sur la table. Il s'agissait de superbes pièces de collection, uniques en leur genre. Et avec ça, la vérité lui martelait la poitrine : elle avait quitté son lieu de travail sans piper mot, dérobé des illustrations de grande valeur, des œuvres remarquables de Pauline Baynes, qui avait connu la gloire avec Narnia, ainsi qu'une première édition signée d'un conte de fées. Hazel avait tout bonnement commis un crime.

Edwin aurait appelé Scotland Yard pour moins que ça.

Une voleuse, et pourtant…

C'était *son* conte de fées.

À elle.

Et à Flora.

Elle avait emporté l'ouvrage et la série d'illustrations : au mieux un acte irréfléchi, au pire, un forfait. Mais si Hazel prêtait attention au moindre murmure, au moindre frémissement de son corps, à la vibration générée par un je-ne-sais-quoi d'anormal, au jacassement d'une pie ou à la façon dont un ami remuait son thé – dans le sens des aiguilles d'une montre ou dans le sens contraire –, c'était à cause de Flora. Poussée par une vigilance constante, elle examinait tous les livres qui atterrissaient entre ses mains, notait l'émotion soudaine que lui procuraient les paroles d'une chanson. Le hululement d'une chouette pendant la journée devenait même une prémonition.

Même inconsciemment, son cœur passait toujours tout au crible, comme en quête d'un indice qui la conduirait à Flora.

CHAPITRE 5

Mars 1960

Il y eut un bruit métallique, fort et insistant. À la troisième sonnerie, Hazel réalisa que cela provenait du téléphone en plastique vert fixé au mur de la cuisine et décrocha.

— Allô ?

— Hazel, tu vas bien ?

Tim. Il semblait soucieux.

— Oui, ça va.

Hazel sentit une bouffée de chaleur lui brûler le cou. La peur. Il était déjà au courant.

— Tu es partie sans dire au revoir. (Il marqua un silence impossible à déchiffrer.) Mais je te comprends, mon amie. Je suis très mauvais aussi pour les au revoir. Et on ne peut pas vraiment dire que tu t'en vas. Tu seras toujours à Londres.

Il rit, mais on sentait une gêne, comme si c'était la première fois qu'il émettait ce son.

— Je suis désolée, reprit-elle. Tu as raison, je ne suis pas douée pour les adieux. Et je tiens une petite gueule de bois d'hier soir. Le pub était la meilleure façon de se dire au revoir, d'ailleurs.

— Tout à fait. Le magasin était bondé à cause d'un groupe de touristes et je ne me suis pas aperçu que tu étais partie. On va vraiment beaucoup te regretter. Je sais que tu vas prendre des vacances, mais promets-moi de nous raconter ta première journée chez Sotheby's, d'accord ?

— Promis. Et, Tim, je suis vraiment désolée.

Elle hésita. C'était l'opportunité d'avouer ce qu'elle avait fait, de reconnaître qu'elle avait emporté le paquet en passant par-derrière, et ce, par accident. Elle le rapporterait le lendemain de toute façon.

Mais elle n'ajouta pas un mot.

— Inutile de t'excuser. Porte-toi bien, Hazel. Londres change si vite et j'imagine qu'il faut s'attendre à ce que nous ne soyons pas épargnés non plus.

Elle raccrocha, la main tremblante. Oui, on entrait dans une nouvelle décennie.

Londres se métamorphosait sous leurs yeux, et Hazel n'en percevait que des flashs : les nouveaux rythmes de la musique, les radios à transistor, la foule dans Soho, les ourlets plus hauts et les cheveux plus courts, les aristocrates se mêlant aux roturiers dans la rue comme dans les pubs, une drogue qui, disait-on, pouvait envoyer n'importe qui dans un autre monde.

Les Londoniens en étaient arrivés à croire qu'il n'y aurait plus de guerres. En se rappelant le court répit qui avait séparé les deux guerres mondiales, ils s'étaient préparés à attendre la troisième, mais au bout de quinze ans les plaies et les ruines avaient cédé la place à l'espoir et au béton.

Et Hazel, aussi, était allée de l'avant.

Jusqu'à ce jour.

Des années passées à maintenir le contact avec l'inspecteur en chef Aiden Davies pour s'assurer qu'il n'oubliait pas Flora, à fouiller la malle du placard de l'entrée, une fois par an, pour relire les articles de journaux, revivre cette journée en quête d'un indice ou d'une piste qui lui aurait échappé et aujourd'hui, ça. Elle décida de noter toutes les hypothèses afin de comprendre comment ce livre avait pu être écrit par une auteur américaine et arriver jusqu'à chez Hogan.

Elle ouvrit le buffet en pin adossé au mur du fond dans la cuisine et y piocha un carnet de notes couleur œuf de rouge-gorge. C'en était un parmi tous ceux qui s'accumulaient chez elle, en provenance de presque toutes les papeteries et librairies de la capitale : bleu et rouge, cachemire et crème, de la taille d'une paume de main ou de grand format. Il y en avait plein les armoires, les tiroirs et sur les plans de travail.

Elle ne savait pas vraiment à quel usage les destiner, mais ils étaient là, vierges, attendant qu'elle soit prête à s'en servir. Son désir d'écrire s'était évanoui le jour de la disparition de Flora, ce qui ne l'avait pas empêchée d'acheter ces ravissants carnets ni de passer régulièrement, après le travail, par Charing Cross Road et Gerrard Street pour s'arrêter au café Legrain où se réunissaient des écrivains sérieux et appliqués.

Elle voulait devenir l'une d'entre eux, de ces clients qui se considéraient écrivains ou auteurs, de ces femmes dont les livres trouvaient leur place sur les rayonnages des librairies et des bibliothèques. Elle voulait être… écrivain. Mais il s'agissait d'un rêve absurde : elle n'arrivait même plus à commencer une histoire depuis la disparition de Flora. Alors les carnets vierges s'empilaient dans l'appartement, et des listes d'idées ou de choses à faire constituaient les seuls vestiges de son irrépressible besoin d'étaler des mots, noir sur blanc.

De l'étagère inférieure, elle sortit son encrier en argile vert et son précieux stylo à plume en argent gravé. Elle rassembla soigneusement les illustrations et plaça le tout à l'autre bout de la table. Sur le haut de la pile, un dessin de la même couleur que la couverture du livre transparaissait sous un papier vélin.

Personnes susceptibles de connaître Whisperwood
1. *Harry Aberdeen*
2. *Bridie Aberdeen*
3. *Maman*
4.

Hazel ferma les yeux et essaya de se souvenir qui aurait pu se trouver à proximité quand elles se murmuraient cette histoire. Elles avaient toujours évité de le faire dans les lieux publics, ce qui éliminait l'aimable Père Fenelly avec ses chemises noires à col romain, Mlle Slife, l'institutrice au visage fripé, les quatre infirmières aux grands yeux et le gentil M. Nolan, patron du pub, tout autant que les jumeaux taquins et l'horrible sorcière aux cheveux frisés.

On frappa à la porte de son appartement. Hazel posa son stylo, se leva et entra dans le salon.

Dieu merci, c'était Barnaby, avec sa tignasse noire fouettée par le vent, sa casquette en feutre vert, ses yeux gris-bleu, sa voix enjouée et ses pommettes saillantes ; la cicatrice argentée qui zébrait sa joue gauche témoignait de la bombe qui avait frappé la rue de son enfance à Hampstead Heath. Ses parents, eux, avaient préféré prendre le risque de le garder et refusé de l'envoyer au loin.

— Salut, ma chérie, dit-il en la serrant fort dans ses bras.

Il lui caressa le cou avec sa barbe de trois jours, qui poussait à toute allure.

— Quelle bonne surprise, lâcha-t-elle en l'embrassant, un peu déboussolée.

— Surprise ? Nous sommes censés dîner avec ta mère et ton beau-père dans une demi-heure.

— Oh non !

— Tu avais oublié ? demanda-t-il en lui tapotant le bout du nez.

— Effectivement. Peut-on annuler ? Je ne me sens pas d'humeur à voir Maman et ce fanfaron d'Alastair.

Il lui sourit à pleines dents.

— Ça ne me pose aucun problème.

Barnaby était déjà en train de déboutonner son manteau de laine grise. Il l'accrocha à la patère près de la porte et laissa tomber sa casquette sur le banc, pour se mettre à l'aise.

— Sers-moi un verre, lui demanda-t-elle. Je les appellerai. J'ai quelque chose à te dire.

— Ça m'a l'air bien mystérieux, dit-il en haussant les sourcils.

— Je vais te raconter une histoire, répondit-elle

— C'est ce que je préfère.

Il se dirigea vers les bouteilles : les whiskys Macallan et Jameson, la vodka Relsky et le gin Gordon's, qui brillaient comme des bijoux au milieu de verres en cristal de Waterford sur le chariot à alcools en laiton.

Hazel retourna dans la cuisine et décrocha le téléphone pour prévenir sa mère, qui n'apprécierait pas ce changement de programme.

Londres, 1957

Hazel arriva en avance devant l'immeuble en pierres blanches de Bond Street : la maison de ventes aux enchères Sotheby's. Elle éprouva un frisson d'excitation en pénétrant dans l'illustre établissement. À l'intérieur, elle rejoignit la salle des enchères avec son plafond aux poutres apparentes en bois sombre et brillant. Une estrade plaquée en ronce de noyer trônait à l'avant-scène. Les voix s'entremêlaient dans le brouhaha.

Accroché au mur de gauche recouvert de lambris, un panneau en toile noire annonçait les ventes du jour : LIVRES RARES, MANUSCRITS ET SOUVENIRS D'AUTEURS.

Hazel s'enregistra à une longue table recouverte de lin et prit sa plaquette : Numéro 42.

— Excusez-moi, excusez-moi, marmonnait-elle en se frayant un chemin vers une place libre.

Elle n'achèterait rien, comme d'habitude. Elle éprouvait un amour sincère pour les livres et les manuscrits – mais n'avait pas les moyens de se les offrir – et venait les voir en vrai, recenser ce qui aurait pu échapper à Edwin.

Aujourd'hui, des lettres de Charles Dickens à Elizabeth Gaskell, quelques pages du manuscrit original du *Hobbit*, et – le plus intéressant – un stylo en argent gravé ayant appartenu à Virginia Woolf étaient proposés à la vente. Quel ouvrage avait-elle écrit avec ? On l'ignorait, mais Hazel pensait à l'essai *Une chambre à soi*.

Un coup de marteau imposa le silence dans la salle.

— Veuillez prendre place, lança un homme grand dont le crâne chauve brillait sous les projecteurs du plafond. Nous commencerons par l'article zéro-six-zéro qui figure en page deux. Une première édition d'*Alice au pays des merveilles*.

Les pages du catalogue bruissèrent dans l'effervescence : des plaquettes se levaient, des voix s'interpellaient, les enchères s'envolaient et le vacarme s'amplifiait dans la salle. Arrivé en retard, un homme se faufila et s'assit à la droite de Hazel. Il fouilla dans sa sacoche, la laissa tomber et des papiers s'éparpillèrent sur le sol.

— Merde, lâcha-t-il en se reculant et penchant la tête. Désolé. (Il fourra ses documents dans sa sacoche et dodelina de la tête.) Satané train…

Il se concentra sur le catalogue pendant un moment avant de reporter son attention sur le crieur sur l'estrade.

Hazel avait les yeux braqués sur la cicatrice argentée qui lui balafrait la joue, se demandant quelle était son histoire. Ses cheveux bouclés plaqués en arrière par de la brillantine étaient striés de traces de peigne bien visibles. Elle lui aurait donné la trentaine, comme elle, mais il lui arrivait de se tromper. Il paraissait très concentré avec son menton buriné. Quand il jeta un coup d'œil de son côté, elle détourna le regard, prise en flagrant délit.

Hors de question de se pâmer devant un homme qui finirait par s'enfermer dans une pièce au fond d'un long couloir pendant qu'elle se réfugierait dans une autre dont elle refermerait la porte – parfois en la claquant. Un homme à qui elle devrait annoncer : « Je ne suis tout simplement pas prête pour une relation. » Un homme qui voudrait l'arracher de Mecklenburgh Square et la voir emménager avec lui.

Il leva sa plaquette pour quelques articles, sans en emporter aucun.

— Est-ce que je vous connais ? lui demanda-t-elle à voix basse entre la vente de deux objets anciens.

— Je ne crois pas, lui répondit-il avec un sourire qui irradiait la gentillesse. Je me présente, Barnaby Yardley.

— Moi, c'est Hazel, dit-elle et, pensant qu'elle devait expliquer sa présence, elle ajouta : Hogan, livres rares.

— Ah, l'endroit préféré de mon père.

Puis le grand moment arriva : un homme en blouse grise brandit le stylo de Virginia.

L'écrivain avait vécu dans le quartier de Bloomsbury, devenu aujourd'hui celui de Hazel, mais l'appartement de Virginia Woolf avait été détruit lors d'un bombardement. La jeune femme songea au désespoir de Virginia. Malgré tous les mots magnifiques qu'elle avait couchés sur le papier, elle avait rempli ses poches de gros cailloux avant de se jeter dans le fleuve Ouse et de s'y noyer.

Hazel ne réalisa qu'après coup qu'elle avait brandi sa plaquette.

Puis le prénommé Barnaby l'imita.

Au cours des enchères, elle la leva plusieurs fois.

Lui aussi.

Hazel pivota sur son siège pour le regarder. Il ne lui restait plus qu'un seul moyen d'acheter cet objet : réclamer plus d'argent à sa mère. Et c'était hors de question. Même pour le stylo de Virginia Woolf.

Barnaby Yardley remporta les enchères, alors elle se leva, dépitée.

Une fois dehors, l'humidité de cette journée estivale l'accabla. Elle rentra chez elle, les poings serrés, son sac en cuir battant sur sa hanche. Qui était donc ce type qui s'était offert l'objet qu'elle convoitait ? Un crétin. Un cuistre. Très probablement le membre d'une famille fortunée qui ignorait ce que c'était de racler les fonds de tiroir pour payer les factures de gaz en hiver.

Deux jours plus tard, il se présenta chez Hogan. Elle était en train d'ouvrir la vitrine pour en sortir une première édition de *1984* d'Orwell, qu'on lui avait commandée d'Amérique.

— Tiens, bonjour, lança-t-il avec un grand sourire.

Elle mit un certain temps à le reconnaître à cause du feutre gris qu'il portait bas sur son front. L'écusson d'une université de Londres était cousu à la poche de sa veste.

Un professeur, devina-t-elle.

Hazel hocha la tête sans répondre. Elle devait ranger des livres, rédiger des réponses, et s'occuper d'un client mécontent parce qu'il manquait des pages au livre qu'il venait d'acheter.

— Je suis désolé, ajouta l'importun.

— Pardon ?

Elle fit un pas en arrière, l'ouvrage d'Orwell entre les mains.

— Désolé d'avoir surenchéri sur vous.

Ah, c'était l'andouille au joli minois de la vente aux enchères. Elle le salua avec le livre à la main, sans bouger.

— Fascinant de contempler les vestiges de nos héros littéraires, n'est-ce pas ?

— En effet, rétorqua-t-elle. C'est comme si l'on déterrait des fossiles pour suivre l'évolution des choses.

— Exactement ! s'exclama-t-il avec un sourire si doux qu'elle se détendit.

Il y eut un silence singulier avant que l'homme reprenne :

— Votre intérêt pour ce stylo était-il motivé par une raison particulière ?

Hazel pencha la tête et l'observa attentivement. Il semblait sincère.

— Je le convoitais pour des tas de raisons qui ne sont ni logiques ni sensées. Et c'est sans doute préférable que je ne l'aie pas acheté.

— Vous deviez bien avoir au moins une bonne raison de le vouloir.

— Pendant la guerre, Adeline Virginia Woolf a occupé l'un des immeubles voisins de celui où j'habite. De son appartement, il ne reste rien alors que le mien a été épargné. Il fut un temps où elle s'y installait pour écrire. Elle a tenté de se sauver par les mots, sans jamais vraiment y parvenir puisqu'elle a fini par marcher jusqu'à la rivière et…

Étaient-ce des larmes qui embuaient le regard de Barnaby ? Elle n'aurait su le dire. Il acquiesça.

— C'est si triste et pourtant… le monde jouit encore de son œuvre aujourd'hui.

— Tout à fait, reconnut Hazel en s'adoucissant sans pour autant baisser sa garde.

— Que serions-nous sans *La Promenade au phare* ?

— Ou *Mrs. Dalloway*.

Quelqu'un appela Hazel d'une pièce à l'étage. Elle jeta un coup d'œil dans son dos avant de reporter son attention sur Barnaby.

— Il faut que je retourne travailler, s'excusa-t-elle avant de se fendre d'une dernière pique. Profitez bien de votre stylo.

— Hazel, accepteriez-vous de dîner avec moi ce soir ?

Finalement, ce n'était pas un crétin. Ni un cuistre. Il enseignait la littérature médiévale anglaise et appartenait à une famille aristocratique qui passait ses vacances dans un château écossais délabré à chasser le cerf et la grouse.

À Hampstead Heath, les Yardley possédaient une résidence en briques marron du milieu du XVIIIe siècle avec un toit-terrasse qui dominait Londres et une bibliothèque qui abritait la collection littéraire du père de Barnaby, devenue l'une des plus célèbres d'Angleterre. Il avait même acheté un certain nombre de livres chez Hogan.

Peu importait qu'elle ait eu l'intention de ne pas succomber à ses charmes. Après une crème brûlée en guise de dessert, il lui avait tendu une boîte en velours bleu qui contenait le stylo :

— Je croyais l'acheter pour enrichir la collection de mon père alors qu'en réalité, je l'ai fait pour vous.

Barnaby se tenait debout près du chariot à alcools en laiton. Il faisait tourner entre ses paumes son verre en cristal de Waterford, contemplant les reflets de la lumière dans son whisky ambré. Quand Hazel entra dans la pièce, il l'accueillit avec un sourire et lui tendit un verre.

— J'ai comme l'impression que tu auras besoin de ça pour me raconter ton histoire, dit-il.

— Peut-être.

Ils s'assirent l'un en face de l'autre dans le vieux canapé à fleurs. Hazel s'adossa à l'accoudoir et récupéra son verre sans y tremper les lèvres.

— C'est au sujet de ma sœur.

Il haussa ses sourcils noirs et drus, et, le front plissé, se pencha vers elle.

— Ta sœur disparue. Y aurait-il du nouveau ?

— En quelque sorte. (Hazel se décala sur le canapé et posa son whisky sur une élégante petite table.) J'ai trouvé un livre aujourd'hui, publié aux États-Unis. Un conte de fées.

Il hocha la tête, l'invitant à poursuivre. Il était au courant pour Flora, bien sûr. Comme tout le monde. Les journaux en avaient parlé – la fillette perdue de Pied Piper qu'on n'avait jamais retrouvée en dépit du déploiement de plusieurs équipes d'enquêteurs autour du fleuve. Le conte de Flora était devenu une histoire de fantôme, une légende d'Oxford, de Binsey et de Bloomsbury.

Mais Hazel n'avait jamais révélé toute la vérité à Barnaby. Ni à personne d'ailleurs. Pas même à Kelty. Elle ferma les yeux, se massa les tempes puis regarda l'homme qu'elle aimait tant et poursuivit :

— En 1939, alors que Flora et moi avions respectivement cinq et quatorze ans, l'Angleterre déclara la guerre à l'Allemagne. La tension était à son comble à Londres. Papa avait déjà été… avait déjà disparu… tu sais ? L'accident pendant un entraînement ? (Elle eut un mouvement de recul.) Et là, on nous a envoyées, Flora et moi, vivre à la campagne chez des inconnus.

— Oui, chérie, je sais, dit-il en lui prenant la main.

— Eh bien, je racontais des histoires à Flora pour lui donner le sourire, la distraire.

— Des contes de fées ? Avec plein de personnages fabuleux ?

— Pas tout à fait. Il s'agissait plutôt de… d'une histoire sans fin, d'un pays imaginaire rien que pour nous deux. Whisperwood et la rivière d'étoiles n'appartenaient qu'à nous.

— Whisperwood ?

Son ton grave la fit frémir. Il était blessé de s'apercevoir qu'elle ne lui avait rien dit de tout ça. Hazel était touchée par la déception des autres et très sensible à l'idée de déplaire.

— Oui, et… Barnaby, il se trouve que Whisperwood est justement le titre du récent ouvrage de Peggy Andrews, une écrivain américaine. Mais il n'y a pas que le titre : le lieu et certains éléments de l'histoire sont aussi similaires.

— Oh, Hazel, chérie, tu penses donc que cette femme pourrait être ta sœur ?

L'expression de Barnaby la frappa, aussi visible qu'un phare dans le brouillard : un sentiment de pitié.

En retirant sa main, elle se redressa.

— J'ignore que penser, mais je veux savoir comment notre histoire a pu voyager jusqu'en Amérique. C'est perturbant… Personne ne connaît ce conte. Et si… ?

— Et si elle était encore en vie, compléta Barnaby.

Hazel esquissa un hochement de tête timide, réticente à l'idée de nourrir ne serait-ce qu'une once d'espoir. Pourtant, alors que Barnaby la couvait du regard, un vœu grandissait, l'exaltation à l'idée que Flora vive encore, ce qui offrirait une fin rocambolesque à cette longue saga.

— C'est stupéfiant, commenta-t-il, mais es-tu certaine que personne d'autre ne connaissait ton histoire ? Ni la femme chez laquelle vous viviez, ni le garçon ou encore…

— Bridie et Harry. Non. Ils n'ont jamais été au courant de l'existence de Whisperwood.

— En es-tu certaine ?

Il se rapprocha d'elle et reprit ses mains dans les siennes. Son pouce caressa le dos de sa main.

— Quasiment.

— J'essaie juste d'imaginer où tout ça te mènera. Crois-tu qu'en localisant cet écrivain, tu apprendras ce qui est arrivé à Flora ?

— Ça m'a traversé l'esprit, oui.

— Tu devrais peut-être contacter cette femme qui écrit des articles sur les enfants perdus. Elle pourrait t'aider.

— Dorothy Bellamy ? Tu plaisantes ? Elle fantasme les histoires de ces pauvres enfants. Elle pond des âneries destinées aux jeunes femmes actives. (Hazel parodiait ses titres racoleurs en levant les yeux au ciel.) À quoi bon la mettre au courant ?

— Je n'en sais rien. C'est une journaliste, non ? Lui as-tu seulement déjà parlé ?

— Non, et je n'en ai pas l'intention. Même si elle m'écrivait dix mille lettres supplémentaires ou harcelait Aiden Davies par téléphone. (Hazel secoua la tête.) Pour l'amour du Ciel, Barnaby, elle appelle Flora « l'Enfant du Fleuve ». Je ne tiens pas à voir ma petite sœur devenir une sorte de légende au destin tragique comme Juliette ou Iseult. Je la veux *vivante*. (Devinant les pensées de son compagnon, elle marqua une pause.) La fillette retrouvée dans le fleuve près de Wallingford en 1956 n'est pas Flora. Ce n'était pas elle. Peu importe tout ce qu'ils racontent – ce corps n'a jamais été identifié avec certitude comme étant le sien. On sait seulement que c'était le squelette d'une enfant de cinq ou six ans. En dehors de ça, ils n'ont relevé aucun signe distinctif.

— Comme des oreilles de lapin par exemple, intervint-il avec compassion.

— Oui.

En toute logique, il aurait pu s'agir de la dépouille de Flora qui, après avoir été ballottée dans les marais et par les courants, aurait échoué là, sans que personne s'en aperçoive, mais Hazel refusait de l'admettre.

— Je veux bien te croire, vraiment, lui dit Barnaby. Je serais pourtant prêt à parier qu'une foule de gens connaissait votre histoire. Les adultes de votre entourage ? Les enseignants ? Votre mère ? Je ne voudrais pas que tu nourrisses trop d'espoir. Qu'une histoire ait survécu ne signifie pas que ta sœur aussi.

— Merci, professeur, lâcha-t-elle avec une pointe de colère dans la voix.

— Houlà, doucement. Ne t'en prends pas à moi. Ce n'est qu'un conte de fées, après tout.

— De quoi parles-tu au juste, Barnaby ? De la possibilité de retrouver Flora ou du livre de Peggy Andrews ? Parce que dans les deux cas, il ne s'agit pas *seulement* d'un conte de fées. (Elle avait adopté un ton agressif malgré elle et baissa d'un ton.) Tu crois à une coïncidence, n'est-ce pas ? Ce qu'on appelle la synchronicité. L'inconscient collectif. Tout est plausible en théorie, mais me voici confrontée à un fait réel, Barnaby : cette histoire *pourrait* bien être la mienne. Celle de Flora. Cela veut forcément dire quelque chose.

— Oh, Hazel.

Il la prit dans ses bras et elle sentit l'odeur boisée de cigarettes qui imprégnait tous ses vêtements. Puis il l'embrassa tendrement.

— Ils ont eu le culot d'appeler ce programme Opération Pied Piper. Pas très malin quand on connaît le sort des enfants du conte de Grimm.

Barnaby se leva et alla se servir un autre whisky.

— Je sais, admit-elle en buvant une gorgée du sien qui lui chauffa la gorge.

Comment expliquer à Barnaby tout ce qu'elle avait ressenti ? Le chagrin encore tenace de savoir que sa sœur avait disparu. L'effroi. La panique. La jalousie envers les autres, ceux qui étaient entourés de bambins. Son cœur qui s'emballait au réveil à l'idée d'avoir perdu quelque chose tout en ignorant exactement ce que c'était. Le désespoir s'était atténué au fil des années, mais si peu. Rien n'avait étouffé ses souvenirs : ni l'alcool, ni les hommes, ni les histoires ou les livres ou les distractions offertes par les amis ou les soirées.

À vingt-cinq ans, elle avait réalisé qu'elle devrait continuer à vivre avec la peine et la honte, les autoriser à cheminer à ses côtés comme une ombre, un fantôme, une mémoire vivante. Certains jours, Hazel repensait à cette disparition, l'affrontait et parfois, l'espace de quelques heures salutaires, elle parvenait à l'oublier jusqu'à ce que les ténèbres envahissent à nouveau son âme en lui rappelant ceci : elle avait perdu sa sœur. La phrase « Veillez l'une sur l'autre » battait encore dans ses veines à l'en faire trembler.

— As-tu rapporté ce livre ici ? lui demanda Barnaby.

— Oui.

Elle se leva, le prit par la main et le guida le long de l'étroit couloir bleu nuit qui conduisait à la pièce ensoleillée du fond, où les effluves du thé, du romarin et de la lavande qui poussaient dans des pots sur le rebord de la fenêtre charriaient les souvenirs de Binsey.

CHAPITRE 6

Septembre 1939

Dès qu'elle avait vu leur mère tenant à la main une feuille de papier qui claquait au vent, Hazel avait compris qu'un événement terrible venait de se produire – l'annonce de l'évacuation était arrivée.

— C'est un ordre du gouvernement, avait expliqué leur mère, les joues baignées de larmes qu'elle ne prenait pas la peine d'essuyer. L'Allemagne a envahi la Pologne et… voilà.

> OPÉRATION PIED PIPER : ÉVACUATION IMMÉDIATE DE TOUS LES ENFANTS DE LONDRES.

Alors que Maman et Flora dormaient, la pluie qui tambourinait doucement sur la fenêtre réveilla Hazel. Elle se glissa hors de son lit, ses pieds nus s'enfoncèrent dans la descente de lit en peau de mouton. Sa nouvelle chemise de nuit écossaise en flanelle, trop grande pour elle, traînait par terre.

Sur la pointe des pieds, plus doucement qu'une feuille qui tombe, Hazel se dirigea vers le salon plongé dans l'obscurité.

La lumière du lampadaire y jetait une lueur voilée, suffisante pour l'aider à localiser ce qu'elle cherchait : *Les Contes de Grimm*.

Elle se souvint d'un après-midi neigeux, des années plus tôt, bien avant la naissance de Flora. Hazel était assise sur les genoux de son père qui lui lisait l'histoire de *Cendrillon*, dans le livre bleu pâle des Frères Grimm dont il avait hérité. Maman était en train de cuisiner et Hazel trouvait l'univers de ce conte aussi réaliste que juste – jusqu'aux oiseaux qui, à coups de bec, avaient arraché les yeux des méchantes demi-sœurs.

— Theo ! (Maman avait surgi à leurs côtés et arraché le livre plein de couleurs des mains de son mari.) Tu vas l'effrayer. Elle est trop jeune pour ces histoires épouvantables.

Papa avait serré Hazel dans ses bras et déposé un baiser sur sa tête.

— Notre fille sait bien qu'il n'y a rien de réel dans les contes de fées.

Maman avait tiré une chaise en bois dans un crissement strident, était montée dessus en chaussettes et avait rangé l'ouvrage sur l'étagère du haut, là où Hazel ne pourrait pas l'atteindre.

Des années plus tard, en levant les yeux, Hazel l'apercevait, exactement là où sa mère l'avait rangé, sur la plus haute étagère, à droite de la cheminée. Sous cette couverture bleue – elle en était certaine – elle retrouverait l'histoire du Pied Piper, le joueur de flûte.

Elle poussa la même chaise en bois devant la bibliothèque, y grimpa, s'empara du livre et s'installa confortablement dans un fauteuil d'angle recouvert de chintz. Elle replia ses jambes sous ses fesses et lut à la lumière du lampadaire.

Hazel retrouva vite l'histoire qu'elle cherchait : celle d'un joueur de flûte qui arrivait dans la cité allemande de Hamelin, où il avait été chargé d'attirer à la rivière les horribles rats de la ville pour qu'ils s'y noient. Et c'était ainsi que le joueur de flûte avait délivré les habitants !

Une bonne chose, non ? Le joueur de flûte avait sauvé la ville !

Elle poursuivit sa lecture.

Puis le maire de Hamelin avait refusé de rémunérer le jeune homme aux vêtements colorés. Pour se venger, le musicien se coiffa d'une casquette d'un rouge éclatant, joua son air enchanteur, et mena les enfants de la cité à travers monts et vallées, par-delà les rivières. On ne les revit jamais.

Seuls deux enfants avaient été épargnés – aveugles et boiteux, ils n'avaient pas pu suivre le musicien. Tous les autres avaient disparu à jamais.

Hazel poussa un cri de désespoir puis mit sa main devant sa bouche. Ce n'était pas dans cette histoire qu'elle trouverait du réconfort. Aucun joueur de flûte ne les enlèverait. Elle protégerait Flora jusqu'à leur retour à Bloomsbury.

Il faudrait que Hazel invente ses propres histoires.

Le lendemain matin, Hazel se réveilla terrifiée, mais ne voulait pas le montrer. Flora était couchée à ses côtés, en chien de fusil. Au milieu de la nuit, elle s'était libérée de ses draps emmêlés en gigotant et s'était glissée dans le lit de sa grande sœur.

Les bruits de leur mère en train de préparer le petit déjeuner filtraient sous la porte : la chanson qu'elle fredonnait, l'entrechoc des casseroles, le sifflement de la bouilloire. Flora dormait encore, le dos collé à celui de sa sœur. Hazel roula sur le côté et passa son bras autour de sa cadette qui sursauta. Elle se retourna pour lui faire face.

— Non ! déclara-t-elle, inflexible.

— Je sais, murmura Hazel.

Elle savait très bien quel sens donner à sa réaction. Ne te lève pas. Ne m'arrache pas à cet endroit. Ne laisse pas cette matinée devenir celle de notre départ forcé.

— Plus tard ? demanda Flora.

— Oui, dors encore un peu.

Par les rideaux entrouverts, une épée de lumière fendait la pièce et s'abattait entre Flora et sa sœur. Hazel tendit la main pour bloquer les rayons du soleil et s'assurer ainsi que rien ne viendrait s'interposer entre elles.

Après le petit déjeuner, Maman prit une photo des deux filles sur le perron de la maison. Puis elles marchèrent jusqu'à l'école primaire Argyle où Hazel et Flora se rangèrent parmi les autres écoliers qui s'acheminaient vers la gare. Il faisait froid et humide, le genre de temps qui vous transperce jusqu'aux os. Mères, pères et enfants formaient une foule compacte qui suivait les enseignants dans d'étroites allées et des rues pentues. Les masques à gaz se balançaient aux bretelles des sacs à dos, pareils à de grosses têtes d'insectes qui terrifiaient Hazel chaque fois que, par inadvertance, ses yeux s'y posaient. Les filles, avec des nœuds dans les cheveux, portaient des manteaux en forme de trapèze et des foulards bien serrés autour du cou. La masse de gens enflait derrière elles, les poussant vers l'avant.

Sur leur passage, des hommes et des femmes cessaient leur activité pour observer, l'air triste, ce cortège désordonné d'enfants, comme s'il s'agissait d'une colonie d'oiseaux de mauvais augure. Les marchands suivaient cette procession tandis que d'autres restaient adossés aux lampadaires. Certains leur adressaient un signe de la main, même ceux qui barraient leurs fenêtres de croix en ruban adhésif pour éviter qu'elles ne volent en éclats lors des bombardements.

Bloomsbury Park – où trônait la statue de Charles James Fox qui avait servi de cachette ou de structure d'escalade aux filles – était vide. Hazel imagina que c'était le joueur de flûte au costume flamboyant qui les conduisait loin de leur famille et de leur foyer.

Son sac à dos semblait s'alourdir à chaque pas. Des semaines auparavant, elle l'avait préparé avec Maman et Flora, sans vraiment s'imaginer le trimballer jusqu'à la gare. Elles avaient coché les éléments de la liste fournie par le gouvernement.

Masque à gaz.

Chaussures de tennis.

Carte d'identité et tickets de rationnement.

Brosse à dents.

Peigne.

Chaussettes de rechange.

Imperméable.

Hazel remonta son sac sur ses épaules tandis que des files d'enfants affluant d'autres écoles et d'autres quartiers convergeaient vers les quais de la gare.

Maman s'accrochait aux mains de ses filles ; Flora d'un côté, qui serrait fort son ours en peluche dont la patte abîmée traînait par terre, et Hazel de l'autre. Leur maîtresse, Mlle Pink, se pressait en tête de leur cortège et elles hâtaient le pas pour suivre sa cadence. L'enseignante brandit une pancarte pour la classe de Hazel et elles arrivèrent au bord du quai où des gens poussaient, se bousculaient et criaient les noms d'amis ou de parents. On avait autorisé Flora à se joindre à la classe de Mlle Pink pour qu'elle puisse rester avec sa grande sœur.

Maman, Flora et Hazel gardaient le silence, se cramponnant les unes aux autres.

Maman sortit de la poche de son gilet deux étiquettes avec des ficelles. Elle les passa autour du cou de ses filles comme si elles étaient des bagages. Hazel attrapa la sienne et la retourna pour lire ce qui y était inscrit :

Nom : Hazel Mersey Linden
Adresse : Bloomsbury, Londres
Date de naissance : 2 juin 1925
Établissement scolaire : École primaire Argyle

Et, au dos :

DESTINATION :

Il y avait trois lignes, l'une pour le comté, la deuxième pour la commune et la dernière pour la ville, toutes vierges, car personne ne savait où le train les conduirait.

Une vague de retardataires déferla vers Hazel qui faillit tomber sur les rails. Elle se retint au manteau de sa mère qui l'attrapa par le bras. Hazel fixa les mauvaises herbes qui poussaient entre les voies étincelantes et, en un instant, un train entra en gare dans un grand vacarme, suivi du crissement des freins, puis cracha de grosses gerbes de fumée et de nuages blancs, à croire qu'il était en feu.

Maman laissa échapper un cri puis porta sa main à sa bouche.

— En voiture ! vociféra un homme à la voix rocailleuse.

Le moment était venu. Celui du départ.

— Où va-t-il, ce train ? s'enquit Hazel.

— Je l'ignore, répondit sa mère d'une voix étranglée, mais Hazel, envoie-moi une carte postale à la minute où tu arrives. Il faut que tu me fasses savoir que vous êtes en sécurité.

— Montez à bord ! Les enfants, grimpez ! brailla Mlle Pink.

Un par un, les camarades de classe de Hazel y grimpèrent avec leur fratrie. Maman serra ses filles dans ses bras sans même prendre la peine de masquer ses larmes.

— Je ne serai pas tranquille avant d'avoir de vos nouvelles.

— Je t'aime tellement, lâcha Hazel en se disant que c'étaient peut-être les derniers mots qu'elle adressait à sa mère.

Maman les embrassait alors que des gens les poussaient en avant.

— Où va-t-on ? répéta Hazel.

Perchée sur le marchepied, Mlle Pink lui tendit la main pour l'aider à monter.

— Nous ne le saurons pas avant d'être arrivés, lui répondit-elle. Ils tiennent notre destination secrète afin de ne pas laisser de traces. Il y va de votre sécurité. Tu pourras envoyer une carte postale dès que tu arriveras.

Le train démarra, hoquetant, avec un sifflement perçant. Un autre devait entrer en gare juste après. Hazel pensa au hasard et à la chance, aux autres enfants qui seraient envoyés dans un endroit différent. Valait-il mieux monter dans celui-ci ou le suivant ? Comment savoir ?

Hazel et Flora se frayèrent un chemin dans le couloir et trouvèrent deux places vides au moment où la locomotive prenait de la vitesse. Les cheveux de Flora s'étaient échappés du ruban rose bonbon que sa mère lui avait noué. Hazel le dénoua et le fourra dans la poche de son chandail.

L'atmosphère était étouffante dans ce train bondé de passagers inquiets. Hazel serra la main de Flora. Elle avait le regard si apeuré de voir les autres enfants terrifiés, les valises usées, les sacs à dos fatigués, les taies d'oreiller bourrées de vêtements.

— Hazel, est-ce qu'il y aura une rivière d'étoiles là-bas ? lui demanda sa petite sœur.

— Absolument, affirma-t-elle avec l'assurance d'un adulte qui ment.

Flora s'endormit sur les genoux de Hazel qui regardait le paysage. Des gares sans nom se succédaient – on avait retiré les panneaux des gares pour dérouter l'ennemi en quête de repères. Ils empruntaient de nouvelles voies et la jeune fille se sentait perdue, ignorant la direction qu'ils prenaient. Elle finit par fermer les yeux sans jamais sombrer dans le sommeil. Finalement, le train ralentit dans un grincement avant de s'arrêter.

Les sœurs Linden descendirent sur un quai en bois avec leurs sacs à dos, Flora s'accrochant aussi à Berry. Cet après-midi-là, le soleil brillait, haut dans le ciel. Hazel n'aurait su dire combien de temps avait duré le voyage. Une heure… ou cinq ? Peut-être était-ce déjà le lendemain.

Elles étaient pressées contre leurs camarades, au coude à coude, leurs sacs rebondissant dans leurs dos, et personne ne disait mot. Dans un silence étrange, le groupe suivit Mlle Pink à l'intérieur de la gare.

Un panneau noir était accroché au mur avec des lettres en émail blanc verni – OXFORD.

Hazel avait beaucoup entendu parler de cet endroit. Papa avait fait ses études à Christ Church, un des collèges de l'université, et Maman était venue lui rendre visite de Londres pendant sa scolarité. C'était un endroit légendaire, qui lui avait toujours paru aussi fabuleux que Whisperwood. Jusque-là, Bloomsbury était le seul lieu *réel.*

À Oxford, leurs parents étaient tombés amoureux.

Mais ce que Hazel voyait à présent ne ressemblait en rien à ce qu'elle avait imaginé. Les enfants étaient massés, s'écrasant les uns sur les autres. Elle prit la main de Flora qui pleurait doucement. Il fallait qu'elle soit courageuse. Il n'y avait personne d'autre vers qui se tourner pour demander de l'aide.

Hazel ne s'était encore jamais sentie aussi seule. Une sensation de vide intérieur. Si pour traverser cette période de guerre on ne pouvait compter que sur elle, alors c'en était fini des deux sœurs.

— Est-ce qu'on va rester ici ? demanda Flora.

— Je ne sais pas, lui répondit franchement sa sœur avant d'esquisser un sourire. Et si on mangeait le casse-croûte que Maman nous a préparé ?

La petite acquiesça et essuya ses larmes du revers de la main. Hazel l'embrassa sur la joue et sentit le goût salé de sa peur. À côté d'elles, un jeune garçon sanglotait, l'entrejambe de son pantalon taché ; il s'était oublié. Hazel tendit le bras, lui tapota l'épaule, mais, isolé dans son malheur, il ne semblait pas la voir.

De l'autre côté de la gare, Mlle Pink s'entretenait avec un homme en uniforme classique, bleu. Sans la quitter des yeux, Hazel emmena sa petite sœur s'asseoir sur une caisse en bois quelques pas plus loin. Elles ouvrirent le baluchon dans lequel Maman avait rangé : deux œufs durs, un morceau de fromage, deux tranches de pain et un petit mot, écrit sur un papier plié en forme de rectangle.

Flora leva les yeux vers sa sœur.

— Lis-le.

— Gardons-le pour plus tard, quand nous saurons où nous sommes.

Flora prit le message et le fourra dans la poche de son imperméable.

— Ne le perds surtout pas ! lui ordonna Hazel sur un ton trop sévère.

La lèvre de la petite trembla.

— Je ferai attention.

En silence, elles mangèrent leur fromage, leur tranche de pain, leur œuf et enfin, lentement, savourèrent deux petits carrés de chocolat.

— La classe de Mlle Pink, suivez-moi ! cria une voix masculine avec un accent cockney prononcé.

Un camarade de classe, un grand garçon prénommé Padraig Logan, leva la main comme un écolier souhaitant proposer une solution au problème de mathématiques posé au tableau.

— Oui, Padraig ? demanda Mlle Pink.

— Où allons-nous ?

Il s'était exprimé d'une voix tremblante, ce qui effraya Hazel autant que tout le reste, car Padraig était le clown de sa classe. Avec ses cheveux noirs rebelles et ses yeux bleus globuleux, c'était le plaisantin qui faisait toujours rire tout le monde.

— Nous nous rendrons d'abord à la mairie, au centre-ville. Une fois là-bas, une gentille famille te choisira et t'emmènera chez elle. Et tout ira bien.

Hazel, qui regardait le panneau noir émaillé, avec OXFORD en lettres blanches, eut du mal à croire sa maîtresse.

CHAPITRE 7

Mars 1960

Barnaby posa son verre, prit le livre entre ses mains et se pencha afin d'en examiner la couverture. À ses côtés, Hazel se sentait obligée de détourner le regard, pour ne pas voir sa réaction. Derrière lui, les restes de son petit déjeuner, un coquetier aux bords maculés de jaune d'œuf séché, traînaient sur le plan de travail en linoléum jaune de la cuisine ; à côté, une cuillère à l'envers et la salière en forme d'agneau. Un monde qui était simple avant la découverte de ce livre.

— Quelle remarquable couverture !

— N'est-ce pas ? rétorqua-t-elle en buvant une gorgée de whisky.

— Et ça ? demanda Barnaby en pointant du doigt la pile d'illustrations.

Son ventre se serra : elle aurait dû les cacher. Leur valeur ne lui échapperait pas.

— Ce sont les illustrations originales, confessa-t-elle. Je les ai prises au magasin.

— Tu les as prises ? Tu veux dire qu'Edwin et Tim ignorent que c'est toi qui les as ?

Elle grimaça.

— C'était une erreur.

— En effet, convint-il en fronçant les sourcils. Rapportons-les tout de suite.

— On devrait. Oui, on devrait. Je n'ai même pas encore eu le temps de toutes les examiner. Et si on attendait demain matin ?

— Hazel, tu dérailles, là.

— Tout à fait.

Qu'il lui dise cela ne servait à rien. Ferme et honnête, Barnaby, assis à ses côtés, faisait partie de ces hommes aux nerfs d'acier, pas plus irascibles que d'humeur chagrine. Mais un sang-froid à toute épreuve était la dernière chose dont elle avait besoin en ce moment.

— Est-ce que ça va ? Tu m'inquiètes, dit-il en plaçant le dos de sa main sur son front.

Sa tendresse remédia à l'essentiel de sa panique. Elle prit sa main dans la sienne.

— Je vais bien. C'est juste que… cette affaire est si déroutante. Il faut absolument que je comprenne ce qui m'arrive.

— Tu dois rapporter ces originaux ou tu ne chercheras rien du tout sinon comment survivre jusqu'à ton prochain repas à Holloway.

Sa référence à la prison pour femmes était censée être un trait d'humour. Elle s'assit sur la chaise de cuisine en métal, couverte d'un vinyle jaune citron, sa dernière trouvaille au dépôt-vente.

— Il faut que j'y réfléchisse.

Barnaby feuilleta les illustrations puis les examina de plus près.

— Mon Dieu. Ce sont des œuvres de Pauline Bayne ?

— Oui.

— Des originaux ?

— Oui.

— Rapporte-les immédiatement, Hazel.

— Pourrait-on cesser de parler de ces illustrations pendant une minute ? Discutons plutôt de l'histoire. Du livre. Du pourquoi et du comment, de son existence même. Et de Peggy Andrews.

Barnaby plongea la main dans sa poche et en extirpa un paquet de cigarettes écrasé, rouge. Il en glissa une entre ses lèvres, dut frotter trois allumettes avant de réussir à l'allumer, puis souffla deux volutes de fumée par le nez.

— D'accord, parlons de cette histoire.

Hazel acquiesça, reprit le livre et le lui tendit.

— Regarde-le bien. Lis la quatrième de couverture. Tout ce que tu y apprendras, je l'ai inventé et raconté à Flora.

Il s'exécuta en silence et la cendre de sa cigarette tomba sur la table. Hazel sortit un cendrier en verre olivâtre du buffet et le glissa sous sa main. Après trois ans de vie commune, ce genre de geste faisait partie des petits rituels. Presque toutes ses amies étaient mariées depuis longtemps et attendaient leur deuxième ou leur troisième enfant. Mais Barnaby et elle étaient convenus qu'il fallait encore attendre. Un peu. Pas trop.

Un terrible chagrin d'amour empêchait Barnaby d'officialiser sa relation avec Hazel : la fin de son premier mariage. Leur enfant était mort-né et cette épreuve avait dévasté son épouse, Maggie, ce qui était à craindre. Fuyant Barnaby, elle s'était réfugiée dans sa famille en Irlande, avait refusé de lui parler, et même attendu près de trois ans pour signer les papiers du divorce. De son côté, Hazel pensait qu'elle aspirait à tout ce que le mariage et la famille représentaient, mais hésitait à renoncer à son appartement et à sa liberté.

Elle ne se rendait pas souvent chez lui, un studio exigu tout aussi charmant que l'immeuble datant du XVIe siècle. Il était situé à deux pas de l'université de Londres, disposait de hauts plafonds et de beaux parquets en chêne, mais était envahi de cartons et d'affaires de son ex-femme que celle-ci refusait de récupérer.

Hazel espérait toutefois qu'une surprise l'attendrait quand elle se rendrait à Paris avec Barnaby : une bague en saphir et diamant qui avait autrefois appartenu à sa grand-mère, morte juste après sa rupture avec Maggie. La bague était conservée dans le coffre-fort de la somptueuse demeure de ses parents à Hampstead Heath en attendant que Barnaby se remarie un jour.

— Hazel, commença-t-il en levant les yeux vers elle. Cette histoire correspond exactement à celle que tu viens de me raconter.

— Oui.

Il pinça les lèvres.

— Quelqu'un t'aura forcément entendue la raconter.

— Non.

Il posa ses coudes sur la table, tira à nouveau sur sa cigarette et tendit la main en direction de son verre. Il avait les yeux rivés sur elle, non sur ce qu'il cherchait à atteindre. Sa main heurta le bord du verre en cristal qui se renversa.

Le whisky formait une rivière ambrée qui traversa la table éraflée. Debout près de l'évier, Hazel contempla ce spectacle, horrifiée, avant de s'élancer pour retirer la pile d'illustrations.

Trop tard.

— Merde !

Barnaby bondit sur ses jambes et s'empara d'un torchon sur lequel était brodée une carte de Londres, cadeau de sa mère pour Noël.

Dans leur agitation, ils se percutèrent, faisant voler les pages à travers la pièce, ailes blanches d'oiseaux blessés.

— Non ! s'écria Hazel.

Barnaby essuya la table et baissa les yeux sur sa compagne qui, accroupie, ramassait les illustrations.

— Sont-elles intactes ?

— Je crois.

Elle les examinait une par une, inspectant soigneusement chacune des vingt planches avant de les poser sur le buffet en pin. Deux fillettes qui ouvraient les portes d'un château. Deux lapins avec des visages de petites filles. Un arbre qui ployait ses branches pour attraper les héroïnes. Un renard caché dans des herbes émeraude. Une chouette qui volait derrière les deux sœurs et veillait sur elles. Chaque image était à la fois fantaisiste et féerique.

Puis Hazel tomba sur un cottage en pierre qui ressemblait tellement à leur maison de Binsey qu'elle en fut bouleversée. Absorbée par le dessin, elle sentait le regard affectueux de Barnaby. Sur l'image, un nuage de fumée s'élevait de la cheminée et les jardinières des fenêtres débordaient de fleurs de presque toutes les couleurs. La porte était bleu vif, le sentier de dalles tortueux, des rosiers grimpants se faufilaient entre les lattes de la clôture blanche. Et dans le coin, en bas à gauche, il y avait une tache de terre couleur ambrée.

Pas de terre. De whisky.

Elle souleva la feuille et Barnaby la lui prit des mains.

— Merde, répéta-t-il, à court de vocabulaire.

— Il n'y en a qu'une.

— Non.

Il pointa du doigt un coin de la cuisine près du bac à glace, alla ramasser le dessin d'un arbre dont le tronc présentait une cavité, d'où surgissaient les visages de deux fillettes sortant de leur cachette. En haut à gauche une éclaboussure sombre souillait le soleil.

Tous deux immobiles, l'air coupable, ils gardèrent le silence en tenant les illustrations tachées.

Un coup rapide et fort retentit à la porte d'entrée. Barnaby posa le dessin sur le buffet de la cuisine et jeta un œil par la fenêtre latérale qui avait vue sur le perron.

— Un policier, lâcha-t-il.

Hazel eut une bouffée de chaleur, une montée d'adrénaline explosive.

— Va lui ouvrir, lui ordonna-t-elle. Tout de suite. Je vais les cacher.

— Ça ne fera qu'empirer les choses, Hazel.

— Alors que dois-je faire ? Le leur dire ? Tu plaisantes ? Tout gâcher ? Sotheby's ? Hogan ? Ta blague sur la prison te semblait sans doute drôle, mais les faits sont là.

— Edwin t'adore. Il ne t'y enverrait jamais. (Barnaby tira le rideau en dentelle.) Il comprendra.

— Je n'ai jamais rencontré personne plus à cheval sur les principes qu'Edwin. Et il aime ses antiquités et les livres anciens de collection plus que moi. Plus que n'importe qui. Crois-moi. (Hazel poussa un soupir entre ses lèvres pincées.) Laisse-moi un peu de temps. Il faut que je comprenne le pourquoi de tout ça.

Barnaby se dirigea vers le salon.

Hazel rassembla les papiers et le livre, les rangea dans leur emballage, et s'immobilisa pour réfléchir à sa situation délicate.

Elle avait le choix : sortir et remettre le paquet au policier en disant « Je suis vraiment navrée, j'ai commis une erreur », ou le planquer au fond du buffet, derrière la porte secrète qui protégeait tous les documents importants de sa famille. Ce qui signifiait : espérer trouver les réponses avant que les réponses ne la trouvent.

CHAPITRE 8

Mars 1960

— Hazel ! lança Barnaby depuis le salon.

Elle ferma les yeux pour reprendre contenance. Avait-il déjà tout révélé à la police ? Son compagnon placide et droit avait-il dit la vérité ?

Lorsque Hazel pénétra dans le salon, Barnaby riait avec un policier en uniforme bleu foncé, casquette à la main. Elle garda son calme et adressa un signe de tête à l'agent.

— L'inspecteur Martin a reçu une plainte de l'un de tes voisins du dessus au sujet des aboiements d'un chien.

Hazel éclata d'un rire nerveux.

— Eh bien, je n'en ai pas, alors..., répondit-elle avec un sourire qu'elle savait feint.

— Désolé de vous avoir dérangée, m'dame, répliqua le policier en levant les yeux au ciel. Comme si on n'avait rien de plus important à faire que de se préoccuper d'un chien qui empêche une enfant de dormir. Il semblerait que la gamine ait pris un roquet pour un loup-garou, et sa mère n'arrive pas à la calmer.

— Cette petite ne manque pas d'imagination en tout cas, dit Barnaby en lui donnant une tape sur l'épaule.

Sur ces mots, il raccompagna l'agent jusqu'à la porte et la referma en la verrouillant derrière lui.

Hazel s'effondra sur le canapé et plongea sa tête dans ses mains, secouée par des sanglots.

— Tout va bien, la tranquillisa-t-il. Il est parti.

Hazel leva les yeux.

— Non, ça ne va pas. Pas du tout.

— Oh, Hazel !

Barnaby s'approcha et elle saisit sa main tendue. Elle se hissa sur la pointe des pieds pour être à sa hauteur. Il l'attira vers lui et caressa son dos, sa nuque, puis ses cheveux. Le désir brûlait, s'intensifiait.

— Je crois que je peux arranger ça, murmura-t-il en lui taquinant le lobe de l'oreille du bout de la langue.

Avant même qu'elle ait eu le temps de s'assurer que la cigarette s'était consumée dans le cendrier, ils avaient rejoint le lit.

Le sentiment de l'avoir protégée avait excité Barnaby. Ils firent l'amour avec l'urgence des premiers jours. L'espace de cet instant, les difficultés du réel s'estompèrent pour Hazel. La peur céda la place au désir, le mensonge à la vérité. Lorsqu'il la pénétra, ses jambes s'écartèrent et ses hanches s'incurvèrent pour l'accueillir, elle fondit en lui.

C'était cela, l'amour.

Le passé l'entravait comme une ancre qu'elle devait lever.

Le passé. Harry.

Bon Dieu, non. Pas ici, pas maintenant. Elle ne penserait pas à Harry alors que Barnaby roulait à ses côtés, l'attirait contre lui, lovant son corps contre le sien.

— Dieu que je t'aime, souffla-t-il.

— Je t'aime éperdument, répondit-elle quelques secondes plus tard, mais il s'était déjà endormi.

Hazel était tout à fait éveillée, comme si elle avait bu trop de thé. Whisperwood avait forcé l'ouverture d'une vieille boîte à souvenirs, remplie d'images de Flora, d'Oxford, de la femme qui les avait recueillies, et de Harry – le garçon avec lequel elle avait vécu durant l'évacuation ; le garçon qui se trouvait à ses côtés au moment où elle avait perdu Flora, celui qui était devenu son meilleur ami et qu'elle n'avait jamais pu oublier malgré tous ses efforts.

Elle se glissa hors du lit, fébrile, et alla dans la salle de bains bleue. Dans le grand miroir cerclé d'argent, elle scruta son visage. Hazel ne s'était jamais trouvée belle contrairement à ce que les autres disaient. Mais parfois, à la faveur d'une lumière flatteuse, il lui arrivait de glisser un coup d'œil à son reflet négligé et de se dire qu'elle *pourrait* devenir belle. Ou du moins aurait-elle pu l'être à une époque dont le style aurait fait ressortir ses yeux marron et sa chevelure fauve ondulée qui encadrait son visage parsemé de taches de rousseur.

Elle ouvrit le robinet de la douche, s'avança sous l'eau brûlante, se savonna et se lava les cheveux pour se débarrasser de l'odeur de tabac. Sous les rayons de lune qui entraient par la fenêtre, la mousse, en s'évacuant par le siphon, formait des fils de toile d'araignée. Elle ferma le robinet, s'essuya les pieds sur le tapis de bain, et attrapa son peignoir rose. Hazel en noua la ceinture et se dirigea vers le salon sur la pointe des pieds en s'efforçant de ne pas faire de bruit même s'il aurait fallu secouer Barnaby pour le réveiller. Il dormait comme une souche, surtout après un whisky et une partie de jambes en l'air.

Maintenant qu'elle avait retrouvé son calme et que l'obscurité et le silence avaient gagné l'appartement, elle réalisait les risques encourus : non seulement l'arrestation, mais la perte de son nouveau poste chez Sotheby's. Il avait suffi d'un comportement impulsif et d'un verre de whisky renversé pour tout compromettre.

Hazel cherchait des solutions. Sur les vingt, seules deux illustrations avaient été abîmées. Elle pouvait en rapporter dix-huit comme si de rien n'était. Si Edwin s'apercevait un jour qu'il en manquait deux, il accuserait l'expéditeur.

Mais Hazel ne saurait pas lui mentir, pas plus qu'à Tim. Elle ne s'imaginait pas tout replacer dans le coffre en fer noir, l'air de rien. Elle devait affronter Edwin ainsi que la vérité.

Seulement, pas tout de suite.

Elle songea à tous ceux qui croyaient l'histoire de Flora terminée : Aiden Davies les avait appelées, elle et sa mère, en 1956. Cela faisait alors seize ans que Flora avait disparu, et l'inspecteur leur avait annoncé : « Nous pensons l'avoir retrouvée. »

On avait repéré les restes d'un squelette de petite fille dont l'âge semblait correspondre à celui de Flora. Hazel avait accouru à Oxford avec sa mère, écouté le rapport navré d'Aiden avec tous les détails : les trois cent quarante kilomètres de la Tamise rejetaient un cadavre par semaine. Comme il l'avait promis après la disparition de Flora, Aiden avait parcouru des centaines de fois les rives du fleuve entre Binsey et Wallingford, sondant les eaux sombres à la recherche d'un indice ou d'une trace qui le mènerait à la disparue, interrogeant les villageois des alentours, leur laissant des photos. Mais le 6 décembre 1956, un groupe d'adolescents s'était retrouvé en douce un soir de pleine lune autour d'une bouteille de Jameson et était tombé sur les restes d'un corps, près des rives marécageuses du fleuve.

Dans l'étroit bureau du commissariat de Thames Valley, à Oxford, Hazel et sa mère s'étaient assises sur les chaises en métal un peu rouillées, face au bureau encombré d'Aiden.

— Vous ne pouvez pas prouver que c'est elle, avait dit Maman très distinctement, les mains cramponnées à son sac à main noir posé sur ses genoux.

Aucune d'elles n'avait vu le corps, ou ce qu'il en restait, car qui donc supporterait un tel spectacle ? Il n'y avait rien à identifier, alors à quoi bon examiner un petit corps décomposé ? On n'avait relevé aucune tache de naissance en forme d'oreilles de lapin ni la moindre boucle de cheveux blonds.

— Elle a environ le même âge et..., commença Aiden.

— Comment le savez-vous ? s'était écriée Hazel. Vous prétendez avoir mené des recherches sur des kilomètres et des kilomètres, le long du fleuve, vous l'auriez déjà retrouvée depuis des années.

La voix d'Aiden était calme et trahissait son propre chagrin. Il ne souhaitait pas plus qu'elles voir cette affaire se conclure de cette façon.

— La largeur de la Tamise, la force du courant... Ce fleuve ne livre pas facilement ses secrets. Je suis vraiment navré.

Hazel et Maman avaient quitté Aiden, toutes deux campées dans leur certitude que ce cadavre ne résolvait pas le mystère de Flora. Elles n'avaient aucune preuve sinon un pressentiment, et pour Aiden, cela ne suffisait pas.

Après tout, peut-être qu'il avait raison ; que le squelette d'enfant et les restes retrouvés sur la rive confirmaient l'allégation de l'inspecteur : Flora aurait péri. Mais au fond d'elle-même, Hazel n'y croyait pas. D'accord, elle se fourvoyait peut-être en refusant d'admettre le décès de Flora qui la plongerait dans le désespoir. Mais tant qu'elle n'aurait pas de preuve irréfutable, elle continuerait à vivre avec l'espoir que sa petite sœur avait survécu.

Hazel frissonna. Dans le couloir, le tic-tac de l'horloge en chêne de grand-père, tel un métronome, annonçait 23 heures.

Elle calcula l'heure qu'il était à New York : 18 heures. Elle entra dans la cuisine, décrocha le combiné, composa son numéro, et fut transférée vers différents standards. Puis vint enfin le bruissement de la mer qui correspondait en réalité à la réception statique et un homme, probablement depuis l'un des gratte-ciel de Manhattan, prit son appel. Sans pouvoir dire pourquoi, elle s'était plutôt attendue à tomber sur une femme.

Elle estima que le prix de cette conversation était bien au-dessus de ses moyens, mais encore une fois, elle avait subtilisé une édition et des illustrations originales. Par comparaison, que représentait le coût d'un appel international ?

— Je m'appelle Hazel Linden. (Elle s'éclaircit la voix et, dans l'espoir d'impressionner cet Américain, ajouta avec un pur accent anglais :) Je travaille pour la boutique de livres rares Hogan, à Londres.

— Et ? dit-il d'un ton bourru.

— Eh bien, aujourd'hui, j'ai déballé le livre extraordinaire de votre auteur Peggy Andrews. J'espérais que vous pourriez me mettre en contact avec elle.

— Je peux vous faire parvenir toutes les informations dont vous avez besoin. Mais pourquoi voulez-vous la contacter ?

Hazel, qui ne s'était pas préparée à cette question, laissa échapper :

— Il faut que je lui parle de son livre.

— Est-ce pour une interview ?

— Oui, répondit-elle, sautant sur l'excuse qu'il venait de lui offrir. Notre librairie publie une lettre d'information.

— Mlle Andrews est extrêmement discrète. De toute façon, je ne suis pas autorisé à divulguer ses informations personnelles. Mais je vous invite à lui écrire en adressant votre courrier à Henry-Todd Publishing.

— Auriez-vous l'amabilité de lui demander de me rappeler ?

— Elle n'a pas le téléphone, ou si elle en a un, elle ne m'a pas donné son numéro.

— Ah.

Remarquant sa déconvenue, l'homme ajouta avec bienveillance :

— Écrivez-lui à notre adresse et nous lui transmettrons.

Il lui débita les coordonnées d'un des nombreux gratte-ciel de New York, en ajoutant le nom d'un attaché de presse.

— Merci. En attendant, j'aurais quelques questions auxquelles j'espère que vous saurez répondre, insista-t-elle, entendant des sonneries de téléphone et des bruissements de papier à l'autre bout de la ligne.

— Peut-être, mais faites vite.

— Bien sûr. Sauriez-vous quel âge a Mlle Andrews ?

— Je vois ici qu'elle fêtera ses vingt-cinq ans en avril.

L'anniversaire de Flora était en juillet. Peggy Andrews semblait avoir au minimum un an de moins que sa petite sœur.

— À quoi ressemble-t-elle ?

Maintenant, il la trouvait sûrement louche ; elle sentit une inflexion dans son silence.

— Pouvez-vous, s'il vous plaît, m'envoyer une photo d'elle ?

— Si vous souhaitez contacter l'auteur, adressez-lui une lettre ici, à la maison d'édition.

Comme il fallait s'y attendre de la part d'un New-Yorkais très occupé, il raccrocha et elle écrasa le combiné sur son socle.

Peut-être ferait-elle mieux de sauter dans un avion pour l'Amérique, ou de réserver une traversée sur un bateau pour aller retrouver cette femme qui vivait quelque part dans le Massachusetts. Plus d'informations – voilà ce qu'il lui fallait.

Elle alluma la petite lampe posée au bord du buffet, prit une feuille de son plus beau papier à lettres en lin et s'arma de son stylo à plume. Retrouve cette auteur et tu trouveras Flora. Ou du moins des renseignements *concernant* Flora.

Qu'était-elle supposée lui dire dans cette lettre ? Quelle part de vérité révéler ? *Whisperwood est mon histoire. Celle de ma sœur. Ce n'est pas la vôtre, alors comment l'avez-vous trouvée ?*

Non. Hazel ne devait pas être agressive, au risque de voir Peggy Andrews lui échapper. Sois aimable et curieuse.

La curiosité.

Elle fit glisser sa plume sur la feuille. *Quand j'étais enfant, j'ai inventé une histoire, très semblable à la vôtre, qui s'intitulait aussi* Whisperwood et la rivière d'étoiles. *Je serais curieuse de savoir comment…*

Une fois sa lettre terminée, elle s'appuya sur le dossier de la chaise et la relut deux fois, satisfaite d'avoir trouvé le ton juste. Respectueux, ce qui lui laissait espérer une réponse et ensuite… peut-être que… Peggy Andrews lui en dirait davantage.

CHAPITRE 9

Septembre 1939

Une fois sorti de la gare d'Oxford, le groupe d'enfants évacués continua à marcher en rang. Il passa devant des taxis, des feux rouges clignotants, emprunta les passages piétons et descendit une rue particulièrement longue. Sur leur parcours, ils aperçurent les grands clochers de la ville, les imposants immeubles en pierre et les grilles en fer forgé. Les ruelles serpentaient autour de grands portails en bois, ceux des nombreuses universités d'Oxford. Le flux d'enfants se déversait le long de cafés bourdonnant d'activité. Des étudiants, en toges noires, les dépassaient à la hâte, avant de s'arrêter pour les couver d'un regard plein de compassion.

La beauté et la puissance de la ville s'imposaient avec ses pinacles, ses tours, et ses fenêtres cintrées, à meneaux, en pierres sculptées. Hazel se sentit revigorée par une lueur d'espoir. On ne les entraînait pas vers le terrible passage du conte, rempli de vieilles marâtres, de sorcières et de dragons. Peut-être était-elle montée dans le bon train après tout, celui qui portait chance. Les citadins agglutinés sur les trottoirs agitaient des drapeaux, acclamaient les enfants comme s'ils avaient fait quelque chose d'exceptionnel, comme si c'étaient eux qui avaient enfin gagné la guerre.

— Bienvenue à Oxford ! s'écria un garçon.

Hazel s'arrêta afin de l'observer. Bien que plus grand avec sa tignasse frisée dont aucune brosse ne viendrait à bout, il devait avoir à peu près son âge. Il portait une veste en laine d'un gris délavé, une casquette plate de couleur noire et adressait de grands signes de la main à tous les enfants qui passaient à sa hauteur.

Hazel remonta la bretelle de son sac à dos sur son épaule et *crac* – elle se cassa net. Son havresac roula sur les pavés. Son barda se retrouva éparpillé par terre : ses tennis noires, ses sous-vêtements en coton blanc, sa robe à fleurs jaunes et sa brosse à dents en bois. Les autres petits pressaient le pas derrière elles, piétinant ses maigres affaires alors qu'en larmes, elle se dépêchait de les ramasser au milieu des paquets de cigarettes écrasés, de papiers d'emballage de caramels mous froissés et de feuilles de journaux graisseuses qui avaient dû servir de cornets de frites.

Après avoir récupéré son fourbi, elle essaya de tout fourrer pêle-mêle dans son sac en toile. Mais, autour d'elle, des mains surgissaient de toutes parts. Elle hurla et repoussa quelqu'un – personne ne lui déroberait le peu de choses qui lui appartenaient ! Des paumes larges et douces attrapèrent son sac à dos. Flora s'accrocha au bas de la robe de sa sœur pour ne pas être emportée par la marée humaine.

Hazel bouscula le corps qui, penché sur elle, était en train de ramasser sa brosse à cheveux. Elle leva les yeux et découvrit le garçon qui leur avait souhaité bruyamment la bienvenue. Elle l'envoya valdinguer. Mais il éclata d'un bon rire franc et sonore.

— J'essaie juste de t'aider. Tiens ! dit-il en lui tendant sa brosse et un tee-shirt blanc à col Claudine – son préféré – tout taché d'empreintes de chaussures.

Au milieu de la foule mouvante, Hazel finit de ranger ses affaires dans son sac à dos. Ses habits qui avaient été si soigneusement pliés ne ressemblaient plus à rien. Les gros sanglots qu'elle réprimait depuis l'aube menaçaient à présent d'exploser. Le garçon restait planté là, lui tendant son sac.

Elle se releva et le lui prit.

— Merci.

— Il n'y a vraiment pas de quoi.

Flora tira sa sœur par la main, le doigt pointé vers leur classe qui s'éloignait.

Hazel jeta un dernier regard au garçon avant de courir vers le groupe qui fermait la marche, jouant des coudes afin de rejoindre Mlle Pink. Quelques minutes plus tard, ils arrivèrent à la mairie où les familles choisiraient les enfants qu'elles souhaiteraient ramener chez elles, tels des chiots pour leurs gamins ou des vaches pour leur ferme.

— Celui-là fera l'affaire, lança un homme à la voix grave.

En voyant cet individu dans son pantalon maculé de boue pointer du doigt un garçon plus âgé, en salopette, qui grimaçait d'un air frondeur, Hazel serra Flora aussi fort que ses forces le lui permettaient. Elle déboutonna son manteau et en rabattit un pan sur sa sœur pour faire comprendre à tout le monde qu'elles formaient un tout. Indivisible.

Une femme aux cheveux gris, rêches et rebelles, qui flottait dans ses habits comme dans un sac de patates à fleurs, se campa devant les deux filles. Elle dévisagea Flora avec une telle intensité que Hazel referma les pans de son manteau sur sa sœur.

— Quelle charmante enfant ! bredouilla-t-elle d'une voix doucereuse à vous soulever le cœur.

— Ce sont des sœurs, précisa l'homme en uniforme muni d'un carnet. Elles sont ensemble.

Son regard s'abaissa alors vers Hazel. Cette femme avait les yeux noirs et perçants des corbeaux qui, du mur où ils se perchaient à l'arrière de leur maison de Bloomsbury, plongeaient sur tout ce qui miroitait. Hazel le savait, elle n'était pas resplendissante. Mais Flora brillait comme un sou neuf, un diamant, un trésor... Sa chevelure blonde, son petit nez et ses grands yeux ne laissaient personne indifférent. Hazel ne soutenait pas la comparaison.

La vieille chouette – c'est le mot qui lui était venu à l'esprit – s'éloigna et clopina vers une fillette avec des nattes jusqu'aux épaules, des cheveux auburn si brillants qu'on aurait dit du feu. Elle avait la tête baissée, ses petits poings agrippés à sa jupe.

— Toi ! cria la femme.

L'enfant releva la tête, en pleurs.

— Comment t'appelles-tu, petite ?

— Kelty Monroe.

— Je te choisis, déclara-t-elle en adressant un signe à un agent.

— Non !

— Je prendrai celle-ci, ajouta la femme au policier en montrant Kelty du doigt.

Hazel détourna les yeux, prise d'angoisse, comme si un oiseau avait fondu sur elle.

La salle était pleine d'enfants, au nombre desquels se trouvaient certains élèves de sa classe, de son école et beaucoup d'autres qu'elle ne connaissait pas. Ils étaient entassés sur des bancs tandis que les habitants de la région choisissaient ceux qu'ils logeraient chez eux. Une grande table était adossée au mur du fond, chargée de nourriture destinée à ceux qui n'auraient pas été sélectionnés avant l'heure du dîner. Des fermiers jetèrent d'abord leur dévolu sur les garçons en short de serge grise ou en pantalon de tweed. Les familles sans enfants briguaient les jolies petites filles vêtues de robes en dentelle à froufrous à la Shirley Temple ou assez jeunes pour être choyées comme des poupées.

Mais qui pouvait vouloir d'une grande de quatorze ans et de sa sœur ?

Hazel avait des crampes d'estomac ; était-ce la faim ou la peur ? Elle n'aurait su le dire. Et si personne ne les prenait ? Et si Flora et elle restaient assises sur ces bancs trop durs pendant que les autres profiteraient d'un bon repas chaud dans une gentille famille ?

Une affiche était accrochée au mur, le coin supérieur gauche décollé flottait dans le courant d'air. Elle montrait une femme en train d'arpenter les ruines d'une ville après un bombardement, de la fumée s'échappant des fenêtres brisées des immeubles, une scène atroce.

La femme en haillons avait un bébé dans les bras, deux enfants crasseux accrochés à son manteau, et traversait péniblement ce terrain vague. L'arrière-plan, d'un bleu magnifique qui tranchait avec la photo, proclamait : CE POURRAIT ÊTRE VOUS ! PRENDRE SOIN DES ÉVACUÉS, C'EST RENDRE SERVICE À LA NATION. Et juste en dessous, en plus petits caractères : MESSAGE DU MINISTÈRE DE LA SANTÉ.

Ainsi Flora et Hazel avaient-elles une appellation officielle : elles étaient des évacuées.

Une femme vêtue d'une dirndl[1] bleue vaporeuse leur distribua une tasse de lait et un biscuit au chocolat avec un sourire étrange et crispé, comme si elle effectuait un travail pénible. Les deux sœurs burent et mangèrent goulûment. On étouffait dans cette salle aux poutres basses et aux fenêtres closes. L'air rafraîchissant de l'automne restait bloqué audehors par les lourdes portes qui s'ouvraient et se refermaient à chaque arrivée d'adultes ou départ d'enfants.

---

1. Robe typique des paysannes des Alpes, notamment bavaroises (*N.d.T.*).

Des odeurs de sueur et de laine humide saturaient la salle et Flora l'implora :

— Emmène-moi dans notre pays.

— Pas maintenant, lui chuchota Hazel.

— Alors, raconte-moi une autre histoire, une histoire où Maman nous ramène à la maison.

— Elle est à la maison.

Hazel était incapable de s'embarquer pour l'imaginaire quand la réalité s'annonçait si inquiétante. Les adultes défilaient les uns derrière les autres et les jaugeaient telles des tomates au marché.

— Fais que Maman soit là, la supplia Flora. Amène-la ici, qu'elle vienne nous chercher.

Mais Hazel ne pouvait pas trouver de début à pareille histoire. Ses épaules s'affaissèrent quand, dans la queue, une jolie dame en robe bleu clair arriva à leur hauteur. Ses cheveux châtains descendaient en dessous de son col en dentelle et elle portait un élégant chapeau rouge incliné sur le côté. Ses yeux verts scrutaient les bancs comme si elle y cherchait ses propres enfants.

— Choisissez-nous, murmura Hazel.

Flora leva les yeux et se redressa, ouvrant les pans du manteau de sa grande sœur. La dame leur sourit en passant. À côté d'elle, Hazel reconnut le garçon qui l'avait aidée un peu plus tôt dans la rue. Il accompagnait la jolie dame. Lorsqu'il vit Hazel, un sourire se dessina sur son visage.

— Toi ! lança-t-il.

— Oui, moi, répondit-elle.

— Je m'appelle Harry. (Il s'arrêta devant elle et, bien qu'il n'y eût ni vent ni le moindre courant d'air dans cette salle déprimante, ses cheveux semblaient onduler.) Comment tu t'appelles ?

La dame à la robe bleue, qui d'après Hazel devait être sa mère, s'était avancée vers les bancs suivants, distribuant sourires et hochements de tête aux enfants pleins d'espoir qui s'agrippaient les uns aux autres, ou à leur poupée, leur couverture, leur ours en peluche.

Hazel releva le menton pour cacher sa peur.

— Je m'appelle Hazel Mersey Linden.

— Maman ! s'écria Harry sans quitter Hazel des yeux.

— Oui, mon chéri ? dit-elle en se retournant alors qu'elle se trouvait six enfants plus loin.

— Venez, s'il vous plaît, la pria-t-il.

Elle le rejoignit vite. Son rouge à lèvres était si brillant que Hazel aurait pu lire les mots sur ses lèvres aussi facilement qu'elle les entendait.

— Qu'y a-t-il ? s'enquit la dame.

— Je voudrais vous présenter Hazel.

La dame au rouge à lèvres, chapeau rouge et robe à fleurs regarda la jeune fille puis Flora. Elle avait un sourire si bon qu'il lui rendit espoir. Oui, c'était le genre de femme avec laquelle leur mère pourrait se lier d'amitié, de celles qui feraient cuire au four des plats qui sentiraient comme à la maison, qui leur liraient des livres et leur feraient des dessins avec des crayons de couleur sur des feuilles blanches.

— Bonjour, Hazel, commença-t-elle avant de pivoter vers Harry. Il faut que nous choisissions un garçon, mon enfant. Quelqu'un pour nous aider. Nous ne pouvons pas ramener deux filles à la maison.

Il n'y avait aucune cruauté dans sa voix contrairement à la vieille chouette à l'air méchant et aux cheveux rêches. Elle s'était montrée aimable même si elle refusait de les prendre.

Le cœur de Hazel se brisa. Elle serra si fort la main de Flora dans la sienne que la petite gémit.

— Maman, lança Harry sur le ton jovial de celui qui est en train de s'amuser dehors, nous n'avons pas besoin de garçon. Puisque vous m'avez, moi.

Elle éclata d'un rire conforme à celui que Hazel s'était imaginé, vif et très joyeux. Le silence qui s'ensuivit dura à peine le temps de quelques battements de cœur, mais sembla s'éterniser autant que le voyage en train pour arriver ici – la ville où leurs parents étaient tombés amoureux, l'endroit où Hazel et Flora vivraient en attendant de pouvoir rentrer chez elles en toute sécurité, le temps que la Grande-Bretagne arrête cet homme cruel nommé Hitler.

— Jeunes filles, reprit la dame avec le sourire et la tête penchée. D'où venez-vous ?

Flora répondit avant même que sa sœur ait pu ouvrir la bouche.

— De Londres, m'dame. Bloomsbury.

— Eh bien, Bloomsbury me plaît beaucoup, sans aucun doute. (Puis, s'adressant au garçon :) Harry, c'est là que Virginia Woolf a intégré le Bloomsbury Group.

Son fils regarda Hazel.

— Maman raffole du Bloomsbury Group. Elle a un côté très bohème, et regrette secrètement de ne pas en avoir fait partie – au lieu de ça, la voici cantonnée à son rôle de mère à cause de moi.

— Oh, arrête, veux-tu !

Elle l'embrassa sur la joue et il ne se détourna pas. Hazel en fut abasourdie : un garçon qui ne fuyait pas les démonstrations d'affection de sa mère en public, un garçon qui employait des termes comme « raffoler » et « bohème ».

— Et vos parents ? s'enquit la dame.

— Maman travaille pour le Royal Service et Papa est déjà…

Hazel ne parvenait toujours pas à prononcer ce mot, si définitif : *mort*. Son interlocutrice le devina à sa voix tremblante.

— Je suis vraiment désolée. Quant à l'hébergement, je ne dispose que d'un lit supplémentaire, je suis navrée.

Flora bondit du banc, étreignant les pattes arrière de son ours de toutes ses forces.

— On peut le partager, lui assura-t-elle avec des trémolos dans la voix.

Hazel acquiesça.

— Cela ne nous poserait aucun problème.

La dame s'accroupit pour regarder Flora dans les yeux.

— Eh bien, si cela vous convient, vous viendrez donc chez nous.

La mâchoire de Hazel se décrocha de surprise et de soulagement.

Flora dévisagea la mère de Harry.

— Et Hazel pourra vous raconter des histoires. Ce sont les meilleures du monde !

— Formidable ! répondit-elle. Je m'appelle Bridgette Aberdeen.

— Et moi, Hazel Mersey Linden.

— Et moi, Flora Lea Linden.

Elles s'étaient présentées en même temps.

— C'est un plaisir de faire votre connaissance.

Hazel vit alors sa petite sœur à travers les yeux de Mme Aberdeen : une fillette adorable, pleine de naïveté et de gentillesse. Flora était la meilleure d'entre eux, non seulement de la famille Linden, mais de tous les enfants qui étaient arrivés par le train ce jour-là.

Bridgette Aberdeen se redressa et rajusta son chapeau. Puis elle adressa un signe de la main à l'agent qui se trouvait à l'autre bout du banc.

— Ces deux petites rentrent à la maison avec nous.

CHAPITRE 10

Mars 1960

Dans la chambre de Hazel à Bloomsbury, les faisceaux lumineux du matin s'infiltraient à travers les rideaux en dentelle couleur thé. Au loin, dans le monde des lève-tôt, un téléphone n'arrêtait pas de sonner. Elle glissa sa jambe gauche sous les draps à la recherche de Barnaby, puis tendit la main en quête de réconfort, mais ne trouva que du vide. Elle roula sur le côté et posa le regard sur l'oreiller écrasé sur lequel il avait dormi.

La journée de la veille lui revint en mémoire et l'appréhension lui noua l'estomac.

Elle avait fini par se coucher vers une heure du matin alors que Barnaby dormait déjà.

Et ce son strident. Mal réveillée, elle trébucha jusqu'au téléphone de la cuisine et décrocha.

— Allô ?

— Bonjour, Hazel.

Edwin Hogan.

— Bonjour, hasarda-t-elle en essayant de prendre une voix détachée. Suis-je en retard au travail ?

Elle essayait de tourner tout cela à la plaisanterie alors qu'elle connaissait déjà la raison de son appel.

— Nous avons un problème.

— Ah ?

Elle posa sa main sur son cœur, le sentit tambouriner dans sa poitrine.

— Quelqu'un s'est introduit dans l'arrière-boutique et a dérobé un paquet, hier. C'était la cohue, à ce que Tim m'a dit. Un groupe de touristes. Un jeune couple venu acheter un Auden. Une mère et sa fille. Je vous appelle pour vous demander si vous auriez remarqué quoi que ce soit d'anormal ou si vous vous rappeliez avoir entendu leurs noms ?

L'esprit confus, elle était pourtant résolue à dire la vérité quand il ajouta :

— J'ai appelé Scotland Yard. (Il marqua un temps.) Avez-vous mis le colis au coffre avec les autres ?

— Non, lui assura-t-elle. J'en ai laissé un dehors pour Tim.

Le mensonge lui était venu si naturellement que de la bile lui remonta dans la gorge. Penchée en avant, le combiné coincé entre l'oreille et l'épaule, elle plaça les mains sur ses genoux. Qui était donc cette femme qui volait et fabulait, tout ça pour un conte de fées et dans le maigre espoir de retrouver sa sœur vivante ? Où était passé Barnaby ? Il fallait qu'ils rendent les illustrations, qu'ils se débrouillent pour les replacer dans l'arrière-boutique.

— Hazel, ça ne vous ressemble pas de laisser un ouvrage… sans surveillance.

— Qu'est-ce qui a été dérobé ? demanda-t-elle en espérant que quelque chose d'autre avait disparu.

— Il y a un nouveau conte de fées qui fait un malheur en Amérique. Je me suis procuré les illustrations originales. Celles de Pauline Baynes. Une fois que la Grande-Bretagne découvrira ce livre, elles vaudront une petite fortune. Et voilà qu'elles disparaissent. Les avez-vous consultées ?

Elle avait rempli trop vite sa petite boîte à mensonges, aussi débita-t-elle une vérité partielle.

— Oui. Mais je n'ai pas pu toutes les voir… je suis partie.

— Partie ?

— Oui.

— Enfin pourquoi, Hazel ?

— J'étais perturbée, Edwin. J'ai cru que… eh bien, je ne sais pas exactement. J'étais sous le coup de l'émotion. Pardonnez-moi.

— Si le moindre détail vous revenait, pourriez-vous m'en informer, je vous prie ? Comme une personne qui se serait introduite dans l'arrière-boutique, par exemple ?

— Comptez sur moi.

— Savez-vous où se trouvait Poppy ? s'enquit-il. Je n'arrive pas à la joindre ce matin.

— Non, mais, Edwin, elle est incapable d'une chose pareille. Pas après toutes ces années, et tout ce que vous avez fait pour elle.

— Il faut que je vous laisse à présent, Hazel. L'inspecteur est arrivé. À la moindre idée, appelez-nous, je vous prie.

Il raccrocha sans dire au revoir et Hazel se précipita dans la salle de bains, vomit dans les toilettes et s'écroula sur le carrelage gris. Les roses entrelacées du papier peint, rouges, jaunes et vertes, lui brouillaient la vue et elle appuya son front contre ses genoux repliés. Feraient-ils porter le chapeau à Poppy, à l'amoureux transi qui avait acheté l'Auden à sa fiancée, ou à Tim ?

Il était trop tard pour rapporter l'ouvrage. Trop tard pour dire la vérité. Mais elle ne pouvait pas les laisser accuser l'innocente et ravissante Poppy.

Une demi-heure plus tard, vêtue d'un pantalon en tweed et d'un pull bleu pâle, la lettre pour Peggy Andrews rangée dans sa poche, Hazel décrocha son manteau rouge de la patère fixée à la porte d'entrée et trouva un petit mot punaisé au tableau de bois. « Désolé, j'ai dû filer de bonne heure à cause d'un tutorat et je n'ai pas voulu te réveiller. Je te retrouve à 10 h 30 au café Legrain. Je t'aime à la folie, B. »

Hazel abandonna le message sur le banc de l'entrée et sortit.

En ce jour de mars, l'air était doux et vivifiant. Elle s'arrêta un moment avant de dévaler le trottoir. Un pâté de maisons plus loin, elle atteignit la boîte aux lettres rouge au coin de Doughty et y glissa son enveloppe.

Cela lui rappela le jour où elle avait écrit une carte postale à sa mère de Binsey. *Nous sommes en sécurité et bien au chaud dans une charmante famille. Ne t'inquiète pas…*

La première partie était vraie, la seconde un mensonge involontaire.

À leur arrivée à Binsey, Hazel s'était imaginé une histoire qui en était devenue une autre. Elle savait désormais ce qu'il lui restait à faire, ce qu'on exigeait d'elle. En admettant qu'elle tire le moindre bénéfice de ce Whisperwood, ce serait au prix de la vérité.

CHAPITRE 11

Septembre 1939

Hazel et Flora étaient assises à l'arrière de la Flying Nine bleue de Mme Aberdeen. Dehors, le ciel bas, gris tourterelle, dispersait sa bruine. Les essuie-glaces s'agitaient bruyamment contre le pare-brise. Les haies frottaient la carrosserie de part et d'autre, ce qui expliquait toutes les éraflures. Son chapeau sur les genoux, Mme Aberdeen conduisait les deux mains posées sur le volant, entonnant sans complexe une chanson qui passait à la radio et qui évoquait une personne dont le génie était indicible.

À l'avant, sur le siège passager, Harry se retourna à deux reprises, sourit aux sœurs et leva les yeux au ciel l'air de dire : *ma mère est dingue, mais qu'y faire ?* Flora et Hazel se serraient l'une contre l'autre en se tenant la main ; Berry était écrasé entre elles. Sa gueule d'ourson pointait vers le pare-brise comme s'il se demandait où ils allaient, et combien de virages les séparaient encore de chez les Aberdeen.

Hazel fixait Mme Aberdeen en cherchant les termes adéquats pour décrire à sa mère celle qui les avait choisies. Elle avait la peau laiteuse de celles qui ne s'exposent jamais au soleil. Sa bouche présentait un léger arrondi, pareille à celle de Harry, et quand elle chantait de sa voix mélodieuse, les coins de ses lèvres s'ourlaient en un sourire. Ses cheveux lui arrivaient en dessous des épaules et dansaient au rythme des terribles cahots de la voiture qui, à chaque soubresaut, semblait menacer de se casser en mille morceaux.

C'était la première fois que Hazel et Flora parcouraient la campagne d'Oxford et la petite regardait par la fenêtre en silence. En contemplant ce paysage à la tombée du jour, Hazel aurait presque pu croire en l'existence de Whisperwood et de ses portes étincelantes cachées çà et là. Elle avait hâte de sortir de la voiture, de courir à travers les landes de bruyères entre les rochers couverts de lichen de cette région vallonnée. Elle imaginait les ombres croître dans les prairies telles des flaques d'eau argentée. *Il te suffit de les chercher*. Elle serra Flora dans ses bras.

— Tout ira bien pour nous.

La petite extirpa Berry de là où il était coincé et le posa sur ses genoux.

— Je sais.

Ils furent alors bien secoués. La voiture s'engageait dans une longue allée de gravier avec tant d'ornières et de nids-de-poule qu'ils menaçaient de la transformer en tas de ferraille. Lorsqu'elle s'arrêta enfin, Mme Aberdeen trilla, comme s'il s'agissait du dernier vers de la chanson qu'elle fredonnait depuis le début du trajet.

— Bienvenue au cottage des Aberdeen.

Les deux sœurs descendirent de l'auto et regardèrent la maison en pierre au charme désuet. Elle était resplendissante. Le soleil, qui se couchait derrière, donnait à ses pierres des reflets argentés. À l'intérieur, une lumière restée allumée teintait les vitres de jaune citron. La porte était peinte en bleu vif. De chaque côté de l'entrée, on avait placé sous les fenêtres des jardinières remplies de plantes pleines de feuilles, de fleurs rouges et jaunes qui débordaient de tous les côtés.

Ce cottage semblait tout droit sorti de terre. Du lierre rampait le long de la maison et se lançait à l'assaut de la fenêtre de gauche. Le toit était couvert d'ardoises noires et la cheminée en cuivre, dans les lueurs du couchant, paraissait s'embraser, lançant des flèches brillantes sur la toiture. Tout autour, le paysage se déclinait en coteaux et en collines, vagues vertes et marron. C'était la seule maison des alentours.

— Dépêchez-vous maintenant. La nuit tombe et je tiens à vous installer, déclara Mme Aberdeen. Nous irons faire un tour demain. Venez, venez.

Les sœurs et Harry, qui portait leurs bagages, la suivirent.

De la mousse jointait les dalles du chemin d'accès qui serpentait entre deux aulnes. Il y avait quelques feuilles jaunies sur le sol et d'autres encore accrochées aux branches. Des broussailles prospéraient un peu partout devant le cottage.

Une rafale de vent projeta les sœurs à l'intérieur de la maison dans un tourbillon de feuilles, de brindilles et de mousse. Mme Aberdeen laissa échapper un rire cristallin.

— Eh bien, voici donc le comté qui vous souhaite la bienvenue chez vous.

Hazel contempla ce foyer douillet avec sa cheminée en galets si grande qu'on pouvait s'y tenir debout et son tas de bûches à côté. Le manteau même de la cheminée avait été réalisé avec un tronc coupé en deux. Au plafond des poutres apparentes, des murs de plâtre bombés d'un blanc éblouissant, et surtout des livres partout : sur les guéridons en bois, les étagères, par terre et empilés dans les coins. Le séjour abritait aussi un grand canapé bien rembourré et deux fauteuils confortables en tissu à fleurs rouges et bleues. Un tronc d'arbre faisait office de table basse, couverte de livres, elle aussi. Le motif du tapis représentait une tonnelle recouverte de lierre. Le chaos ambiant aurait dû faire désordre, mais il n'en était rien. Cette maison respirait le confort.

— Il ne faut pas dire que c'est chez nous, affirma Flora, les lèvres tremblantes. Ce n'est pas chez nous.

Mme Aberdeen posa son gros sac tapissé sur un banc dans l'entrée et s'agenouilla, les mains sur les cuisses pour regarder la petite fille dans les yeux.

— Oh ma chérie, tu as tout à fait raison. Ce n'est pas chez toi. Mais j'espère que tu finiras malgré tout par aimer cette maison. J'aurais dû mieux choisir mes mots. Laisse-moi faire un nouvel essai, dit-elle en se levant. (Puis elle s'éclaircit la voix et reprit :) Bienvenue dans le cottage des Aberdeen, chez Bridgette et Harry Aberdeen.

Elle fit une révérence et sourit.

Flora éclata de rire.

— Il faut que nous écrivions tout de suite une carte postale à Maman, intervint Hazel. Pour qu'elle sache que nous sommes en lieu sûr. C'est… (Elle chercha à se rappeler le terme.) Impératif.

Mme Aberdeen considéra Hazel et lui ébouriffa les cheveux comme si elle la connaissait depuis sa naissance et non depuis moins d'une heure.

— Nous ferons ça demain matin, à la première heure. Pour l'instant, nous allons vous préparer un bon repas chaud et vous installer dans votre chambre. Cette journée n'a pas dû être facile pour vous !

Harry prit en bandoulière les sacs déposés dans l'entrée.

— C'est par là, lança-t-il en inclinant la tête vers le couloir.

Les deux sœurs lui emboîtèrent le pas sur le parquet sombre que la lumière du plafonnier faisait reluire. Des cadres de photos de Harry à tous les âges décoraient les murs du corridor. Hazel n'eut pas le temps de s'arrêter pour les observer, mais elle savait qu'elle le ferait. En prenant à droite, ils se retrouvèrent dans la cuisine, une pièce carrée avec des fenêtres qui donnaient sur le jardin plongé dans la pénombre. Hazel distingua des tonnelles, des chemins, une grange rouge et un potager avec des tuteurs en saule. Il y avait, adossé au mur de droite, un âtre en briques avec des restes de bûches calcinées. Magnifique ! La jeune fille n'en revenait pas : un petit âtre, dans la cuisine. *La cuisine !* Sur l'autre mur, trois encadrements de portes : la première s'ouvrait sur une modeste salle de bains, la deuxième donnait sur l'extérieur et la dernière était fermée, avec une poignée en cuivre de forme ovale.

Le vert dominait dans cette pièce : des plans de travail vert menthe aux rideaux à carreaux émeraude au-dessus de l'évier, en passant par la cuisinière AGA qui diffusait de la chaleur. Le placard en bois était ouvert et ses étagères s'affaissaient, croulant sous des assiettes, tasses, verres et des piles de linge de maison. Il y avait aussi une table ronde en bois sombre au centre de laquelle trônaient une théière à fleurs et un vase garni de chardons pourpres.

Harry poussa la porte close d'un coup de hanche. Hazel le suivit tandis que Flora s'attardait dans la cuisine, s'approchait de la table et effleurait les épines des chardons.

Dans la chambre rectangulaire, Harry déposa les sacs sur le lit recouvert d'une couette aux motifs bigarrés.

— Voici votre domaine.

Une armoire en bois sombre et une commode recouverte d'une dentelle à volants habillaient le mur de gauche. Deux fenêtres donnaient sur les champs, à l'arrière de la maison.

— C'est beau !

Hazel l'avait dit sans chercher à faire des politesses. Elle était trop fatiguée pour ça. Sa petite sœur entra au moment où elle s'asseyait sur le lit.

— Oh ! lâcha Flora, émerveillée de découvrir la chambre avant de se précipiter vers elle et de grimper sur ses genoux.

La jeune fille se sentit extrêmement soulagée : être en sécurité dans une maison pareille, avec un lit pareil, pendant que la guerre faisait rage. Mais avait-elle le droit d'être si heureuse alors que Maman devait pleurer à chaudes larmes, attablée dans la cuisine, à se demander où se trouvaient ses filles et si elles allaient bien ?

Harry leur adressa le même sourire que celui qu'il avait eu dans la rue au moment où le sac à dos était tombé ; où des mains cherchaient à se saisir de ses vêtements ; où, sorti de nulle part, il était venu lui porter secours.

— Maman a dit que le dîner serait prêt dans vingt minutes, alors si vous souhaitez faire un brin de toilette, la salle de bains se trouve juste derrière cette porte. (Il leur adressa une drôle de grimace.) Nous la partagerons. Nous n'en avons qu'une.

Hazel attira Flora contre elle et posa Berry sur l'oreiller.

— Je vais ranger nos affaires et nous vous rejoindrons pour le dîner. (Harry resta dans l'embrasure de la porte jusqu'à ce que la jeune fille lui demande :) As-tu besoin d'autre chose ?

— Non, je suis juste content que vous soyez là, répondit-il.

Et la porte se referma. Il était parti.

Flora relâcha son étreinte et se laissa tomber sur le lit qu'elles partageaient.

— Comme il est moelleux !

Hazel tâta le matelas et sourit.

— C'est formidable, même si on a l'impression d'être à des millions de kilomètres de chez nous. Il aura suffi d'un trajet en train, et pourtant on se croirait bien plus loin.

— Raconte-moi une histoire, la supplia sa sœur. S'il te plaît.

— On va bientôt dîner. Je t'en raconterai une avant de dormir ce soir.

— D'accord. (Flora se leva d'un coup et fit tournoyer sa robe en dansant au milieu de la pièce.) Notre chambre !

Les bruits de Mme Aberdeen qui s'affairait à la cuisine parvenaient jusqu'à elles : le tintement des casseroles et des poêles, le son plus sourd des pots en céramique et la douce musique du poste de radio, au lieu de la voix familière et lugubre du Premier ministre Chamberlain. Des effluves de romarin et de lavande se diffusaient dans la chambre. Hazel regarda par la fenêtre les formes du paysage, les monticules et les buttes au crépuscule. Il y avait là un fleuve dont on percevait le roulement impétueux.

On monta le son de la radio quand Guy Lombardo entonna une chanson qui parlait de septembre sous la pluie et le rire de Harry interrompit la mélodie.

— Elle écoute beaucoup de musique, fit remarquer Hazel.

Flora se dirigea vers la porte et y plaça sa main, comme s'il s'agissait de l'entrée magique de Whisperwood. Elle n'était pas encore prête à l'ouvrir et à entrer. Pas tout à fait.

— Ça me plaît, dit-elle.

— À moi aussi, renchérit Hazel. Beaucoup.

— Est-ce qu'on pourrait lire le message de Maman, maintenant ? s'enquit Flora en tordant le bas de sa robe, inquiète.

— Oui, allons-y.

Hazel puisa le message dans l'imperméable de Flora qui était accroché à la patère en bois, près de la porte, et le déplia. Elle le lut à voix haute.

— « Je vous aime tant toutes les deux. Soyez courageuses et veillez l'une sur l'autre. Je viendrai vous rendre visite très bientôt, dès que je le pourrai. Avec tout mon amour éternel, Maman. »

— Veillez l'une sur l'autre, répéta la petite avant de se tourner vers sa sœur. Je veillerai sur toi.

Hazel faillit éclater de rire, mais en voyant sa petite sœur si sérieuse, elle ne voulut pas lui faire de peine. Elle déposa un baiser sur son nez.

— Il est temps de défaire nos bagages.

Elle jeta leurs sacs au pied du lit et en sortit leurs maigres affaires : leurs sous-vêtements blancs, leurs paires de chaussettes bien pliées et leurs chemises repassées. Son chemisier blanc et sa robe à fleurs étaient maculés de boue, à cause de la chute de son sac dans la rue. Elle les posa sur la commode en pin et les plia soigneusement ; elle les nettoierait plus tard. C'était à elle de s'en occuper à présent. Hazel plaça délicatement le reste dans un tiroir vide, mit ensuite leurs vestes et les deux robes bleues assorties – que Maman avait cousues sur sa machine à coudre Singer noire – dans la penderie avec les imperméables et les pulls en laine.

Même chez elles, dans leurs armoires, elles n'avaient jamais eu beaucoup de vêtements, à l'exception de quelques robes et de tous les pulls et manteaux nécessaires pour se protéger du froid, mais ici elles en avaient encore moins et Hazel était attachée à ce que tout soit impeccable, comme si Maman avait elle-même rangé leurs affaires. Elle devait devenir pour Flora une mère, une sœur et une conteuse d'histoires.

Veillez l'une sur l'autre.

Ces mots résonnèrent dans sa tête et elle prit Flora dans ses bras, la serra fort puis déposa un baiser sur sa tête.

— Lâche-moi ! s'écria Flora qui pourtant s'accrochait si fermement à sa sœur que celle-ci n'aurait pas réussi à desserrer son étreinte, même si elle l'avait voulu.

CHAPITRE 12

Mars 1960

La sonnette tinta quand Hazel franchit le seuil de la librairie Hogan. Parée d'une robe rouge vif, Poppy se trouvait au comptoir derrière la caisse enregistreuse, ses cheveux noirs tirés en queue-de-cheval basse, le front plissé et l'air inquiet. Elle discutait avec deux hommes au regard sévère qui étaient debout, côte à côte, habillés de bleu, et qui avaient un bloc-notes à la main : des inspecteurs de police. Hazel pressa son sac très fort contre sa poitrine et salua son ancienne collègue avec une assurance feinte avant de foncer directement vers l'arrière-boutique. Elle poussa les portes battantes vertes et entra.

Tim et Edwin étaient tous les deux assis, penchés sur un registre posé sur la longue table en chêne. Leurs têtes se frôlaient presque. Edwin était chauve avec une barbe blanche de trois jours alors que l'épaisse tignasse noire de Tim brillait sous le plafonnier en laiton. Ils portaient quasiment la même veste en tweed ; seul un observateur averti aurait relevé une légère différence dans les motifs. Quand Hazel pénétra dans la pièce, ils redressèrent la tête en même temps.

— Hazel ! s'écria Tim, sur un ton allègre. Aurais-tu changé d'avis ? Pris conscience de ton erreur et décidé de revenir travailler chez nous plutôt que chez ce monstre de Sotheby's ?

Elle tenta de sourire, en vain.

— J'ai commis une erreur… très grave. Je suis désolée.

Elle posa sa sacoche, ouvrit les fermoirs en laiton et sortit le paquet, qu'elle leur remit.

— C'est moi qui l'ai pris, déclara-t-elle.

Avouer était si simple. Il suffisait de dire la vérité. *Tu le déposes sur la table, tu craches le morceau et advienne que pourra*, pensait-elle.

Le visage d'Edwin fut parcouru de spasmes, passant de l'embarras à la colère. Tim se frottait la joue gauche de haut en bas. Hazel ne bougeait pas. Quoi qu'il advienne, elle était prête à l'affronter.

— Vous pouvez prévenir les policiers qui sont à côté. Je suis désolée. Je ne voulais pas. J'ai… Je pense pouvoir vous expliquer.

Elle avait déjà vu Edwin avec ce regard quand il avait une décision à prendre et qu'il hésitait sur la conduite à tenir : ferme ou tendre. Et personne ne savait jamais pour laquelle il opterait.

— Ah oui ? Vous pouvez nous expliquer ?

— C'est difficile, mais je vais essayer.

— Et si j'invitais l'inspecteur en chef Norman à se joindre à nous ? Peut-être pourriez-vous lui expliquer, à lui ?

Le visage d'Edwin vira au cramoisi, tout comme son nez bulbeux et ses yeux chassieux.

— Père, commença doucement Tim en posant sa main sur le bras couvert de taches de rousseur de son père. C'est Hazel. Il doit forcément y avoir une bonne raison.

Edwin ne la quittait pas des yeux, se demandant si cette femme, debout devant lui, était la même que celle qui avait travaillé chez eux pendant quinze ans et avait passé ses vacances avec sa femme et toute sa famille. Et Hazel se sentait en effet différente de cette personne-là. Tout autre même.

— J'ai agi sous le coup d'une impulsion et j'ai eu tort.

Elle poursuivit son explication avec lenteur et méthode, sans rien cacher. Elle leur parla de Whisperwood, de Flora, de son monde qui s'était écroulé la veille avec la découverte de cet ouvrage.

Une fois son récit terminé, un silence s'abattit sur la pièce, que seul troublait le ronflement du radiateur. Elle essaya de déchiffrer l'expression de leurs visages. Edwin leva les yeux au plafond et, oui, ils étaient pleins de larmes.

— Bonté divine, Hazel, quelles épreuves vous avez donc traversées !

— Je ne suis pas la seule, Edwin. Nous avons tous connu l'horreur pendant ces années-là. Vous avez perdu deux fils. Une bombe a emporté la moitié de votre boutique et vous avez dû la rebâtir. Je ne suis pas différente de vous et je n'ai pas d'excuses pour ma conduite. J'aimerais seulement que vous compreniez, s'il vous plaît.

— Que suis-je supposé faire à présent ? demanda Edwin en se tournant vers son fils. Ces inspecteurs sont en train d'interroger Poppy, de contacter les clients qui sont passés à la boutique hier.

— Allez leur dire que j'ai volé cet ouvrage puisque c'est moi, murmura-t-elle, en inclinant la tête.

Edwin se munit de sa canne en argent qu'il avait calée contre la table en chêne. Il sortit et un clic-clic-tac marqua le rythme de ses pas. Hazel sentait un torrent de larmes gonfler dans sa poitrine : si elle ouvrait les vannes, plus rien n'arrêterait son chagrin.

— Tout va bien se passer, lui assura Tim. Père ne te ferait jamais arrêter.

Hazel s'essuya les joues et le regarda dans les yeux.

— En es-tu bien certain ?

Au lieu de répondre, il vint se poster à côté d'elle et, ensemble, ils examinèrent les illustrations.

— Je ne vous ai même pas dit le pire.

— Parce qu'il y a autre chose ?

— J'en ai abîmé deux, répondit-elle, refusant de trahir Barnaby.

Avant qu'elle puisse ajouter quoi que ce soit, Edwin revint dans l'arrière-boutique accompagné du plus grand des deux inspecteurs. C'était un homme au teint terreux, aux yeux doux, avec une casquette bleue bien enfoncée sur le front. Il avait un calepin à la main sur lequel Hazel repéra quelques notes, des noms et, entre autres, celui de Poppy.

— Je vous présente Hazel Linden, commença Edwin. L'une de nos plus précieuses employées, jusqu'à ce qu'elle nous quitte pour prendre un nouveau poste chez Sotheby's. Elle est venue nous avouer qu'elle avait dérobé cet ouvrage.

Le policier se racla la gorge et l'interrogea :

— Est-ce vrai ?

— Oui, répliqua-t-elle d'une voix tremblante en montrant la table. Mais je l'ai rapporté.

— L'avez-vous dérobé pour l'apporter chez Sotheby's ? Pour vous faire un peu d'argent sur le dos de votre ex-employeur ? Un dernier coup bas au patron ?

— Non ! répondirent en chœur Hazel et Tim. Vous vous trompez, ajouta Hazel. C'était un accident… un accident émotionnel.

— C'est bien la première fois qu'on me la sort, celle-là, répliqua l'inspecteur. Un accident émotionnel.

Edwin s'appuya sur sa canne.

— Et je ne souhaite bien sûr pas porter plainte.

Le flic toisa la jeune femme.

— Tim et Edwin ne vous ont-ils pas téléphoné pour vous interroger au sujet des illustrations ? Pour vous demander si vous déteniez des informations ?

Hazel déglutit.

— En effet, et j'ai menti. J'ai cédé à la panique. Mais je suis là, à présent.

Elle reporta son attention sur Tim, qui se mordait la lèvre inférieure et secouait la tête en signe de dénégation. Il avait deviné son intention de tout révéler au sujet des deux illustrations endommagées.

— Inspecteur, commença Tim. La nuit et la journée ont été longues et cauchemardesques. L'affaire est à présent réglée et vous en voilà dessaisi. Nous allons prendre le relais.

— Ce n'est pas tout à fait comme ça que ça se passe. La dame a peut-être avoué, mais elle a volé de la marchandise de valeur.

— Avant de la rapporter, précisa Tim. Ne pourrions-nous pas passer à autre chose ?

L'inspecteur enfonça sa casquette sur sa tête, rangea son calepin dans sa poche et quitta la pièce sans ajouter un mot.

Au moment où les portes battantes se refermèrent derrière lui, Hazel poussa un soupir.

— Edwin, je suis si désolée. Tellement, tellement désolée. Mais il me reste encore un aveu à vous faire.

— Père, intervint Tim. Deux illustrations ont été endommagées. Accidentellement.

Le vieil homme prit appui sur la table pour ne pas perdre l'équilibre et ferma les yeux. Puis il les rouvrit.

— Hazel, ce paquet et tout ce qu'il contient vous appartient désormais. Mais vous devez le payer.

— Vous savez très bien que je ne dispose pas d'une somme pareille.

— Vous la trouverez. J'en suis sûr. Barnaby ou votre mère. Car enfin, il y a...

— Je sais, l'interrompit-elle. Il y a des conséquences. Comme toujours. Je trouverai le moyen de vous régler ce que je vous dois, Edwin, je le promets. Mais ça ne viendra ni de Barnaby ni de ma mère.

Tim toussa de rire.

— Peut-être de ton nouveau boulot de rêve.

Elle perçut une pointe de vexation dans son rire.

— Tim…

— Écoutez-moi bien, commença Edwin, dont la voix et le visage s'étaient adoucis. Les histoires et les livres finissent toujours par retrouver leur propriétaire légitime. Je l'ai toujours dit. Et ce qui arrive aujourd'hui ne déroge pas à la règle. Maintenant, débrouillez-vous pour savoir comment cette femme a eu vent de votre histoire. Et si votre sœur a survécu.

Sur ces mots, il prit sa canne et se dirigea vers le meuble de rangement en métal gris sombre qui contenait les archives, tira un tiroir grinçant de rouille, en sortit un dossier et revint le déposer sur la table. Il l'ouvrit et révéla un reçu manuscrit d'Henry-Todd Publishing à New York.

Hazel y jeta un œil et détourna la tête. Il lui faudrait des années pour trouver de quoi payer les illustrations et une première édition signée d'un ouvrage à petit tirage. Des années.

Edwin s'empara du reçu jaune et le lui tendit.

— Ceci est à vous désormais.

Elle hocha la tête et tenta de réprimer ses larmes.

— Si vous y regardez de plus près, vous trouverez une information qui pourra vous être utile.

Elle examina le morceau de papier. Tout était là, comme sous le feu d'un projecteur. Un numéro de téléphone et une adresse à Cap Cod, dans le Massachusetts, avec un nom : Linda Andrews.

Il était 11 heures à Londres et 6 heures du matin en Amérique. Hazel devrait attendre le bon moment pour appeler. En rentrant chez elle, le paquet soigneusement rangé dans sa sacoche, elle calcula le décalage horaire. Si elle n'avait pas avoué, elle n'aurait pas eu en sa possession ces coordonnées. Le prix exorbitant de ce volume valait bien l'inestimable numéro de cette femme, nommée Peggy Andrews, qui avait écrit sur Whisperwood et vivait quelque part dans le Massachusetts.

Il se mit à pleuvoir, mais Hazel ne prit pas la peine d'ouvrir son parapluie. Qu'importait qu'elle fût trempée ? Elle détenait un numéro, le moyen de contacter l'auteur.

À mi-chemin, elle se rappela qu'elle était censée retrouver Barnaby au café Legrain, où des auteurs et scénaristes gribouillaient sur des blocs-notes en sirotant des cappuccinos préparés par une machine en cuivre, fumante et sifflante. Des hommes, cigarette aux lèvres, et des femmes fardées en cardigan, parées de longues boucles d'oreilles sous des chapeaux chics, discutaient avec passion de Kingsley Amis et Graham Greene, Willa Cather et John Steinbeck.

Hazel adorait les troquets de Soho, écouter les conversations en savourant son café, un carnet ouvert rempli de listes de courses et de choses à faire, de bribes de dialogues entendues par hasard et de détails observés : le coup d'œil discret d'une fille sur un homme sexy déjà accompagné, le bruit d'une feuille qu'on arrache après avoir écrit un paragraphe mal tourné, une astrologue avec un foulard rouge et des créoles, installée dans un coin, qui proposait ses services à tous ceux qui désiraient s'alléger de quelques pennies.

Mais Hazel avait mieux à faire à ce moment-là : foncer vers sa propre histoire. Barnaby devait déjà être en train de donner son cours à l'heure qu'il était. Elle lui expliquerait plus tard.

En entrant dans son appartement, elle aspergea de pluie le parquet en pin de l'entrée, posa sa sacoche sur le banc et en tira le reçu jaune d'Henry-Todd Publishing. Dans sa précipitation, elle glissa sur les enveloppes qui avaient été glissées par la fente de la porte et fit un grand écart avant de s'effondrer de tout son long sur le sol. Son poignet gauche amortit sa chute.

— Et merde !

Elle se releva en ramassant son courrier, le passa en revue puis le jeta sur le buffet du couloir qui menait à la cuisine. Au dos d'une des enveloppes figurait l'adresse de l'expéditeur : *Dorothy Bellamy*. Bon sang, cette journaliste ne renoncerait-elle donc jamais ? Y avait-il encore une question qu'elle n'eût pas déjà posée ? C'était sa quatrième lettre. Hazel la décacheta.

> *Chère mademoiselle Linden,*
>
> *Je vous en prie, acceptez de m'écouter au sujet de l'Enfant du Fleuve. Je ne suis pas sûre que vous ayez lu mes précédentes chroniques, mais je m'engage solennellement à honorer la mémoire de votre sœur dans cette histoire, comme je l'ai fait dans celle des autres enfants. Je ne peux néanmoins rien sans vous avoir parlé, à vous ou à votre mère. Chaque essai, chaque histoire de la série raconte la vie d'un enfant disparu dans…*

Hazel n'alla pas plus loin. Elle froissa la lettre et la jeta dans la poubelle à l'autre bout de la table.

— Non, je ne vous écouterai pas.

Elle secoua son poignet gauche et commença à ranger l'appartement. Il lui restait trois heures à tuer avant de pouvoir composer ce numéro en Amérique, où il serait 9 heures du matin. Elle tria le courrier, plia son linge, fit le lit, passa un coup de balai et vida la poubelle. Ces tâches domestiques empêchaient son esprit de se disperser.

Enfin, Hazel souleva le combiné vert du téléphone. Elle fit tourner le cadran du doigt, reconnut les cliquetis des différents standards téléphoniques et entendit la voix enregistrée d'une opératrice qui lui répéta deux fois de rappeler plus tard, mais Hazel refusa. Et au bout d'un moment…

— Résidence Andrews, lança une douce voix de femme.

— Pourrais-je parler à Peggy, s'il vous plaît ?

Hazel arpentait la cuisine et le cordon en spirale du combiné s'étirait et se contractait tel un accordéon.

— C'est Peggy à l'appareil, mais je vous entends très mal.

— Je m'appelle Hazel Linden. Je vous appelle de Londres ; pardonnez-moi si la communication est mauvaise.

— Londres, répéta-t-elle comme si elle découvrait le nom de cette ville.

— Je travaille dans une boutique de livres rares, dans le quartier de Bloomsbury. Et votre roman sur Whisperwood, ainsi que ses illustrations originales, ont atterri dans mon magasin.

— Vraiment ? Les originales ?

— Oui.

— Ah, je n'étais pas au courant. Comme c'est curieux.

Il fallait que Hazel se dépêche non seulement parce que chaque minute de cet appel international lui coûterait une fortune, mais aussi pour ne pas risquer que son interlocutrice lui raccroche au nez. C'était la première fois en vingt ans que Hazel tenait une piste.

— Je dois vous demander comment vous connaissez l'histoire de Whisperwood, reprit-elle.

— Comment je la connais ? Je l'ai écrite !

Le ton de sa voix, à l'accent américain prononcé, s'était aussitôt refroidi.

— Et c'est un livre merveilleux, se hâta d'ajouter Hazel pour l'apaiser.

— Vous avez bien dit que vous déteniez les illustrations originales ?

— Oui.

— Je vois.

— Madame Andrews, j'ai besoin de savoir comment vous avez eu connaissance de Whisperwood.

— Et pourquoi donc ?

— Parce que, vous voyez… parce que cette histoire a autrefois été *la mienne*. Je l'avais inventée pour ma petite sœur de cinq ans, pour la réconforter à l'époque où nous avons été évacuées à Oxford, et voilà qu'elle est arrivée jusqu'à vous alors que ma petite sœur a disparu fin 1940. Je n'ai jamais parlé à personne de Whisperwood. J'essaie de comprendre comment cette histoire est parvenue jusqu'à vous.

Seul lui répondit le bruit statique des kilomètres qui les séparaient.

— Je suis navrée pour votre petite sœur, déclara la femme, mais cette histoire *n'est pas* la vôtre.

Il y eut un bruissement, un mouvement à l'autre bout du fil, puis le son étouffé d'une parole :

— Personne, Mère. Une erreur.

— Peggy ? l'appela Hazel, soudain paniquée.

Elle n'aurait peut-être pas dû lui communiquer cette information de but en blanc, mais comment faire autrement ?

— Pourriez-vous juste me dire où vous avez entendu cette histoire la première fois ? Ce pourrait être une question de vie ou de mort pour cette petite fille depuis longtemps…

Aucune réponse.

— Je vous en prie, prenez mon numéro et si vous vous souveniez de quoi que ce soit, commença Hazel avant de le lui donner à toute vitesse. Je m'appelle Hazel Linden.

Elle lui répéta son numéro de téléphone.

Une voix de femme appela dans le lointain :

— Peggy ?

— Désolée, vous avez dû faire un faux numéro. Ne rappelez pas.

Un cliquetis signala la déconnexion et Hazel lâcha le combiné. Il pendait le long du mur de la cuisine, se balançant d'avant en arrière.

CHAPITRE 13

Mars 1960
Cap Cod, Massachusetts

Peggy Andrews reposa le combiné gris sur le support du téléphone fixé au mur. Elle demeura interdite, abasourdie, plantée au beau milieu de la cuisine. Le cottage vétuste avec ses bardeaux de cèdre usés était situé sur le littoral du cap Cod, dans le Massachusetts. Sa mère l'appela depuis la pièce voisine.

— Erreur de numéro, cria Peggy en griffonnant les coordonnées que la prénommée Hazel lui avait données.

Elle décrocha le combiné et le plaça sur le plan de travail, son fil noir s'étirant depuis le mur. Qui donc appelait à 9 heures du matin ? Quelle mouche avait piqué cette femme ?

> *Je dois vous demander comment vous connaissez cette histoire.*
> *Je n'ai jamais parlé à personne de Whisperwood.*
> *Une question de vie ou de mort pour la petite fille.*
> *Ma sœur.*

Peggy regarda par la fenêtre. Le vent charriait des gerbes de sable sur la plage qui formaient comme des derviches dorés. On n'avait pas prévenu le climat que c'était le printemps, que, dans le Nord-Est, le monde s'acheminait vers des journées plus longues et plus ensoleillées. Le fouet gris-bleu des vagues cinglait le rivage avant de se retirer. Les hautes avoines de mer ondulaient sous les alizés. La marée montait.

Elle jeta un œil au téléphone. La tonalité résonnait dans l'écouteur.

Une Londonienne avait lu *Whisperwood* et prétendait avoir créé ce pays et sa rivière.

C'était dérangeant et tout bonnement effrayant.

Qu'est-ce que cette femme pouvait bien vouloir ? Il y avait tellement de cinglés en ce bas monde. Mère l'avait mise en garde toute sa vie contre ce genre de détraqués et elle avait raison. Voilà pourquoi elles vivaient pratiquement recluses sur ce petit lopin de terre.

Peggy imagina cette femme en train de la harceler et frissonna.

Et le bébé des Lindbergh qu'on avait enlevé dans son petit berceau. La mère de Peggy lui avait tant de fois raconté cette histoire – jusqu'à ce que Peggy fête ses dix ans et la supplie d'arrêter.

— Assez ! Je sais ce qui s'est passé.

Sa mère ne lui en avait plus jamais parlé. Mais à l'image de toutes les histoires, celle-ci était restée imprimée dans sa mémoire.

Une bouffée d'anxiété remonta dans sa gorge, qu'elle ravala. Peggy ne laisserait pas cette sotte de bouquiniste britannique lui gâcher sa matinée alors qu'elle s'apprêtait à aller écrire à sa table. Elle prit le morceau de papier sur lequel était inscrit le numéro de téléphone, le froissa et le jeta à la poubelle sous l'évier.

Peggy et Mère avaient négocié la propriété des illustrations originales en même temps que leur à-valoir, alors qui donc les avait revendues en Angleterre ? Peggy pensait que

Mère les avait mises au coffre à la banque, en ville. Mais impossible de lui poser la question sans mentionner ce coup de fil. Et elle n'était pas prête à la contrarier alors que tout allait si bien.

Il lui avait fallu du temps pour faire le deuil de son mari, disparu à Pearl Harbor, et de sa sœur, morte trop jeune, trois ans après qu'elles étaient venues s'installer avec elle dans sa maison du cap Cod. Mère avait répété plusieurs fois à Peggy combien elles avaient de la chance de profiter de la maison de Maria même si elle la donnerait sur-le-champ ainsi que tout l'or du monde pour revoir sa sœur vivante et bien portante. Et maintenant, le succès de *Whisperwood* semblait avoir réveillé Linda, sa mère, lui avoir redonné toutes ses couleurs, et Peggy ne voulait pas risquer de tout gâcher.

Elle s'assit, sortit son cahier à lignes et commença à écrire, à se plonger dans le monde de Whisperwood, un pays qui leur appartenait, à sa mère et à elle. Sa place était là-bas et cet étrange coup de fil ne la détournerait pas de son travail.

Plus tard ce jour-là, à l'approche du crépuscule, Peggy, debout dans la cuisine, écouta le cliquetis de la machine à écrire Olympia qui venait du jardin d'hiver où Mère était en train de taper les pages du jour. Peggy l'entendait rire, certainement à la lecture du passage où les sœurs se changeaient en putois.

Elle se mit en quête de ses tennis pour effectuer sa promenade sur la plage, rituel qui la récompensait d'avoir écrit son quota de pages quotidien. Qu'il pleuve ou qu'il vente, Peggy allait toujours marcher.

Whisperwood avait été conçu comme une série. Le premier volet s'était si bien vendu que la maison d'édition lançait une quatrième réimpression. Ils avaient appelé, supplié Peggy d'écrire davantage et plus vite. On lui avait promis des primes et Peggy faisait de son mieux. Les premières éditions s'arrachaient déjà à prix d'or. Ces histoires étaient le travail de sa vie. Comment cette curieuse libraire pouvait-elle prétendre le contraire ?

Ses tennis bleues aux pieds, et ses cheveux noirs – si longs qu'ils se coinçaient dans sa ceinture à la moindre occasion – coiffés en queue-de-cheval, Peggy enfonça sa casquette en laine rouge sur sa tête et franchit la porte de la cuisine. Elle attrapa son ciré pendu au crochet près de la moustiquaire de la véranda et noua son foulard gris usé par le temps autour de son cou.

Swish-slap, fit la moustiquaire en se refermant. Tout en marchant, Peggy commença à dresser la liste de toutes les choses à ne pas oublier : le menu du dîner, la prochaine intrigue de son histoire – puis le coup de fil de Hazel Linden ce matin-là.

Non. Peggy refusait de penser à cela.

Elle longea la mer. La marée montait, alors elle esquiva les vagues blanches, contourna les bassins d'eau de mer limpide dans lesquels des créatures invisibles faisaient des bulles et commença à réfléchir au chapitre suivant. Après les putois, en quoi se changeraient donc les deux sœurs ?

Depuis sa plus tendre enfance, on lui répétait qu'elle avait de la peine à dissocier le réel et l'imaginaire. Peut-être, mais cela lui avait permis de se lancer dans une carrière dont la plupart des jeunes femmes de son âge – vingt-quatre ans – n'osaient pas rêver. Mais oui, le monde de son histoire lui semblait souvent plus tangible que le monde bien réel.

Peggy s'était dit plus d'une fois que si elle inventait sa propre vie comme elle le faisait pour les destins des deux sœurs orphelines, elle n'habiterait plus chez sa mère. À l'aube de cette nouvelle décennie, elle s'amuserait plutôt avec des jeunes de sa génération à New York ou Boston. Peut-être même vivrait-elle à Londres.

Cette absurdité la fit rire. À l'exception de cette excursion scolaire aux chutes du Niagara, côté canadien, c'était à peine si elle avait déjà quitté le Massachusetts, encore moins le pays.

Une vague reflua et dévoila une conque à l'intérieur rose et à l'extérieur recouvert de bernacles. Peggy la ramassa. Une de plus à ajouter à sa collection qui décorait l'encadrement en bois de la moustiquaire du porche. Elle l'enserra dans ses mains et baissa la tête face au vent qui soufflait plus fort, soulevant ses cheveux et les pans de sa veste. Peut-être une tempête se préparait-elle ?

À l'horizon, rien d'autre que le ciel bleu reposant sur la mer. Elle s'énervait en pensant au temps qui allait se gâter et à cette foldingue d'Anglaise qui serait capable de débarquer en Amérique pour ruiner sa carrière littéraire. Une pensée absurde. Cela ne l'empêcherait pas de contacter sa maison d'édition afin de leur rappeler de ne jamais, au grand jamais, donner ses coordonnées à quiconque.

— Pegs !

Elle fit volte-face, et, tournant le dos au vent, sa queue-de-cheval lui battit la joue. Une seule personne au monde l'affublait de ce sobriquet : Wren Parker, littéralement, le garçon d'à côté. Ils avaient grandi à vingt mètres d'écart. Chacun connaissait quasiment tout de la vie de l'autre. Ils avaient juste intégré des universités différentes – elle, Quincy, et lui, Harvard.

— Wren ! qu'est-ce qui t'amène ici ?

— Je cherche du boulot, répondit-il en courant pour la rattraper. Je t'ai vue par la fenêtre et je me suis dit que j'allais sortir te dire bonjour.

— Eh bien, bonjour, répliqua-t-elle avec un sourire.

Durant toutes ces années, combien de fois l'avait-elle entendu lui servir ce même refrain : *Je t'ai vue par la fenêtre et je me suis dit que j'allais sortir te faire un coucou.*

— Comment se porte ton livre ?

— À merveille. (Elle grimaça.) On croirait que je me vante, non ? Ce n'était pas mon intention. Mais il se vend tellement mieux que je ne l'espérais. Franchement, Wren, je pensais que seules deux personnes le liraient : ma mère et toi peut-être.

— Bien sûr que je l'ai lu.

En pressant le pas, il la devança et lui barra le chemin. Si elle ne voulait pas lui faire face, Peggy devrait le contourner. Elle le considérait toujours comme un gamin, agaçant par-dessus le marché ; c'était le garçon qui glissait du sable dans son paquet de chips, celui qui bondissait de l'arrière de la maison ou d'une dune pour lui faire peur et lui arracher un cri.

Et voilà qu'il se tenait là, plus grand que son mètre cinquante à elle. Il arborait la coupe, ridicule, façon James Dean, que tout le monde portait. Un halo noisette cerclait toujours ses yeux marron – ce détail, au moins, n'avait pas changé.

Il portait un pull épais de pêcheur, le style vestimentaire adopté par sa famille d'ostréiculteurs depuis des générations. Son sourire était taquin. Il la défiait de le contourner. Elle s'arrêta et croisa les bras.

— Eh bien, qu'en as-tu pensé ?

— J'en ai adoré chaque page. Et tu sais que je ne lis pas ce genre d'histoires d'habitude. Je préfère Robinson Crusoé ou un roman dans lequel on brandit le drapeau pirate en signe de rébellion, lança-t-il en brandissant son bras comme s'il était armé d'une épée. Mais bon sang, Peggy, c'est vraiment bien.

— Merci. Ça me touche beaucoup.

Il tourna les talons et se remit à marcher en silence pendant une minute, le ressac de la mer comme seul fond sonore.

Leurs mains se frôlèrent et elle se demanda un instant s'il allait prendre la sienne. Mais ça n'arriverait jamais. Wren était plutôt de ceux qui sortaient avec la reine du bal de promotion. Arrêt-court de l'équipe de base-ball du cap Cod, il aurait été capable de gouverner son bateau de pêche en pleine tempête et de revenir sain et sauf. Non, il n'était pas du genre à prendre la main de Peggy Andrews dans la sienne, plutôt à la voir comme la sœur qu'il n'avait jamais eue.

Lorsqu'elle avait été rejetée par ses camarades à l'école, il l'avait conviée à sa table pour le déjeuner, avec son sandwich mou à la mortadelle. Quand personne ne l'avait invitée pour le bal de promo, il avait présumé qu'elle en serait attristée et lui avait proposé de l'y emmener. Peggy avait décliné son offre, bien sûr ; elle ne supportait pas l'idée de se mettre sur son trente et un et de passer des heures à se préparer. Après un orage qui avait entraîné une coupure de courant, il était passé leur apporter des bougies et des allumettes.

Une fois, Peggy avait rêvé que Wren Parker lui faisait une déclaration d'amour – et non à une de ces demoiselles de la ville à la peau fraîche et aux lèvres brillantes. Mais cela remontait à fort longtemps. D'après ses informations, il sortait toujours avec une fille aux yeux bleus, native de Hyannis Port, rencontrée lors d'un tournoi de base-ball. Peut-être même cherchait-il en ce moment une bague en diamant à lui offrir, un genou à terre.

— Comment se passe ta recherche de boulot ? demanda-t-elle.

— Bien. Il faut que je me décide : soit je travaille pour l'OSHA[1], ici au cap Cod, soit je déploie mes ailes.

Wren fit un bond et continua à lui parler en reculant. Il débordait d'énergie au point que Peggy se demandait comment il s'y prenait pour ne pas se consumer de l'intérieur.

— Où te conduiraient donc ces ailes ?

— Je m'imagine capable de me transformer en autre chose… tu sais ? Comme dans ton livre.

— Ah, ah, je te vois venir.

1. Occupational Safety and Health Administration, agence gouvernementale fédérale dont la mission est la prévention des blessures, maladies et décès dans le cadre du travail. *(N.d.T.)*

Peggy plaqua ses paumes sur son torse et essaya de le pousser, mais Wren recula et se retourna pour marcher à ses côtés.

— On m'a proposé un poste en Californie. J'ai un mois pour me décider.

— Pourquoi un mois ?

— Parce qu'il me reste un mémoire à rendre avant d'obtenir mon diplôme. (Il lui tapota l'épaule.) Peut-être accepterais-tu de le rédiger à ma place ?

— Pas le temps, dit-elle en riant. Mon éditeur veut mon second roman avec deux mois d'avance. Il m'a promis un énorme à-valoir, alors je travaille dur.

— Je plaisantais, Pegs.

— Je sais, je sais.

— Un jour, j'en suis convaincu, tu te sentiras plus légère grâce à moi.

— Mais je me sens légère, se défendit-elle. Regarde, je marche sur la plage, aussi légère qu'une plume.

Il éclata de ce rire sonore qu'elle adorait, un rire qui montait jusqu'au ciel, puis il la regarda droit dans les yeux.

— Tu as l'air triste. Tout va bien ?

— J'ai reçu un étrange coup de fil aujourd'hui et j'essaie de ne plus y penser. De le chasser de mon esprit en marchant.

— Et je t'ai interrompue.

— Ce n'est pas grave, lui assura-t-elle avec sincérité.

Quiconque viendrait perturber ses balades du soir l'ennuierait, mais pas Wren.

— Qui a appelé ?

— Une Londonienne…

Elle avait parlé tout bas, non pour ménager un quelconque suspense, mais parce qu'elle cherchait les mots justes qui lui feraient comprendre ce qui s'était passé. Gonflées par le vent, les vagues formaient de gros rouleaux qui tassaient le sable.

— Quoi qu'il en soit, elle a prétendu que Whisperwood était son histoire, le monde de son enfance.

— Se pourrait-il que ce soit vrai ?

— Impossible. Maman et moi l'avons inventée. Cette histoire est la nôtre depuis toujours. Voilà pourquoi je l'implique autant dans l'écriture. Quand j'étais petite, après la mort de Papa, elle m'a raconté la première histoire pour me réconforter, me donner quelque chose qui n'appartienne qu'à moi.

— Ah...

— Il m'arrivait d'y ajouter des éléments, de retrouver mon père dans Whisperwood, et finalement j'en ai fait la toile de fond des aventures de deux sœurs orphelines.

— C'est quand même incroyable de se dire que tu parviens à tout inventer comme ça, à partir de rien. As-tu parlé à ta mère de ce coup de fil ?

Il prononça le mot *mère* sur le même ton que d'habitude, chargé de mépris. Et Peggy détestait l'entendre, même si elle en connaissait la cause. Mère n'avait jamais été aimable avec Wren. Elle ne la prévenait pas quand il appelait. Elle ne le laissait pas entrer si sa fille était en train de travailler. Lorsque Wren et son groupe de copains de la ville étaient partis plonger de la jetée et qu'un des garçons s'était noyé, Mère lui avait interdit de le revoir pendant une année entière.

Mère n'aimait pas Wren même si elle savait que Peggy l'appréciait.

— Non, je ne lui en ai pas parlé. Tu imagines bien sa réaction. Je suis sûre que ça n'a pas d'importance, de toute façon.

Ils poursuivirent leur promenade en silence. Elle se doutait bien de ce qui allait arriver. Wren était occupé. Il devrait s'éclipser. Il était comme ça, se déplaçant à cent à l'heure alors qu'elle progressait toujours lentement.

Mais ce n'est pas ce qui se produisit.

— Alors, Pegs, as-tu un petit ami en ce moment ?

Elle s'immobilisa.

— En ce moment. Comme si ça m'était déjà arrivé.

— Allez, tu as forcément quelqu'un. Tu es célèbre maintenant, et ça bouge pas mal à Provincetown. La scène musicale est déchaînée et tu es…

— Je suis quoi ? s'enquit-elle en se remettant à avancer.

— Tellement mignonne.

Elle ne rit pas.

— Les chiots sont mignons et toi, tu es cinglé.

— Possible, admit-il, les yeux étincelants.

— Et vous, monsieur Parker, êtes-vous amoureux de quelqu'un en ce moment ?

Il ralentit sa cadence, et Peggy lui en fut reconnaissante.

— En quelque sorte. J'imagine qu'elle se dit qu'on sort ensemble, alors que je me suis contenté de l'emmener danser quelques fois.

— Je parie qu'elle a des robes à fleurs et qu'elle est blonde avec une queue-de-cheval qui se balance.

Il rit si fort qu'il dut s'arrêter, plié en deux, les mains sur les genoux.

— Mon Dieu, tu as tapé dans le mille.

— Évidemment. Et elle a un joli surnom comme Poupée ou Minette.

Cette fois, il ne rit pas. Une grosse rafale de vent les prit à revers et faillit les envoyer valdinguer, alors ils se cabrèrent pour l'affronter. Une odeur d'eau salée les enveloppa.

— Je suis navré d'avoir troublé ta tranquillité.

— Ce n'est pas grave. J'avais prévu de réfléchir à la prochaine scène des deux orphelines et, au lieu de ça, je n'ai pas cessé de repenser à cet étrange coup de fil. Merci de m'avoir changé les idées.

— Pourquoi une femme te contacterait d'Angleterre pour te parler de ton histoire s'il n'y avait pas – dans une certaine mesure – une part de vérité là-dedans ? Ne l'ignore pas. Tâche de savoir ce qu'elle veut.

— C'est trop bizarre.

— De quoi as-tu peur ?

— De rien. Pourquoi cette question ?

— As-tu une bonne raison de ne pas t'intéresser à ce qu'elle cherche ? (Il haussa les épaules.) Hé, qu'est-ce que j'en sais ? Je suis juste un type ordinaire qui veut plonger dans les vagues pour découvrir ce qui se passe en dessous.

Il ne voulait pas la blesser.

— Tu n'es pas un type ordinaire, répliqua-t-elle du tac au tac.

Les mots étaient sortis de sa bouche et s'étaient envolés sans qu'elle ait pu les retenir.

— Bon, bon, rétorqua-t-il avec un petit sourire. Tu l'admettrais enfin ?

Elle lui donna un petit coup dans le bras.

— Arrête. Tu sais très bien ce que j'ai voulu dire.

— Je l'espère.

CHAPITRE 14

Mars 1960

Hazel arpentait la cuisine de long en large tandis que le téléphone décroché pendait toujours au bout de son fil. Peggy Andrews lui avait raccroché au nez. Et maintenant ?

Elle était désormais propriétaire d'un paquet d'illustrations abîmées, mais originales qu'elle n'avait pas les moyens de s'offrir et elle avait raté son rendez-vous au café avec Barnaby qui s'inquiéterait. Une multitude de pensées se bousculaient dans sa tête, l'empêchant de savoir quoi faire à présent.

Hazel se retrouva au fond du couloir, ouvrit la porte du placard à linge de maison et en sortit un coffre en bois avec des fermetures en cuivre. Elle se débarrassa des manteaux, chapeaux et foulards qui étaient empilés dessus ; le tout s'éparpilla par terre dans un nuage de poussière. Après avoir récupéré la clé du coffre qu'elle avait scotchée à l'intérieur de la porte du placard, elle déverrouilla la malle et l'ouvrit.

Tout au-dessus, il y avait l'ours en peluche de Flora, en piteux état ; dessous, bien rangés dans des piles séparées, les croquis de Harry, des articles de journaux, et des photos. Les lettres de Harry, ficelées ensemble, étaient bien enterrées au fond. Même après tout ce temps, elle ne les toucha pas, les laissant dans un coin du coffre qui sentait le renfermé.

Hazel n'avait jamais dit à sa mère qu'elle avait conservé Berry. En fait, cette dernière ne s'était jamais inquiétée de savoir où il se trouvait. Hazel trouvait cela aussi affligeant que le fait qu'elle se soit remariée et qu'elle ait eu un autre enfant, devenu adolescent et affublé d'un prénom faussement royal et ridicule, Barclay, surnommé Tenny, diminutif de son nom de famille, Tennyson. Hazel levait les yeux au ciel chaque fois que sa mère le prononçait, si bien que celle-ci lui avait ordonné d'arrêter :

— C'est un nom de famille, Hazel. Ne lui manque pas de respect. Il s'agit de ton frère.

Sous la patte gauche de l'ours en peluche, les coutures avaient sauté. Elle emporta Berry dans la cuisine. En farfouillant dans le tiroir fourre-tout, elle dénicha du fil et une aiguille et reprisa la partie abîmée. Le dernier point achevé, elle fit un nœud, coupa le fil avec ses dents et posa l'ourson près du paquet d'illustrations. Il regardait Hazel comme s'il attendait quelque chose.

Alors elle repensa aux portes étincelantes de Whisperwood, aux oiseaux, lions, poissons dont Flora et elle avaient pris la forme toutes ces années durant. Elle repensa au fleuve et à Berry qu'on avait retrouvé sur ses rives fangeuses. Elle repensa à la petite Flora, se débattant dans la Tamise.

Arrête !

C'était toujours à ce moment-là que la panique s'emparait d'elle : une poussée d'adrénaline rehaussée d'une odeur d'herbe mouillée et de boue. Puis des souvenirs de Harry l'assaillaient, avec la culpabilité d'avoir oublié de surveiller sa sœur parce qu'elle était seule avec lui, parce que le frisson d'un désir naissant lui avait fait négliger l'essentiel : sa sœur.

Hazel chassa ce sentiment, attrapa le téléphone pour composer le numéro qu'elle connaissait par cœur.

— Allô ? répondit la voix chantante de Kelty.

— Pourrais-tu passer à la maison ? Il faut que je te parle.

Une demi-heure plus tard, son amie entrait en trombe dans son appartement, sans même avoir frappé. Elle portait une nouvelle minirobe, imprimée de figures géométriques jaunes et bleues. Cette façon de rester chic en toutes circonstances agaçait un peu Hazel d'habitude, mais, ce jour-là, elle avait d'autres préoccupations. Elle jeta un œil derrière Kelty.

— Où est Midge ?

— Le musée est fermé aujourd'hui. Fergus la garde à la maison. (Kelty posa son sac sur le banc, près de la porte d'entrée.) C'est lui qui a ses faveurs en ce moment.

— J'en doute.

Hazel adorait Fergus, son mari et directeur du Victoria and Albert Museum, mais tout le monde, sans distinction, préférait toujours Kelty. Conduisant son amie dans le couloir sombre, Hazel alluma le plafonnier d'une pichenette et s'approcha du placard à linge dont la porte était ouverte, bloquée par le coffre.

— Aurais-tu déniché un trésor ? lui demanda-t-elle en se laissant tomber par terre.

Ses jambes gracieusement ramenées sur la gauche formaient un V avec son corps, comme si elle posait pour une photo.

— Pas vraiment, lui répondit Hazel en s'asseyant à côté d'elle.

Kelty jeta un coup d'œil dans la malle et releva la tête, les yeux ronds.

— Ce sont les articles parus au moment de la disparition de Flora. Et les croquis de Harry.

— Oui.

— Qu'est-ce qui se passe ?

Hazel se sentait mieux avec Kelty à ses côtés et commençait à se détendre. Le coffre ouvert semblait l'accuser avec son contenu maintenu caché si longtemps dans un coin sombre. Hazel s'empara d'un article jauni de l'*Oxford Times*.

— Ils n'ont jamais mis Flora à la une. Sa disparition était jugée sans intérêt.

— Et si on déballait tout ? Sur la table de la cuisine ? lui proposa doucement Kelty.

Elles firent plusieurs voyages les bras chargés et finirent par les croquis de Harry et les articles jaunis et cornés de l'*Oxford Times* qu'elles étalèrent sur la table. La photo de Flora prise en juillet 1940 lors de son sixième anniversaire avait la taille d'un timbre-poste. Elle se trouvait en haut de la page 4, dans le coin gauche, au-dessus du récit de sa disparition résumée en quelques lignes.

— Le Blitz occultait toutes les informations de la nation, rappela Hazel.

Kelty parcourut les pages des journaux.

— Oui, les enfants morts dans les rues de Londres et Flora perdue au milieu de ce chaos.

> UNE BOMBE ALLEMANDE FAIT 64 MORTS DANS LE MÉTRO LONDONIEN, À LA STATION BALHAM.
>
> CHURCHILL SUCCÈDE À CHAMBERLAIN À LA TÊTE DU PARTI CONSERVATEUR.
>
> LA PRINCESSE ELIZABETH PRONONCE SON PREMIER DISCOURS SUR LA BBC : ELLE A QUATORZE ANS.

Flora n'était qu'une note de bas de page en comparaison des grands événements de l'Histoire.

Hazel prit les croquis de Harry : certains pas plus grands qu'une main d'enfant, d'autres remplissant des pages entières, arrachées de la fin d'un cahier d'écolier. De temps à autre, lorsque Bridie en avait les moyens, elle lui achetait de vrais carnets à dessin.

Ses yeux s'embuèrent de larmes à la vue d'un dessin du jeune Harry, représentant minutieusement un trois-mâts voguant sur une mer d'étoiles et de nuages.

— Il a dessiné ça le lendemain du jour où on a lu *Peter Pan* à Flora. Il nous l'avait offert dans la matinée.

Un autre de ses dessins représentait un arbre brisé, couché sur un lit d'herbes molles. Il a fait celui-ci le jour où un chêne, foudroyé, était tombé dans un champ. Un autre dessin représentait Hazel en train de courir dans les bois. Et celui-là, il l'avait réalisé le jour du solstice d'été.

— Pourquoi avoir conservé tout ça ? lui demanda Kelty à voix basse.

— J'ai tout gardé, persuadée d'y trouver un jour un indice passé inaperçu.

— Je pense à Flora tout le temps. Encore…

— Comment faire autrement ? l'interrompit Hazel, qui baissa les yeux avant de les poser sur son amie. Elle est partout et nulle part à la fois. Quand la police a vu ces dessins, ils ont porté des accusations terribles à l'encontre de Harry, comme d'avoir fantasmé sur nous et infligé d'horribles sévices à Flora. Ils l'ont interrogé à n'en plus finir.

— Oh non, je l'ignorais.

Une aura particulière entourait Kelty comme le fameux après-midi de leur première rencontre, il y a longtemps. Une énergie hors du commun attirait les autres vers sa flamme. La beauté de Kelty n'avait rien d'artificiel, contrairement à ces filles au maquillage parfait, tenues faites sur mesure et colliers de perles. Sa beauté était plus naturelle. Elle semblait toujours – et cet instant précis ne dérogeait pas à la règle – revenir de randonnée ou sortir de la piscine.

— Kelty, je veux te parler de Whisperwood.

— Whisperwood ? répéta-t-elle en s'asseyant puis tapotant la table du bout des doigts sur un rythme staccato. Attends, je connais ce… Whisperwood.

— Que veux-tu dire ?

— J'avais oublié. Du moins, jusqu'à présent. Te souviens-tu du premier jour où je suis venue chez les Aberdeen ? J'avais une peur bleue et cette femme…

— Mme Marchman, la vieille sorcière.

— Oui, bon sang, son nom m'était sorti de la tête. (Kelty frissonna avec exagération.) Quoi qu'il en soit, en retournant dans la chambre je me suis retrouvée toute seule quelques minutes avec Flora. Je sanglotais comme une gamine de deux ans et elle était aussi calme qu'un oiseau dans son nid. Elle m'a dit de ne pas m'inquiéter parce que tu nous emmènerais à Whisperwood.

— Tu te souviens de ça ? demanda Hazel en se penchant vers elle.

— Oui, ensuite tu nous as rejointes et tu m'as raconté l'histoire de Frideswide. Et j'en ai déduit que c'était ça dont elle parlait.

— Elle n'a rien dit de plus ?

— Quel âge avait-elle à cette époque-là ? Cinq ans ? Oui, c'est tout ce qu'elle m'a dit. Mais je m'en suis souvenue parce que j'ai trouvé que c'était un bien joli nom. Ça m'a travaillée pendant un moment et puis je l'ai oublié, jusqu'à aujourd'hui.

— Donc si Flora l'a mentionné devant toi, elle a tout aussi bien pu l'évoquer devant Harry, Bridie, Maman ou…

— Les infirmières. Ou au Père Fenelly. (Kelty saisit le livre avec sa couverture bleu et vert enchanteresse qui représentait deux fillettes, cheveux au vent.) Pourquoi ne m'as-tu jamais rien dit de Whisperwood ?

— C'était le monde que j'avais créé pour Flora et moi quand on avait besoin de se retrouver toutes les deux. Malgré sa bonté et sa gentillesse, Bridie était la mère de Harry, pas la nôtre. La maison aussi – nous étions des invitées. Mais cet endroit-là, Whisperwood, n'appartenait qu'à nous. Le jour de sa disparition, Flora en cherchait l'accès, j'en suis sûre.

— Tu n'en sais rien, la corrigea Kelty en brandissant le livre. Donc tu as créé le même monde ?

— Pas tout à fait. Le mien était plus imaginaire. Cette histoire-là ressemble davantage à un conte de fées, et elle y a rajouté de nombreux personnages de contes.

Hazel se dirigea vers la fenêtre et l'entrouvrit pour laisser entrer la brise printanière.

— Il y a d'autres différences dans ce livre. L'écrivain américaine a transformé notre havre de paix en champ de bataille où il faut sauver une reine. Peggy Andrews a fait de Whisperwood un décor effrayant pour les aventures des deux filles. Cela reste *notre* pays, mais la forêt a été envahie par des forces obscures et ce sont les filles qui le sauvent. Aucun de ces détails ne vient de moi. Je n'ai jamais voulu donner une morale à notre histoire – Whisperwood était simplement un endroit merveilleux où la magie pouvait survenir, un refuge pour nous quand le monde réel était ravagé par les flammes.

Kelty tapota la couverture du livre avant de le retourner.

— Qui est cette Peggy Andrews ?

— J'ai cherché à le savoir. Et si c'était…

— Flora, compléta Kelty en s'adossant à la chaise, les bras croisés. Des aventures t'attendent. (Un sourire rehaussa ses joues constellées de taches de rousseur.) Donc ce livre est notre premier indice en vingt ans. Par où commence-t-on ? Va-t-on traquer son auteur jusqu'en Amérique ? C'est possible, tu sais, Fergus nous paierait la traversée.

— Évidemment qu'il le ferait. (Hazel glissa un coup d'œil du côté du téléphone.) Bon, en fait, je l'ai appelée.

— Quoi ? Tu as dû te ruiner !

— Je me couvre de dettes, mais c'est pour Flora.

Kelty acquiesça.

— Une sacrément bonne raison. Et que t'a-t-elle dit ?

— Pas grand-chose. Et elle m'a raccroché au nez ; donc pour l'instant, il faut que je parle à Bridie Aberdeen. Je dois l'affronter, je ne vois pas d'autre solution. Tu sais que je ne leur ai jamais reparlé, ni à elle ni à Harry, depuis mon départ. Il faut que je sache si elle était au courant de Whisperwood et si elle en a parlé à quelqu'un.

— Et Harry ?

— Pas pour le moment.

— Hazel, tu ne pourras pas l'ignorer éternellement.

— Je le ferai aussi longtemps que possible.

Elle pensa à son serment d'enfant prononcé dans l'église humide, à ses derniers instants en compagnie de Harry, à leur baiser dans les bois. Elle se rappela avoir crié à Bridie et Harry qu'elle ne voulait plus jamais, jamais les revoir.

— Es-tu déjà retournée à Binsey ? lui demanda Kelty.

— Non, pas une fois, répondit-elle en frissonnant malgré la chaleur qui régnait dans la cuisine. Comme c'est cruel de ma part d'avoir abandonné une famille qui m'aimait ! Mais la situation était terrible et puis des mois, des années ont passé… Qu'étais-je censée leur dire ? Ou faire ? Le chagrin m'avait congelée et quand je me suis enfin réchauffée, des années plus tard, je n'ai plus su comment les recontacter, ni quoi leur dire. Et ce n'est pas comme s'ils avaient cherché à me retrouver non plus. (Sa voix se teinta de rage pour prononcer les mots suivants.) Il m'a semblé préférable de laisser le passé au passé. On s'exposait tous à trop de chagrin. C'était et c'est toujours impossible d'y remédier.

Kelty plaça son bras autour de l'épaule de Hazel et elles fixèrent le livre bleu et vert avec la campagne, les sœurs, le château à l'arrière-plan, et un sentier qui serpentait entre les arbres jusqu'à la rivière d'étoiles. Hazel se demanda alors s'il n'était pas trop tard, si les mauvaises herbes n'avaient pas envahi, depuis déjà bien longtemps, le chemin qui menait jusqu'à Flora.

CHAPITRE 15

Septembre 1939

Hazel et Flora firent leur toilette à tour de rôle avant leur premier dîner à Binsey. Hazel frotta le visage et les mains de sa petite sœur pour la décrasser du voyage, de la fumée et de la poussière de la gare. Face à son reflet dans le miroir, à ses cheveux emmêlés et son visage rougi, elle se dit qu'il lui faudrait se montrer courageuse.

Dans la chambre, elles revêtirent leurs robes assorties à bleuets avec un col Claudine blanc, leurs préférées, puis sortirent deux paires de chaussettes bien pliées par leur mère. Hazel fit des nattes à Flora comme Maman le lui avait appris et demanda :

— Tu es prête ?

— Pas encore.

— Qu'y a-t-il ?

Hazel se pencha en avant et lui tapota le bout du nez. Flora leva timidement la tête.

— Nous ne sommes pas à Whisperwood, n'est-ce pas ? Nous sommes toujours dans le monde réel.

Hazel repensa à toutes les fois où elles avaient visité ce pays par le passé et sourit.

— Évidemment que c'est réel. Nous nous trouvons dans une maison, à Binsey, dans laquelle nous resterons jusqu'à ce que les bombardements cessent. Ce n'est ni chez nous, ni *notre* monde, Flora.

— J'ai pourtant l'impression que je pourrais me transformer en tout ce que je voudrais, là, tout de suite.

Fallait-il vraiment qu'elle explique tout dans les détails ? Eh bien, peut-être. Maman le ferait. Les sœurs chuchotaient, penchées l'une vers l'autre si bien que leurs fronts se touchaient. Le tintement des casseroles et des poêles, les voix feutrées de Harry et Mme Aberdeen leur parvenaient de façon étouffée.

— Pour l'instant, nous ne pouvons être que nous-mêmes, lui dit Hazel. Et tu n'as pas le droit de disparaître. Il faut que nous sortions de la chambre pour dîner avec Mme Aberdeen et son fils. Ensuite, on attendra.

— On attendra quoi ?

— Que Maman vienne nous chercher.

Les deux sœurs se prirent par la main et se rendirent à la cuisine.

Mme Aberdeen était debout près de la cuisinière et mélangeait le contenu bouillant d'une marmite avec une cuillère en bois. Il s'en dégageait une odeur de ragoût de mouton.

— Installez-vous, les filles !

La table était entourée de quatre chaises dépareillées, en bois, et dressée d'assiettes en porcelaine de couleur crème, aux marlis décorés de fleurs jaunes et vertes. Les serviettes en lin vertes bien pliées avaient manifestement été repassées. Un verre couleur lait était posé devant chaque assiette et Harry disposait les couverts en argent.

Elles avaient traversé un tel chaos ces derniers mois que Hazel ne se rappelait pas la dernière fois où Maman avait mis le couvert et sorti la belle argenterie Arthur Price qu'elle conservait dans leur buffet en pin. Il leur était même arrivé de prendre des repas avec leur assiette sur les genoux, en écoutant les informations du soir diffusées à la radio pleine de friture, et Chamberlain qui donnait les dernières nouvelles sinistres de la guerre. Maman ne prononçait pas le moindre mot pendant que les filles dînaient en silence.

Harry disposa la dernière fourchette et leva les yeux. Il répéta l'invitation de sa mère :

— Asseyez-vous.

Il attendit qu'elles soient assises pour s'attabler. À ses boucles en désordre, on aurait dit qu'il venait de traverser une tornade, et à son grand sourire, qu'il avait remporté une victoire.

Il plaça un bol de ragoût fumant devant Hazel. Des carottes, des pommes de terre et des branches de thym flottaient dans la sauce. Mme Aberdeen ouvrit le four et en sortit des biscuits feuilletés tout chauds qu'elle versa dans un bol en porcelaine avant de le poser sur la table. Une fois tout le monde installé, Mme Aberdeen joignit les mains en signe de prière et tout le monde l'imita.

— Seigneur Dieu, Père tout-puissant, bénissez-nous ainsi que ce repas, ces présents que nous tenons de votre immense bonté…

Hazel ouvrit l'œil gauche pendant que Mme Aberdeen bénissait la nourriture. Et oui, Harry la dévisageait alors qu'ils étaient tous les deux censés se recueillir. Il lui sourit et ferma les paupières. Avec lui, son secret serait bien gardé.

— … Par Jésus-Christ, notre Seigneur, amen.

Mme Aberdeen se redressa et s'adressa aux filles.

— Je pense que vous allez apprécier notre hameau. On ne pourrait trouver plus charmant endroit. J'ai vécu ici toute ma vie. Il ne s'agit pas tout à fait d'un village et encore moins d'une ville. On n'y accède et on n'en sort que par une seule route.

— Où est ton papa ? demanda Flora qui dévorait Harry du regard.

— Il est… parti, répondit Harry.

Il se tourna vers sa mère qui hocha la tête.

Hazel garda le silence tout en se disant que ce mot, « parti », cachait un mystère à percer. Quand quelqu'un partait, disparaissait, s'éloignait, était congédié ou même appelé ailleurs, il y avait normalement une raison. Elle aimait savoir le pourquoi des choses de façon à pouvoir éviter qu'elles se répètent.

Mme Aberdeen reporta son attention sur Hazel.

— Mon prénom est Bridgette, et vous ne pouvez pas continuer à m'appeler Mme Aberdeen ; ça fait beaucoup trop de syllabes. Quant à mon prénom, c'est un exercice de diction. Vous devez donc m'appeler Maman Bridie – c'est le surnom qu'on me donnait, enfant.

— Mais on a déjà une maman, répliqua Hazel.

Au lieu de lui jeter un coup d'œil moqueur comme le faisaient toujours les adultes, Mme Aberdeen acquiesça.

— En effet, Hazel Linden. Que dirais-tu dans ce cas de… Tante Bridie ?

— Vous n'êtes pas notre tante.

La voix de Hazel s'était faite plus cassante, malgré elle.

— Dans ce cas, vous m'appellerez…

Mme Aberdeen marqua un temps d'hésitation si long que Flora proclama :

— Juste Bridie !

Mme Aberdeen leva le bras, telle une reine tenant un sceptre.

— Je le déclare solennellement : je m'appelle juste Bridie. (Elle sourit.) Demain nous irons à Oxford poster votre carte qui informera votre maman que vous allez bien. Et nous l'inviterons à venir nous rendre visite. (Bridie plongea son biscuit dans le ragoût.) Il faut que je passe au marché de toute façon, donc je me chargerai du courrier. L'équinoxe d'automne sera là dans deux semaines et nous avons besoin de provisions.

— C'est quoi, un équinoxe ? l'interrogea Flora en bredouillant les dernières syllabes de ce long mot mélodique.

Mme Aberdeen s'éclaircit la voix et adopta un ton merveilleusement chantant :

— Il était une fois, il n'y a pas si longtemps…

— Comme notre histoire ! s'écria Flora.

Hazel passa sa main sous la table et pinça sa petite sœur pour lui intimer le silence. Bridie continua sans tenir compte de cette interruption :

— Une déesse nommée Perséphone. L'été, elle vivait sur terre avec sa mère, mais chaque année, le jour de l'équinoxe, elle devait retourner dans le monde souterrain, auprès de son mari, Hadès.

— Maman ! s'exclama Harry. Ne commence pas à les effrayer. Elles viennent juste d'arriver.

— Ça ne fait pas peur, intervint Flora.

Hazel observait Bridie avec curiosité. Qui était donc cette femme qui racontait des histoires de déesses ? Leur mère se contentait de leur lire les histoires écrites dans des livres. La jeune fille ne put réprimer la curiosité qui bouillonnait dans sa tête.

— Pourquoi vivre dans le monde souterrain ? Pourquoi Hadès ne vient-il pas simplement passer l'été avec elle ?

— Bonne question, Hazel. Vois-tu, en tant que chef du monde souterrain, Hadès est obligé d'y rester.

La jeune fille réfléchit à la réponse un instant.

— Donc il ne peut pas partir, alors qu'elle, oui ?

— On l'autorise à s'absenter pendant six mois de l'année, à partir de l'équinoxe de printemps, pour rejoindre sa mère et ensuite… (La voix de Mme Aberdeen s'éteignit comme si elle venait de terminer la page.) Vous aurez la suite de l'histoire un autre jour.

Harry remua son ragoût avec sa cuillère.

— Maman aime les histoires.

— Nous zauzi ! dit Flora.

Le zozotement de la fillette prêta à sa déclaration une tonalité à la fois charmante et formelle.

Bridie et Harry sourirent à la petite fille. Hazel les surprit et, prise d'un élan de mesquinerie, elle aurait voulu leur brailler que c'était elle, Hazel Mersey Linden, qui créait toutes leurs histoires, des histoires entièrement dédiées à Flora.

Bridie n'avait pas besoin de tout savoir.

Mais Hazel était consciente que les histoires n'appartiennent à personne. Qu'elles sont partout. Elle aurait dû s'estimer heureuse de s'être retrouvée dans un endroit où une maman racontait pareils contes. Et pourtant, elle refusait de se sentir heureuse ; cela n'aurait pas été correct vis-à-vis de leur mère qui se rongeait sûrement les sangs à la maison.

Le seul fait de penser à elle lui fit monter les larmes aux yeux sans que Bridie et Harry ne s'en aperçoivent tant ils étaient focalisés sur Flora. Et comment leur en vouloir ? C'était elle, la plus mignonne, celle qui avait la voix chantante, des boucles blondes et un petit nez rond. Flora méritait leur amour. C'était Flora que tout le monde adorait, et Hazel le savait bien.

CHAPITRE 16

Septembre 1939

Pour leur première nuit à Binsey, les sœurs se lovèrent l'une contre l'autre dans leur lit. Flora murmura à Hazel :

— Bridie est gentille.

— Oui, en effet. Et nous devons suivre la recommandation de Maman et l'être autant qu'elle. Tout sera bientôt fini. L'Angleterre gagnera la guerre et nous rentrerons à la maison. Il faut être patientes.

Flora demeura allongée calmement, comme si elle venait d'écouter la première histoire de Hazel sans y croire pour autant.

— Emmène-moi à Whisperwood, lui réclama Flora.

— D'accord, répondit-elle en ménageant une pause théâtrale. (Elle inspira profondément avant de commencer :) J'aperçois une porte étincelante, là-bas. (Hazel agita sa main dans les airs et tandis qu'elle trouvait les mots qui l'attendaient, les deux sœurs se serrèrent plus fort.) Il était une fois, il n'y a pas si longtemps, tout près d'ici, un endroit où tout était possible, où tu pouvais devenir ce que tu voulais, où une rivière d'étoiles traversait les forêts. Ouvre l'œil pour trouver ces accès cachés ! Ils sont partout, mais ne se montrent qu'à ceux qui en sont dignes. Comme nous.

— Oui, dit Flora, sa voix lourde de sommeil.

— Dans la forêt dense flotte un doux parfum de pin mêlé à une sorte d'effluve de…

— De bonbons, intervint la petite.

— Oui, comme du caramel fondant.

— Que sommes-nous ? demanda Flora en se pelotonnant, les paupières bien closes.

— Patience. J'y viens. Je le sens dans le vent qui souffle à travers les branches. Suis-moi le long du chemin sinueux qui mène à la rivière. Rejoins-moi, Flora.

— J'arrive !

— Il me semble avoir une patte… et toi ?

— Oh oui, et une grosse, s'exclama Flora. Mais de quelle espèce ?

— Je crois que nous sommes…

— Des lions ! Nous sommes des lions !

— … en route vers la rivière pour nous abreuver d'étoiles, poursuivit Hazel. Les étoiles rendent les lions plus forts.

La voix de Hazel les conduisit dans la forêt où, après avoir croisé un faucon doué de parole, elles franchirent un pont en verre enjambant la canopée qui fredonnait des chansons, et se rendirent à la rivière. Une chouette les survolait et les surveillait. Et loin, très loin, le toit d'un château tutoyait le ciel : la destination merveilleuse qu'elles atteindraient peut-être un jour à force d'obstination.

Flora s'était endormie avant qu'elles ne l'aient atteint et Hazel interrompit son récit, persuadée qu'elle allait la rejoindre très vite avec ses paupières gonflées et lourdes. Mais finalement, elle resta éveillée et songea à leur mère, à leurs chambres vides.

Elle se glissa hors du lit et alluma la petite lampe de chevet. Sur la commode, il y avait la carte postale qu'elles lui enverraient le lendemain. Avec le crayon pris dans son sac à dos, Hazel s'assit au bord du lit et commença à écrire sur la carte posée en équilibre sur ses genoux.

Elle imagina sa mère vérifiant chaque heure la boîte aux lettres, dans l'espoir d'y trouver une carte. Que souhaiterait-elle y lire ?

> *Chère Maman,*
>
> *Nous sommes dans un cottage confortable à Binsey, chez les Aberdeen – une dame nommée Bridgette et un garçon qui s'appelle Harry. Ils nous ont choisies pour venir vivre avec eux. Je t'en prie, viens nous voir. On est en sécurité. Tu nous manques tellement. Tes filles qui t'aiment, Hazel et Flora.*

Elle posa la carte postale sur la commode et retourna dans le lit au côté de sa petite sœur en se demandant quelles aventures les attendaient – terribles ou merveilleuses, cela restait à déterminer.

Hazel rêva que la carte postale s'envolait jusqu'à Londres, retombait sur le sol comme une feuille morte, emportée par des eaux déchaînées, du caniveau aux égouts de Bloomsbury, sans jamais atteindre sa destination.

Le martèlement de la pluie contre le toit et les vitres la réveilla. Ce rêve n'avait rien d'une prémonition – du moins l'espérait-elle –, ce n'était que l'incursion du monde réel dans le monde onirique. Hazel chassa ce sentiment d'effroi et se leva rapidement, attirée par des senteurs riches et appétissantes.

Elle avait placé sa main sur la poignée en cuivre quand elle s'aperçut qu'on avait glissé un morceau de papier sous la porte. Elle le ramassa.

Sous la douce lumière matinale, elle examina le dessin de Berry, réalisé au crayon. Il était incroyablement réaliste, pareil à une photo floue : le pelage de l'animal en peluche semblait épais par endroits et fin sur les pattes, que Flora frottait toujours contre sa joue. Berry était assis, sa tête légèrement penchée sur la gauche. Le crayon avait réussi à traduire la douceur de sa fourrure et de son museau.

De toute évidence, cette œuvre était destinée à Flora, ce qui était gentil. Cette délicatesse effaça les restes du rêve perturbant de Hazel. Elle plaça le papier sur la table de nuit en bois avant d'aller dans la cuisine où Bridie préparait du porridge et des saucisses.

— Bonjour, dit Hazel d'une voix hésitante tant la pièce lui paraissait paisible.

Bridie se retourna.

— Bonjour, mon chou.

Personne ne l'avait encore jamais appelée « mon chou ». Mais ce surnom lui plaisait bien.

— Prête pour un petit déjeuner et du thé ?

— Oui. Flora dort encore. Dois-je aller la réveiller ?

— Non, laisse-la se reposer. Tout cela a été bien bouleversant. Viens t'asseoir, ma chérie.

Hazel s'assit, les jambes croisées au niveau des chevilles comme la reine parce qu'elle tenait absolument à ce que Bridie sache qu'elle avait bien choisi, qu'elle avait accueilli de gentilles petites filles bien élevées. Bridie versa le porridge dans un bol couleur crème et l'assiette de saucisses écrasées sentait si bon que la jeune fille aurait voulu se jeter dessus sans demander la permission.

Le porridge était épais et grumeleux, parfaitement au goût de Hazel ; une couche de crème recouvrait le tout et elle y pressa sa cuillère en regardant la crème imbiber le porridge, puis en goûta une première bouchée. Même si elle ne l'aurait jamais reconnu à haute voix, il était bien meilleur que celui de Maman. Quelle horrible pensée que celle-là !

— C'est bon ?

— Oh oui, délicieux ! La crème…

— … confectionnée avec le lait de notre vache.

— Elle ne vient pas du marché ?

Hazel mit une minute à intégrer cette information, n'ayant jamais trop cherché à savoir d'où venait sa nourriture. Elle savait seulement que sa mère achetait le lait au marché et que le rationnement les privait de beaucoup de choses.

Bridie s'assit à côté d'elle.

— Oui, dès l'aube, Harry va la traire. Nous avons de la chance. Rares sont ceux qui peuvent se procurer de la crème en ce moment.

— Si seulement vous aviez une vache qui donnait du sucre. Cela fait si longtemps.

Bridie rit doucement.

— Eh bien toi, ma chérie, tu vas te plaire ici, dans la maison des Aberdeen. Harry a eu raison de te choisir.

La choisir.

Harry l'avait choisie.

Rien n'aurait pu effacer le sourire de Hazel.

— Et le voilà justement qui arrive, ajouta Bridie en faisant un signe vers la fenêtre.

Harry se présenta sous la forme d'un manteau marron surmonté d'un bonnet en tricot de laine rouge qui dévalait la colline vers la maison. En un instant, la pluie s'arrêta et le soleil perça un nuage bas, le déchirant comme une feuille de papier. Filtrés par la brume, les rayons du soleil éclairèrent Harry au moment où il marquait une pause au bord du champ. Il tendit son visage vers la lumière chaude, sourit puis se rua vers la porte d'entrée.

Quel endroit singulier ! se dit Hazel. Une immense étendue de verdure où courir ; un ciel ondoyant qui touchait un horizon d'arbres sans immeuble ni cathédrale pour le dissimuler. Il avait suffi d'un simple trajet en train et le monde s'était révélé et décliné en une succession de vastes collines ondulantes et de landes de bruyères. Regarde, semblait dire le paysage, il y a tellement de choses que tu ne connais pas encore. Elle sentit comme une montée d'adrénaline – un frisson qui l'avertissait : ce monde allait la changer à jamais.

— Hazel ! hurla une voix en détresse.

La jeune fille quitta aussitôt la table et se précipita dans la chambre, trébuchant au passage sur le pied de Bridie.

Elle serra sa sœur dans ses bras, lui assura qu'elles étaient en sécurité et qu'un merveilleux petit déjeuner l'attendait.

— J'ai cru que tu m'avais abandonnée ! gémit Flora.

— Jamais. Je ne t'abandonnerai jamais.

CHAPITRE 17

Mars 1960

Hazel remontait le chemin de halage le long de la Tamise pour retrouver Binsey et Bridie, tandis que le fleuve lui renvoyait les mots qu'elle avait prononcés bien longtemps auparavant : « *Je ne t'abandonnerai jamais.* »

Elle avait manqué à cette promesse.

Ce printemps, l'herbe était si verte qu'elle semblait peinte en nuances d'émeraude, et les ombres dessinaient des dentelles sur le sol. Au bord du fleuve, un aulne et un tremble élançaient leurs hautes branches couvertes de bourgeons. Les fleurs sauvages s'ouvraient, blanches comme neige, rouge framboise et bleu ciel.

Elle allait rendre visite à Bridie pour la première fois depuis vingt ans et elle regrettait à présent que Barnaby ou Kelty ne l'aient pas accompagnée. Elle s'était décidée tôt le matin même, sur un coup de tête. Bridie figurait en première position sur sa liste.

Hazel avait enfilé son ciré, ses bottes en caoutchouc et était montée dans le train de Piccadilly jusqu'à Oxford. Un chauffeur de taxi qui empestait le chou l'avait déposée aux abords de Port Meadow. Elle cherchait à faire le tri dans ses pensées et prit son temps pour se rendre à pied jusqu'à Binsey et traverser le pont qui menait au hameau.

Au bout du chemin de terre, elle s'arrêta et toucha la partie pourpre et douce d'un chardon en évitant soigneusement les épines : c'étaient les préférés de Bridie. Un lièvre qui avait une oreille plus courte que l'autre surgit des fourrés et s'immobilisa un instant pour la regarder avant de décamper. Hazel esquissa un sourire triste en songeant à toutes les fois où elle avait refusé de devenir un lapin comme le demandait Flora. Pourquoi n'avait-elle pas accepté ? Elle n'en avait pas la moindre idée.

Elle flânait sur le chemin en se disant qu'elle aurait peut-être dû apporter des fleurs ou un gâteau, ou au moins téléphoner avant de débarquer devant sa porte. Après vingt ans, un peu de bienséance n'aurait pas fait de mal.

Le milieu de matinée était si doux qu'en passant devant le pub Le Perchoir, elle retira son ciré et le prit sous le bras. M. Nolan se tenait sur le seuil, exactement dans la même position que son père avant lui. Il avait ce sourire aimable, cette poignée de main énergique, et les mêmes cheveux ondulés noirs avec une chemise en jean boutonnée jusqu'en haut. Il ne reconnut pas la jeune femme et elle lui en fut reconnaissante. Les habitants du hameau voyaient souvent des promeneurs arrivant d'Oxford, qui venaient en pèlerinage à l'église et au puits sacré.

Ce matin-là, Barnaby et elle avaient suivi le même rituel que d'habitude : *The Times*, deux œufs à la coque avec toasts et thé. Aucun d'eux n'avait évoqué Whisperwood ou les illustrations jusqu'à ce qu'il finisse par demander :

— As-tu décidé ce que tu allais faire du… colis ? Je me fais du souci, mon amour.

— Hier après-midi, j'ai essayé de le rapporter, mais il m'appartient à présent.

Bien installé sur sa chaise, il avait haussé un sourcil.

— Il t'appartient ?

Une fois qu'elle lui eut expliqué tout ce qui s'était passé, il avait secoué la tête.

— Waouh ! Ça, c'est un coup de chance.

— Un coup de chance ? Enfin, Barnaby, ça vaut une petite fortune. Je ne vois pas comment je vais pouvoir rembourser Edwin. Mais j'ai bien l'intention de trouver un moyen.

Il avait souri.

— Eh bien, dans la mesure où j'ai abîmé deux illustrations, je contribuerai…

— Non, l'avait-elle interrompu.

— Enfin, ce dont je suis sûr, c'est que nous partons pour Paris dans… (Il avait compté sur ses doigts en exagérant chaque geste)… dix jours. (Puis il l'avait embrassée et avait demandé :) Quel est ton programme aujourd'hui ? Toi, la femme libre sans emploi ? Un café avec Kelty ? Une virée shopping sur Carnaby ? La préparation des bagages pour Paris ?

Elle n'avait pas répondu, car Binsey monopolisait ses pensées. Barnaby lui avait dit au revoir d'un baiser et avait décroché son manteau de la porte d'entrée.

À présent, Hazel était tétanisée au début de l'allée qui menait au cottage de Bridie. Des traces de pneus tatouaient la terre poussiéreuse, et les ornières étaient remplies d'eau de pluie qui reflétait le soleil haut. Quelques pas plus loin, la maison semblait l'attendre depuis toujours.

Elle demeura un moment en retrait, à observer cet endroit qui avait été son refuge pendant un an. Les pierres en différentes nuances de gris – tourterelle, nuage parfois même presque blanc – étaient empilées les unes sur les autres, érodées et solides. La porte bleu vif était désormais munie d'un heurtoir en cuivre. Le jardin resplendissait de feuilles et d'herbes vert émeraude, les yeux jaunes des narcisses blancs la dévisageaient.

Une femme ouvrit la porte et plaça sa main en visière afin de se protéger du soleil. Son mouvement de tête lui était familier.

Bridie.

Elle avait les cheveux gris noués dans un chignon tombant. Un coup de vent souleva sa robe à fleurs, entortillant le tissu autour d'elle.

— Te voilà ! cria-t-elle.

Bridie l'avait-elle reconnue ?

— Hazel ! reprit la femme en courant à sa rencontre. Mon Dieu, est-ce bien toi ?

— Oui, répondit Hazel.

Alors que Bridie s'élançait vers elle, Hazel ne bougea pas, à la fois impatiente et timide. Son cœur battait la chamade. La dernière fois qu'elle s'était tenue à cet endroit précis, elle avait hurlé, haut et fort : *Je ne veux plus jamais, jamais te revoir.*

Soudain, les bras de Bridie l'enlacèrent, son odeur de romarin l'enveloppa et elle entendit sa voix réconfortante prononcer son nom.

— Hazel.

La jeune femme serra Bridie contre elle.

— Bridie, dit-elle doucement avec une aisance et un amour qu'elle n'avait plus goûtés depuis vingt ans.

Bridie se détacha, posa ses mains sur ses épaules et l'examina avec une tendresse de mère.

— Laisse-moi te regarder maintenant. Aussi belle et lumineuse que dans mon souvenir. Tu es enfin là. Je t'ai attendue.

— Attendue ?

— Je savais que tu viendrais un jour. Je savais que par l'œuvre du destin ou des furies, tu retrouverais le chemin jusqu'à ma porte. Dis-moi ce qui t'amène. (Bridie éclata d'un rire limpide et mélodieux.) Oh, et puis ça n'a pas d'importance. Pas la moindre. Tu es… enfin là. (Sa voix tremblait d'émotion et ses yeux s'emplissaient de larmes.) Entre. Entre. Tu dois avoir tant de choses à me raconter, n'est-ce pas ?

L'intérieur du cottage étreignit Hazel comme auparavant Bridie. La jeune femme jeta un coup d'œil circulaire. La table sur laquelle elle avait fait ses devoirs d'école avec Harry ; le plaid jeté sur le canapé ; les bûches empilées, entrecroisées près de la cheminée en briques ; la pièce sentait la fumée de bois, le thé fort et le romarin. Les huisseries en bois prenaient une couleur miel sous les rayons du soleil qui provenaient des fenêtres en forme de diamant. Rien dans cet endroit ne semblait accuser Hazel.

— Oh, soupira-t-elle quand la porte se ferma.

Elles pénétrèrent dans la cuisine ; la porte de la petite pièce que Hazel avait occupée avec Flora autrefois était fermée. Elle se dirigea vers elle, toucha la poignée en cuivre en forme d'œuf et se tourna vers Bridie. Les larmes qu'elle réprimait menaçaient de déborder.

— Tu peux entrer, l'encouragea doucement Bridie. Si tu veux. Je m'y installe pour coudre maintenant, mais chaque fois que j'y vais, je vous y retrouve avec votre éclat et votre belle énergie. Je perçois votre présence à toutes les deux.

Hazel s'éloigna de la porte.

— Pas encore, dit-elle.

Puis Bridie sembla déceler une question refoulée, comme enfouie sous les années :

— Il fallait que ce soit toi qui viennes jusqu'à moi, Hazel. Je ne pouvais pas faire le premier pas, même si ce n'est pas l'envie qui m'en manquait.

— Pourquoi ?

— J'ai essayé un jour, il y a des années, et ta gentille maman m'a clairement fait comprendre que tu avais besoin de tourner la page, et non de revivre cette époque-là encore et encore. Cela m'a brisé le cœur, mais je l'ai compris. J'ai attendu.

Être attendue, quelle merveille ! pensa Hazel. L'idée que quelqu'un ait pris son mal en patience rien que pour elle lui semblait fabuleux.

Elle remarqua alors une veste d'homme en tweed posée sur le dossier d'une chaise et une paire de bottes boueuses rangées à côté de la porte de derrière.

En voyant l'expression de la jeune femme, Bridie sourit.

— Eh oui, je me suis mariée.

— Oh, Bridie ! Est-ce que… est-ce que votre ex-compagnon est revenu ?

Bridie secoua la tête.

— Non.

— Qui est votre mari ? Est-ce que je le connais ?

Elle sourit en esquissant un léger hochement de tête.

— C'est Johnny Nolan.

— M. Nolan ? répéta Hazel. Je l'ai croisé en venant ici ! J'aurais pu citer un millier de noms avant de trouver le bon.

— La paria de l'église du village épouse le propriétaire du pub, répondit-elle avec un grand sourire.

— Eh bien, je trouve ça charmant.

— Mais ce n'est pas la raison de ta visite aujourd'hui. Qu'est-ce qui te ramène enfin ici ?

— Je suis désolée, souffla Hazel sans réfléchir.

Peut-être aurait-elle dû profiter de son trajet pour réfléchir à ce qu'elle lui dirait. Bridie, qui remplissait la bouilloire au robinet de l'évier, jeta un œil par-dessus son épaule :

— Pourquoi t'excuses-tu, ma chérie ?

— Pour tout. J'ai tout gâché. Votre vie. Celle de Harry. Celle de tout le monde. Celle de Maman.

Bridie posa la bouilloire sur le feu. Elle se retourna et plaça ses paumes sur le plan de travail dans son dos, le visage un peu incliné à la façon d'un petit oiseau, avant de hocher légèrement la tête.

— Que veux-tu dire ? Je ne comprends pas.

— Quand c'est arrivé, commença Hazel en s'affalant sur la chaise, quand Flora a disparu, je les ai entendus vous le reprocher. J'ai lu les journaux. Je suis au courant. Et Harry aussi.

— C'est ce que fait la police.

Bridie vint s'asseoir à côté d'elle.

— Je n'ai pas eu assez de courage pour leur dire la vérité. Mais je suis là pour vous la révéler aujourd'hui.

— Tu es venue me dire quelque chose ?

— Oui.

— Nous allons en discuter autour d'un thé.

Bridie sortit des tasses, du sucre en morceaux et de la crème. Dès que la bouilloire siffla, elle prépara le thé. Elle n'ajouta pas le moindre mot, se contentant de poser sur Hazel ce regard qui avait fait fondre son cœur en même temps que sa peur le jour de son arrivée de Bloomsbury.

— Bridie, est-ce que vous saviez que je racontais des histoires à Flora ?

— Celles que tu lisais à ta petite sœur ? (Bridie leva la tête au plafond comme pour y chercher ses souvenirs.) Elle aimait tellement *Winnie l'Ourson* – Tigrou surtout. Et *Peter Pan*.

— Non, pas celles-là. Celle que j'avais inventée.

— Tu avais inventé une histoire ? Merveilleux !

Hazel éprouva un profond soulagement, parce que si Bridie n'était pas au courant de Whisperwood, alors peut-être était-ce Flora qui en avait raconté l'histoire ; peut-être était-elle encore en vie, en train de transmettre son conte. Hazel confia tout à Bridie, et notamment comment elle avait inventé ce monde pour sa petite sœur.

Bridie buvait son thé à petites gorgées, penchée en avant, les coudes sur la table.

— Tu as toujours été une enfant si délicieuse, tu voyais de la magie partout autour de toi. (Bridie sourit.) Il est logique que tu aies découvert des mondes secrets cachés dans le nôtre.

— Oh, non ! Il ne s'agissait pas de ça. C'était un endroit simple où nous allions ensemble, vivions quelques aventures avant de rentrer à la maison.

— Mais une fois revenues, vous vous sentiez mieux et plus courageuses, non ?

— Si, mieux et plus courageuses, c'est vrai, reconnut Hazel en se mordant la lèvre inférieure. Jusqu'à ce que ce ne soit plus cas.

— Continue.

— Je crois que le jour de sa disparition, Flora est partie chercher notre monde sans moi.

— Tu crois ou tu en es sûre ?

— Je crois.

— Comment s'appelle cet endroit ?

— Whisperwood.

— Whisperwood, reprit Bridie en fermant les yeux.

Hazel attrapa son sac et en sortit le livre de Peggy Andrews qu'elle laissa tomber sur la table.

— Et maintenant, il y a ça.

Bridie en caressa la couverture.

— Est-ce toi qui l'as écrit ? Tu as toujours eu une si belle plume.

— Non, c'est l'œuvre d'une écrivain américaine. Quelqu'un a utilisé notre monde comme toile de fond pour ses histoires.

Bridie marqua un temps.

— Pourrait-il s'agir de Flora ?

Il y avait tant d'espoir dans sa voix que Hazel aurait voulu répondre que oui.

— Non. J'y ai pensé pendant un moment, mais l'âge ne correspond pas. Je n'en sais pas beaucoup plus à son sujet.

— Flora aurait-elle pu raconter ton histoire à l'auteur ?

— C'est ce que je cherche à savoir.

Bridie acquiesça.

— Tu as donc l'impression que votre endroit secret, votre monde merveilleux, votre pays féerique t'a enlevé Flora.

— Oui, j'en suis certaine.

— Renonce à pareille idée, Hazel. (Bridie avança sa chaise et plaça ses deux mains de chaque côté du visage de la jeune femme, comme elle le faisait autrefois.) Le désespoir nous pousse vers la fiction, bien sûr. Nous inventons des récits pour donner du sens à notre monde. Je t'ai raconté des histoires. Nous avons dansé dessus. Je les ai récitées au coin du feu ou autour de cette table. Ce que tu as fait – inventer un pays pour Flora et toi – vous a apporté du réconfort à une époque très effrayante. Ma chère Hazel, les malheurs n'ont pas toujours une cause précise. (Elle se tut un moment avant de reprendre :) Est-ce que Flora ou toi avez jamais raconté cette histoire à Harry ?

— Pas moi, mais il faut que je sache si Flora lui en a parlé et s'il en a lui-même fait mention à quelqu'un d'autre. Sinon… Et si Flora était encore en vie ?

Bridie haussa les sourcils.

— Oh, si seulement c'était le cas, répondit-elle en portant sa main à son cœur.

— Que s'est-il passé après mon départ ? s'enquit Hazel si doucement que Bridie dut se pencher et lui demander de répéter.

— Cela n'a plus d'importance. Les enquêteurs ne faisaient que leur travail.

— Dites-le-moi, s'il vous plaît. J'ai entendu dire qu'ils avaient interrogé Harry sur ses dessins ; j'en ai apporté quelques-uns avec moi.

Bridie s'appuya sur le dossier de sa chaise et son regard croisa celui de Hazel.

— Tous les habitants du village ont été soupçonnés, Hazel. Nous pas plus que les autres.

— Mais si ! Je sais que vous voulez le passer sous silence, mais vous avez été suspectés. J'ai lu les journaux. J'ai conservé les articles.

Elle avait besoin de le lui dire – ce qu'elle avait appris durant ces journées à parcourir les rues d'Oxford avec sa mère qui collait des photos de Flora sur tous les lampadaires et toutes les vitrines de magasins qui se trouvaient sur leur chemin.

Des soupçons s'étaient portés sur la famille Aberdeen. D'abord, le mari de Bridie avait disparu et, quelques années après, c'était le tour d'une petite fille. Une histoire bien trop séduisante pour la presse pour être ignorée.

— Ils ne m'ont pas accusée par ta faute, Hazel. Ils m'ont interrogée parce qu'ils ont dit que j'avais déjà perdu quelqu'un.

— Votre mari.

Bridie leva les yeux vers elle.

— Oui, mais en fait, je ne l'ai pas perdu. Il n'a jamais été mon mari. C'était... mon amant. Un professeur invité d'Oxford. Il avait une épouse et un enfant en Écosse, ce que j'ignorais. (Elle releva la tête.) On ne parlait pas de ces choses-là, à l'époque. Il est retourné auprès de sa famille et je n'ai plus jamais eu de nouvelles de lui. Je n'ai aucune idée de ce qu'il est devenu. Pendant longtemps, j'ai cherché à savoir où il était parti et pourquoi. Je rêvais de le voir revenir. Harry et moi nous sommes débrouillés seuls. Je sais que tu as eu vent de rumeurs à ce propos, mais écoute, Hazel, les gens ont besoin d'explications. Il leur faut un coupable, quelqu'un capable de faire disparaître d'autres personnes.

— Oh Bridie. Je n'étais pas au courant pour le père de Harry.

Elle hocha la tête.

— Comment aurais-tu pu le savoir ? Je l'ai dit à Harry quand il avait dix ans et il n'a jamais essayé de le retrouver.

— Et ils ont accusé Harry aussi, ajouta Hazel en éprouvant un sentiment familier de honte et de culpabilité.

— Ils l'ont interrogé au sujet de ses dessins, c'est vrai. Il faut toujours un bouc émissaire, ma chérie. Toujours. Il y en a dans toutes les histoires, il te suffit de bien les lire.

— Mais ça n'a rien à voir avec une histoire ! s'écria Hazel. Il s'agit de votre vie. De la sienne. Où est-il parti ? Où est Harry en ce moment ?

— Dans une résidence d'artistes.

Une décharge électrique parcourut ses entrailles.

— Où ?

Bridie se leva et se dirigea vers l'ancienne chambre de Hazel, derrière la cuisine. La jeune femme aurait aimé l'y suivre, parcourir la pièce du regard en quête d'indices qui la renverraient à leur belle vie d'autrefois, mais elle attendit. Elle entendit grincer le tiroir de la commode et Bridie réapparut avec un article de journal froissé sur St Ives – une résidence d'artistes située au bord de la mer, en Cornouailles.

— On m'a parlé de cet endroit, commenta Hazel. Je suis allée à une exposition qui présentait ces artistes à Chelsea le mois dernier. Les céramiques étaient remarquables.

— Peut-être que ses tableaux s'y trouvaient aussi, dit Bridie. Il est doué. Il a toujours dessiné, comme tu le sais, mais maintenant il s'est mis à la peinture.

— Que peint-il ? demanda Hazel.

— Et si tu allais voir par toi-même ?

— J'hésite. Je ne suis pas sûre de pouvoir l'affronter.

— Eh bien, ma chérie, seul Harry saura répondre aux questions que tu veux lui poser. Parfois… (Elle se pencha en avant.) Il faut parfois affronter ses démons.

— Et il n'y a aucun chevalier pour nous sauver, lança Hazel, se rappelant les jours de la Sainte-Brigid où ils s'asseyaient tous autour d'un feu de camp.

Cette phrase lui avait alors paru si amusante, l'idée de ne pas avoir besoin de chevalier l'avait séduite quand aujourd'hui elle lui semblait trop crue, et vraie : Hazel devait exterminer ses propres démons.

Le cottage avait peu changé. Dans l'âtre, les braises devaient brûler depuis que Hazel était partie un matin d'octobre avec sa maman et sans Flora. Et voilà qu'elle était revenue ici, dans la cuisine, à quelques pas seulement de son ancienne chambre. Elle revoyait presque la fillette qu'elle était autrefois, celle qui croyait à la magie et aux mondes secrets.

— Peux-tu me raconter l'histoire de Whisperwood ? demanda Bridie.

— Oui, répondit-elle. Il était une fois, il n'y a pas si longtemps...

CHAPITRE 18

Mars 1960

Hazel était assise sur la chaise en métal face au bureau de l'inspecteur Aiden Davies, dans le commissariat de Thames Valley.

Après le thé, Bridie avait déposé Hazel dans le centre d'Oxford, sous les lueurs féeriques et brumeuses du crépuscule. La jeune femme s'était alors rendue à pied au commissariat situé en face des tours fauves de Christ Church. Elle fixait à présent le crâne chauve d'Aiden Davies. Il luisait, ce que Hazel imputait au réflexe qu'il avait de toujours se frotter doucement la tête d'avant en arrière en parlant, comme s'il attendait que les mots justes se forment sous sa paume.

C'était lui qui avait abandonné le dossier de Flora des années plus tôt lorsqu'on avait retrouvé un corps non identifié dans les marais de Wallingford, celui d'un enfant qu'on présumait être Flora.

— Ça fait plaisir de te voir, Hazel. Alors comme ça, tu aurais trouvé une nouvelle preuve ? demanda-t-il.

— Oui.

Elle évoqua le conte sans entrer dans le détail ni mentionner le nom de Whisperwood, mais en dit assez pour lui faire comprendre qu'un espoir était permis.

— J'ai dressé une liste de toutes les personnes qui auraient pu nous entendre raconter cette histoire et les seules que je n'arrive pas à localiser sont les quatre infirmières qui vivaient derrière la paroisse.

— Je me souviens d'elles – une Américaine et trois Britanniques. L'une d'elles a pleuré à la disparition de Flora comme si elle venait de perdre son enfant. Nous avons envoyé une assistante sociale pour la calmer. Mais crois-moi, nous les avons interrogées, Hazel. Et la guerre n'a pas fait du bien à ces infirmières volontaires. Nombre d'entre elles furent traumatisées. Elles pensaient qu'elles n'auraient qu'à porter un uniforme blanc et essuyer le front de charmants soldats. La plupart d'entre nous avions deviné ce qui nous attendait – il suffisait d'entendre les avions au-dessus de nos têtes, et les informations à la radio, mais pour moi, les infirmières n'y étaient pas préparées. Quand ta sœur…

— … a disparu, compléta Hazel.

— Oui, le Blitz venait tout juste de commencer. C'était une sale époque.

— En effet. (Elle se pencha en avant et s'agrippa au bureau.) Avez-vous leurs noms ? Leurs coordonnées ?

— Ceux qu'on ne considère pas comme suspects ne sont pas surveillés. Mais j'ai gardé leurs noms, bien sûr. Dans les dossiers.

— Pourriez-vous me les procurer ?

Il se frotta à nouveau la tête, le regard ailleurs, loin de Hazel, et marmonna :

— Ça ne te fera pas du bien de remuer le passé. On ne peut pas retrouver ce qui a été perdu. C'est cette satanée vérité que j'ai aussi balancée à cette journaliste.

Son regard triste se posa sur Hazel. Elle savait qu'il n'était pas seulement affecté par la disparition de Flora, mais par tout ce qu'il avait vu au cours des vingt-cinq dernières années. La guerre. La drogue à Oxford. Les gangs. La mort.

— Mais il y a du nouveau, lui lança-t-elle, désirant atténuer son profond chagrin. Si cette histoire a survécu, peut-être qu'elle aussi.

— Ah ? répliqua-t-il en haussant les sourcils. C'est donc ce que tu crois.

— Oui.

Il commença à pianoter sur le bureau au rythme de ses réflexions.

— Je peux te dégoter ces dossiers. (Aiden se leva, posa ses mains à plat sur la table et se pencha vers elle.) Attends-moi ici. Je reviens dans un instant.

L'instant s'éternisa et Hazel attendit debout, puis assise, à nouveau debout, examinant ce bureau exigu jusqu'au retour d'Aiden qui lui tendit un morceau de papier.

— Tu trouveras tous les noms là-dessus. Je vais fouiller un peu de mon côté, voir si j'arrive à trouver leurs adresses.

Hazel lut la page.

1. Imogene Wright (GB)
2. Frances Arkland (US)
3. Maeve Muldoon (GB)
4. Lilly Carnigan (GB)

— Je les donnerai aussi à la journaliste. Elle essaie de raconter cette histoire. Franchement, je ne serais pas contre un petit coup de main. Un œil neuf. Elle a fait un super boulot sur les autres affaires.

— Non, n'en faites rien, je vous en prie, le supplia Hazel. Tout ce que je viens de vous dire sur le livre est confidentiel. Vous ne pouvez pas confier cette information à Dorothy Bellamy, vous m'entendez, Aiden ? Elle ose appeler Flora « l'Enfant du Fleuve ». C'est absurde.

— Oui, je comprends.

— Cette femme nous écrit, à ma mère et à moi, tous les trois mois ou presque. Je vous en prie. Laissez-moi mener des recherches seule. (Elle marqua un temps.) Laissez-nous, vous et moi, découvrir la signification de tout cela.

— Eh bien, moi, je les trouve bons, les articles qu'elle écrit pour ce magazine. Elle s'en tient aux faits. Quant à Flora, elle n'essaie pas de faire de sa disparition un article racoleur, ni même de résoudre le mystère ; elle cherche simplement à raconter ce qui s'est passé ce jour-là. Elle ne fera rien d'inconsidéré. C'est promis.

— On dirait bien qu'elle vous a embobiné. Mais, avec elle, vous ne pouvez rien me promettre, Aiden. Et c'est *notre* affaire. Pas la sienne. Je vous en prie, je ne supporterai pas de voir Flora paraître dans un nouveau magazine. Et Maman qui serait replongée dans tout ça…

— Je comprends. (Aiden prit une profonde inspiration.) Mais si je suis passé à côté de quelque chose à l'époque, je ne me le pardonnerai jamais.

— Il ne faut pas penser à des choses pareilles, répondit-elle. Nous devons tous nous pardonner.

Nous devons tous nous pardonner.

Hazel sentit le goût amer de ce mensonge quand, en sortant du commissariat de police, elle se dirigea vers la grand-rue. Il s'agissait d'un conseil qu'elle ne parviendrait jamais à suivre, un piètre réconfort négligemment murmuré à un homme qui avait passé sa vie à résoudre des mystères et à affronter le pire de l'histoire de l'humanité.

Le jour céda la place à la nuit derrière la vitre du train. Hazel avait quitté Oxford pour rentrer à Londres et regardait le ciel passer du bleu pâle au bleu d'encre, les arbres verts prendre des nuances plus sombres. Lorsqu'elle descendit sur le quai de la station Oxford Circus, Hazel se sentit aussi fatiguée que si elle avait fait le trajet en courant. Mais elle avait promis à Barnaby de le retrouver pour dîner au Simpson's in the Strand.

— Le moment est venu de planifier le voyage à Paris, avait-il déclaré.

Mais en toute honnêteté, tout ça – Hogan, Paris et Sotheby's – lui semblait faire partie de la vie d'une autre. Son passé avait surgi dans son présent et semé la zizanie.

La tête ailleurs, elle s'était arrêtée une station trop tôt. Après un coup d'œil à sa montre, elle s'aperçut qu'il lui restait un quart d'heure pour rejoindre le restaurant et près de deux kilomètres de marche. Elle serait en retard.

À sa mine défaite s'ajoutait une tenue loin d'être adaptée à cet établissement, avec son pantalon beige et son chemisier simple en popeline blanche. Elle avait aussi les cheveux en bataille, mais au moins, cette fois-ci, elle ne lui ferait pas faux bond. Elle ne pouvait pas se permettre de décevoir encore Barnaby.

En passant devant les vitrines colorées de Liberty London, slalomant entre les nombreux badauds de Carnaby Street, elle eut l'impression de pénétrer dans un autre monde. Des morceaux de jazz lui parvenaient des clubs qui resteraient ouverts toute la nuit. Des mannequins en mini-jupe et aux yeux peints la fixaient, comme sortis tout droit d'une hallucination. Face aux devantures des boutiques de vêtements, elle se demanda quelle tenue elle choisirait pour aller voir Harry à St Ives. Elle regretta ensuite d'y avoir pensé alors qu'elle rejoignait Barnaby.

Elle marcha le plus vite possible sans pour autant courir et déboucha dans Beak Street où se tenait une exposition. Un jeune artiste grand et maigre comme un clou, coiffé d'un haut-de-forme crasseux, avec une moustache si fournie qu'elle paraissait fausse, exposait ses œuvres. Une douce musique de carnaval s'élevait d'un transistor. Ses toiles tape-à-l'œil représentaient des chapiteaux avec des clowns, jongleurs, et acrobates. Et au milieu, éclairé par la lumière d'un lampadaire, un Pied Piper avec sa casquette rouge rutilante scintillait et se pavanait en jouant de la flûte, conduisant garçons et filles à leur perte.

Voulant s'arrêter, Hazel trébucha sur le bord du trottoir en granit et tomba. Elle heurta la chaussée et sentit la douleur irradier dans son genou droit et son poignet gauche. L'artiste lui tendit la main pour l'aider à se remettre debout, mais elle se releva seule, épousseta son pantalon puis regarda une de ses œuvres.

— Ça, dit-elle.

— C'est une copie du célèbre tableau de Maxfield Parrish, lui répondit-il d'une voix profonde, avec un fort accent cockney. Si vous voulez mon avis, le mien est bien meilleur que l'original.

Elle ne pouvait pas voir cette toile comme une simple reproduction, trop sensible qu'elle était aux messages du monde invisible. Il s'agissait d'un signe, lui intimant de poursuivre sur cette voie. Elle avait pris le bon chemin.

Elle observa l'artiste, tout droit sorti d'un étrange mirage.

— C'est très joli, lui mentit-elle avant de repartir sans se retourner.

Un peu plus loin, sur le trottoir, son frère Tenny était en train de discuter avec un groupe d'amis. Elle l'avait reconnu de loin à ses cheveux souples et à sa veste en tweed. Tout le groupe fumait en se passant une bonne bouteille de vin. Il provenait sans doute de la cave de M. Alastair Tennyson. Hazel envisagea de changer de trottoir pour passer inaperçue puis se ravisa et s'approcha du groupe des quatre garçons qui riaient à une phrase de Tenny.

Lorsque son regard croisa celui de Hazel, son visage s'assombrit et son rire s'éteignit. Il lâcha sa cigarette, l'écrasa sous sa chaussure Oxford couleur camel. Elle lui sourit et l'espace d'un instant, elle crut qu'il allait s'enfuir. Mais il lui rendit son sourire. Un moment de camaraderie sans le moindre échange de paroles. Les autres garçons surprirent leurs regards.

— Qui est cette dame ? demanda un des adolescents aux cheveux si noirs qu'ils brillaient sous la lumière du réverbère.

— Ma sœur, commença Tenny. Alors, on la boucle.

— Merde, commenta un autre en retirant sa casquette en feutre. Jolie.

Tenny bouscula son copain – qui, en riant, leva les mains en signe de capitulation – puis vit Hazel s'éloigner en lui adressant par-dessus l'épaule un signe de la main.

Ni lui ni elle n'avaient choisi leurs parents ou leur vie, alors pourquoi se montrait-elle si dure envers lui ? Envers leur mère ? Alors qu'elle aurait tant aimé arracher la bouteille des mains du blondinet à la veste à carreaux et en boire une rasade au goulot.

Quelques minutes plus tard, elle franchit la porte du restaurant et s'engouffra dans la grande salle éclairée par des lustres en cristal étincelant. Sous la lumière des appliques dorées, Barnaby était en train de consulter le menu, assis à une table près du mur lambrissé.

Les hommes étaient tous en costume-cravate, les femmes en robe noire et parées de collier de perles. Barnaby leva les yeux quand Hazel s'approcha de la table. Il sourit d'abord puis fronça les sourcils en s'inclinant.

— Tout va bien, ma chérie ?

Elle s'assit en face de lui à la table recouverte d'une nappe en lin blanc et décorée d'un vase en argent garni de roses rouges.

— Ce fut une rude journée. Je te raconterai une fois que j'aurai pris un verre. Mais toi, comment vas-tu ?

Il lui montra son verre de whisky presque vide, but ce qui en restait et le reposa sur la table.

— Je suis *vraiment* désolée, lâcha Hazel en cherchant des yeux un serveur.

Après avoir commandé une bouteille de vin et des calamars en amuse-bouche, il poursuivit :

— Où étais-tu passée aujourd'hui, ma chérie ?

— Binsey.

Il y eut un long silence avant qu'il ne répète le nom du village.

— On dirait que ce n'est pas le passé qui est revenu te hanter, mais bien toi qui lui cours après.

Hazel sentit trembler les fondations de leur vie commune ; ce qui agaçait Barnaby était aussi vital pour elle que sa prochaine respiration. Un pianiste chantait une chanson de Frank Sinatra à l'autre bout de la salle et le brouhaha des autres clients, leurs rires et les éclats de leurs conversations emplissaient le restaurant.

— Je ne comprends pas pourquoi ça nous arrive maintenant, murmura Barnaby, alors qu'on s'apprête à commencer une nouvelle vie.

Une fois au lit chez Hazel, Barnaby attira la jeune femme et se lova contre elle. Il était nu et elle portait la chemise de nuit en soie qu'il lui avait offerte pour un anniversaire. Il embrassa le lobe de son oreille et lui murmura :

— Sache que je paierai le livre et les illustrations. Je t'en prie, arrête de te faire du souci pour ça.

— Non, mon amour.

Se retournant pour être face à lui, elle était si lasse qu'elle avait de la peine à trouver ses mots. Elle n'aurait su dire ce qui venait de lui retourner l'estomac – mais ça n'avait rien à voir avec sa dette d'argent. Ça, elle trouverait le moyen de l'honorer. L'idée de revoir Harry la mettait mal à l'aise, la déstabilisait ; elle était assaillie de pensées qu'elle réprimait facilement d'habitude.

— Je me débrouillerai pour les racheter, lui murmura-t-elle en l'embrassant.

— Rien ne t'oblige à toujours être aussi indépendante, ajouta-t-il en faisant courir sa main le long de sa cuisse. On dirait que tu ne veux pas me laisser prendre soin de toi, que tu cherches à te distinguer de ta mère, à te prouver que je ne suis pas ton beau-père.

— Tu as peut-être raison, mais il y a certaines choses que je dois régler seule.

Il resserra son étreinte comme pour lui montrer qu'elle avait tort.

CHAPITRE 19

Mars 1960

Ce soir-là, Peggy et sa mère préparèrent un dîner léger composé de poulet rôti et d'asperges. La jeune femme avait été trop préoccupée pour cuisiner. À présent sa mère tapait les pages du jour et Peggy sentait son esprit tourner à plein régime telle une sauterelle folâtrant au milieu des herbes hautes. Probablement parce que, dans le dernier épisode de Whisperwood, elle avait métamorphosé les deux sœurs en sauterelles.

Son désarroi avait commencé juste après cet étrange coup de fil. Elle avait passé ces deux derniers jours à y réfléchir. Son histoire à elle ? D'où lui était venue pareille idée ?

L'éducation de Peggy avait été imprégnée de mythologies et de contes de fées, qui, contrairement à ce que pensent la plupart des gens, n'ont rien à voir les uns avec les autres, même s'ils sont liés dans la mesure où ils constituent les parties d'un univers plus vaste. Elle avait tout étudié : des dieux grecs aux divinités indiennes, des mythes celtiques aux contes de Grimm. Elle était capable d'expliquer les différents niveaux de signification et les archétypes jungiens d'un récit. Et pourtant, dès qu'il s'agissait de l'histoire de sa propre vie,

Peggy était perdue. Elle cernait bien mieux les motivations de ses personnages que ses propres désirs – ou ce qui les inspirait.

Il fallait toujours comprendre pourquoi ; *pourquoi* les sœurs orphelines avaient opté pour cette transformation ou cette aventure. On en revenait toujours au même point : créer une échappatoire à l'orphelinat de la cruelle Madame Piffedebrute, devenir ce qu'elles étaient censées être. Mais les désirs de Peggy semblaient changer au gré des heures. Et qu'importait l'histoire, les motivations dérisoires de ses personnages ne la menaient jamais nulle part.

Elle repensa à la question de Wren : « Pourquoi redoutes-tu tellement ce que tu pourrais découvrir ? »

Un orage se déchaîna derrière les vitres, faisant trembler les murs de la maison, et des éclairs fendirent les vagues de l'océan.

Peggy alla déposer les plats vides dans l'évier.

— Mère, rappelle-moi d'où vient Whisperwood ?

— Pourquoi cette question ?

La voix de sa mère était aussi tendue que la corde à linge du jardin.

— La maison d'édition me demande d'y répondre pour le dossier publicitaire. Ils veulent connaître les origines de l'histoire, mes sources d'inspiration.

Peggy resta de dos pour cacher ce mensonge si facilement tombé de ses lèvres. À force d'écrire des fictions, elle était devenue experte dans l'art de mentir, mais ne recourait habituellement pas à ses talents avec sa mère.

— Ta tante Maria et moi l'avons inventée quand tu n'étais encore qu'une petite fille. Tu réclamais tant ton père, paix à son âme, tu n'arrêtais pas de pleurer. Et je voulais t'offrir un refuge dans lequel tu te sentirais en sécurité. (Elle soupira.) Je te l'ai déjà dit.

— Oui, mon père…

Peggy aurait tant aimé, entre autres choses, se souvenir de lui, mais il était mort pendant l'attaque de Pearl Harbor alors qu'elle n'avait que cinq ans et son corps avait été renvoyé dans un cercueil recouvert du drapeau américain.

Sur la photo, il avait l'élégance des soldats : casquette rigide, visage buriné, expression austère et uniforme bardé d'insignes qu'elle ne comprenait pas. Garrett Witherspoon Andrews, un nom aussi beau que lui. Il y avait quelques clichés de son père. Sur l'un d'entre eux, il portait Peggy encore bébé dans ses bras. De profil, il souriait avec adoration au nourrisson qu'elle avait été sans qu'elle en garde le moindre souvenir.

— Mais avais-tu d'abord entendu ces histoires quelque part ou les as-tu directement tirées de ton imagination ? demanda Peggy à sa mère.

Linda éclata d'un rire joyeux qui indiquait le retour de la mère boute-en-train, celle qui jouait au gin-rami, dessinait des marelles à la craie sur les trottoirs, et courait dans les vagues avec sa fille jusqu'à l'épuisement, jusqu'à ce qu'elles s'écroulent toutes les deux sur le sable.

— C'est *notre* histoire, ma chérie, répondit-elle avant de marquer un temps.

Pour Peggy, les eaux tumultueuses se calmèrent. La femme qui l'avait appelée de Londres était tarée, comme on disait. Mais une question restait en suspens, attendant impatiemment une réponse.

— Ce nom, Whisperwood : qui l'a trouvé ? Est-ce toi, Maria, ou moi ?

Mère se leva de table et rejoignit Peggy près de l'évier. Elle prit ses mains dans les siennes et embrassa chacune de ses paumes.

— Il n'y a pas de toi ou de moi. Il n'y a que nous.

— Mais ce nom…, reprit Peggy en levant la tête.

— Je ne me rappelle pas très bien, ma douce enfant. Le nom nous est venu en racontant. Peut-être est-ce un peu toi, moi, ou même Maria qui l'avons combiné, comme toutes nos histoires.

— Oui, répéta-t-elle. Comme toutes nos histoires.

Après avoir relu les pages du jour et discuté de ce qui fonctionnait ou pas, Peggy resta allongée dans son lit pendant des heures, vibrante d'énergie, comme les éclairs dehors. Sa chambre avait été décorée pour une princesse : un rose pétillant, avec un lit à baldaquin et un ciel de lit en tulle blanc, désormais dans l'ombre.

En dix-huit ans, sa chambre au Cap Cod n'avait pas changé. Peggy conservait des souvenirs flous et confus de la Californie : les vagues se brisant sur une autre côte, les champs verts de la campagne de Napa où elles vécurent un temps.

Pourquoi redoutes-tu tellement ce que tu pourrais découvrir ?

Elle se rebiffa. Elle n'avait pas peur. Seulement, l'origine de son histoire n'avait pas vraiment eu d'importance jusque-là. Les contes sur les mythes fondateurs primaient sur tous les autres : ils servaient à expliquer la création du monde.

Et pourtant, Peggy ne s'était jamais demandé comment son monde, Whisperwood, avait commencé. Elle s'en était tenue à l'histoire qu'on lui avait racontée : Mère et sa sœur, Tante Maria, avaient inventé des récits pour consoler Peggy de la mort de son père.

Derrière sa fenêtre, quelque part dans le lointain, un éclair frappa un arbre dans un bruit d'explosion et d'éclatement ; Peggy sauta de son lit. À quoi bon chercher le sommeil ? Elle retourna dans la cuisine à tâtons, n'alluma pas la lumière pour éviter de réveiller Mère, ouvrit le placard du bas et glissa sa main dans la poubelle au milieu des asperges gluantes pour en retirer le papier froissé sur lequel était inscrit le numéro de téléphone de Hazel Linden et le rapporter dans sa chambre. Comme le *Teen Magazine* qu'elle cachait souvent à sa mère qui le trouvait inepte et sans intérêt, Peggy plaça le petit bout de papier sous son matelas avant de se recoucher sous les couvertures roses.

Elle ferma les yeux et pensa au conte de fées de La Princesse au petit pois ; à ce petit pois minuscule et indécelable qu'on avait glissé sous une pile de matelas pour tester la sensibilité de la princesse et vérifier qu'elle était bien digne du prince. Peggy n'était pas dans ce cas, même si elle aurait pourtant juré sentir le morceau de papier sous son matelas.

CHAPITRE 20

Mars 1960

Le taxi noir s'arrêta devant la maison de style georgien, à l'architecture palladienne avec sa façade symétrique en briques et ses boiseries sculptées. Le gravier crissa sous les pneus au moment où le chauffeur au nez rouge concluait son bavardage sur le déclin de Londres précipité par Macmillan, le Premier ministre en poste, sur les récentes manifestations contre les armes nucléaires et la possibilité que l'Amérique s'engage dans la guerre au Vietnam, et d'ailleurs, on en a tous assez de la guerre, non ?

Hazel régla la course et conclut : « Oui, on en a tous assez de la guerre. » Puis elle descendit pour emprunter l'allée en basalte. Elle leva la tête pour contempler la grande demeure de sa mère. Sa façade respirait les histoires du vieux Londres, les objets de famille qui dormaient dans les greniers et les après-midi raffinés passés autour d'un thé. Alastair Tennyson descendait d'un duc ou d'un vicomte ou d'un lignage auquel Hazel n'accordait pas la moindre importance, alors que Maman, manifestement, si. Et maintenant, il y avait leur fils, un adolescent de quatorze ans surnommé Tenny.

Hazel réalisa tout à coup qu'il avait exactement le même qu'âge qu'elle quand on l'avait évacuée vers la campagne. Tenny, lui, avait une vie de rêve ; il n'avait jamais connu l'exode ni la peur, ni même ce que cela faisait d'être arraché à son confort, son environnement familier, et à l'amour d'une mère.

Hazel remonta l'allée en sautillant d'une pierre sur l'autre jusqu'à atteindre une porte massive aux armoiries de la famille, un lion et un château sculptés dans le bois. Elle hésita. C'était la maison de sa mère, ce qui l'autorisait à entrer sans sonner, mais c'était aussi celle de son beau-père (et elle détestait ce mot).

Elle ne parvenait pas à rapprocher la Maman de Bloomsbury de celle qui habitait là. Hazel et sa mère se parlaient souvent et s'aimaient, mais après la disparition de Flora, une ombre épaisse, froide et tenace était tombée sur elles et refusait de se dissiper.

Par un après-midi de l'automne 1945, deux semaines après que les carillons avaient annoncé la fin de la guerre, Hazel était passée à la maison en rentrant de la librairie. Maman l'attendait sur le canapé à fleurs et l'avait invitée à s'y asseoir en tapotant le coussin à ses côtés.

— Il faut que je te parle, avait-elle commencé. Je vais épouser Tennyson le mois prochain. Ce sera une petite réception limitée au cercle familial. Un cœur peut à la fois contenir une grande joie et un gros chagrin. C'est un mystère, mais ça n'en demeure pas moins vrai.

Hazel avait pris le bonheur de sa mère pour une trahison. Ça faisait alors cinq ans que Flora s'était volatilisée et Hazel avait l'impression qu'elle avait à la fois disparu la veille et pour toujours. Il lui arrivait de calculer l'âge que Flora aurait à un moment donné : onze ans quand Hazel en aurait vingt. Et Papa, qui avait cinq ans de plus que Maman, aurait atteint les quarante-cinq. C'était une famille de remplacement, et Hazel le savait bien. Une famille complètement imaginaire, intacte, aussi vivante et épanouie qu'un cœur sain. Elle avait besoin de croire que Flora avait survécu, et entrait dans sa onzième année. Si Maman se mariait, poursuivait sa vie, si elle abandonnait cet appartement et emménageait ailleurs, comment Flora pourrait-elle les retrouver ?

Hazel était consciente qu'il s'agissait là d'une pensée absurde, irrationnelle avant même de l'avoir exprimée. Mais ça ne l'empêchait pas d'être convaincue que sa mère devait rester dans leur appartement familial pour que Flora puisse y revenir.

— L'épouser ? avait lâché Hazel, à la fois surprise et incrédule. Est-ce que tu parles sérieusement, Maman ?

— Oui.

Elle tapota le coussin à côté d'elle et y posa son bras, montrant ainsi le gros saphir rectangulaire de sa bague de fiançailles qui scintillait à son annulaire gauche.

Refusant de voir une preuve dans cette grosse pierre précieuse, Hazel s'était détournée. Elle avait ensuite bondi du canapé, révoltée, pour faire les cent pas à travers le salon.

— Est-ce que tu l'aimes ? (Elle frappa le manteau de cheminée et se plaça face à sa mère.) Est-Ce. Que. Tu. L'aimes ?

— Oui, ma chérie. Je sais que, pour toi, c'est difficile à comprendre, mais il y a assez de place dans mon cœur pour cet amour sans en enlever aux autres.

— Non ! s'écria la jeune fille.

— Si c'est ce qui t'inquiète, je veux que cet appartement te revienne, que tu y vives. Il t'appartient à présent.

— Je ne veux pas de tes restes.

Ces mots avaient dépassé sa pensée. Évidemment qu'elle voulait cet appartement, mais le reconnaître était trop douloureux. Elle était désormais seule, livrée aux fantômes de sa famille.

— Eh bien, dans ce cas, considère cela comme un cadeau de ton père.

— Maman, avait ajouté Hazel. Je t'en prie, ne l'épouse pas.

— Pourquoi ? lui avait lancé sa mère en tripotant sa bague de fiançailles. Cela ne change rien à ce qui est arrivé.

Hazel avait fermé les yeux en se disant que c'était bien là le cœur du problème : ses superstitions d'enfant lui assuraient que si elles restaient là, la petite Flora reviendrait peut-être.

Grandis, *Hazel*, avait-elle pensé.

Camellia s'était levée du canapé et dirigée vers elle avec un sourire triste.

— Ma chère enfant, il n'est pas possible de modifier ce qui s'est déjà produit. Dans le cas contraire, je le ferais. Je donnerais tout, absolument tout.

— Même Tennyson ?

— Même Tennyson. Mais renoncer à lui maintenant n'exaucera pas ce souhait.

Hazel avait pensé que l'heure était peut-être venue de parler à sa mère de Whisperwood, de Flora qui était partie à la recherche de ce pays, du baiser de Harry au creux de l'arbre qui avait duré assez longtemps pour qu'elle oublie sa sœur et la perde, de cet amour, de ce désir, de ce goût pour les récits qui les avaient conduites à cette tragédie. Elle aurait pu lui dire qu'aimer une nouvelle personne reviendrait à passer à autre chose, à s'éloigner de Papa et de Flora, et qu'elle refusait catégoriquement de s'y résoudre.

Cet aveu était pourtant resté coincé dans sa gorge tel un bouchon de liège et elle n'avait pas ajouté le moindre mot.

À présent, sur le pas de la porte, cette fameuse ombre longue, noire et froide était toujours là. Il était temps de la faire disparaître.

Hazel pressa le gros bouton en céramique et l'écho de la sonnette se propagea à l'intérieur comme celui des cloches d'une église marquant les heures.

Quelques secondes après, la porte s'ouvrit et Hazel se retrouva nez à nez avec Tenny.

— Joyeux anniversaire ! lui lança-t-elle gaiement.

— Merci, sœurette.

Elle passa devant lui et pénétra dans le hall d'entrée sombre et caverneux. Des portraits d'ancêtres de Tennyson, réalisés à l'huile, ornaient les murs sur fond de papiers peints damassés rouges. Le vase de l'entrée trônant au milieu d'une table ronde en chêne à socle d'acier contenait tant de roses qu'elles auraient pu recouvrir toute la surface du jardin de son enfance. Et elles sentaient divinement bon.

— Où est Maman ? demanda-t-elle.

— Dans la véranda, répondit Tenny en jetant un coup d'œil circulaire comme pour vérifier qu'il n'y avait personne. Elle ne parle que de ta venue depuis ce matin, alors, s'il te plaît, sois gentille.

— Je suis toujours gentille.

Tenny la fixa de ses yeux marron, alertes et attentifs, pareils aux galets brillants d'une rivière. Ses cheveux blonds étaient savamment ébouriffés et son nez fin et racé attestait son ascendance.

— C'est faux, répliqua-t-il avant de monter les marches de l'escalier quatre à quatre.

Hazel emprunta le couloir qui menait vers l'arrière de la maison, jusqu'à la véranda où sa mère prenait son petit déjeuner, assise à une table en verre. Elle était en train de lire *The Observer*, dont la une rendait compte, en gros caractères, du tête-à-tête entre Macmillan et de Gaulle.

— Bonjour, Maman, dit Hazel.

Mme Alastair Tennyson leva la tête avec un grand sourire.

— Ma chérie !

Elle posa son journal et tendit la main pour inviter Hazel à venir jusqu'à elle. Ensuite elle tapota la première page.

— Regarde, c'est la semaine du manteau chez Rodex. On devrait s'organiser un après-midi shopping.

— Bien sûr, Maman, répondit Hazel en embrassant sa mère sur la joue.

Cette dernière était au naturel ce matin-là, le visage dénué du moindre maquillage et ses cheveux encore noirs lui descendant librement jusqu'aux épaules. À cinquante-cinq ans, elle était toujours aussi radieuse, une force de la nature.

Hazel s'assit à côté d'elle et déplaça sa chaise de façon à lui faire face. Elle posa son sac par terre.

— Je te trouve pâlichonne, observa Camellia en inclinant la tête sur le côté. Oh, ma chérie, serais-tu enceinte ? J'aime beaucoup ce Barnaby Yardley, déclara-t-elle en souriant, pleine d'espoir.

— Désolée de te décevoir, Maman, mais non.

— Je pourrais organiser ici la plus belle des fêtes de fiançailles. On accrocherait des guirlandes lumineuses, on engagerait un quartet et ma fleuriste, oh ! elle réaliserait sûrement de magnifiques compositions…

— Je ne suis ni fiancée ni enceinte, Maman. Un jour peut-être, mais pas aujourd'hui. Je suis désolée de te décevoir.

— Tu ne me déçois jamais. Je ne souhaite que ton bonheur, répondit-elle en se penchant en avant.

— Mariage et enfants ne sont pas toujours synonymes de bonheur.

Camellia grimaça et ferma un moment les yeux avant de les rouvrir.

— Je sais, Hazel. Dans ce cas, qu'est-ce qu'il y a ? s'enquit-elle en portant son thé à ses lèvres.

— Avec ta permission, je crois que je prendrais bien un thé et un petit quelque chose à grignoter comme toi.

Pendant que Camellia allait demander au cuisinier de préparer une assiette d'œufs avec une galette de pommes de terre, Hazel parcourut du regard la pièce tapissée de lumière. Sa mère s'était ménagé une vie tranquille et charmante. Dans la grande salle à manger, à côté, on voyait des photos dans des cadres en argent : Hazel à cinq ans dans le jardin derrière la maison, Hazel et Flora avec leur père dans une barque sur le lac de Victoria Park pour ses treize ans, le mariage de Maman et Alastair, Tenny à sa naissance. Flora avait sans doute disparu de ce monde, ou de l'Oxfordshire, mais elle ferait toujours partie de la vie de Maman.

À l'autre bout de la table scintillait un cadre photo à bords en miroir. Hazel s'en approcha et le prit entre ses mains : Hazel et Flora se tenaient par la main devant l'appartement de leur enfance à Mecklenburgh, là où elle habitait toujours. Le cliché avait été pris le jour de leur départ de Londres pour la campagne. Il était tôt ce matin-là, elle se le rappelait très bien. Elles avaient leurs besaces sur l'épaule, leurs grotesques masques à gaz qui pendaient avec leurs grosses vitres. Hazel arborait un sourire forcé tandis que Flora souriait de bon cœur, la tête de Berry écrasée sous son bras. Du jour au lendemain, Maman s'était brutalement retrouvée livrée à elle-même et face à un avenir incertain.

Cette dernière réapparut, posa l'assiette de petit déjeuner sur la table et se tourna vers Hazel qu'elle découvrit en larmes.

— Hazel, Hazel, dit-elle en se précipitant pour la prendre dans ses bras. Qu'y a-t-il ?

Hazel lui montra la photo.

— Oh, ma chérie, soupira Camellia tandis que ses épaules et sa bouche cerclée de petites rides s'affaissaient. Assieds-toi, ma chérie.

Hazel lâcha le cadre et s'installa en face de sa mère.

— Hazel, je ne pouvais pas vous accompagner à Binsey à cette époque-là, ma fille chérie. Tu le sais, n'est-ce pas ? Non seulement je devais travailler, mais l'hébergement d'adultes n'était pas autorisé. (Elle tendit une serviette en lin à sa fille pour qu'elle essuie ses larmes.) Mon Dieu, j'étais si jeune. Je t'ai eue à vingt ans. J'ai fait de mon mieux… j'ai fait…

— Arrête, Maman. Je le sais.

— Je ne regrette pas, mais je ne recommencerais pas, affirma-t-elle.

— Je ne te fais aucun reproche. Je ne t'en ai jamais fait.

— Au fond de toi, tu te demandes encore sûrement pourquoi je vous ai abandonnées toutes les deux.

— Non, Maman.

— S'il m'était donné de revenir en arrière et de prendre une autre décision, je n'hésiterais pas. Le gouvernement avait édicté la procédure à suivre pour vous mettre en lieu sûr. Si j'avais quitté mon emploi, si je m'étais laissée aller à ne pas remplir mon devoir envers la couronne et notre famille, on m'aurait méprisée. Je pensais que vous reviendriez vite. J'étais loin de me douter de…

— … ce qui se passerait, je sais, répondit Hazel en essuyant toute trace de larmes.

Elle hésita. Sa mère attendait des invités le soir même, car c'était l'anniversaire de son fils de quatorze ans. Traiteurs et fleuristes commençaient déjà à arriver par l'entrée de service.

— Je tiens à ce que tu profites de l'anniversaire de Tenny.

— Si cela concerne Flora, ça ne peut pas attendre. Que se passe-t-il ?

Quand on doit plonger dans un lac glacé, mieux vaut sauter sans se poser de questions. Alors Hazel se lança :

— Te rappelles-tu que Flora et moi avions l'habitude d'inventer des histoires ?

— Tu passais ton temps à les murmurer, ma chérie. Il y avait une rivière, ça, je m'en souviens. Et un château. Mais le reste était vague et n'appartenait qu'à vous.

— Nous avions donné un nom à cet endroit imaginaire.

— Lequel ?

— Whisperwood, répondit-elle.

Camellia ferma les yeux si fort que ses pommettes remontèrent et une sorte de cri étouffé s'échappa de ses lèvres.

— Whisperwood… c'est magnifique, souffla-t-elle en rouvrant les yeux. Et cette histoire n'appartenait qu'à vous ?

— Jusqu'à présent. (Hazel se baissa et sortit le livre de son sac, pour le tendre à sa mère.) Quelqu'un d'autre était au courant.

— Qui ?

Sa question fusa telle une balle.

— Je l'ignore. C'est ce que je cherche à découvrir.

— Harry ? Bridie, peut-être ?

— Non, ce n'est pas Bridie.

— Tu lui as donc déjà posé la question ? (Camellia s'interrompit et s'adossa à sa chaise.) Tu es allée la trouver avant de m'en parler ?

Sa mère en était blessée, Hazel le sentit.

— Pardon, Maman. Il fallait d'abord que je sache si Flora avait raconté cette histoire à quelqu'un d'autre.

— Tu les aimes tellement tous les deux.

— C'est vrai, reconnut Hazel avant de hocher la tête. Je les aimais. Mais tu as toujours été convaincue que je les aimais plus que toi et tu te trompes.

Les lèvres pincées, Camellia esquissa un faible sourire avant de faire un signe de tête vers la porte de la véranda :

— Tout comme toi, Hazel. Tu crois que je les aime plus. Et tu te trompes aussi. Notre Flora nous manque, et nous avons du chagrin, mais nous ne devons pas laisser tout ça nous empêcher d'aimer.

— Maman… c'est peut-être vrai pour toi, mais le grand amour, l'amour fou pour quelqu'un ou quelque chose me détruit et ce que j'aime avec. Chaque fois.

— Oh, mon Hazel. (La bouche de Camellia tremblait.) J'ai cherché si longtemps le moyen de t'apaiser. Il m'est insupportable de te savoir convaincue que l'amour détruit tout. Je t'ai vue saboter tes relations et fermer ton cœur à double tour. J'ai tout essayé, mais je ne sais pas comment m'y prendre avec toi. (Elle se pencha en avant et embrassa sa fille sur le front.) Je t'aime tant.

Sur ces mots, elle prit le livre, lut la quatrième de couverture, l'ouvrit, examina son contenu un moment avant de reporter son regard sur Hazel.

— Coïncidence ?

— Impossible.

— D'accord. Dans ce cas, qui a raconté cette histoire à son auteur ?

— Je prie, Maman. Je prie pour ce que soit Flora qui ait raconté cette histoire.

Camellia porta sa main à sa poitrine et l'y laissa un moment, le visage déformé par un espoir qu'elle estimait perdu.

— Delia, ma chérie, où es-tu ? lança une voix claire et profonde.

— Ici, avec Hazel, répondit-elle.

Hazel ne supportait pas la façon dont Alastair avait tronqué le prénom de sa mère, transformant Camellia en Delia ; elle ne supportait pas qu'il se soit ainsi octroyé du pouvoir sur sa mère, celui de lui donner un surnom plus court, bien moins mélodieux que l'original.

À sa manière, il fit joyeusement irruption dans la pièce comme si on l'y attendait. C'était un homme grand et lors de leur première rencontre, Hazel avait trouvé qu'il ressemblait à un portemanteau avec, perché tout en haut, un chapeau de travers – une image qui ne l'avait jamais quittée depuis lors. Il donnait l'impression de très bien savoir où était sa place dans l'ordre des choses.

— Hazel ! (Sa voix remplissait tout l'espace. L'instant suivant, il avait rejoint la jeune femme pour lui prendre la main et la serrer dans la sienne.) Nous sommes si contents de t'avoir parmi nous pour la fête. Sois la bienvenue.

Elle réprima l'envie de laisser parler la cruelle Hazel et de l'appeler « Stair » histoire de voir l'effet que ça lui ferait.

— Merci, Alastair, dit-elle plutôt.

— De quoi parle-t-on avec tant de sérieux ?

Hazel ne fut pas assez rapide pour ranger le livre posé sur la table en verre. Il jeta un coup d'œil à son assiette d'œufs et de pommes de terre à laquelle elle n'avait pas touché.

— Ça a l'air bon.

— C'est vrai, lui confirma sa mère.

Hazel pouvait faire confiance à sa mère pour ne pas raconter son histoire. Elle la protégerait. Son rythme cardiaque ralentit et elle gratifia Alastair d'un sourire qu'il n'imaginait pas feint.

— Il faut que j'aille récupérer le champagne, annonça-t-il. As-tu besoin d'autre chose, mon amour ?

— Tout est fin prêt, répondit-elle. J'ai rendez-vous au salon de beauté dans une heure, mais Lorraine a tout organisé.

Il hocha la tête, l'embrassa tendrement et lui serra l'épaule en la regardant comme si Hazel ne se trouvait pas dans la pièce.

— Notre fils a quatorze ans. Arrives-tu à le croire, toi ?

— Non, répondit-elle en lui souriant. (Elle lui rendit son baiser.) Je n'y arrive pas.

Il s'empressa d'aller faire les courses. Camellia regarda Hazel et, pour l'heure, il n'y eut plus rien à ajouter.

CHAPITRE 21

Septembre 1939

Juste après le petit déjeuner de leur premier jour à Binsey, Bridie fit déguerpir Harry, Hazel et Flora.

— Filez dehors, maintenant ! Harry va vous montrer les environs. J'ai du travail et je ferai un saut en ville pour poster votre carte postale. Nous devrons nous occuper de votre scolarisation, mais c'est samedi aujourd'hui, alors ouste ! (Avant leur départ, elle glissa une brindille de romarin dans la poche de leurs manteaux.) C'est une protection, précisa-t-elle avec un clin d'œil.

— De quel travail parlait-elle ? demanda Hazel à Harry en enfilant son manteau et ses bottes en caoutchouc.

— Maman tient la comptabilité de certaines entreprises d'Oxford.

Une fois dehors, Hazel respira un grand coup. Ce monde sentait l'herbe fraîche et peut-être la crasse, et les fleurs écrasées ou les feuilles en décomposition qui étaient éparpillées un peu partout. Quoi qu'il en soit, ce parfum était merveilleux et frais. Marchant quelques pas derrière Harry et Hazel, Flora sauta et poussa un cri en trébuchant sur un pot à lait en émail.

Harry se retourna et essaya de la rattraper, mais la petite avait déjà atterri sur les fesses, au milieu du champ.

— Ça va ? lui demanda-t-il.

— Qu'est-ce que c'est ?

Flora leva la jambe pour lui montrer sa semelle enduite d'une pommade visqueuse marron foncé à l'odeur pleine et putride. Harry lui tendit une main que Flora saisit pour se remettre debout.

— Tu as marché dans la bouse de Daisy, l'informa Harry en riant. J'imagine que tu ne vois pas beaucoup de crottes de vache à Londres. Bienvenue à la campagne !

Flora semblait avoir gagné plusieurs centimètres et le menton levé, elle lui adressa un sourire radieux, comme s'il lui avait sauvé la vie.

— Allez, venez, je vais vous montrer le fleuve, ajouta-t-il. Tant que vous savez où il est, vous ne pouvez pas vous perdre. Le fleuve est notre guide jusqu'aux frontières de notre univers.

Flora regarda Hazel et lui sourit. Harry avait beau être aussi charmant qu'un prince, Hazel et Flora avaient leurs secrets et leur propre univers. Elles seules savaient ce que voulait dire le fleuve, et plus qu'un simple guide, c'était le lien qui les unissait l'une à l'autre.

Elles suivirent Harry en bas d'un chemin de terre raviné, au milieu des herbes. On avait disposé des pierres au bout du sentier, là où il devenait pentu avec des flaques de boue qui érodaient la terre.

Ils passèrent devant plusieurs chaumières au détour de chemins paisibles et Hazel perdit la notion du temps. C'était l'une des plus belles promenades qu'elle ait jamais faite. Des feuilles tombaient en pluie sur des haies de buissons pleins d'épines qui viraient au brun. Le soleil semblait suspendu dans le ciel, immobile en attendant qu'ils aient atteint les rives du fleuve.

Ils coururent tous les trois sur le chemin bordé de champs verdoyants et Hazel repéra le ruban bleu et gris du fleuve scintillant et, au-delà des eaux, un autre pâturage encore plus vaste. Elle s'arrêta net tout comme Flora.

— Oh, que c'est beau ! lança Hazel.

À Londres, le fleuve était souvent sale, de gros bateaux allaient et venaient au son des cornes et des cris de mouettes. Mais celui-ci, qui portait le même nom que celui qui s'écoulait dans la capitale, brillait, étincelait ; les canards se dandinaient pour rejoindre les rives limoneuses et les cygnes nageaient en toute sérénité sous les branches d'arbres qui se prosternaient en adoration devant le fleuve.

D'un geste de la main, Harry les invita à le suivre et déguerpit. Hazel et Flora se lancèrent à ses trousses. Une fois au bord du fleuve, les deux sœurs et le garçon regardèrent passer une barque chargée de trois femmes qui riaient en essayant de ne pas chavirer. De l'autre côté du fleuve, dans le pâturage plat et bien vert, des vaches noir et blanc broutaient et ruminaient paresseusement, le museau dans l'herbe. Des nuages blancs se reflétaient dans l'eau.

— On dirait un autre monde, dit Hazel, un monde à l'envers niché au fond du fleuve.

Harry hocha la tête avec un grand sourire.

— Ce serait génial si c'était vrai, non ?

Flora tira sur le manteau de Hazel.

— Est-ce que c'est notre rivière ? Est-ce que ce sont des étoiles ?

Hazel lui fit les gros yeux et secoua imperceptiblement la tête.

— Des étoiles ? répéta Harry.

— Le fleuve est étincelant, rien de plus, répondit Hazel.

Mais Harry ne quittait pas Flora des yeux.

— N'y descends jamais. Il semble beau, mais il te prendra…, s'interrompit-il pour chercher le soutien de Hazel.

— Oui, ajouta celle-ci. Tu ne peux pas y descendre sans nous, jamais.

Flora acquiesça, au bord des larmes.

— Très bien, conclut Harry. Vous n'avez pas encore tout vu. Allons-y…

Et il s'élança, les deux filles sur ses talons. Même si Hazel aurait voulu s'attarder au bord du fleuve où les saules courbés en signe de soumission créaient des îlots cachés, où les roseaux verts oscillaient au son de la musique des flots. Elle aurait aimé observer les vaches qui paissaient dans Port Meadow, sur la berge d'en face, et s'émerveiller devant le reflet du ciel. Tout lui paraissait aussi mystérieux que son pays imaginaire, et semblait appartenir à un monde très ancien avec ses propres contes à partager.

— Ces toits que vous voyez derrière sont ceux des villages de Godstow et Wolvercote, leur expliqua Harry avant de pivoter sur lui-même pour montrer la direction opposée. Et de ce côté, le fleuve se sépare autour d'une petite île ; il y a un hangar à bateaux et on peut emprunter un pont pour traverser la prairie jusqu'à Jericho et Oxford. (Il sourit.) Et maintenant, continuons.

Elles suivirent Harry jusqu'à un long chemin et clignèrent des yeux en apercevant une chapelle en pierre baignée de soleil. Le long du chemin, Flora ramassa des feuilles mortes dans le bas de sa robe jusqu'à ce qu'ils arrivent dans la grande prairie devant l'église Sainte-Margaret. Des pierres tombales, grises et blanches, inclinées ou bien droites, étaient dispersées dans le cimetière attenant à l'église.

— Nous marchons sur les morts, commenta Harry avec un sourire espiègle.

— *Ahhhh* ! lâcha Flora en baissant les yeux avec curiosité.

— Arrête, tu vas l'effrayer ! lui intima Hazel.

— Pas du tout, répliqua sa petite sœur dont la voix perchée s'élevait jusque dans les arbres.

Hazel s'immobilisa, imitée par Flora. Dans le silence, elle entendit des trilles d'oiseaux et même le bruissement des insectes qui détalaient sous les feuilles mortes. Flora tira sur l'imperméable de sa sœur et libéra toutes celles qu'elle avait récoltées et qui tombèrent par terre. Harry se trouvait trois mètres devant à présent. Il arpentait la prairie en donnant des coups de pied dans des tas de feuilles pour les disperser dans le vent.

— Je vois une porte, murmura Flora.

Hazel sourit.

— Où ça ?

— Juste là, sous cet arbre.

— Je la vois aussi, lui assura Hazel, mais nous reviendrons la chercher plus tard, d'accord ? Il ne faut pas parler à Harry de nos portes.

Flora hocha la tête, ses boucles dansèrent et son sourire s'élargit.

Plus loin, Harry s'arrêta, se retourna et leur fit signe d'avancer. Hazel le trouva incontestablement beau. Mais elle n'était pas seulement touchée par son physique. C'était sa façon de se mouvoir dans le monde qui lui donnait des papillons dans le ventre. Il n'avait rien de commun avec les rigolos qui se gominaient les cheveux et traînaient dans les rues de Bloomsbury. On aurait dit que le soleil suivait ce garçon partout. Hazel se sentit toute retournée, troublée par une émotion qu'elle n'aurait su qualifier. Quelque chose comme de la peur, mais pas vraiment.

Elle repéra un cottage gris, recouvert de bardeaux, derrière l'église de la paroisse. De la fumée tourbillonnait en haut de la cheminée et sous le porche, il y avait une table avec quatre chaises autour, et des bougies consumées qui laissaient supposer qu'une fête venait d'avoir lieu.

— Qui habite là ? demanda Hazel.

— En temps normal, c'est le pasteur, mais il a laissé sa maison aux infirmières qui aident à l'hôpital et il vit chez les Baldwin, dans leur chambre d'amis. Il faut bien que chacun donne un coup de main. (Il marqua un temps.) Venez, je veux vous montrer quelque chose.

Elles le suivirent jusqu'à un mur rectangulaire en pierre qui entourait une ouverture dans la terre. Des marches en briques descendaient à pic jusqu'à une langue de terre plate couverte de gravier qui s'ouvrait en triangle sur la tête de puits cachée dans l'ombre. Hazel fut parcourue d'un frisson. Ce puits paraissait aussi ancien que la nuit des temps.

Harry se pencha en avant et planta ses mains sur le mur en pierre.

— Voici le puits d'*Alice au pays des merveilles.*

— *Oooohhh* ! s'émerveilla Flora en lâchant la main de sa sœur pour s'approcher plus près.

Hazel la retint par l'épaule et la tira loin de ce trou noir rempli d'eau qui conduisait sous terre, Dieu sait où.

Harry tapa dans ses mains, ce qui les fit toutes les deux sursauter, et s'avança vers elles. Hazel sentit la chaleur de son corps et son odeur de glèbe.

— Vous vous rappelez cette scène dans laquelle le Loir raconte l'histoire des trois petites sœurs qui vivaient au fond d'un puits de mélasse ? demanda-t-il.

— À la fête du thé des fous, dit Hazel.

— Oui ! s'écria-t-il en brandissant le poing comme si elle venait de gagner un prix. Et c'est justement *ce* puits que vous voyez là.

Il désigna les trois marches en briques qui descendaient vers une nappe d'eau noire, scintillante comme de l'encre.

— C'est quoi, la mélasse ? demanda Flora en écorchant le mot.

— Ça veut dire guérison, répondit Harry.

— Non ! décréta Hazel en tapant du pied, car s'il devait raconter les histoires, encore fallait-il qu'il utilise les termes exacts. La mélasse est un liquide sirupeux. C'est sucré comme les bonbons.

— Tu as raison, il a aussi cette signification, dit-il sur un ton si aimable que les mots incisifs de Hazel semblaient cruels tout à coup. Mais il est aussi synonyme de guérison. Il tire ses racines du latin. (Il leva les yeux au ciel avec exagération.) Vous allez voir, vous n'échapperez pas aux leçons de latin avec ma mère.

Hazel le dévisagea tandis que Flora avançait, effleurant doucement les bords du puits du bout des doigts.

— Il existe une autre histoire sur ce puits, plus ancienne encore *qu'Alice au pays des merveilles.*

— Raconte-moi ! dit Hazel avec une étonnante énergie.

Harry tapota le haut des pierres érodées sur lesquelles des mots étaient gravés.

— Il est écrit « Puits de sainte Margaret », mais une autre sainte est venue avant. Sainte Frideswide.

— Ce n'est pas une histoire ! lança Flora en s'éloignant de sa sœur pour se rapprocher de Harry.

— Non, c'est le *début* d'une histoire.

— Mais aucune histoire ne commence comme ça ! lança Flora.

— D'accord, alors comment ?

— Il était une fois, il n'y a pas si longtemps, tout près d'ici..., précisa-t-elle en cherchant l'approbation de Hazel.

— Très bien, reprit-il. Il était une fois, il n'y a pas si longtemps, tout près d'ici, une princesse d'Oxford prénommée Frideswide.

— Tu as inventé ce nom ? demanda Hazel.

— Pas du tout. Elle s'appelait comme ça. Laisse-moi raconter. (Il lui décocha un grand sourire.) Frideswide grandit dans un prieuré d'Oxford et voulait devenir religieuse.

Mais sa grande beauté attirait les hommes des quatre coins du royaume, qui venaient la supplier de les épouser. (Harry prit une voix plus grave.) Un jour, Algar, le roi de Mercie, arriva à Oxford et demanda la main de la jeune fille à son père. Frideswide deviendrait alors la reine de Mercie.

— Je veux être reine ! s'écria Flora en levant les bras.

Harry baissa d'un ton.

— Toi peut-être, mais tu sais, la princesse Frideswide ne souhaitait *pas* devenir la reine d'Algar. Alors elle s'enfuit. Elle sauta à bord d'un bateau, remonta la Tamise et arriva à…

Il marqua une pause pour ménager un effet dramatique.

— Où ? demanda Hazel dont le cœur et l'esprit étaient happés par cette histoire.

— Binsey !

— Elle est venue ici ? Pour empêcher le roi de l'épouser ? demanda-t-elle.

— Oui !

Hazel réfléchit un instant à ce que cela impliquait.

— Elle ne voulait pas devenir reine ?

— Non, elle souhaitait rentrer dans les ordres et soigner les gens, ce qu'elle fit avec cette eau.

— Si le roi l'aimait et désirait l'épouser, pourquoi l'a-t-il laissée s'enfuir sans même partir à sa recherche ? s'enquit Hazel.

Ce détail comptait beaucoup pour elle. Quand on aimait quelqu'un, on lui courait après, non ?

— Oui, lui accorda Harry. Algar se lança à sa recherche et il se rapprochait du but quand soudain…

Harry s'interrompit en fronçant les sourcils.

— Quoi ? s'enquit Flora. *Quoi ?*

— *BOUM !*

Les deux fillettes sursautèrent puis rirent de leur sottise.

— Le roi Algar fut frappé par la foudre qui le rendit aveugle. Ainsi ne pourrait-il jamais, jamais retrouver la princesse.

— *Ohhh* ! lâcha Flora, les yeux écarquillés.

Hazel s'émerveilla à voix haute de ce récit qu'elle entendait pour la première fois.

— Une princesse qui ne voulait pas qu'on la retrouve et refusait d'être reine.

— Curieux, pas vrai ? commenta Harry. Et la voilà sainte à présent. Son sanctuaire se trouve dans Christ Church, à Oxford. Même Catherine d'Aragon y alla en pèlerinage parce qu'elle n'arrivait pas à avoir d'enfant. Elle pensait que Frideswide l'exaucerait.

— Vaut-il mieux devenir une sainte ou une reine ? l'interrogea Hazel.

Harry haussa les épaules.

— Ça dépend des gens, je crois. La princesse est aussi représentée sur un vitrail de sa chapelle.

— Et tout ça, qu'est-ce que c'est ?

Hazel désigna un petit monticule de pierres et de plumes, de morceaux de verre, des maillons de chaîne en or oxydé, et des éclats de porcelaine bleue.

— Les gens viennent déposer leurs offrandes et prier Frideswide. Ils croient que s'ils laissent quelque chose et font une prière, le puits les guérira. (Il se tut un moment et sourit.) Et maintenant, suivez-moi !

Il s'éloigna tandis que les deux sœurs s'attardaient près du puits, fixant le fond rempli d'eau sombre. Ses pouvoirs guérisseurs avaient transformé une princesse en sainte, une princesse déterminée à mener sa vie comme elle l'entendait.

— Y a-t-il un puits à Whisperwood ? chuchota Flora.

— Je parie que oui. Nous le chercherons la prochaine fois.

Elles coururent pour rattraper Harry qui n'avait pas jeté un seul regard en arrière. Il s'était lancé dans l'aventure suivante sans attendre d'avoir conclu la précédente.

Les trois enfants dévalèrent la colline. L'herbe jaunissante s'écrasait sous leurs pas jusqu'à ce qu'ils atteignent une route poussiéreuse. Harry s'arrêta et se retourna pour vérifier qu'elles le suivaient bien. Devant eux s'élevait un autre vieil édifice en pierre avec un écriteau en bois que le vent malmenait. Dessus, il était écrit : Le Perchoir.

— On raconte que c'est ici que Lewis Carroll aurait écrit des pages et des pages d'*Alice au pays des merveilles*, leur expliqua le garçon et… (Il baissa la voix et feignit d'être effrayé)… qu'un marin hanterait les environs.

— Il y a un fantôme ? s'enquit Flora dans un souffle.

Harry haussa les épaules.

— J'ai vécu toute ma vie ici et je ne l'ai jamais croisé.

Il poursuivit sa route et s'arrêta quelques mètres plus loin, devant un bâtiment en bois.

— L'école de Binsey, les informa-t-il.

— L'école ?

Hazel n'avait même pas envisagé de croiser un endroit aussi normal qu'une école. Ils se trouvaient dans un espace enchanté : au milieu d'un hameau près d'un fleuve où un garçon leur racontait des histoires de saintes, de rois et de princesse en fuite.

— Oui, confirma-t-il en riant. Tu pensais que seuls les enfants de Londres allaient à l'école ?

— Non, répondit-elle en rougissant d'embarras. Elle est… petite.

— Il n'y a que deux classes. Voilà, vous avez vu tout ce qu'il y avait à voir. C'est joli, Binsey, mais pas très grand.

— Arrêtez ! hurla une voix aiguë.

Les trois enfants pivotèrent sur eux-mêmes et aperçurent une fillette avec des nattes rousses qui volaient au vent. Elle tenait sa jupe dans une main pour courir plus vite, fonçant droit sur eux du haut de la colline. Sidérée, Hazel se demandait pourquoi cette fille ne décollait pas pour voler tant elle semblait en avoir le pouvoir. C'était Kelty, la fille qui avait pleuré dans la salle, celle que la sorcière avait choisie.

Elle s'arrêta, à bout de souffle, devant Hazel, Flora et Harry.

— Ils me poursuivent, leur expliqua-t-elle en montrant le sommet de la colline.

Deux garçons aux joues écarlates – à l'évidence, des jumeaux – se ruaient dans leur direction.

— Ce sont les jumeaux Baldwin, les rassura Harry. Ils sont inoffensifs.

Ces derniers se plantèrent devant eux.

— Tu crois que ce sont des va-culs ? demanda le jumeau de droite à celui de gauche.

— De sales va-culs, oui, répliqua l'autre.

— *Wow* ! (Harry avança d'un pas et tapa sur l'épaule du jumeau de droite.) Ethan, ces jeunes filles viennent visiter notre ville.

Harry jeta un coup d'œil aux filles avec un sourire qui se voulait léger.

— Vous êtes des évacuées, vous ne le saviez pas ?

Flora, au bord des larmes, secouait la tête avec véhémence. Elle nicha son visage dans la jupe de Hazel.

— Pas du tout, affirma cette dernière en affrontant les deux gamins malpolis, se montrant plus courageuse qu'elle ne s'en serait crue capable. Nous venons de Bloomsbury et nous contribuons à l'effort de guerre en nous mettant à l'abri, loin des conflits.

— Vous êtes des mauviettes, alors, décréta le jumeau de droite.

Hazel recula de quelques pas et demanda discrètement à Harry :

— C'est quoi, des va-culs ?

— Un surnom débile pour les évacués, lui répondit-il.

— Et qu'est-ce que ça peut faire ? (Kelty, la fille aux nattes, bouscula l'autre jumeau qui tomba par terre.) Évacué n'est pas un gros mot.

Le jumeau resté debout ferma le poing comme s'il voulait la frapper, puis se ravisa. Son frère se releva, épousseta ses vêtements, ses genoux et ses paumes et un grognement s'éleva du fond de sa gorge.

— T'as d'la chance, si t'étais pas une fille, j'te cognerais jusqu'à ce que tu me supplies d'arrêter.

— Non, Adam. (Harry s'interposa entre eux et elles.) Arrête, d'accord ? Ce n'est plus drôle. Va trouver un autre souffre-douleur – pas des filles.

Les jumeaux repartirent en courant jusqu'en haut de la colline et disparurent ; au-dessus d'eux, une volée d'étourneaux formait un nuage d'ailes noires. Un prêtre qui passait à vélo fit tinter sa sonnette et leur adressa un signe de la main. Derrière lui, un groupe de quatre femmes allaient à pied. Elles portaient des capes bleues qui flottaient dans le vent et des coiffes blanches en forme de cygne sur la tête. Elles riaient, se bousculaient et la plus petite, celle aux boucles brunes, agita la main vers les enfants avant de passer son bras sous celui d'une autre femme en disant :

— Crois-tu qu'il sera au pub ce soir ?

Hazel détourna les yeux et contempla l'étonnante rouquine avec admiration.

— Je m'appelle Hazel. J'ai bien aimé la façon dont tu as rembarré ce garçon.

— Moi, c'est Kelty. Je ferais la même chose pour toi, tu sais.

Hazel aurait voulu la serrer dans ses bras.

— Pas besoin. Est-ce que t'es hébergée chez la dame à l'air méchant ?

— Elle s'appelle Mme Marchman, confirma Kelty en hochant la tête.

Hazel se pencha en avant et parla plus bas :

— On dirait une sorcière sortie d'un mauvais conte de fées. Je t'ai vue dans la salle de la mairie d'Oxford.

Kelty se mordit la lèvre inférieure.

— Tu me laisserais rentrer chez toi un moment ?

Hazel songea à Frideswide qui avait fui le roi Algar et trouvé refuge à Binsey. Elle pensa au monarque devenu aveugle et souhaita le même sort à la sorcière. On aurait pu croire que Harry avait rappelé la princesse dans ce monde-ci et qu'elle avait des nattes rousses et l'esprit fougueux.

C'est alors que le garçon intervint :

— Oui, rentrons à la maison.

CHAPITRE 22

Septembre 1939

Un grand feu réchauffait le cottage des Aberdeen. Le phonographe jouait une chanson de Bing Crosby. *Voilà*, pensa Hazel en franchissant la porte avec Harry, Flora et Kelty, *ce que Harry veut dire quand il prononce tendrement le mot « maison »*.

Ils retirèrent leurs manteaux, les accrochèrent aux patères et alignaient leurs bottes sous le banc en pin quand Bridie sortit de la cuisine et les accueillit avec chaleur.

— Bonjour ! Comment s'est passée votre balade autour de notre hameau ?

Flora se hissa sur la pointe des pieds en levant les mains.

— On a trouvé un puits où une princesse s'est réfugiée…

Elle avait dit « *prinzeze* », mais Bridie avait compris.

— Ah oui, en effet. Notre Frideswide locale, commenta-t-elle en s'essuyant les mains dans son tablier. Qui veut une tasse de thé avec un biscuit ?

— Moi ! s'écria Harry avant d'ajouter : Maman, je te présente Kelty.

Bridie lui adressa un sourire chaleureux.

— Bienvenue, ma chérie.

— Merci, répondit-elle d'une voix tremblante.

— Tout va bien, mon enfant ?

Kelty redressa les épaules et la vérité sortit toute seule :

— Non. La dame qui a choisi de m'accueillir est méchante et sale. Je ne peux pas rester chez elle. Je dois vous supplier de me laisser habiter ici avec vous.

— Je ne suis pas autorisée à accueillir d'autres enfants, car il me manque un lit. Mais ce ne peut pas être si terrible que ça, si ?

— Je dormirai là, lui assura Kelty en montrant le vieux canapé à fleurs où Hazel avait laissé le livre *Peter Pan* ouvert et retourné sur un coussin. Je vous donnerais bien mes tickets de rationnement, mais Mme Marchman me les a pris et les a rangés dans un tiroir fermé à clé. Et elle veut m'apprendre à repriser parce que c'est ainsi qu'elle gagne sa vie. Le soir, elle boit au goulot d'une bouteille noire et s'endort dans un grand fauteuil sans avoir préparé le dîner. (Kelty tremblait et parlait vite.) J'ai déniché des carottes que j'ai mangées hier soir. Et elle ronfle aussi, la tête complètement renversée en arrière, et puis elle parle et crie dans son sommeil ! Si seulement vous aviez entendu ces choses qu'elle dit !

Bridie semblait au bord des larmes, mais se reprit.

— Viens déjà prendre une tasse de thé et un biscuit, Kelty. (Elle fit un geste montrant l'arrière de la maison.) Ensuite, tu pourras aller prendre un bain. J'ai un savon au romarin qui sent délicieusement bon.

Les yeux de la fillette se gorgèrent de larmes et elle se jeta au cou de Bridie, telle une enfant naufragée qui aurait trouvé un canot de sauvetage.

— Je sais que ça rapporte de l'argent de nous accueillir. On me l'a dit. Vous recevez dix shillings et six pennies par enfant.

Harry se crispa.

— Ma mère gagne bien sa vie. Elle tient la comptabilité de quasiment tous les commerces de la ville. Nous ne faisons pas ça pour l'argent !

Bridie tendit la main vers son fils et lui toucha l'épaule en disant :

— Ce n'est rien.

Le visage de Kelty sembla s'effondrer un peu plus maintenant qu'elle avait insulté le jeune garçon.

— Je sais, je suis désolée. Je voulais insulter la sorcière, pas vous.

Hazel et Harry échangèrent un regard et elle éprouva alors un désir inconnu. Mais ce sentiment se dissipa aussi rapidement qu'il était apparu et ils allèrent s'asseoir tous les cinq autour de la petite table de cuisine puis trempèrent leur biscuit dans leur thé chaud.

Hazel releva l'air interrogateur de Bridie et la rassura :

— Binsey nous plaît beaucoup.

— Vraiment. (Bridie sourit, car Hazel lui faisait plaisir.) La magie est partout ici.

Hazel savait que ce n'était pas vrai, mais le dire semblait le rendre possible alors que la guerre faisait rage et que leur mère attendait leur carte postale toute seule à la maison.

La nuit tombait lentement, et le feu reprit dans l'âtre du salon. Harry travaillait sur ses exercices de mathématiques et Hazel lisait *Peter Pan* à Flora. Bridie préparait le dîner dans la cuisine sous l'œil de Kelty, le fumet d'agneau et de thym se diffusant dans la maison, quand ils furent tous surpris par de grands coups frappés à la porte.

Hazel sursauta. Leur mère avait-elle déjà reçu sa carte postale en à peine une journée ? Aurait-elle sauté dans un train pour les retrouver au plus vite ? En chaussettes, Hazel se rua vers la porte et l'ouvrit sur l'horrible sorcière échevelée qui la fixait de ses yeux vitreux.

Rien à voir avec leur mère.

Mme Marchman, dont l'odeur aigre rappelait les effluves des venelles de Londres, bouscula Hazel et vit Kelty se recroqueviller sur le canapé.

— Je me doutais bien que Mme Aberdeen était derrière toute cette affaire. Elle est la cause de bien des disparitions.

Harry bondit de sa chaise qui tomba sur le sol.

— Ne parlez plus jamais comme ça de ma mère !

Bridie apparut d'un pas léger. Son tablier à fleurs formait de petits plis autour de sa taille. Tout en elle tranchait de façon flagrante avec la sorcière.

— Bonjour, Glynnis, en quoi puis-je vous aider ?

— Vous m'avez enlevé l'enfant qui doit habiter avec moi. Rendez-la-moi sur-le-champ ou j'avertis la police.

— Calmez-vous. Je n'ai enlevé personne.

— Rendez-moi la fille.

La sorcière se déplaça à toute vitesse et se retrouva si près de Bridie que leurs nez se touchèrent presque.

Bridie demeura immobile.

— Hazel, commença-t-elle sans tourner la tête. Pourrais-tu emmener les deux filles dans votre chambre, s'il te plaît ?

Kelty et Flora sortirent de la pièce, mais la jeune fille ne bougea pas.

— Je vous en prie, dit-elle à Bridie. Laissez Kelty avec nous.

— Hazel, va dans la chambre et laisse-moi m'occuper de ça, déclara Mme Aberdeen.

La jeune fille s'exécuta et retrouva Flora et Kelty assises sur le bord du lit.

— Cette dame est horrible, commenta Flora. Comme la sorcière dans sa cachette.

Hazel s'installa à côté de sa petite sœur et lui pinça la jambe si fort qu'elle espérait que cela suffirait à lui faire comprendre le message. Ne. Parle. Pas. De. Notre. Histoire.

— Elle est pire que ça. Elle est…, hésita Kelty en jouant avec l'extrémité de ses tresses. Elle est *atrocement* horrible.

Elles éclatèrent d'un rire sans joie.

Hazel envisagea de partager l'histoire de Whisperwood avec Kelty pour la réconforter, mais se ravisa. Ce récit était trop sacré. Au lieu de ça, elle lui parla de Frideswide, la princesse qui ne voulait pas devenir la reine de Mercie, la manière dont elle avait fui et comment Dieu l'avait protégée en ôtant la vue au roi Algar.

— Chouette histoire, commenta Kelty, mais je ne compte pas sur Dieu pour rendre Mme Marchman aveugle.

Les filles jouèrent aux osselets par terre pendant que Kelty leur en disait plus sur son compte. Elle venait du nord de Londres, son père était parti à la guerre, sa mère serait venue la chercher si seulement elle avait su pour la sorcière. Elle avait un chien, Jack, une petite chatte, Silver, et sa meilleure amie s'appelait Lila. Il y avait des rideaux en dentelle dans sa chambre aux murs pourpres. Kelty déblatérait sans s'arrêter pour couvrir la voix rauque de la sorcière qui résonnait.

On frappa à nouveau dans l'entrée, mais Kelty poursuivit son anecdote sur sa mère qui l'avait emmenée sur la plage l'année passée alors que personne n'aurait pu imaginer qu'elles en seraient là aujourd'hui.

La porte de la chambre s'ouvrit.

— Les filles, dit Bridie, j'aimerais que vous veniez maintenant.

Elles obéirent sagement même si Hazel avait la boule au ventre. Dans le salon, il y avait un grand policier avec sa casquette bleue à la main. Une cicatrice plus claire que la peau de son visage lui barrait le front telle une route sinueuse.

Il s'exprima sur un ton sévère :

— Bridgette, il faut que vous laissiez la fillette retourner chez Mme Marchman. On lui a confié la responsabilité de l'héberger ; tous les papiers ont déjà été faits et…

— Les papiers ne signifient rien pour moi, Aiden, dit Bridie. Mme Marchman se montre cruelle envers cette enfant. Elle ne la nourrit même pas convenablement ! Kelty restera ici.

La sorcière laissa échapper un son, un de ces rires que personne n'aurait qualifié de tel.

— Cruelle ? Parce que j'attends obéissance et coopération de sa part ? Parce que je ne danse pas autour des feux ni ne joue dans le fleuve comme une enfant ?

Hazel regarda Bridie, son visage était aussi beau que celui de la sorcière était laid. Danser autour des feux ? Jouer dans le fleuve ?

Bridie tapa dans ses mains comme si elle s'apprêtait à jeter un sort.

— Sortez. De. Chez. Moi.

— Pas sans la fillette, déclara Mme Marchman.

Bridie souffla et ses joues constellées de taches de rousseur se creusèrent.

— Pourrions-nous en discuter dehors, s'il vous plaît ?

Les adultes quittèrent la maison et les quatre enfants se rassemblèrent autour de la table de la cuisine.

Ils n'attendirent pas longtemps avant que l'inspecteur en chef Aiden Davies revienne avec une terrible nouvelle : Kelty devait retourner auprès de Mme Marchman, là où on l'avait affectée.

Le lendemain matin, Hazel était déjà réveillée lorsque Harry glissa son dessin sous la porte. Le dos appuyé contre le dossier en pin du lit à baldaquin, elle se demandait comment allait Kelty. La fillette leur avait été arrachée par Mme Marchman et Aiden, et des larmes avaient baigné ses joues pleines de taches de rousseur. Hazel se leva et alla ramasser le dessin puis le porta vers la fenêtre pour découvrir, sous la lumière matinale, la tête duveteuse d'une vache et ses grands yeux marron ; c'était celle qui paissait dans le pâturage près du chemin de terre qui menait au fleuve. Hazel le trouva si réaliste qu'elle avait envie de passer son doigt sur ses yeux en forme de virgule.

Après le réveil de Flora, elles prirent leur petit déjeuner en silence. Harry faisait ses devoirs sur la table de la cuisine. Flora et Hazel partirent se promener dans les bois et allèrent se nicher dans le creux d'un grand chêne, sur le sol humide et moelleux. Les branches presque dégarnies formaient des arches au-dessus du sol de la forêt, et les racines des excroissances pareilles à des cordes épaisses et brillantes. Entre les arbres, le vent soupirait dans une langue secrète.

L'ouverture dans le tronc faisait tout juste la taille des deux filles, leur permettant ainsi de s'abriter dans cette cavité, de fermer les yeux et de s'évader.

Elles se baladèrent dans Whisperwood.

— Dis-moi, commença Flora. Que sommes-nous aujourd'hui ?

— À toi de le décider.

— Des fées.

— Oui, nous sommes des fées, reprit Hazel. Et notre mission consiste à sauver notre reine et à la ramener dans son château sous l'aulne.

Les sœurs survolèrent Whisperwood, où le printemps s'était installé et non le froid de l'automne. Dans ce pays, les fleurs se déclinaient en camaïeux blancs et rouges. Elles cherchaient l'ogre qui avait enlevé la fée et l'avait cachée sous les branches d'un noisetier mort, mais les chemins tortueux leur jouaient des tours. Comme toujours, le château leur semblait éloigné, très loin derrière les montagnes tandis que les terres devant elles prenaient vie. Les arbres se transformaient en femmes serviables et leurs feuilles en petites souris, le ciel les hissait plus haut et l'herbe les poussait en avant – car tous les éléments à Whisperwood se trouvaient là pour les sœurs, pour les aider et leur faciliter les choses. Elles passèrent devant une sorcière qui dormait dans sa cachette, nichée au creux d'un arbre mort. Les filles parvinrent enfin au château et la reine – qui ressemblait à s'y méprendre à leur mère – les recevait, assise sur son trône, saine et sauve, quand la voix de Kelty les expulsa de la salle du palais.

— *Hazellll ! Flora !*

Les deux sœurs écarquillèrent les yeux et tremblèrent. La nuit était tombée à l'extérieur de la cavité humide de l'arbre dans laquelle elles étaient cachées.

— Par ici ! hurla Hazel qui s'extirpait du tronc et tirait Flora derrière elle.

Kelty surgit des arbres et s'arrêta devant elles.

Hazel se sentait chancelante, car elle était persuadée d'avoir fait sortir une fée de Whisperwood et de l'avoir ramenée dans cette forêt.

Campée sur ses jambes, Kelty mit ses mains sur ses hanches.

— Qu'est-ce que vous fabriquiez ? s'enquit-elle de sa voix aiguë qui semblait à la fois impatiente et apeurée.

— On jouait, rien de plus, répondit Hazel.

Tellement de temps s'était écoulé. Combien d'heures avaient-elles passées à Whisperwood ?

— Vous avez raté le dîner et la gentille dame chez qui vous vivez est dans tous ses états, elle panique et le garçon vous cherche partout. Il pensait vous trouver au puits magique.

— Oh non ! On ne voulait pas leur faire peur. On essayait juste de ne pas rester dans leurs pattes, murmura Hazel.

— Je ne crois vraiment pas que Mme Aberdeen refuse de vous avoir dans ses pattes… pas comme la sorcière chez qui j'habite. Si on la laissait faire, elle me ferait bouillir pour le dîner.

Flora se redressa et s'approcha d'elle.

— Tu habites chez une sorcière ?

Kelty lui tapota la tête.

— Qui donc te remplit la cervelle d'histoires au point que tu croies tout ce qu'on te raconte ?

Flora jeta un œil par-dessus son épaule et esquissa le sourire complice de celle qui garde un secret.

— Mme Aberdeen se fait un sang d'encre, ajouta Kelty.

Les trois fillettes coururent aussi vite qu'elles le purent, traversèrent la clairière et remontèrent le chemin jusqu'au cottage en pierre. Presque arrivée à destination, Hazel s'arrêta et contempla la maison. De la fumée s'élevait de la cheminée et ondulait au-dessus du toit en ardoise, et le lierre qui grimpait sur la façade gauche brillait de rouge et d'or. Cette maison correspondait presque en tout point à celle qu'elle avait créée ; elle avait raconté une histoire sur un cottage au milieu des bois et voilà qu'elles s'y retrouvaient à présent.

Hazel rattrapa Flora et Kelty. Bridie, plantée devant le jardin, les attendait.

— Je les ai trouvées ! brailla Kelty.

Bridie secoua la tête.

— Bon, à la bonne heure, où étiez-vous donc passées toutes les deux ?

— Nous étions juste dans les bois, m'dame, pas loin d'ici, lui dit Hazel.

À ce moment-là, comme pour lui répondre, une chouette hulula. Elles se figèrent toutes et se tournèrent en direction de ce cri. L'oiseau les avait-il suivies depuis Whisperwood ?

— Ah, lança Bridie, l'air songeur. Une chouette nous rend visite.

— Qu'est-ce que ça veut dire ?

Kelty scrutait les environs à la recherche de l'animal qui hurlait dans l'obscurité.

— Cela signifie que quelqu'un ici sait voir ce qui est caché.

— Hazel ! s'écria Flora. *Nous* avons une chouette, pas vrai ?

Hazel serra la main de sa sœur et se tourna vers Bridie.

— Je suis désolée. Nous n'avons pas vu le temps passer.

Bridie leur fit signe de rentrer puis ferma la porte derrière elles. Elle observa les filles avec une intensité qu'elles ne lui connaissaient pas encore.

— Je tiens à ce que vous m'écoutiez attentivement. C'est très agréable de courir dans les bois et le fleuve est un endroit magnifique. Mais il faut que vous me disiez où vous allez et que vous rentriez avant la nuit. Vous êtes sous ma responsabilité à présent.

Flora se faufila derrière sa sœur pour se cacher et nicher son visage dans les plis de sa robe.

— Je ne voulais pas t'effrayer, la rassura Bridie, mais vous m'avez fait une peur bleue, toutes les deux. (Elle reporta son attention sur Kelty.) Et merci, ma chérie. Je t'en prie, reste avec nous pour le dîner.

— Oui, s'il vous plaît, lança-t-elle en se balançant d'un pied sur l'autre. Est-ce que je pourrais… rester un peu plus longtemps ?

— Plus longtemps ?

— Oui.

Elle fut interrompue par Harry qui, accompagné d'un grand courant d'air frais, fit irruption dans la pièce et claqua la porte derrière lui.

— Où étiez-vous ?

— Dans notre hittoire, lui répondit Flora.

— *Histoire*, la corrigea Hazel.

— Qu'est-ce que cela signifie ?

Hazel perçut son odeur de sueur mêlée à celle boisée du dehors.

— Rien, lui assura Hazel qui sentait chauffer sa nuque et ne savait pas quelle attitude adopter : sourire, froncer les sourcils, ou autre.

Et elle avait l'étrange sensation que ses jambes ne la soutiendraient pas longtemps.

Elle se détourna de lui et Bridie s'éloigna dans la cuisine, Flora sur ses talons. Kelty et Hazel s'approchèrent du feu dans la cheminée et tendirent leurs mains devant l'âtre pour se réchauffer. Harry les suivit, se tenant tout près d'elles.

— Tu n'as pas à t'inquiéter pour moi, lui lança Hazel sur un ton trop cinglant.

Elle avait du mal à identifier ses sentiments ces derniers temps. Ils s'emparaient d'elle trop vite et n'avaient pas encore de nom.

— Mais si, je dois m'inquiéter. Maman et moi avons déjà perdu quelqu'un.

— Ton père.

— Je ne m'en souviens pas du tout, cracha Harry.

— Que s'est-il passé ? demanda Hazel qui ne se satisfaisait plus d'informations imprécises.

Harry se mit à rougir et elle réalisa qu'il s'efforçait de ne pas pleurer.

— Les gens ne disparaissent pas comme ça, dit-elle.

— Si, affirma Harry, les yeux dans les yeux. Parfois, ils disparaissent comme ça.

CHAPITRE 23

Mars 1960

La soirée d'anniversaire organisée au rez-de-chaussée de la maison des Tennyson débordait de salle en salle. Dans la véranda en pierre, des cigarettes éclairaient presque tous les visages de leur lueur incandescente pendant qu'un quartet à cordes jouait sur la pelouse, sous un préau fleuri par des primevères jaune beurre. Les flammes des bougies, qu'on avait allumées juste avant l'arrivée des premiers invités, tremblotaient dans les lanternes.

Après la conversation qu'elle avait eue avec sa mère, Hazel avait passé la journée à l'aider pour l'agencement des compositions florales, à décider où placer les verres à vin, à allumer des chandeliers. Maintenant que la fête battait son plein, Barnaby se tenait à ses côtés et glissait ses doigts entre les siens comme s'il cherchait à les y emboîter. Pour être honnête, son comportement correspondait tout à fait à ce qu'elle avait toujours attendu de lui : attentif, tout à elle, lui demandant si elle allait bien, lui apportant des coupes de champagne et la complimentant sur sa beauté dans cette nouvelle jupe en soie verte qui virevoltait au moindre de ses mouvements.

Leurs regards se croisèrent alors et elle l'embrassa :

— Je t'aime, lui dit-elle.

Son visage s'éclaira et il lui rendit son baiser.

— Tout comme moi.

Tenny apparut près d'elle.

— Tu passes une bonne soirée ? leur demanda-t-il.

Sans trop le montrer, il avait toujours cherché l'affection de Hazel. Et à ce moment-là, elle lui en témoigna un peu.

— Absolument. Je m'amuse beaucoup. Joyeux anniversaire !

— Merci.

Il lui décocha un sourire radieux qui n'avait rien à envier à celui de son père.

Une fille d'environ quatorze ans, comme Tenny, se faufila près de lui. Elle portait une robe rouge si courte que Hazel se demanda si elle ne l'avait pas raccourcie de plusieurs centimètres.

— Tenny ! lança-t-elle d'une voix enjôleuse. Joyeux anniversaire.

Elle se pencha pour l'embrasser, mais il évita adroitement ses lèvres.

Hazel sourit et adressa un signe de tête à Barnaby pour l'inviter à la suivre. Dans le hall d'entrée, ils reconnurent la voix de Kelty.

— Enfin ! lâcha Hazel.

La jeune femme avait repéré le couple depuis l'autre bout du petit salon et elle les rejoignit. Sa robe bleue brodée de minuscules fleurs blanches semblait danser autour d'elle tandis qu'elle les serrait dans ses bras.

— Quelle magnifique soirée !

— Comme toujours chez Mme Tennyson, répliqua Barnaby en donnant un petit coup de coude complice à Hazel.

Fergus se fraya un chemin à travers la foule et gratifia Hazel et Barnaby d'une poignée de main énergique. C'était un homme à l'air sauvage avec sa tignasse de cheveux blonds hirsutes qui ne s'était pas clairsemée avec le temps. Toujours élégant, il portait une veste verte avec une pochette jaune et avait à la main un martini dans lequel flottaient deux olives déjà grignotées.

Kelty glissa son bras sous celui de Hazel.

— Allons trouver Tenny, que je lui souhaite un joyeux anniversaire et satisfasse aux formalités d'usage.

— La belle excuse, dit Fergus qui secoua la tête vers Barnaby. Ces deux-là.

Hazel conduisit son amie dans la véranda vide et ferma la porte.

— Es-tu disponible ces deux prochains jours ? lui demanda-t-elle. Il faut que j'aille à St Ives.

Kelty était à deux doigts de sauter de joie.

— Dans les Cornouailles ? Je suis tout à toi. Mais avant que tu m'expliques les raisons de ce voyage, j'ai une confession à te faire.

Hazel retira ses chaussures à talons qui lui martyrisaient les doigts de pied.

— Dois-je me munir de mon chapelet ?

— C'est bien possible, lui dit Kelty en se dirigeant vers la fenêtre avant de se retourner vers Hazel. J'ai noté l'adresse sur le reçu de chez Hogan et j'ai envoyé un télégramme.

Hazel porta la main à son cœur.

— Mais enfin, tu ne peux pas faire ça, comme ça…

— Je sais. Je me suis montrée présomptueuse et j'en suis désolée. Je l'ai fait par amour et puis j'ai réalisé qu'il aurait mieux valu que je t'en parle avant. (Son visage se crispa.) J'ai tendance à foncer tête baissée sans réfléchir. Tu me pardonnes ?

— Que disait ce télégramme ?

— Où avez-vous trouvé cette histoire. Stop. Question de vie ou de mort. Stop.

— Oh, Kelty !

— Je lui ai donné ton adresse. Si elle ignore ce message, nous partons en Amérique.

Hazel rejoignit son amie et la prit dans ses bras.

— Je te pardonne et je t'aime tellement. C'est exactement ce que j'aurais dû faire.

— Et maintenant, qu'y a-t-il dans les Cornouailles ?

La porte de la véranda s'ouvrit à la volée sur Fergus et Barnaby.

— Je t'avais dit qu'elles s'étaient enfermées quelque part, lança Fergus avec un sourire.

— Serait-on en train d'ourdir un complot pour dominer le monde ? ajouta Barnaby en allant embrasser Hazel.

— Oui, pas loin, admit Kelty.

Hazel remit ses chaussures et les deux couples regagnèrent la soirée, bras dessus, bras dessous. Sur le chemin, Kelty jeta un coup d'œil par-dessus son épaule, car la question – qu'y a-t-il dans les Cornouailles ? – était restée en suspens. Elle haussa donc les sourcils d'un air interrogateur.

— Harry, articula Hazel en silence.

CHAPITRE 24

Septembre 1939

Quatre jours après leur arrivée à Binsey, la lettre de leur mère leur parvint enfin, sale et en piteux état, comme si elle avait fait un long et terrible voyage. Leur mère viendrait leur rendre visite dans trois semaines. Mais elle leur écrirait souvent dans l'intervalle et Hazel et Flora devraient lui répondre.

Au bout de plusieurs jours, Hazel et Flora fabriquèrent un calendrier avec une des feuilles à dessin de Harry et dessinèrent un cœur rouge pour marquer la date à laquelle leur mère les rejoindrait. Chaque nuit, elles coloriaient une petite étoile tirée de leur rivière imaginaire dans la case de la journée écoulée.

Hazel appréciait tant cet endroit qu'elle avait du mal à regretter Bloomsbury, même si Bridie ne savait pas bien faire ses nattes, et malgré la méchanceté des jumeaux Baldwin qui l'embêtaient à l'école en la traitant d'évacuée. L'école était horrible : elle se sentait seule parmi ces enfants qui étaient amis depuis toujours, et les devoirs l'ennuyaient. Hazel refusait néanmoins de se plaindre, elle ne voulait pas qu'on l'envoie ailleurs. Bridie préparait une cuisine chaleureuse, du porridge sucré et crémeux, il y avait des livres partout, et elles pouvaient en rapporter encore de leurs sorties du samedi à Oxford. Sans compter Harry, ses dessins quotidiens, et les aventures dans lesquelles il les entraînait chaque après-midi, au milieu des bois.

Kelty rejoignait parfois Harry, Hazel et Flora quand Mme Marchman s'assoupissait ou l'envoyait faire des courses ; elle ne pouvait pas rester dormir chez eux, mais elle n'en demeurait pas moins l'une des leurs. Ils avaient bâti un fort avec des bûches et de la mousse sous un grand aulne et ils jetaient des cailloux dans les roseaux verts qui longeaient le fleuve jusqu'à ce que Harry leur apprenne à faire des ricochets. Kelty parlait peu de son calvaire quotidien chez Mme Marchman, mais ils savaient tous ce qu'elle endurait.

Tous les deux ou trois jours, Bridie insistait pour que Hazel écrive à sa mère, et elle lui racontait leurs aventures dans ses lettres. Elle soignait son écriture cursive et donnait un ton joyeux et spirituel à ses phrases. Elle dessinait les paysages du coin et la vache Daisy. Son savoir se limitait à cela, ce qui lui paraissait bien insuffisant.

Un après-midi, Flora poussa un cri dans leur chambre, d'une voix étouffée, paniquée.

Hazel se précipita et la retrouva assise en tailleur sur le lit, son masque à gaz bleu et rouge sur le visage, les yeux exorbités derrière les vitres en plastique et le museau reptilien percé de petits trous. Les lanières du masque étaient fixées de travers. Flora serrait Berry fort dans ses bras.

— Flora ! Qu'est-ce que tu fais ?

Le matelas s'enfonça lorsque Hazel s'assit à côté de sa sœur pour retirer les attaches noires du masque.

— J'ai entendu une sirène.

On aurait dit qu'elle était sous l'eau avec sa respiration et sa voix assourdies par le masque. Hazel en défit les boucles et glissa ses doigts sous le caoutchouc afin de le lui retirer. Trop serré, il avait laissé des marques sur le visage pâle de sa petite sœur.

— Ce n'était pas la vraie sirène, lui dit Hazel. Juste une voiture de police qui est passée au loin, sur la route.

Flora se nicha contre la poitrine de sa sœur.

— Ils ont dit qu'il fallait mettre le masque quand la sirène se déclenchait...

— Oh, Flora.

Hazel la serra dans ses bras en lui caressant le dos et en gloussant comme le faisait leur mère quand quelque chose allait de travers. Même si elle feignait de se comporter en adulte, elle n'avait pas la moindre impression d'en être une.

Par un après-midi glacial, alors que le feu brûlait dans la cheminée, Hazel s'installa à la table ronde du salon avec Harry, là où ils faisaient d'habitude leurs devoirs. Les chiffres inscrits semblaient devenir flous. Alors qu'elle comptait sur ses doigts sous la table, Harry semblait capable de les aligner les uns derrière les autres sans le moindre effort.

— Je déteste les maths. Je les déteste.

Hazel planta son crayon et tira un trait, ce qui brisa la mine et déchira la feuille de papier.

Bridie cria depuis la cuisine :

— Tout va bien, là-bas ?

Flora leva les yeux. Elle était assise sur un tapis en laine et triait des boutons par couleurs dans des pots distincts.

— Ce ne sont que des nombres, dit-elle.

— Qu'est-ce que tu en sais ? Tu n'arrives même pas à compter sans oublier le sept et le douze, lança Hazel qui se sentit rougir d'embarras à l'idée de passer pour une imbécile devant Harry.

Contrariée, elle se leva avec l'intention de partir et l'envie de retrouver le fleuve.

— Je peux t'aider, lui proposa Harry.

Hazel l'examina. Une nouvelle coupe ne lui aurait pas fait de mal, comme le lui avait signalé Bridie le matin même au petit déjeuner. Ils iraient en ville le lendemain. Ses boucles sombres étaient coincées derrière ses oreilles. Il avait de longs cils et de si beaux yeux noirs. Elle détourna la tête.

— Je ne veux pas de ton aide.

— Et pourquoi pas ? demanda-t-il en faisant tourner son crayon entre ses doigts. Je ne suis pas bon à grand-chose, mais j'ai la bosse des maths. Je peux te filer un coup de main.

— Je ne veux pas de ton aide, répéta-t-elle.

— Et pourquoi ?

— Parce que si tu m'aides, je t'en aimerai davantage, et si je t'aime davantage, aurait-elle eu envie de lui crier, tu ne m'aimeras peut-être pas en retour. Et cela gâcherait tout.

Si Harry ne partageait pas ses sentiments, elle devrait changer de famille ou retourner à Londres. Et de toutes les calamités du monde, perdre Harry comptait parmi les pires.

Elle ne comprenait pas ce dilemme : chercher son affection et le repousser en même temps. Être terrifiée de devoir quitter Binsey et aspirer à le fuir. Rêver de lui et le voir à la table du petit déjeuner, les cheveux en bataille, pleins de foin, et le visage couvert de rosée.

— Peu importe pourquoi. Je n'ai pas envie, c'est tout, finit-elle par lui répondre.

— Elle est bizarre, parfois…, intervint Flora, qui était toujours assise par terre. (Elle reprit le tri de ses boutons et recommença à compter.) Un, deux, trois, quatre, cinq, six, huit…

— Tu vois ? lança Hazel en se dirigeant d'un pas lourd vers la sortie. Tu sautes toujours le sept !

Plus tard ce soir-là, la veille de l'arrivée de leur mère au cottage des Aberdeen, Hazel prit sa sœur dans ses bras.

— Je suis désolée. Je ne me comporte pas toujours comme la grande que je voudrais être.

— Ce n'est pas grave, répondit la petite en se blottissant contre elle.

Quand le regret tourmentait Hazel, ce doux esprit, lui, parvenait facilement à pardonner.

Elles finirent par s'endormir jusqu'à ce qu'un *tip-tap* vienne troubler le rêve de l'adolescente puis la réveiller tout à fait. On frappa à nouveau à la fenêtre, et le bruit se répercuta dans la chambre. Du lit, les jambes de Flora emmêlées aux siennes, Hazel aperçut derrière la vitre les contours du visage d'une fillette avec des nattes.

Kelty.

Hazel trébucha en se dégageant des couvertures et alla ouvrir la fenêtre. Un croissant de lune était posé comme un bol sur le ciel couleur d'encre.

— Qu'est-ce que tu fais ? lui chuchota-t-elle.

— Je suis venue te prévenir que je m'en vais. J'ai récupéré de l'argent dans le pot de la sorcière et je vais marcher jusqu'à la gare en passant par Jericho. La route est facile jusqu'à Port Meadow et de là, je prendrai un train pour Paddington. Je préfère encore être tuée par une bombe que de vivre avec cette horrible bonne femme.

— Mais il est tard et il fait nuit noire.

— Évidemment. C'est le meilleur moment pour déguerpir. Les secrets ont besoin d'obscurité pour advenir, dit Kelty. Mais je voulais que tu saches que tu resteras ma meilleure amie pour toujours parce que c'est toi qui m'as parlé de Frideswide. On ne peut pas toujours attendre que quelqu'un vienne nous sauver.

— Ce n'était qu'une simple histoire.

Hazel se sentait gagnée par la peur. La nuit recelait des dangers.

— Non, pas seulement. Ce n'est jamais qu'une *simple* histoire.

— Ne t'en va pas, Kelty.

— Promets-moi que tu ne le diras à personne tant que je ne serai pas rentrée à la maison, auprès de ma maman. Tu ne dois le dire à personne. Promets-moi de me laisser le temps d'arriver jusqu'à Londres.

— Je te le promets, lui assura Hazel dans la nuit, sous le croissant de lune.

Il ne s'agissait certainement pas de ces promesses qu'on rompt.

Et sur ces mots, Kelty disparut.

Le lendemain matin, Hazel pensa avoir rêvé la fugue de son amie et un nouveau dessin glissa sous la porte – celui-ci montrait le fort qu'ils avaient construit avant qu'il ait été emporté par la pluie. Elle le déposa sur la commode avant de gagner la chaleur de la cuisine.

Bridie leva le nez de la marmite dont elle mélangeait le contenu et son sourire s'évanouit.

— Qu'est-ce qui ne va pas ce matin, mon chou ?

Sa voix douce prouvait qu'elle se souciait vraiment d'elle, alors Hazel lui dit la vérité.

— Je veux faire l'école à la maison, comme Harry. Je ne déteste pas l'école – j'aime y aller à Bloomsbury – mais au village, je me retrouve toujours toute seule sur la colline pour le déjeuner parce que personne ne veut me parler ou jouer avec moi.

— Et pourquoi ?

— Parce que je ne suis pas d'ici. Et je termine toujours mon travail avant les autres, alors je reste plantée là… la maîtresse me défend même de lire. Et ils disent… (Hazel s'interrompit et Bridie lui serra la main pour l'encourager à poursuivre.) Ils disent que vous avez fait… disparaître votre mari.

— Les ragots sont horribles dans les petits villages comme celui-ci.

Le porridge se mit à bouillir sur la gazinière, une sirène retentit dans le lointain, et Flora appela Hazel. Pourtant, ni Bridie ni elle ne bougèrent.

— On fera l'école ici, à la maison, avec Harry.

Une douce sensation de soulagement remonta de son ventre jusque dans sa gorge qui lâcha un soupir. Bridie se pencha en avant et la serra si fort dans ses bras que la jeune fille se demanda pourquoi tout le monde ne faisait pas tout le temps des câlins comme ça.

Bridie se retourna et ramassa la cuillère en bois qui était tombée par terre.

— Je sais ce qu'on raconte à mon sujet, Hazel. Ne te tracasse pas pour ça. Moi, ça ne me fait plus rien. Ce sont des ânes et, quoi que tu fasses, tu ne peux rien y changer.

Bridie se dirigea vers la gazinière, le dos droit et ses épingles à cheveux laissant échapper des mèches bouclées. Hazel aurait voulu la rejoindre et la serrer fort dans ses bras pendant qu'elle préparait leur petit déjeuner dans la marmite, et régler ce problème comme Bridie venait de résoudre le sien.

Si Bridie lui accordait sa confiance, alors elle devait en faire autant.

— Bridie, il faut que je vous avoue quelque chose.

La femme pivota sur elle-même avec un sourire hésitant. Hazel s'apprêtait à rompre sa promesse. Mais… et si Kelty se perdait dans les bois ? Ou tombait dans le fleuve ? Était poignardée dans les rues d'Oxford ? Elle parla d'une traite :

— Kelty s'est enfuie… Elle a pris l'argent de la sorcière et elle va prendre le train pour retrouver sa mère dans le nord de Londres.

— Oh, Hazel ! Quand ça ?

— Au beau milieu de la nuit.

— Pauvre chérie. (Bridie ferma les yeux.) Je vais m'assurer qu'elle est en sécurité ; j'irai chez le Père Fenelly pour passer quelques coups de fil et tenter de la localiser. Hazel, j'aimerais pouvoir sauver tout le monde. (Elle rouvrit les yeux.) Je suis certaine qu'elle est avec sa mère, maintenant. Je t'en prie, ne t'inquiète pas pour elle.

Le vent poussait le rideau de pluie, donnant au paysage l'aspect d'une aquarelle impressionniste. Debout devant la fenêtre du cottage, Hazel et Flora attendaient le taxi qui descendrait l'allée défoncée avec leur mère à son bord. Cela faisait trois semaines. Jusque-là, les deux filles n'avaient jamais été séparées d'elle plus d'une journée. Flora avait agrippé la main de Hazel et un silence chargé d'appréhension s'était abattu sur elles.

— Je crois que j'aperçois une porte étincelante, murmura faiblement Flora.

— Non. Nous ne pouvons pas partir. Il faut que nous soyons là quand Maman arrivera.

Dans la cuisine, la radio diffusait de la musique. Harry était assis à la table ronde, concentré sur ses devoirs, penché sur une équation si longue que Hazel n'aurait jamais réussi à la résoudre, même sous la contrainte.

— La voilà ! s'écria-t-elle en montrant du doigt un taxi tout boueux bifurquant sur le chemin.

La voiture s'arrêta et leur mère en descendit sans parapluie. Elle portait un long imperméable vert, ses cheveux tirés en arrière et un sac de toile sur l'épaule. La main levée pour se protéger de la pluie battante, elle se précipita vers la porte d'entrée.

Hazel ouvrit grand la porte et Camellia faillit tomber en entrant dans le salon en riant, prenant ses filles dans ses bras. Elle sentait la laine mouillée, leur maison, le réconfort et tremblait sous ses enfants, ses larmes se mêlant à la pluie qui baignait ses joues.

— Mes filles. Mes filles. Mes filles.

Elles relâchèrent enfin leur étreinte. Maman hissa Flora sur sa hanche et contempla Hazel. Ses yeux étaient cerclés de taches sombres, ses lèvres gercées et ses joues rouges. Mais en dehors de ça, elle était restée la même, et Hazel réalisa alors qu'elle avait eu le cœur serré d'une peur qui s'estompait à présent. Maman était là, et tout irait bien. Elles s'en sortiraient. Après un bref passage à la campagne, elles seraient enfin toutes réunies.

Elle les embrassa toutes les deux.

— Vous m'avez tellement manqué.

Flora posa sa main sur la joue de sa mère et la tapota comme pour vérifier qu'elle ne rêvait pas.

— Tu es là, déclara la petite.

— Et je vous ai apporté quelques surprises.

La douce voix de Bridie les interrompit.

— Bienvenue, madame Linden !

Camellia regarda Bridie et sourit.

— Je vous en prie, appelez-moi Camellia. Comment vous remercier de veiller sur mes filles ?

— Elles ont apporté beaucoup de joie dans cette maison. Et maintenant, qui veut du thé avec des sablés ?

— Eh bien, moi, répondit Camellia en riant, j'en prendrais volontiers.

L'après-midi passa si vite que Hazel se demanda s'il ne s'était pas replié sur lui-même. Camellia leur avait apporté de chatoyants rubans bleus pour leurs cheveux, une toupie qui avait eu la vie dure avec sa bosse sur le côté gauche, et de nouvelles bottes de pluie pour chacune d'elles : des vertes pour Flora et des bleues pour Hazel. Bridie et Camellia s'entendaient si bien qu'elles semblaient se connaître depuis toujours, à croire que cette dernière l'avait appelée dès le départ pour lui demander de choisir ses filles. Harry gardait le silence malgré les tentatives de Camellia de le faire parler.

Leur mère avait changé, celle d'avant la guerre s'était évanouie – Hazel n'aurait su expliquer comment. Les perles et les talons hauts, la voix chantante d'aventures joyeuses ; les gâteaux qu'elle préparait, surmontés d'une épaisse couche de glaçage ; les pique-niques dans le jardin derrière la maison, à faire semblant d'être en vacances. Cette Maman-là semblait endormie, comme si une mauvaise sorcière lui avait jeté un sort. Elle parlait à voix basse désormais, sursautait facilement et son corps paraissait tendu. Ses rires étaient rares et sonnaient faux, presque forcés. Quand la guerre serait terminée, peut-être que la Maman d'avant reviendrait.

Au moment où elle s'en alla, la pluie ne s'était pas interrompue une minute et elles ne furent pas en mesure de lui montrer les environs, pourtant Hazel était persuadée qu'elle avait eu tort de s'inquiéter et de croire que la guerre détruirait tout. Et alors qu'elle sombrait dans le sommeil, Hazel sut, avec une pointe de culpabilité, qu'elle ne souhaitait pas rentrer à Bloomsbury. Pas encore.

Lorsque leur mère les avait serrées dans ses bras pour leur dire au revoir, il n'y avait pas eu de larmes. Hazel découvrirait plus tard que Camellia avait pleuré durant tout le trajet du retour ; mais pour Hazel et Flora, tout allait bien.

CHAPITRE 25

Mars 1960

— Toutes les meilleures histoires d'amour finissent mal. Roméo et Juliette. Tristan et Iseult. Elles se terminent toutes sur un cœur brisé, déclara Hazel en pointant du doigt l'exemplaire des *Hauts de Hurlevent* qui se trouvait sur la table de cuisine.

Son amie fit une grimace amusée.

— Nous allons à St Ives voir Harry et tu parles d'amour maudit.

— Je parle du livre que tu es en train de lire.

La cuisine baignait dans une douce lumière matinale alors que Kelty rinçait les coquetiers et que Hazel emballait leur déjeuner pour leur voyage en Cornouailles.

— Ce n'est pas mon livre qui te tracasse, mais Harry. Tu as peur de le revoir, n'est-ce pas ?

— Je ne m'inquiète pas pour Harry. C'est Barnaby. (Hazel referma la feuille de papier sulfurisé sur les sandwichs au jambon et au fromage et fit face à son amie.) Nous partons à Paris dans une semaine. Si je fais quoi que ce soit susceptible de gâcher ce voyage, il ne me le pardonnera jamais.

— Donc il ne raffole pas de l'idée que tu voies Harry ?

— Je ne crois pas que ça l'enchante, non.

— Je pense que tu as peur d'être déçue par ce qu'est devenu Harry. Peut-être qu'il ne supportera pas la comparaison avec tous les autres hommes qui ont traversé ta vie.

— Arrête, Kelty. Je ne vais pas voir Harry pour remédier à une histoire d'amour maudite. Je n'ai jamais comparé un seul homme avec lui. Tout ce que je fais, c'est pour Flora. Pour Whisperwood. Pour savoir si Flora a survécu et raconté cette histoire.

Kelty opina de la tête, mais Hazel savait qu'elle n'en croyait pas un traître mot. Le téléphone sonna, mettant un terme à leur conversation. Hazel décocha.

— Mademoiselle Linden ?

— Elle-même, dit-elle en calant le combiné entre son oreille et son épaule pour glisser les sandwichs dans un panier.

— Lord Arthur Dickson de chez Sotheby's à l'appareil.

— Ah, bonjour monsieur Dickson, dit-elle d'une voix enjouée.

Elle reprit le combiné en main. Un homme qui se sentait obligé de lui rappeler qu'il appartenait à la Chambre des lords avait forcément besoin qu'on flatte son ego.

— J'ai tellement hâte de commencer.

— Eh bien, oui. C'est justement la raison de mon appel. Ici, chez Sotheby's, nous recevons les casiers judiciaires et tous les rapports relatifs aux vols d'œuvres d'art ou de livres. Votre nom figure sur le dernier rapport que nous avons reçu. Je tenais juste à m'assurer qu'il existait bien une autre Hazel Linden à Londres susceptible d'avoir dérobé des illustrations originales et une première édition signée.

Il marqua un temps, et Hazel sentit une montée de bile lui brûler la gorge, le goût métallique de la peur dans sa bouche. Lorsqu'il reposa sa question, sa voix monta dans les aigus :

— Existe-t-il une autre Hazel Linden ?

— Non, monsieur. Il s'agit bien de moi. C'était une terrible erreur et tout est rentré dans l'ordre.

— Eh bien, eh bien, vous parlez d'une erreur, mademoiselle Linden.

— Oui, que j'ai commise le dernier jour, au terme de quinze années de travail irréprochable chez Hogan.

— En effet. Je tenais néanmoins à confirmer les faits avec vous avant que le conseil d'administration décide quoi faire de cette information. Je vous remercie de votre honnêteté.

— Mon casier était vierge jusque-là. Si vous m'en donnez l'occasion, je suis certaine de pouvoir vous expliquer.

— Cela remet en cause votre embauche, mademoiselle Linden. Nous vous recontacterons.

Et comme Peggy Andrews et le type de la maison d'édition, lord Dickson mit un terme à la communication sans lui dire au revoir. Hazel en avait assez qu'on lui raccroche au nez. Elle écrasa le combiné sur le récepteur et se tourna vers Kelty.

— Oh... non, grimaça Kelty.

— Si ça doit me coûter mon boulot et Barnaby, ça a intérêt à valoir le coup, dit Hazel.

Kelty leva la main comme quand elle parlait à sa fille.

— Arrête. Ne te laisse pas gagner par le pessimisme. Concentrons-nous sur ce qui nous attend. Sur l'instant présent.

Ainsi, le moment était venu pour Hazel de revoir Harry Aberdeen. Il n'avait pas été prévenu. Aucun appel. Toutes ces années à se demander si et quand elle le reverrait ; eh bien, le jour était arrivé. Et ce qu'elle avait cherché à avouer à Kelty, ces mots qu'elle n'avait pas réussi à prononcer, restèrent coincés en elle.

Il s'agirait de leur première rencontre depuis Binsey – même s'ils avaient communiqué entre-temps.

CHAPITRE 26

Novembre 1946

À vingt et un ans, Hazel était en troisième année à l'université et avait une chambre au Newnham Hall de Cambridge. Par une journée d'automne, alors qu'elle rentrait à l'internat, le concierge lui tendit son courrier humide à cause de la pluie incessante de ce mois de novembre. Elle entra dans sa chambre, jeta l'enveloppe sur une table basse qui trônait au milieu du coin salon. Préoccupée par l'approche des examens de fin de semestre, et distraite par la musique trop forte provenant de la chambre voisine d'une première année du Lancashire qui ne s'intéressait qu'aux pubs et aux garçons de Hughes Hall, Hazel ne prêta aucune attention à la lettre pendant un moment.

La guerre était à présent terminée, l'Allemagne avait été défaite, mais le rationnement des produits comme le sucre et le chocolat se poursuivait, et dans les rues pavées de Cambridge, on croisait les fantômes de garçons qui n'étaient pas revenus du front et les regards vides de ceux qui en étaient revenus. Son père avait disparu sans que ce qui restait de son corps pût être enterré, et la disparition de Flora demeurait un mystère que même les meilleurs enquêteurs d'Oxford ne parvenaient à élucider. Ils avaient renoncé, même si Hazel continuait, plusieurs fois par an, à faire deux heures et demie de train pour se rendre à Oxford et demander les dernières nouvelles à l'inspecteur en chef Aiden Davies.

Il n'y en avait jamais.

En attendant, Hazel s'était plongée dans les livres et les histoires qu'elle étudiait. Elle arpentait les chemins verdoyants de Cambridge, passait devant les magnifiques immeubles anciens sans vraiment y prêter attention. Les garçons ne manquaient pas, c'était certain, mais son cœur demeurait inaccessible – y compris pour elle-même. Et il était clair qu'elle ne raconterait plus jamais d'histoires ni n'en écrirait. Les inventer portait malheur, mais les lire et les étudier la réconfortait. Les récits des autres se terminaient bien, on retrouvait ceux qui avaient disparu et le monde avait un sens.

Ce soir, un intervenant extérieur donnait une conférence, le professeur d'Oxford J. R. R. Tolkien – elle comptait arriver en avance et s'installer au premier rang. Jetant sa sacoche sur le sol, elle s'assit dans un fauteuil capitonné, taché de thé par les générations précédentes d'étudiants, et tria le courrier pour voir si sa mère lui avait écrit de Londres.

Non.

Mais il y avait une lettre d'Écosse – le timbre était humide à l'endroit où elle l'avait touché. Aucune adresse d'expéditeur. Elle la décacheta, comprenant qu'il s'agissait du courrier qu'elle attendait avant même d'en voir la signature. Pendant tout ce temps, elle s'était languie d'avoir des nouvelles de Harry Aberdeen. Le reste du monde s'évanouit, elle oublia le temps et Tolkien tandis que la pluie martelait les fenêtres à croisillons métalliques et que la nuit d'automne tombait.

Chère Hazel,

J'espère que tu recevras cette lettre. Cela fait des années que j'ai envie de t'écrire, sans trop savoir quoi te dire ni où te trouver. Ethan m'a dit qu'il t'avait vue à Cambridge et que tu étudiais désormais à Newnham. Donc bravo à Ethan si mon message te parvient.

Hazel ne s'attarda pas sur le nom d'Ethan. C'était le garçon qu'elle avait maintenu au sol, sous sa botte. Celui qui l'avait traitée de « va-cul », avant de les aider à chercher Flora. Le garçon qui avait fondu en larmes quand il avait compris qu'ils ne la retrouveraient pas.

Elle lut la lettre le plus vite possible puis la relut une fois plus lentement et encore une fois, s'efforçant d'imaginer l'homme que Harry était devenu après ces six dernières années.

Elle lut que Bridie avait envoyé Harry en pension au moment où Hazel était retournée à Bloomsbury chez sa mère. Bridie avait voulu protéger son fils des commérages et insinuations. Il avait décroché son diplôme et se retrouvait désormais à l'université d'Édimbourg où il étudiait les mathématiques. Il n'avait jamais cessé de penser à Hazel. Jamais. Et il se demandait si elle lui donnerait de ses nouvelles, elle aussi.

Elle ferma les yeux, se replongea dans cette époque, se rappela le serment dans l'église en pierre où, en larmes et délirante, elle avait juré, avec son sang sur l'autel, qu'elle ne reverrait plus jamais Harry Aberdeen.

Mais une lettre, ce n'était pas le *voir*. Elle ne romprait pas son vœu si elle lui répondait, n'est-ce pas ?

Il lui fallut une semaine pour réussir à prendre la plume, une semaine à se souvenir de sa gentillesse, à sentir la douleur causée par son absence, jointe à un désir qui n'avait jamais disparu. Ce qu'elle allait lui écrire monopolisait ses pensées, au point que son travail s'en trouva négligé.

Leur correspondance se poursuivit pendant trois ans. Ils se racontaient leur vie, Hazel se surprenait à prendre des notes sur les détails de ses journées, qu'elle partageait ensuite avec Harry : une grive tachetée qui s'envolait de la rive du fleuve, un buisson de romarin en fleur qui lui rappelait Bridie et son habitude d'en fourrer toujours de gros brins dans leurs poches, un nouveau roman d'Agatha Christie qui venait de sortir, l'éclosion des bleuets, de ceux qui d'après Bridie soignaient le tendon d'Achille.

Et Harry lui parlait de sa vie, lui aussi : ses études et son voyage en Amérique pour visiter Princeton, où il avait étudié pendant un semestre sous la direction de James Waddell Alexander, le mathématicien mondialement connu. Il lui décrivait ses aventures avec Ethan Baldwin, leurs randonnées en Écosse pour apprendre à chasser le cerf, le Monarque du Vallon[1], lui qui avait même cherché à pénétrer discrètement dans le domaine de chasse de Balmoral dans l'espoir d'apercevoir le roi George ! Mais Harry et Hazel ne mentionnèrent ni Flora ni cette journée terrible qui avait réduit en cendres leur monde idéal.

Hazel décrocha son diplôme en 1948 et emménagea dans un appartement au-dessus d'un teinturier, dans le centre de Londres. Elle commença à travailler dans un pub nommé La Couronne, où elle tirait de la Guinness et servait du whisky.

Elle lui raconta tout de son année passée au-dessus du teinturier : l'odeur des produits chimiques qui filtrait à travers le parquet, les livres qu'elle lisait. Elle lui posait des questions auxquelles il répondait toujours. Est-ce que tu dessines toujours ? (Oui.) Est-ce que tu cherches toujours des bâtons de marche quand tu fais de la randonnée ? (Oui.) Ce qu'elle ne lui demandait pas, c'était : remues-tu toujours

1. Référence au tableau d'Edwin Landseer, *The Monarch of the Glen*. *(N.d.T.)*

les lèvres quand tu lis ? T'arrive-t-il de te promener le long du fleuve et de penser à Flora ? Est-ce que je te manque ?

Il l'interrogeait sur sa vie et elle commença à lui répondre avec des histoires, transformant la moindre vétille du jour en un conte sensationnel, tirant plaisir de l'exagération, de la description des moindres sons, arômes, couleurs.

Elle se sentait redevenir un peu elle-même quand elle écrivait à Harry.

Dans une de ses lettres, il lui avait confié : « Tu rends la vie magique, Hazel Linden. En as-tu conscience ? »

En lisant ce compliment, un frisson l'avait parcourue, ramenant avec lui le chêne creux, le contact de ses lèvres, de son corps...

Et finalement, il lui demanda : Puis-je venir te voir à Londres ?

Elle était à deux doigts de lui répondre. Elle essaya de le faire. Accepter serait revenu à rompre son propre serment. Mais dans le cas contraire, elle risquait de le regretter pour toujours. Au bout du compte, elle ne répondit pas, et lui cessa d'écrire. Du jour au lendemain, plus un mot. Dès que le chagrin la menaçait, elle tirait sur sa rage comme sur la tireuse à bière : Harry avait fui et l'avait laissée tomber, tout ça parce qu'elle ne lui avait pas répondu. Il ne se battait pas pour elle.

Ainsi son serment dans l'église le jour de la Sainte-Frideswide demeura-t-il intact.

Elle se fit alors une nouvelle promesse : être la Hazel que Harry connaissait à travers ses lettres, celle capable de mettre de la magie dans l'existence. Elle était déterminée à changer – sans Harry, sans ses lettres. C'est à ce moment-là qu'elle avait accepté la proposition de sa mère et emménagé dans l'appartement, puis postulé chez Hogan. Après tout, peut-être que tous ces échanges épistolaires avaient servi à ça : la pousser dans la bonne direction.

Ou du moins s'en était-elle persuadée.

CHAPITRE 27

Mars 1960

Au bout de trois heures de route, Hazel s'arrêta dans une station-service pour faire le plein. Kelty s'étira, ouvrit la portière côté passager et déplia ses longues jambes.

— On y sera dans longtemps ? demanda-t-elle en soupirant.

— Deux heures. On peut aller pique-niquer dans les jardins du château de Rougemont.

— C'est loin ?

— À deux pas d'ici. On est déjà à Exeter.

— Quel bonheur de dormir en traversant ces paysages barbants sans Midge pour m'appeler toutes les dix secondes ! Elle sourit en prononçant le nom de sa fille, malgré la tristesse de s'en trouver momentanément séparée.

— Mais tu as raté plein de choses, lui assura Hazel. La campagne est si belle au printemps. Les agneaux, tout chancelants sur leurs pattes, qui essaient de rattraper leur troupeau. Les toits de chaume des maisons blanchies à la chaux. Les chapelles dont les clochers semblent vouloir atteindre l'inaccessible.

— Tu es vraiment née pour raconter des histoires, mon amie.

— Ce n'est pas une histoire, mais ce que j'ai vu sur la route.

— C'est les deux.

Quelques minutes plus tard, Hazel trouvait une place dans le parking visiteurs de Northernhay Gardens, à côté du château de Rougemont. Elles emportèrent le panier préparé le matin dans la cuisine et descendirent un chemin de terre où des ormes laissaient apparaître leurs feuilles endormies. Dans les jardins, le gazon formait un tapis moelleux sous leurs bottes. Elles dépassèrent la statue en bronze du chasseur de cerfs que le temps avait verdi et trouvèrent une table de pique-nique et un banc en bois non loin de là.

— Ce château ressemble-t-il à celui de ton Whisperwood ? lui demanda Kelty pendant qu'elles déposaient leurs victuailles sur la table sous un sycomore.

— Non, celui-ci est en briques alors que le nôtre…

Hazel ferma les yeux et tourna son visage vers le soleil pour profiter de sa chaleur. Elle laissa ses pensées vagabonder sur le sentier d'un bois qu'elle avait évité depuis des années.

— Le nôtre était en pierres blanches et grises. Comme la maison de Bridie, même si nous l'avons habitée après. Flora pensait que j'en avais eu une vision prémonitoire. (Elle ouvrit les yeux.) Peut-être n'aurais-je pas dû le lui laisser croire, la convaincre que je n'avais pas ce genre de pouvoir. Tout cela me semblait alors bien inoffensif.

— Et ça l'était, mais pas sans conséquence. À cette époque terrible, Flora avait besoin d'une échappatoire, de contes de fées, de pays magiques.

Kelty attrapa un cube de fromage et le jeta dans sa bouche.

— Je cherchais d'autres formules pour désigner le blanc et le gris chaque fois que nous nous rapprochions du château. Sa couleur rappelait celle d'une perle d'huître. L'aile d'une colombe. Les contours du ciel avant la pluie. La blancheur pure des nuages d'été. (Hazel chassa ses vieilles rêveries et regarda les briques de Rougemont.) Les sorcières du Devon ont été jugées ici, et furent les dernières à être exécutées pour sorcellerie en Angleterre.

— Comment sais-tu ça ?

— En 1680, précisa Hazel. Je l'ai lu quelque part et ce genre de détails s'imprime toujours dans mon cerveau.

Kelty ouvrit la bouche comme si elle s'apprêtait à répliquer, mais n'en fit rien.

— *Quoi ?* Qu'allais-tu dire ? l'interrogea Hazel en collant un petit coup de botte à celle de son amie.

— Je me demande à quoi ressemble Harry aujourd'hui… c'est tout.

Hazel refusait de reconnaître qu'elle se posait la même question.

— On s'en fiche, lança-t-elle. On y va, on lui demande s'il connaît le nom de Whisperwood et on file.

— Je me souviens si bien de lui et pourtant je l'ai connu… quoi ? Une semaine ? Il était tellement plein…

— D'aventures, je sais.

— Et tellement…

— Mignon, je sais.

Elles échangèrent un de ces sourires dont les meilleures amies ont le secret, terminèrent leur pique-nique et reprirent la route sinueuse de St Ives. Elles longèrent des champs de blé baignés de soleil, dont la couleur fauve rappelait celle des plages, traversèrent un patchwork de vertes plaines et des haies impitoyables qui grifferent les flancs de la voiture, tout cela dans un silence réconfortant. Elles se demandaient ce qui les attendrait une fois sur place.

Elles arrivèrent au moment de l'après-midi où le soleil s'enfonçait dans une mer agitée, dont les vagues venaient s'écraser sur les murs en pierre grise de cette ville des Cornouailles enserrée entre deux môles en béton. St Ives, tel un chat paresseux, s'enroulait autour de sa baie. Les toits gris des maisons hérissaient les vertes collines. Hazel entendit le cri perçant des mouettes, observa la jetée avec son phare blanc et la tour aux quatre pignons. La marée était basse et le sable, couleur tartine beurrée, scintillait. Les bateaux se reposaient, attendant que le niveau de la mer remonte.

Hazel gara la voiture devant l'hôtel Sloop, à l'angle de Fore Street. Une pancarte en lettres rouges indiquait : FONDÉ EN 1312. Devant la façade, sur les pavés et face à la mer, on avait installé des chaises cannées et des tables de café en marbre. Les deux amies restèrent silencieuses devant tant de beauté jusqu'à ce que Kelty demande :

— Comment va-t-on s'y prendre pour le retrouver ?

— On va demander.

Hazel coupa le contact et elles descendirent du véhicule. Après avoir récupéré leurs bagages dans le coffre, elles se dirigèrent vers l'hôtel. Des couples et des personnes seules sirotaient leur verre de vin en admirant la vue. Un jour de vacances de printemps pour ceux qui avaient sorti pulls et chapeaux colorés et échangeaient des regards langoureux dans l'animation d'un doux après-midi.

Lorsqu'elles atteignirent la porte d'entrée en bois, Hazel lança :

— On va s'enregistrer, défaire les bagages, aller boire une pinte, et ensuite chercher Harry.

Kelty changea son sac de main.

— Encore ces listes ! Ça doit être épuisant.

— Si je ne t'aimais pas, commença Hazel en secouant la tête, ou si je ne savais pas que tu m'aimais, je le prendrais pour une insulte, pas pour un compliment.

— Bien sûr. Chez toi, tout est adorable.

Une heure plus tard, vêtue de sa robe droite imprimée d'un motif de feuilles vertes tourbillonnantes – sa préférée – et les cheveux retenus par un bandeau assorti, Hazel attendait Kelty à une des tables disposées sur le trottoir. Le soleil déclinant avait formé une sorte de brume luminescente qui édulcorait le monde, en lissait les contours.

— Tu es ravissante ! s'exclama Kelty en se laissant tomber sur une chaise.

Elle but une bonne lampée de la bière ambrée qui était posée devant elle.

— Toi aussi.

Et c'était vrai.

Elle portait une robe droite d'un bleu céruléen avec des poches et un col Claudine.

— Je te connais, mon amie. Tu es assise là, à te repasser la journée, à te demander qui, quoi, où...

— J'étais justement en train de me dire que la lumière est vraiment magnifique ici, parfaite pour un artiste. Pas étonnant que tous ces ateliers s'y soient installés.

Kelty s'adossa à sa chaise et contempla la mer, croisant et décroisant les jambes.

— *Mmmh*..., lâcha-t-elle en tapotant du doigt le bord de son verre de bière. D'accord, donc j'ai demandé à la serveuse où on pouvait dénicher les artistes de St Ives. Il se trouve qu'il existe plusieurs écoles : poterie, peinture, sculpture. Mais inutile de faire du porte-à-porte parce qu'elle connaît Harry Aberdeen. Elle m'a dit que son atelier se situait dans Fore Street, au numéro 6123.

— Waouh, c'était facile.

Trop facile, pensa Hazel qui s'était vue errer dans St Ives et en revenir peut-être bredouille.

— C'est un petit village et la communauté des artistes est à la fois très appréciée et honnie. Le gérant les a qualifiés de « Bohémiens », alors que Silvie, la serveuse, a parlé d'eux comme de « vrais artistes ». « Des vagabonds puants », a renchéri le gérant. « Adorables », a corrigé Silvie.

Hazel éclata de rire.

— Je doute que Harry sente mauvais.

— Que dirais-tu d'aller vérifier ?

CHAPITRE 28

Mars 1960

Harry était auréolé de lumière. Un pinceau dans la main gauche, il était debout, la tête penchée vers la droite, devant un chevalet placé près d'une grande fenêtre à meneaux de fer, sa main droite battant la mesure sur son pantalon couleur fauve. Il avait glissé derrière ses oreilles ses cheveux qui lui arrivaient aux épaules.

Hazel et Kelty se tenaient dans l'embrasure de la porte. Trois autres artistes travaillaient là ; deux hommes – l'un sur un tour de potier et l'autre le regard vide, face à un bloc de marbre à peine entaillé – et une femme vêtue d'un pantalon noir et d'un tee-shirt gris, taché de peinture rouge, plantée devant un autre chevalet, une cigarette se consumant doucement dans sa main gauche.

Bobby Darin chantait *Dream Lover* à la radio. Hazel s'aperçut que la porte de derrière était ouverte, laissant entrer la brise marine et fraîche.

La femme fut la première à remarquer leur présence et à leur offrir un sourire à la fois paresseux et enjôleur. Elle s'approcha à pas lents d'une table en carton sur laquelle était posé le transistor couvert de peinture et d'argile, et baissa le son.

— Bonjour ! Désolée d'avoir été si grossière. Bienvenue au 6123.

La gorge de Hazel se noua, saturée d'une ribambelle de mots qui semblaient coincés et inutiles. Au contraire de Kelty qui s'écria :

— Harry !

Il se retourna si brusquement qu'il en lâcha son pinceau et éclaboussa son pantalon déjà taché de peinture orange et la bâche, par terre. Ses souvenirs lui revinrent peu à peu, par vagues, éclairant d'abord son visage puis ses yeux.

Il ne lui fallut qu'une seconde, peut-être deux, mais le temps parut un instant suspendu, ce qui permit à Hazel de relever le moindre tressaillement chez Harry. L'étincelle dans ses yeux marron, ses sourcils haussés. Elle eut même tout le loisir de se demander s'il allait sourire ou froncer les sourcils, les chasser d'un signe de tête ou…

Soudain, il se précipita vers elles, les serrant toutes les deux très fort dans ses bras.

— Hazel ! Et si je ne m'abuse, Kelty ?

Cette dernière lâcha un rire magnifique et lui dit :

— Je ne peux plus respirer.

Hazel sentit ses bras autour d'elle et s'émerveilla de l'homme qu'il était devenu.

Le temps reprit son cours et son rythme régulier. Harry recula d'un pas en laissant ses mains sur leurs épaules. Bon sang, qu'il était beau ! Il l'avait sans doute toujours été, mais sa beauté était restée cachée sous ses airs de chien battu, propres aux adolescents, attendant que chaque partie grandisse et prenne vraiment sa place.

— Que faites-vous ici ? (Il secoua la tête et ses cheveux bouclés s'échappèrent de l'arrière de ses oreilles.) Non, je recommence. Je suis si content que vous soyez là ! Comment m'avez-vous trouvé ?

— Ta mère, répondit Hazel.

— Eh bien, elle a très bien fait. Tu l'as vue ?

Cette question, formulée avec un enthousiasme coutumier, était destinée à Hazel.

— Oui.

— Elle se porte à merveille, n'est-ce pas ? déclara-t-il.

— On ne peut mieux. Et M. Nolan ? lança-t-elle. Je ne l'avais pas vu venir.

— Il semblerait que j'aie été aveugle, moi aussi. (Il secoua la tête.) L'amour est étrange.

— En effet, lui accorda Kelty avant d'admirer les lieux. C'est incroyable ! Quelle vie tu as !

Harry parut alors prendre conscience qu'ils n'étaient pas seuls dans la pièce.

— Oh, Ethan ! Regarde donc qui est là. Marvin et Dawn, approchez, que je vous présente Hazel et Kelty, mes amies d'enfance.

L'homme assis devant le bloc de marbre se leva et déploya ses jambes d'échassier, étonnamment longues. Il n'eut que quelques pas à faire pour que Hazel reconnaisse Ethan, le jeune jumeau de Binsey, son sourire de magouilleur et ses timides yeux bleus.

Ethan Baldwin.

— Jésus, Marie, Joseph ! Ne serait-ce pas la belle et gracieuse Hazel Linden qui nous fait l'honneur d'une visite ?

Tout le monde éclata de rire. Les voix se chevauchèrent et il y eut des étreintes et des échanges de bises jusqu'à ce que Harry suggère d'aller évoquer leurs souvenirs au pub situé à un pâté de maisons de là – celui-là même que Hazel et Kelty venaient de quitter.

Elles ne s'étaient pourtant pas déplacées jusqu'ici pour ça, aurait voulu leur dire Hazel. Ni même pour admirer leurs œuvres ou boire de la bière. Elle était venue pour poser une seule question, mais un flot d'énergie les fit dériver, en quelques minutes, dans les ruelles dérobées et pavées, les conduisant au milieu de pintes dans le pub de l'hôtel Sloop. Quant à Marvin et Dawn, ils étaient restés à l'atelier. Hazel prit place à côté de Harry et Ethan s'assit en face d'eux. À quatre autour d'une table pour deux, leurs genoux se frôlaient. Très vite, des *fish and chips* enveloppés dans du papier graisseux entourèrent les pintes. Un malaise remplaça l'euphorie initiale des retrouvailles dans l'atelier.

Comme à son habitude, Kelty inonda le silence de son énergie chaleureuse.

— Une communauté d'artistes, lança-t-elle aux hommes. J'imagine que nous aurions dû nous en douter.

Harry haussa les épaules et posa ses coudes sur la table.

— Pas moi. J'ai d'abord essayé plusieurs autres choses.

— Comme quoi ?

Hazel était soudain incroyablement avide d'informations sur ses années passées. Elle avait réprimé sa curiosité pendant si longtemps et voilà qu'elle s'y abandonnait tout à fait. Était-il marié ? Avait-il des enfants ? Et ses œuvres ? Ses autres boulots ?

Il enroula son bras autour du dossier de sa chaise en fer forgé et leva les yeux.

— Gestion bancaire, conseil financier, imprimeur de journaux… (Son regard croisa celui de Hazel.) Rien de tout ça ne m'intéressait. J'ai passé dix ans ici à essayer différentes techniques de peinture et à attendre, comme tout le monde, le grand jour, celui où la bonne personne découvrira mon génie.

Il rit.

— Je ne vois pas de meilleur endroit pour attendre ce grand jour, dit Hazel en faisant un geste en direction de la mer.

— C'est un lieu extraordinaire, convint Harry. La lumière est parfois surnaturelle ici. On peut passer toute une vie à tenter de la capter, de la retrouver, de reporter la miraculeuse atmosphère des Cornouailles sur la toile. Il se peut que je n'y parvienne jamais, mais ça n'aura pas été faute d'avoir essayé.

Hazel sourit devant le garçon et l'homme dont l'exubérance était restée à la fois juvénile et débridée, quoique assagie.

Kelty montra les deux amis du doigt.

— Enfants ? Épouse ?

Ils secouèrent tous les deux la tête. Ethan donna une tape amicale sur l'épaule de Harry.

— Même si Dawn à l'atelier attend sûrement que ce gaillard lui demande sa main. (Ethan désigna Kelty.) Et toi ?

— Mariée à un énergumène, Fergus, avec lequel j'ai eu une fille stupéfiante qui s'appelle Midge.

— C'est formidable, répondit Ethan. Pour l'instant, ce lourdaud et moi ne sommes pas les meilleurs partis ou pères qui soient – on vit dans une maison à quatre personnes tout en s'échinant à percer en tant qu'artistes. (Il opina vers Hazel.) Et toi ?

— Oui, j'ai quelqu'un. Barnaby. Il est professeur.

Elle s'interrompit ; l'endroit ne lui semblait pas approprié pour parler de lui. Son regard passa de Harry à Ethan.

— Vous avez fait un choix, dit Hazel en sachant qu'elle en avait fait un, elle aussi, quoique différent. L'art plutôt que la sécurité et…

— Ce que certains appelleraient normalité, compléta Ethan avant de boire une gorgée de bière et d'essuyer la mousse accrochée à sa barbe. Mais il faut bien vivre sa propre vie, sinon laquelle vivrait-on ?

— Sacrément bonne question, commenta Kelty.

— Vous savez, dit Harry, vous auriez pu attendre deux jours, nous exposons à Londres, à Hampstead Heath. Nous serions passés vous voir.

Hazel et Kelty se regardèrent et rirent.

— Où est ton frère jumeau… ? demanda Hazel qui ne parvenait pas à remettre un nom sur le frère d'Ethan, un nouveau détail perdu dans la cave miteuse d'une époque révolue.

— Adam habite en Amérique. Il a rencontré une fille venue passer un semestre à Oxford et s'est installé à New York. (Ethan leva les yeux au ciel.) Il travaille dans le magasin de vêtements de ses beaux-parents. Disons plutôt qu'il le gère. Il est devenu le roi de la fringue du Lower East Side de Manhattan.

Adam était parti en Amérique.

Comme si Ethan avait pincé la corde d'une guitare, l'information qu'il avait donnée résonna au-dessus de la table. C'était – ici et maintenant – la possibilité d'avoir toutes les réponses concentrées dans un seul instant. Harry aurait parlé à Ethan de Whisperwood, qui en aurait ensuite parlé à Adam, qui en aurait enfin parlé à une fille, devenue sa femme… en Amérique.

— Quand Adam est-il parti vivre là-bas ? demanda Hazel l'air de rien, les mains serrées.

— Oh, ça fait une bonne dizaine d'années. Il a un garçon et une fille, deux monstres que j'adore. Mais je ne les vois pas très souvent, comme vous devez vous en douter.

Kelty plissa les yeux vers Hazel qui sut exactement ce qu'elle voulait lui dire.

Pose la question, maintenant.

Mais elle ne le pouvait pas, pas en présence d'Ethan.

— Harry, est-ce que tu viendrais marcher avec moi quelques minutes ?

Le tremblement de sa voix n'échappa à personne.

— Je suis tout à toi, répondit-il en se levant. (Il essuya ses paumes sur son pantalon couvert de taches de peinture et repoussa sa chaise.) La mer est basse. C'est le moment idéal pour une balade.

Une fois debout, Hazel sentit les vestiges de l'hiver dans la brise printanière, une fraîcheur qui la poussa à enfiler son pull en laine beige tandis qu'en silence, ils traversaient la rue pour gagner la large plage couleur fauve. Cela lui rappela leurs longues promenades de Port Meadow jusqu'au fleuve, les matins calmes et les dessins glissés sous la porte, la façon dont les bords du chemin passaient du marron au vert, toutes ces choses qu'elle avait vécues avec Harry à ses côtés.

Ils descendirent les marches en béton et atteignirent une bande de sable humide, meuble et d'un brun plus sombre. Une barque d'un bleu vif reposait sur le flanc, une bouée rouge se balançait au bout d'une corde couverte de balanes et attachée à un anneau métallique sur le mur de pierre de la plage. Harry s'assit sur le rebord du bateau, croisa les jambes, dodelina à la manière de sa mère et sourit.

— Que c'est bon de te voir, Hazel ! Je me suis demandé ce que tu devenais toutes ces années. J'ai posé des questions un peu autour de moi… alors pour être franc, je sais que tu travailles chez Hogan. J'ai envisagé d'y passer, mais je savais que tu ne voulais pas me voir.

Elle déplaça ses pieds sur le sable qui se dérobait sous elle. Maintenant qu'ils se retrouvaient seuls tous les deux, elle ne savait plus quoi dire.

Il baissa les yeux et changea son pied d'appui ; le bateau pencha un peu en arrière avant de s'immobiliser à nouveau.

— Tu n'as jamais répondu à ma dernière lettre.

— Je sais. Je peux t'expliquer, lui répondit-elle.

Mais le pouvait-elle ? Pouvait-elle vraiment lui parler du serment de sang qu'elle avait fait dans une église en pierre glaciale après la disparition de sa sœur ? Même après tout ce temps, elle avait l'impression de trahir Flora, de rompre sa promesse. Encore aujourd'hui, malgré ses yeux et son esprit d'adulte, l'enfant en elle hurlait : « Trahison ! »

— Inutile de t'expliquer, dit-il, interrompant ainsi le fil de ses pensées. Je sais que tu m'en veux. Je ne peux rien y faire et même si je le déplore, c'est comme ça.

— Pourquoi t'en voudrais-je ?

Il inclina la tête.

— Pour l'avoir perdue… pour avoir perdu Flora.

— Pour l'avoir perdue ?

Un choc électrique transperça la poitrine de Hazel.

— Quand je suis parti à ta recherche, je croyais que Flora dormait à poings fermés. Je l'ai laissée seule au bord du fleuve l'espace de quoi… cinq minutes ? Dix ? Je n'arrête pas d'y repenser et d'essayer de me souvenir combien de secondes ou de minutes j'ai mis à te trouver et puis…

— Arrête. Ça n'a jamais été ta faute. Jamais. Je ne suis pas venue te réclamer des excuses.

— Alors, pourquoi es-tu ici ?

Tandis qu'elle se tenait là, sur une bande de sable humide des Cornouailles, sous le cri des mouettes, un chien courant sur la plage couvert d'une fine croûte de sable, elle sut qu'il y avait plus d'une raison à sa présence ici : il lui manquait. Elle voulait le revoir et s'assurer qu'il allait bien. Elle souhaitait l'absolution. Elle rêvait de le toucher. Elle voulait… tellement.

La lumière du soir donnait une couleur de foin à la chevelure de Harry, qui fixait Hazel de façon si intense qu'elle envisagea la possibilité de lui avoir manqué autant qu'il lui avait manqué.

— Harry, il faut que je te pose une question.

— Ce que tu veux.

— Connaissais-tu le nom de notre pays ? Le pays imaginaire dont je parlais à Flora ?

— N'est-ce pas la raison pour laquelle tu étais tellement en colère contre moi ce jour-là ? Parce que je te l'avais demandé ?

— Si.

— Dans ce cas, comment pourrais-je le connaître ?

— M'as-tu déjà entendue le prononcer ou as-tu raconté notre histoire à quelqu'un ? À Ethan, qui en aurait peut-être parlé à Adam ou…

Harry se leva. Il s'approcha si près qu'elle sentit son haleine parfumée de bière.

— Hazel Mersey Linden, je n'ai jamais répété ton histoire. Je n'en savais pas assez pour la raconter, en fait. Et je n'ai jamais confié à personne les raisons de notre dispute au bord du fleuve ce jour-là. De quoi s'agit-il ?

— De Whisperwood, murmura-t-elle.

— Wytham Woods ? Au-dessus de Binsey ?

— Non.

Alors, comme dans un seul souffle, Hazel raconta toute l'histoire à Harry, de sa découverte du livre *Whisperwood* une semaine plus tôt jusqu'à cet instant sur la plage.

Il l'écouta sans bouger, sans même sourciller. Elle s'efforça de rester debout, de soutenir son regard. Une fois qu'elle eut terminé, il la saisit et la serra contre son torse en silence. Elle sentit son cœur battre au même rythme que le sien sous son tee-shirt. Elle passa ses bras autour de lui et s'y accrocha.

Hazel aurait tant voulu qu'il la serre ainsi quand elle avait quinze ans, et pourtant, elle avait tout fait pour le repousser. Le silence se maintint jusqu'à ce qu'il relâche son étreinte et qu'elle recule d'un pas. Harry pleurait sans se soucier de ce dont il aurait l'air ou de qui le surprendrait sur cette grande plage des Cornouailles.

Harry.

— Donc, si je ne connaissais pas cette histoire, et que ma mère non plus, cela signifie que Flora a peut-être survécu ? Elle ne serait pas morte, elle ne se serait pas noyée ce jour-là. Elle aurait survécu et raconté ton histoire ?

— Tu vois, je pensais qu'elle avait disparu pour partir à la recherche de Whisperwood.

— Non. Je l'ai laissée seule.

Mon Dieu, ils avaient porté le même fardeau. Ce même foutu paquet de culpabilité. Et elle réalisait qu'ils auraient pu en partager le poids pendant toutes ces années.

CHAPITRE 29

1er février 1940

Hazel n'avait encore jamais entendu parler de la Sainte-Brigid ou d'Imbolc, qui avait lieu au début du mois de février, et pourtant, tous les villageois la fêtèrent avec Bridie.

Dans un grand champ, à bonne distance du cottage des Aberdeen, on avait allumé un feu de camp aux flammes immenses, ses étincelles tutoyant les étoiles invisibles. Bridie avait installé des couvertures en laine colorées sur la pelouse et sur chacune d'elles reposait un petit tas de joncs verts. Harry traîna dehors une vieille table de ferme éraflée et bancale dont un pied avait été rongé par un animal aux dents aiguisées. Il la disposa non loin de là et plaça une cale sous le pied arrière gauche pour la mettre à niveau. On y avait déposé des fromages et des fruits du marché, du pain frais et un grand pichet de vin rouge.

La fin d'après-midi zébrait le ciel, déchirant le tissu doré des nuages. Un homme en manteau sombre jouait du violon et buvait du vin dans une tasse posée à ses côtés.

Les quatre infirmières qui habitaient derrière l'église de la paroisse étaient là, elles aussi : Frances venait d'Amérique alors que Maeve, Imogene et Lilly étaient originaires de différents villages d'Angleterre. Elles étaient jeunes et décidées à soigner les garçons qui arrivaient à l'hôpital, avec des blessures de guerre pour lesquelles on ne pouvait pas grand-chose. Frances était timide et réservée, Imogene énergique et enjouée alors que Hazel trouvait des ressemblances de jumelles à Maeve et Lilly, toutes deux blondes et calmes. De temps à autre, Bridie avait demandé à Imogene de garder Flora quand elle emmenait Hazel et Harry faire des courses et les boutiques en ville.

Ce jour-là, les infirmières jouèrent avec Flora plus qu'elles ne parlèrent aux villageois, comme si on les avait chargées de garder la plus petite d'entre eux.

Le Père Fenelly et M. Nolan riaient ensemble à un bon mot de ce dernier. Ethan et Adam, les jumeaux, jouaient à taper dans un ballon en cuir avec Harry et un autre garçon du coin – dont Hazel ne se rappelait jamais le nom –, un garçon aux yeux furieux et aux cheveux gras qui s'était approché des deux sœurs et leur avait demandé à voix basse :

— Vous êtes orphelines ?

— Non, avait répliqué Hazel. N'importe quoi !

Quand il s'était éloigné, Flora s'était blottie contre sa sœur, avait serré Berry plus fort et lancé avec des trémolos dans la voix :

— Qu'est-ce que ça veut dire, « orphelines » ?

— Ne l'écoute pas. N'écoute personne à part Bridie, Harry et moi.

— Ou Maman.

— Ou Maman, avait-elle confirmé en s'accroupissant pour enlacer la petite. Nous ne sommes pas orphelines.

Mais que deviendraient-elles si ça leur arrivait brusquement ? se demanda Hazel. En temps de guerre, cela arrivait.

Lorsque les deux amies de Bridie vêtues de robes à fleurs sous leurs épais manteaux et leurs grosses écharpes arrivèrent d'Oxford sans leurs maris, la fête battait son plein.

Le froid mordait tous les visages exposés, si bien que les nez étaient d'un pourpre cardinalice.

Hazel et Flora vivaient chez les Aberdeen depuis quatre mois déjà, y avaient fêté Noël et jour de l'An, et leur mère leur avait rendu visite les bras chargés de cadeaux. Le Père Fenelly passait parfois les voir et Harry faisait des dessins qu'il glissait tous les matins sous leur porte. Lorsque Bridie s'aperçut que Hazel finissait toujours ses devoirs trop vite et se retrouvait désœuvrée, elle la mit au latin. Le temps s'écoulait avec tant de douceur à Binsey que Hazel perdait le compte des jours, même si Bridie marquait les saisons avec des rituels, bougies et bâtonnets d'encens.

Kelty était partie et lui manquait, mais elle était arrivée sans encombre à Piccadilly par le train qu'elle avait pris grâce à l'argent puisé dans la jarre de la cuisine de la vieille sorcière. Sa mère l'avait récupérée et avait décidé qu'il valait encore mieux s'exposer à la menace des bombes qu'à celle d'un hébergement chez un cruel étranger.

Hazel recevait des lettres de son amie chaque semaine auxquelles elle répondait en lui racontant Binsey en détail : M. Nolan et Mackey, son chien, à qui elles rendaient visite une fois leurs devoirs terminés, la fête du village le soir de Noël, quand leur mère était là, et le comportement des jumeaux Baldwin, plus gentils désormais. Elle lui décrivit la campagne changeante de la rosée du matin aux gelées du soir, du soleil levant à l'apparition de la lune. Elle lui parla de Bridie et de sa douceur.

— Pourquoi est-ce plus sûr ici ? avait-elle un jour demandé à Bridie alors qu'elles étaient assises à la terrasse d'un glacier d'Oxford.

Elles sortaient de Christ Church où elles avaient vu le sanctuaire de Frideswide et Hazel repensait encore au magnifique vitrail qui retraçait l'histoire de la princesse devenue sainte. Flora léchait la moindre coulée de glace à la vanille autour de son cône.

Bridie, qui avait une façon de parler bien à elle, ne mentionnait jamais le nom d'Hitler.

— On dit que l'homme affreux veut s'approprier Oxford pour lui seul, c'est pourquoi il ne la bombarde pas – ce qui est épouvantable, certes, mais cela nous met à l'abri.

En l'entendant parler de l'homme affreux, Hazel eut l'impression de vivre dans un de ses contes de fées conçus pour Flora, et dans ce conte, Hitler était le dragon ou l'ogre qu'elles devraient vaincre pour accéder au château.

Cette nuit-là, Hazel et Flora avaient parlé à voix basse.

— Peut-on emmener Maman à Whisperwood ? s'était enquise Flora.

— Peut-être la prochaine fois.

Mais elles ne l'y conduisirent jamais et, même si elles avaient essayé, cela n'aurait rien changé à ce qui allait arriver.

Maman était venue les voir pour les vacances, et toutes les deux semaines, mais elle n'était restée dormir sur le canapé de Bridie qu'une seule fois. Au début, elle apportait des petits cadeaux – un nœud pour leurs cheveux, une nouvelle robe – puis arrêta quand l'argent se fit rare. Consciente du rationnement qui sévissait à Londres, Bridie lui gardait toujours une portion du meilleur beurre et de la crème.

Par un jour d'hiver et un ciel laineux de nuages, Camellia était venue passer toute la journée et même la nuit. Hazel et Flora avaient tressé leurs cheveux, s'étaient débarbouillé le visage au point d'en rosir et étaient allées l'attendre sur les marches du perron. Le taxi s'était arrêté et, comme toujours, elle avait bondi du siège passager et serré ses filles dans ses bras en leur affirmant combien elles lui avaient manqué.

Hazel avait remarqué que sa mère maigrissait d'une fois sur l'autre. Elles avaient essayé de lui remonter le moral, de l'entraîner dans leur quotidien : jouer aux osselets sur le parquet du séjour, lui lancer la balle, lui montrer ce que Flora avait appris, lui faire examiner les copies de leurs devoirs, et Harry lui avait montré l'étendue de son talent pour le calcul mental comme s'il était le seul à voir certaines choses. Après un dîner bien chaud, tout le monde était allé se coucher.

Ce n'est qu'après leurs prières, une fois que leur mère les eut bordées et embrassées comme au bon vieux temps de Bloomsbury, que Hazel avait appris l'existence que menait vraiment sa mère.

Elle avait essayé de trouver le sommeil, vraiment essayé, sans succès. Elle s'était glissée hors de son lit et était allée discrètement s'asseoir par terre, dans le couloir qui séparait la cuisine du séjour. Les genoux collés contre sa poitrine, elle avait écouté la conversation entre Maman et Bridie.

Hazel n'en avait perçu que des bribes, mais avait entendu sa mère raconter la fois où les sirènes s'étaient déclenchées pour annoncer un bombardement et où elle s'était cachée dans le tunnel du métro, parler de celles dont le mari et les enfants avaient disparu. La jeune fille avait entendu Bridie lui assurer que les petites étaient en lieu sûr et qu'elle les aimait. Elle avait distingué aussi le son étouffé des pleurs.

Quand elle n'avait plus pu supporter de les écouter, d'encaisser la douleur de sa mère, elle s'était précipitée dans le salon et jetée sur le canapé entre Bridie et sa mère.

— Reste auprès de nous, Maman. Viens habiter ici.

Camellia l'avait prise dans ses bras et avait appuyé son visage contre sa poitrine en lui disant ces mots pleins de courage :

— Je ne peux pas, mon amour, mais un jour nous serons à nouveau réunies.

Hazel avait rangé cette promesse tout près de son cœur. *Nous serons à nouveau réunies.*

À présent, elle aurait tant voulu qu'elle soit là pour voir la fête de la Sainte-Brigid. Elle se blottit sous son manteau et sa couverture en regardant Bridie montrer à tout le monde qu'on pouvait se fabriquer sa propre croix avec les branches qu'elle avait posées sur les couvertures.

— Sainte Brigid est la sainte d'Imbolc, de l'avènement de la créativité, du printemps, de la croissance et des choses nouvelles, expliqua-t-elle en manipulant les branches avec adresse pour former la croix emblématique, avant de lever les yeux. Et celle-ci veut que nous lui demandions : « Que souhaites-tu faire venir au monde en cette nouvelle année ? »

Plusieurs voix s'élevèrent en même temps, riant et se répondant : quelles étaient les nouveautés dans leur vie ? Ils bataillèrent avec les bouts de bois, certains réalisèrent des croix tordues tandis que d'autres se rabattirent sur les fromages et le vin.

M. Nolan, les mains gantées placées autour de sa tasse de vin, hasarda :

— C'est une sainte chrétienne, n'est-ce pas ?

Bridie sourit.

— En effet.

Sa réponse le contenta et il tenta maladroitement de fabriquer sa croix pour honorer la sainte qui annonçait l'arrivée du printemps, de la lumière.

Bridie se pencha vers Hazel et murmura :

— Mais avant cela, c'était une déesse celtique.

— Avant cela, une déesse, répéta Hazel avec un sourire, mettant ce magnifique morceau d'histoire de côté pour le moment où elle en aurait besoin.

— Pourquoi organisez-vous ces fêtes ? lui demanda-t-elle en claquant des dents.

— Pour honorer les saisons, madame curieuse. Pour nous honorer les uns les autres. Nous rassembler. Nous rappeler que nous faisons partie d'un tout qui dépasse les broutilles du quotidien, les commérages et…

— La guerre.

— Oui, nous appartenons à un tout plus grand que la guerre même. À quelque chose qui se perpétue et qui était fêté déjà bien avant nous et qui le sera encore après nous.

— Après nous, reprit Hazel en se demandant pour la première fois ce que cela signifiait.

Un monde sans elle, ni ses proches.

Hazel se rapprocha des infirmières, mais elles ne lui prêtèrent pas attention. Elles étaient disposées en cercle. La dénommée Imogene pleurait et la plus calme, Maeve, l'entourait de ses bras.

— Tout va bien.

Imogene leva la tête vers sa collègue et secoua la tête.

— Tu ne l'as pas vu, Maeve. Tu n'y étais pas. J'étais de garde à St Hugh et il y avait un soldat – je parie qu'il n'avait pas plus de dix-neuf ans – à qui il manquait la moitié du crâne. Je voyais son… l'intérieur de sa tête. Je n'ai rien pu faire pour le sauver.

— Je sais.

Maeve lui tendit un verre de vin, que la jeune femme vida en trois gorgées.

Hazel laissa échapper un petit cri ; cette histoire lui paraissait trop effrayante pour être vraie.

Son gémissement attira l'attention des infirmières qui se retournèrent, et Imogene leva la main.

— Je suis si désolée, ma chérie. Tu n'étais pas censée entendre cette histoire. Tu es ici pour être protégée. Je suis tellement désolée.

Hazel se précipita vers Bridie et Flora, se réchauffa près du feu et se promit de ne jamais répéter cette conversation à sa petite sœur. Elles avaient fui ces horreurs qui avaient lieu au-dehors, sombres et sinistres.

Plus tard, ragaillardie par la chaleur du feu et du vin, Imogene prit Flora par la main et l'entraîna dans la danse encore et encore jusqu'à ce qu'elles s'effondrent sur le sol froid en riant sous les yeux de Hazel.

Puis Imogene, son verre de vin à la main, tourna la tête vers Bridie et demanda à Maeve :

— Tu crois que c'est une sorcière ?

— Qu'est-ce qui te fait dire une chose pareille ? répliqua-t-elle troublée. Bridie ?

— Eh bien, il s'agit d'un rituel païen, non ? Il paraît qu'elle ne met jamais les pieds à l'église.

Les lèvres d'Imogene étaient bleuies par le froid et Hazel pensa que seule une sorcière pouvait dire des choses pareilles.

— Pourquoi païen ? intervint doucement Lilly. C'est la *Sainte*-Brigid, non ?

— Pas pour elle, murmura Frances assez fort pour que Hazel l'entende, et en désignant Bridie qui montrait à un garçon comment fabriquer sa croix. Elle, elle croit que c'est une déesse.

Hazel refusa de les écouter plus longtemps ; elle voulut leur hurler :

« C'est la meilleure d'entre nous tous. »

Païenne.

Comment pouvait-on voir chez Bridie autre chose qu'amour et bonté ?

Du feu s'échappa un crépitement suivi d'un sifflement et tout le groupe leva les yeux au ciel : les épais nuages s'étaient amassés et formaient un plafond bas qui atténuait et blanchissait les rayons du soleil couchant. Ces nuages lâchèrent de gros flocons de neige qui descendaient en tourbillonnant vers le sol, le recouvrant doucement d'un tapis blanc.

— Nous devons rentrer chez nous, déclara M. Nolan.

— En effet, rétorqua le Père Fenelly avec tant de tristesse que Hazel en vint à se demander si ces mots n'avaient pas une signification qui lui échappait.

Frances reprit, d'une voix aussi froide que le sol sous le derrière de Hazel.

— Le printemps ne sera donc pas pour tout de suite.

Imogene passa son bras sur ses épaules.

— Essaie juste de t'amuser un peu.

Son interlocutrice fit non de la tête.

— C'est dangereux de jouer avec ces choses-là.

Bridie prit la parole en riant :

— On a encore du mal à percevoir le changement de saison, mais il est bien là. L'énergie se diffuse peu à peu et soudain, un glissement s'opérera. On pourrait se croire coincés dans l'hiver, mais il n'en est rien. Brigid a l'alchimiste pour modèle.

— Tu vois ? lança Frances à Imogene. Mauvaise. Immorale.

Bridie sourit et alla s'approcher du feu et de M. Nolan qui ne reculait jamais devant elle et ses belles histoires. Tout le monde se rassembla pour se dire au revoir et Bridie les remercia avant de lever la voix.

— Aussi bien portants que vous soyez tous, je vous souhaite de l'être sept fois plus l'année prochaine.

Tous les membres de l'assemblée brandirent leur verre et l'acclamèrent. Le Père Fenelly leva la main droite et déclama :

— Dans l'obscurité comme dans la lumière, dans l'adversité comme dans la joie, aidez-nous, Père tout-puissant, à croire en Votre amour, à servir Votre cause, et à louer Votre Nom, par Jésus-Christ, notre Seigneur.

Hazel pensa que c'était à Bridie de faire cette proclamation en levant la main. Pourquoi fallait-il que ce genre d'homélie soit l'apanage des hommes vêtus d'un manteau noir ?

La foule se dispersa doucement, certains s'échangeant des bises sur leurs joues rosies et braillant à travers la vaste plaine. Flora s'était endormie dans les bras d'Imogene et Harry la bouscula pour la réveiller.

— Harry ? demanda Flora, chancelante de sommeil. C'est bien réel, la magie ?

— Oui, lui répondit-il avant de lui prendre la main pour l'attirer à l'intérieur de la maison.

Un énorme sourire éclaira le visage de Bridie ; son fils avait donné la réponse qu'elle aurait faite à sa place. Elle l'embrassa ainsi que Flora, et leur rappela que la petite devait bien se brosser les dents avant d'aller se coucher. Hazel étudiait toutes ses expressions et paroles comme si elle avait souhaité percer les secrets qui lui permettraient de devenir une femme à son image.

Tandis qu'elle ramassait les couvertures en laine, Hazel lui lança :

— Elles vous ont traitée de païenne.

Bridie éclata de rire.

— Qui donc, ma chérie ?

— Imogene et Frances.

Armée d'un long bâton noueux, Bridie tapota le feu, recouvrant de terre les braises mourantes.

— Oh, ma douce Hazel, je le prends comme le plus beau des compliments. Une païenne, c'est seulement une personne qui croit encore à la vitalité de la nature et élabore de nouvelles histoires à partir des anciennes. (Elle se tourna vers la jeune fille.) Ne laisse jamais les autres te confisquer les bonnes histoires et en profiter pour flatter leur ego.

— D'accord, lui répondit-elle en pensant à Whisperwood et à la gentille reine. Peut-on inventer nos propres histoires païennes ?

Bridie déposa les couvertures sur la charrette puis rejoignit Hazel et la prit dans ses bras, si près que la jeune fille se sentit réchauffée.

— Raconter des histoires est un de nos plus grands pouvoirs. C'est comme un rêve que nous pouvons peupler de ce que nous voulons. Et il ne faut pas toujours que le chevalier sauve la princesse ; il arrive qu'elle se sauve toute seule.

Hazel acquiesça. Son cœur se soulevait à chacune des paroles de Bridie, parce qu'elle sentait que c'était important.

— Les meilleures histoires forgent l'âme. Mais celles que nous racontons sur nous, et même celles, bouleversantes, que les autres rapportent sur notre compte, peuvent aussi détruire l'âme. Il nous faut opter pour ce qui est juste et bon, et non ce qui est destructeur.

— Oui.

— Et maintenant, rentrons nous assurer que Harry a bien mis Flora au lit et n'est pas en train de refaire le puzzle du lion pour la énième fois.

Hazel plia la dernière couverture écossaise en laine, la plaça dans la charrette et s'achemina vers la maison avec Bridie sous un ciel bas et noir. Bridie lui ouvrit la porte et la jeune fille sentit en entrant une chaleur se diffuser au plus profond d'elle-même.

CHAPITRE 30

Mars 1960

Les boiseries couleur miel qui recouvraient les murs du pub de St Ives luisaient sous la lumière tamisée. Une femme trapue au large sourire jouait des gigues irlandaises au violon. La moitié de la foule se pressait au bar quand l'autre dansait au milieu de la salle, là où on avait poussé les tables. Kelty regardait, assise à la table ronde sur laquelle ils avaient dîné d'un hachis parmentier. Elle était en train de rire avec Ethan.

Hazel avait le tournis d'avoir trop dansé avec Harry. Il se contorsionnait, montant et descendant, et elle avec lui, sa robe tournoyant autour d'elle. Elle avait besoin d'air, de stabilité. Elle lâcha sa main et se précipita vers la porte d'entrée, la musique et Harry dans son sillage.

— Tu vas bien ? lui demanda-t-il une fois qu'il l'eut rejointe sur le trottoir, dehors.

— Un petit bol d'air ? lui proposa-t-elle en lui montrant la plage qu'ils avaient arpentée plus tôt dans l'après-midi et qui scintillait désormais sous la lune, en bas de la rue.

Il hocha la tête et lui prit la main. Sentir la paume de Harry dans la sienne, leurs doigts entrelacés, était naturel et troublant à la fois. Émoustillés par le whisky, ils atteignirent la plage rétrécie par la marée haute. La lumière du phare balayait le littoral en même temps que son visage.

Il n'y avait rien d'autre que Harry, les étoiles, le sable et le désir. Mais elle ne pouvait pas y céder, alors elle lâcha sa main et recula tandis qu'il la regardait. Ce n'étaient que des sentiments qui refaisaient surface, se disait-elle. Rien de réel.

Le faisceau lumineux du phare repassa sur eux et éclaira son visage.

— Hazel… est-ce que ça va ?

En l'entendant prononcer son nom, elle revint à elle et se réveilla de ce rêve où elle était avec lui. C'était mal. Si elle le laissait la toucher, son contact la détruirait. Noierait Flora une nouvelle fois.

— Être seule avec toi, commença-t-elle. C'est dangereux.

— Comment ça, dangereux ? On ne fait que se promener sur la plage…

— Vraiment ? Qu'est-ce qu'on fait, Harry ? Tu as une petite amie, et moi, Barnaby, et éprouver ça… ça gâche tout.

— Quoi donc ?

— Ma vie, lui répondit-elle en sachant pertinemment que ça ne voulait rien dire, même si c'était vrai.

— Dans ce cas, Hazel, reste juste avec moi encore un peu. Ne t'en va pas. Je te promets qu'on ne gâchera rien.

— Ma tête.

La voix de Kelty résonna dans la chambre d'hôtel et tira Hazel de son sommeil agité. Les rideaux écossais rouges étaient ouverts et le matin dardait sa lumière couleur citron.

— Je comprends, dit Hazel en s'asseyant, regardant son amie qui occupait le lit voisin.

Mais Hazel souffrait d'une gueule de bois d'un genre différent. La sienne affectait plutôt son cœur. Elle avait trop parlé, trop ri, trop lâché prise. Elle avait fait le déplacement pour obtenir une seule réponse et fini dans un pub avec Ethan, Harry et Kelty qui avaient chanté des chansonnettes ridicules avec les musiciens ; puis Hazel était allée s'asseoir sur la plage avec Harry tandis que la lune montait et que les étoiles commençaient à percer, une à une, le ciel noir.

Ils y avaient passé des heures, à se raconter les vingt dernières années de leurs vies. Pas tout, bien sûr. Ils n'en avaient pas eu le temps. L'espace d'une nuit, le passé s'était estompé au lieu de rôder dans les coins, prêt à ressurgir. Hazel savait qu'elle avait volé ces heures en sa compagnie, qu'elle ne pourrait plus se le permettre ensuite. Une nuit devait suffire. Rien ne changerait ce qui s'était passé et à présent, chacun reprendrait le cours de son existence. Ils avaient d'autres obligations, un travail, des amours, une famille. Elle était venue s'assurer qu'il ne connaissait pas Whisperwood et en avait eu la confirmation.

— Il faut qu'on rentre, déclara-t-elle.

— Mais on leur a dit qu'on passerait voir leurs peintures et sculptures aujourd'hui, objecta Kelty en s'étirant. Fergus m'a confirmé que je n'étais pas obligée de rentrer tout de suite, alors rien ne presse de mon côté. (Elle balança ses jambes sur le côté du lit et se passa la main dans les cheveux pour les démêler.) C'est comme si on s'était quittés hier, tu ne trouves pas ? Je sais que tu as ressenti la même chose.

— Non. J'ai eu l'impression qu'un million d'années s'étaient écoulées depuis la dernière fois, affirma-t-elle en se levant. Écoute, j'ai ce que j'étais venue chercher. Il faut qu'on parte.

Sur ces mots, elle se dirigea vers la salle de bains et entendit son amie lui crier :

— As-tu seulement pensé à Barnaby hier soir ? Est-ce qu'il t'a manqué, ne serait-ce qu'un peu ?

Hazel fit volte-face et regarda son amie dans les yeux.

— Bien sûr que oui. Et on doit rentrer.

En réalité, elle avait pensé à lui, oui, mais toujours avec une pointe de culpabilité parce que s'il l'avait surprise sur la plage avec Harry, s'il les avait vus parler sur le sable jusqu'à ce que la lune ait traversé le ciel et que les étoiles aient disparu, il en aurait été blessé et fâché. Alors qu'elle n'avait rien fait de mal.

Kelty s'écrasa sur son oreiller.

— Merveilleux, je vais donc me coltiner le mal des transports en plus de la gueule de bois. Super !

À peine avaient-elles fini le thé et les croissants que l'hôtel venait de préparer qu'elles étaient déjà à la voiture. Elles avaient rempli leur thermos de thé et leurs sacs à main de biscuits. Une fois dehors, elles chargèrent leurs bagages dans le coffre et Kelty s'arrêta un moment pour contempler la plage, les bateaux qui dansaient sur l'eau et les pêcheurs qui prenaient la mer, filets déployés et casquettes enfoncées sur la tête, leurs paroles se perdant dans le vent.

La route qu'elles avaient empruntée la veille creusait une sorte d'entaille dans la campagne.

— Je comprends pourquoi ils veulent vivre ici, commença Kelty. C'est extraordinaire. Je ne sais pas tenir un crayon et pourtant cette lumière, cet endroit me donnent envie de devenir une artiste.

Hazel hocha la tête en signe d'assentiment, même si tout se bousculait dans sa tête.

Deux heures s'écoulèrent avant que Kelty n'ajoute doucement :

— Raconte-moi ce que Harry t'a dit.

Elle avait attendu assez longtemps pour avoir le fin mot de l'histoire.

— Il n'a jamais su le nom de notre pays, ni même ce que contenaient mes récits.

Kelty soupira profondément.

— Et qu'est-ce que ça t'inspire ?

— Beaucoup de choses, Kelty. Tout se mélange.

— Et pour la suite ?

— Je ne sais pas…

Hazel réprima des larmes de désespoir devant le spectacle flou des vaches au museau de velours le long des clôtures, des moutons paresseux dispersés dans les champs comme des fleurs de gardénia et de la route qui serpentait et les ramenait à Bloomsbury.

— Il n'a jamais été soupçonné de quoi que ce soit, s'emporta Hazel.

Barnaby faisait les cent pas dans le salon de la jeune femme. Il se versa un doigt de whisky et fit tourner le verre entre ses mains. Il était tard, et il venait de rentrer d'une sortie en ville avec son cousin de Winchester. Il n'en était pas à son premier verre quand il s'en servit un autre.

— Si, Hazel. Harry Aberdeen faisait partie des suspects. Je l'ai lu dans les journaux que tu as laissés sur la table de la cuisine. Lui et sa dingue de mère. Et il n'y a jamais eu de père ? Elle l'aurait fait disparaître ?

— Ce n'est pas ça, Barnaby.

Elle n'en pouvait plus de devoir expliquer en quoi les apparences étaient trompeuses.

— Alors quoi ? Quoi ?

— Ce n'est pas ce que tu insinues. Comme s'ils étaient suspects ou capables de faire disparaître qui que ce soit. Arrête.

Ce soir-là, Barnaby était arrivé tard chez elle après son retour de St Ives. Elle était réveillée et relisait une fois de plus le *Whisperwood* de Peggy Andrews, installée dans le canapé, espérant trouver un signe, un indice, une phrase cachée susceptible de la mener vers la vérité. Elle avait tout fait pour chasser Harry de son esprit, mais il revenait encore et encore.

Barnaby se rapprochait à présent. Peut-être était-il en colère parce qu'il voyait clair dans son jeu et non à cause de son absence de deux jours.

— Tu ne m'as jamais menti, Hazel. Alors dis-moi la vérité. As-tu revu Harry après ton départ de Binsey, il y a vingt ans ? Jusqu'à ce que Kelty et toi vous rendiez à St Ives, hier, l'avais-tu revu ?

— Non.

Il esquissa un geste vers la table de l'entrée sur laquelle Hazel posait son courrier d'habitude et elle y repéra les lettres qu'elle n'avait pas vues – des lettres qu'elle avait laissées dans un coin poussiéreux du coffre dans le placard de l'entrée, des lettres qui n'étaient plus ficelées ensemble.

— Tu as fouillé dans mes affaires ? lui demanda-t-elle, haussant le ton à chaque mot.

— Le coffre était ouvert. Il était ouvert sur tous ces articles et ces photos. Je ne l'ai pas forcé, je n'ai même pas cherché. Il était là.

— Barnaby, je peux t'expliquer bien sûr.

Il ramassa une lettre qu'il jeta sur la pile.

— Ces missives mélancoliques sont celles de deux amoureux. On peut facilement le lire entre les lignes.

— Elles datent et je ne l'ai jamais revu. (Elle leva les mains en signe de reddition.) Et de toute évidence, je ne les ai pas touchées depuis des années.

— Tu les as pourtant gardées. Dis-moi, est-ce que tu l'aimes toujours ?

Hazel pensa à la vérité et à ce que celle-ci induirait pour eux deux, à l'honnêteté qu'il lui faudrait pour passer de l'autre côté.

— Oui, et je l'aimerai toujours. Mais pas comme toi, pas comme nous. Nous étions des enfants. Et ça s'est terminé le jour où Flora a disparu.

— Non, affirma Barnaby en pointant sa cigarette vers le courrier. Ça ne s'est pas terminé. Pour l'amour du Ciel, Hazel, il dit que ta présence apporte de la magie dans sa vie.

— Barnaby, je suis désolée que tu sois tombé sur ces vieilles lettres et que tu les aies lues, mais la quête que je mène n'a rien à voir avec Harry.

— Je t'aime tellement, Hazel, lui confia-t-il, les yeux plus doux. Et tu m'inquiètes, à nourrir cette obsession pour ce livre. À t'enfuir pour aller retrouver un ancien amoureux quand un coup de fil aurait suffi, et à croire que ta sœur peut revenir d'entre les morts…

Une vague électrique et impétueuse déferla dans le corps de Hazel.

— Ne dis pas ça. Ne dis pas qu'elle est morte. Qu'est-ce qui te prend ?

— Je t'en prie, Hazel, calme-toi.

Elle faillit rire, mais n'émit qu'un bafouillis de dégoût mêlé d'indignation.

— Me calmer ? Vraiment ?

Il baissa d'un ton, s'exprimant d'une voix plus calme.

— Je sais qu'il s'agit là de la plus grande blessure de ton passé et j'en suis navré. J'aurais voulu que ça ne te soit jamais arrivé. Pour autant, tu ne peux pas te lancer à la poursuite d'un fantôme à travers l'Angleterre et l'Amérique, à la recherche de ton propre conte de fées.

— J'ai déjà trouvé un conte de fées, Barnaby. Il est dans le livre d'une écrivain américaine. Ce qui m'intéresse, c'est la *vérité*. Je veux savoir comment cette auteur connaît cette histoire et si Flora est toujours…

— D'accord. Si c'est aussi important pour toi, alors ça l'est pour moi aussi. Perdre un enfant est… pire que tout.

— Je suis vraiment désolée, Barnaby. (Elle passa sa main sur ses joues pas rasées.) Nous avons tous les deux perdu quelqu'un.

La petite fille de Barnaby avait perdu la vie et il avait assisté à ses derniers instants. Hazel n'avait pas vu Flora quitter ce monde et pourtant, les deux pertes étaient liées, et il ne pouvait pas envisager pour Hazel un scénario différent, il ne pouvait pas imaginer qu'un livre, découvert par hasard, pouvait avoir altéré son histoire.

CHAPITRE 31

Mars 1960

Peggy Andrews n'avait pas pu rester seule face au télégramme qui disait : « Où avez-vous trouvé cette histoire. Stop. Question de vie ou de mort. Stop. » Elle courait vers la maison de Wren, le morceau de papier claquant au vent.

Il vint lui ouvrir et en voyant la tête qu'elle faisait, il attrapa sa veste en velours côtelé usée et plaça sa main sous son coude pour aider Peggy à descendre sur la plage. Leurs pieds s'enfoncèrent dans le sable. Elle lui remit le morceau de papier.

— Qu'est-ce qui se passe, Pegs ?

— Je ne sais pas quoi penser ni quoi croire. Cette histoire est dingue. Tu crois que cette fille est folle ?

— Difficile de diagnostiquer une psychose en se basant sur un télégramme, lui répondit-il en souriant avant de lui donner une petite tape sur le bras. Mais laisse-moi te demander : pourquoi les questions de cette femme te touchent-elles autant ?

En ce milieu de matinée, ils se tenaient debout de l'autre côté des dunes de sable, le soleil leur chauffant le dos dans la fraîcheur de la brise qui la faisait frissonner.

— Sais-tu qui est Oscar Wilde ? lui demanda Peggy en le dévisageant.

— Oui, bien sûr. Un poète irlandais. Auteur de pièces de théâtre. *L'Importance d'être constant*.

Elle lui sourit.

— Eh bien, il a dit quelque part que « le mensonge, le récit de belles choses fausses », était le but de l'art. J'aime beaucoup cette citation.

— Moi aussi. Les belles choses fausses. Nous le savons tous en lisant *Narnia* ou *La Terre du Milieu* ou le *Pays des merveilles*, nous savons que ça n'est pas réel, mais c'est si beau, si merveilleux que quand on est plongé dans le livre, on s'y croit.

— Et les belles choses fausses expriment la vérité, ajouta-t-elle.

— C'est aussi de lui ?

— Non, reconnut-elle. C'est de moi. J'ai l'impression de te dire – enfin pas à toi personnellement puisque tu ne lis pas ce genre de livres – mais d'informer le lecteur que… je suis la messagère d'un monde invisible.

— Et qu'est-ce qu'il y a là-bas ? demanda-t-il. Raconte-moi.

Peggy ferma les yeux et vit sa rivière d'étoiles, la clairière de sa forêt, et les tours coniques se détacher d'un ciel d'encre et du croissant de lune.

— Ce sont comme des rêves. Les mots, malédictions et sorts ont du pouvoir dans un conte de fées. La magie y a sa place. Tout est animé, du moindre brin d'herbe à la chouette douée de parole, de la table sculptée en bois de noisetier au poisson qui nous met en garde de ne pas boire l'eau de la rivière. (Elle ouvrit les yeux et le regarda, cherchant à lui faire comprendre.) La magie donne du sens à tout cela.

Il hocha la tête et tendit la main pour lui caresser la joue.

— Tu es exceptionnelle.

— Et la plupart du temps, quoique pas toujours, mes histoires se terminent bien. Les contes originaux de Grimm sont horribles, voilà pourquoi il arrive que mes filles croisent le personnage d'un ancien conte de fées qui vient infléchir leur destinée.

— Dans ce cas, ça ne m'étonne pas que cette femme veuille récupérer son histoire ou savoir comment tu en as entendu parler et… retrouver sa sœur.

— Mais justement, il semble que sa sœur ait disparu. Et cette histoire a commencé avec ma mère et ma tante. Donc en quoi est-ce *mon* problème ?

— Ça ne l'est pas du tout. Même si je crois – et ne te fâche pas contre moi, je sais que ta mère me méprise – que tu pourrais y voir un cadeau du ciel pour t'embarquer dans une aventure encore plus belle.

— Et qu'est-ce que je suis censée comprendre ?

— Tu as beau être une fille intelligente, ça ne t'empêche pas d'être parfois très bornée.

Peggy sentit poindre une étincelle de rage. Il souriait, sans l'accuser.

— Que veux-tu dire ?

— Peut-être que ton monde intérieur souhaite t'embarquer dans une aventure dans le monde réel. Une quête, pour découvrir d'où vient cette histoire et aider cette Anglaise à régler la sienne.

— Je ne te suis pas. (Elle regrettait de s'être confiée à lui à présent, ses réponses étaient incompréhensibles.) Que veux-tu dire, Wren ?

— Partons pour l'Angleterre, Pegs. Allons-y et trouvons cette femme pour discuter avec elle et essayer de l'aider. Et au lieu de vivre des aventures dans tes pages, allons en tenter une dans le monde réel, toi et moi.

— En Angleterre ?

— Oui, à Londres. J'y suis déjà allé, je te servirai de guide. Tu n'imagines pas combien cette ville est belle.

— Je ne peux pas…

— Mais si. (Il marqua un temps.) As-tu un passeport ?

— Oui, depuis mon excursion scolaire au Canada, pendant ma dernière année.

Il prit ses mains dans les siennes.

Depuis la première fois où il avait saisi son bras en jouant au chat perché en CM2 elle rêvait qu'il la touche à nouveau. Elle était sortie avec deux autres garçons à l'université, malhabiles dans l'obscurité, efforts bâclés et décevants. Mais maintenant, elle savait qu'ici il pourrait en être autrement. Elle ne voyait pourtant pas quoi faire.

Elle écrivait des aventures. Mais les vivre ?

— Veux-tu connaître l'origine de cette histoire ? Ou préfères-tu rester plantée là et continuer à croire ce qu'on te raconte ?

Elle fit un pas vers lui. Ils étaient si proches désormais qu'il lui suffirait d'avancer sa tête d'un centimètre pour l'embrasser s'il le décidait – et elle espérait que ce serait le cas.

— Peggy Maria Andrews ! hurla soudain la voix de Mère qui fendit la brise.

La jeune femme pivota sur elle-même pour voir sa mère courir vers eux, son manteau noir volant derrière elle telles les ailes d'un corbeau géant.

— Et la sorcière revint pour ramener la princesse dans sa tour, commenta Wren avec amertume.

— Wren…, commença Peggy.

— C'est vrai.

Il fourra le télégramme dans sa poche arrière. Avant que Mère ne les atteigne, Wren se pencha vers elle si près que ses lèvres effleurèrent son oreille.

— Whisperwood, Whisperwood, Whisperwood, répéta-t-il comme une incantation. Retrouve-moi ici à minuit. Viens avec ta valise. Nous allons nous mettre en quête.

Mère se planta à leurs côtés.

— Qu'est-ce que vous fricotez ici tous les deux ?

— Ravi de vous voir aussi, madame Andrews, déclara Wren en s'éloignant d'elles avant de s'incliner avec emphase. Pegs, je te fais mes adieux.

Mère fit un pas vers lui et il recula.

— Elle s'appelle Peggy.

— Arrêtez, Mère ! s'écria la jeune femme, une flamme de rage s'éveillant dans son ventre. Qu'est-ce qui vous prend ?

— Es-tu au courant qu'il a été arrêté ? (Elle fit un signe de tête vers Wren.) Qu'il a un casier judiciaire ? Qu'il a failli être renvoyé de Harvard ?

Peggy se tourna vers Wren. On aurait dit que Mère venait de le gifler.

— En effet, reconnut-il. Mais ce n'est pas ce que vous pensez.

— C'est un argument bien léger pour votre défense, cracha Mère.

Wren regarda Peggy et elle décela de la tristesse dans ses yeux. Il n'était pas sur la défensive ni prêt à se battre pour prouver sa bonne foi, il avait honte. Peggy aurait voulu jeter ses bras autour de son cou, le serrer contre elle, l'apaiser. Mais elle devait attendre son heure.

Wren dut le lire dans son regard, car il sourit et s'éloigna, son ombre s'étirant derrière lui.

Peggy fit volte-face.

— Vous êtes bien cruelle parfois !

— Je te protège, rien de plus.

— Mère, je n'ai nul besoin de votre protection.

Pour la première fois de sa vie, Peggy tourna le dos à sa mère et s'achemina vers la maison.

Elle se sentit feuilleter les pages de sa vie plus vite qu'elle ne l'aurait imaginé, en voyant son histoire tendre vers une intrigue dangereuse ou fantastique – elle n'aurait su le dire –, mais quelque chose de merveilleux se préparait.

La plage, à minuit, avec sa valise.

Peggy toucha à peine à son repas insipide composé de spaghettis accommodés d'une sauce en boîte. Elle ne se leva pas pour être, comme chaque soir, la gentille fille qui fait la vaisselle pendant que sa mère lit les pages du jour à voix haute. Au lieu de ça, elle mit ses coudes sur la table – ce qui était interdit bien sûr – et dit :

— Est-il possible que Whisperwood ait appartenu à quelqu'un d'autre avant nous ?

La voix de sa mère s'adoucit, chantante quoique lasse.

— C'est notre histoire. Peu importe d'où elle vient, ce qui compte c'est que nous en avons fait la nôtre.

— Mère, ça m'importe, à moi, de savoir d'où elle vient. Maintenant dis-moi qui a inventé le nom de ce pays.

— Pourquoi toutes ces questions ? Qu'est-ce qui t'arrive ?

Mère se leva de table et plongea lentement la main dans la poche de sa robe à carreaux ; un renflement s'était formé dans le tissu. Elle en sortit le numéro de téléphone froissé que Peggy croyait enfoui sous son matelas.

— Serait-ce la cause de toutes ces questions ?

Peggy fixa le morceau de papier puis regarda sa mère.

— Oui, tout à fait. Pourquoi cette femme prétend-elle que cette histoire est la sienne ?

Cet aveu fit sourire sa mère et l'apaisa juste assez pour qu'aucune amertume ne perce dans sa voix.

— Oh, ma chère enfant, je t'ai mise en garde contre les fous, contre ceux qui chercheraient à te prendre ce qui t'appartient, à te voler ce qui est merveilleux et réel. Comme le bébé des Lindbergh qui…

— Arrête avec ça immédiatement Je veux savoir pourquoi cette femme m'a appelée.

Devait-elle évoquer le télégramme ? Non, elle ne parlerait pas à sa mère de la sœur disparue ou du message, du moins pas tant qu'elle n'avait pas décidé si oui ou non elle irait retrouver Wren à minuit.

Peggy se leva et se dirigea vers sa mère.

— Je sais qu'il s'agit de notre histoire, mais si cette femme a des questions, pourquoi ne pas y répondre ?

— Non. Nous allons oublier cette folie et continuer le prochain livre – que nous nous sommes engagées, rappelle-toi, à rendre à la date fixée. Si cette histoire appartenait bel et bien à cette femme, pourquoi ne l'a-t-elle pas écrite pour la donner à lire aux autres ? Si c'était la sienne, pourquoi la garder secrète ?

C'étaient de bonnes questions. Peggy n'avait pas les réponses, mais elle comptait bien les trouver.

Il n'aurait servi à rien de mettre le réveil à 23 h 45. Peggy était bien réveillée. Après avoir passé des années à coucher des aventures sur le papier, elle était prête pour les siennes. Surtout avec Wren à ses côtés. Elle en avait assez de rêver, d'imaginer, d'inventer. Elle voulait plus que simplement écrire des voyages – elle désirait en faire.

Elle tira sa petite valise ronde, celle avec des marguerites orange et vertes, glissée sous son lit. Si seulement elle avait eu une valise d'adulte, mais elle n'avait que celle-là ; Peggy et sa mère ne voyageaient jamais.

Dans le noir, elle plia les sous-vêtements en soie que Mère avait achetés chez J.C. Penney pour Noël l'année précédente, deux robes à fleurs prévues pour les grandes occasions, un pantalon bleu marine et un pull en cachemire bleu encore emballé.

Comme dans un rêve, elle suivit le couloir sur la pointe des pieds jusqu'à la porte de derrière, et se retrouva sur la plage avec le sentiment de ne pas avoir vraiment quitté sa maison, mais simplement franchi une porte étincelante.

CHAPITRE 32

Mars 1960

Des œuvres d'art, esquisses, peintures à l'huile et photographies encadrées étaient accrochées aux murs blancs du Lampiste, un atelier situé dans la grand-rue. Hampstead Heath était l'un des quartiers préférés de Hazel à Londres. Son charme subtil résidait dans un alliage d'allées étroites et pavées, de portes jaunes et bleu clair ombragées par des vignes grimpantes, de haies qui masquaient des jardins verdoyants et d'anciens escaliers en pierre qui menaient aux pubs et aux maisons. De minuscules chapelles se cachaient ici et là. C'était le quartier dans lequel Barnaby avait passé son enfance.

La fête battait son plein depuis une heure à présent, et les conversations allaient bon train dans la salle sans qu'une parole en couvre une autre. Au fond de la pièce, un homme entièrement vêtu de noir diffusait de la musique avec un phonographe. La foule s'était mise sur son trente et un. Les robes brillantes avaient remplacé les mornes habits de l'après-guerre et les femmes avaient à la main un martini avec des olives et des traces de rouge à lèvres sur le rebord du verre.

À gauche de la porte d'entrée, une jeune fille debout derrière une table blanche installée en diagonale servait du vin et, en secouant un shaker, préparait des cocktails pour ceux qui faisaient la queue. Hazel commanda un verre de chardonnay et partit avec visiter l'exposition.

Elle tomba alors sur un cadre en argent. Un dessin réalisé au crayon se détachant d'un fond barbouillé au fusain représentait une jeune fille qui courait à travers les bois. Elle avait les bras écartés et des boucles rayonnantes. Si une œuvre avait pu rire, ç'aurait été celle-ci. Les arbres feuillus se courbaient sur le personnage comme pour le protéger et on distinguait une rivière dans le lointain.

Hazel, qui n'avait bu qu'une gorgée, lâcha son verre qui tomba sur le sol et vola en éclats, produisant un léger tintement insuffisant pour couvrir le brouhaha de la musique et des conversations, si bien que personne ne se retourna.

Sous le dessin, une petite étiquette sur laquelle était écrit : *Flora à travers bois*.

Avant même que Hazel n'ait eu le temps de comprendre ce qui venait de se produire, la jeune serveuse en minirobe avait abandonné sa table et accourait, munie de serviettes blanches, pour nettoyer le vin renversé. Elle s'accroupit afin d'essuyer la flaque sur le parquet.

— Je suis désolée, lui dit Hazel en se penchant pour lui donner un coup de main. Comme je suis maladroite !

— Ça arrive tous les soirs, m'dame. Ne vous en faites pas. Je vous ressers un verre ?

— Oui, s'il vous plaît.

Hazel se releva et promena son regard sur les dessins suivants : un puits – celui de sainte Margaret pour être précis. Plus loin, un croquis de l'église de la paroisse, et un autre de la rivière enjambée par un pont qui se perdait dans le brouillard.

Les œuvres de Harry reproduisaient les images de son inconscient. Ses cauchemars. Ses plus intimes secrets.

Tout était là, clair comme de l'eau de roche, la vérité éclatant sous les projecteurs : le passé continuait à vivre en chacun d'eux.

Son nouveau verre à la main, Hazel s'enfonça dans la salle jusqu'à l'ébauche d'un profil, d'un visage qu'elle connaissait bien, symbole d'une innocence et d'une joie pure. Un visage qu'elle voyait tous les jours dans sa glace.

Le sien.

— Hazel ! lança Kelty en l'embrassant sur la joue. Tu as pu te libérer !

— Tante Hazel !

Midge courut vers elle à toutes jambes, la percuta et enroula ses bras autour de sa taille. Elle leva la tête.

— Ma chérie, dit Hazel en déposant un baiser sur son front, arrachant son regard aux lignes et contours de son visage d'enfant.

C'est alors que Kelty vit les dessins.

— Oh !

— Ses œuvres, commenta Hazel. Pour certaines, c'est de nous qu'il s'agit.

— Peut-être voulait-il te surprendre ?

— Me surprendre ? Avec des dessins de Flora dans les bois ?

Midge trépigna.

— Arrêtez de parler de trucs dont je ne suis pas au courant.

Elles éclatèrent de rire.

— Va retrouver ton papa, lui demanda Kelty en pointant du doigt l'autre côté de la pièce. Je vous rejoins dans une minute.

— Je déteste les conversations de grands, déclara l'enfant avant de s'enfuir.

— Vous avez tous les deux, commença Kelty, cette chose, cette blessure, cette dévastation ancienne. Tu ne peux pas l'ignorer. Tu exprimes la tienne à ta façon. La sienne transparaît dans son œuvre. Il semblerait, du moins.

— Tu es en train de faire notre analyse, là ?

— Non. Je te demande de ne pas paniquer. (Kelty se rapprocha du portrait au fusain.) On dirait que tu n'es pas la seule à penser à celle qui a disparu.

— Arrête avec ça. (Hazel se détourna du dessin qui la représentait.) Quand il glissait des dessins sous notre porte tous les matins, je n'étais jamais dessus. Ils représentaient notre journée, les champs, sa mère ou Flora, et même toi, une fois. Mais jamais moi.

— Il semblerait qu'il ait gardé ceux-là pour lui.

— Ils te plaisent ?

Hazel se retourna et découvrit Harry, les doigts enfoncés dans ses cheveux.

— Oui. J'ai juste besoin d'une minute pour… je ne sais pas… digérer tout ça.

Harry s'éclaircit la voix.

— Hazel, je n'ai pas arrêté de me demander ce que tu dirais ou ferais quand tu les verrais. Et regarde-nous. (Il tenta un rire qui sonna davantage comme une toux, un crachotement.) Nous y sommes.

— Oui.

Kelty s'éclipsa.

— Ils sont vraiment magnifiques.

Hazel serra si fort son verre dans sa main qu'elle fut surprise de sa résistance. Combien de verres pourrait-elle briser en une soirée ?

— Celui de Flora est adorable, ajouta-t-elle.

— Sur ce mur, commença-t-il en désignant l'autre bout de la salle, il y en a de St Ives, de bateaux et de paysages. Ils ne tournent pas tous autour de…

— Cette terrible époque.

Elle tendit la main pour toucher son bras, recouvert par la manche de son tee-shirt noir. Il resta immobile, comme s'il attendait de voir où elle se poserait ensuite.

— Ne te laisse pas impressionner. Je les ai faits de mémoire et pas sur le vif. Je les ai dessinés au cours des années.

— Pourquoi ?

— Quand je n'arrive pas à me sortir quelque chose de la tête, je dessine. Je peins. J'esquisse. Un exutoire.

— Comme moi, autrefois, avec les histoires. (Elle contempla à nouveau ses œuvres extraordinaires.) Mais toi, tu as continué alors que moi, j'ai laissé tomber.

Il fit un signe de tête vers la porte.

— C'est affreusement bruyant ici. On sort ?

Elle le suivit.

Dehors, dans la rue principale, il se planta face à elle et se frotta les bras pour se réchauffer de la fraîcheur nocturne. Une rivière sonore de voix plus ou moins fortes se déversait au-dehors, si bien qu'ils se retranchèrent à gauche de la porte, là où c'était plus calme.

— Je me demande si tu le sais…

— Quoi donc ? demanda-t-elle.

— Ta mère ne nous a jamais laissés t'approcher. Nous avons essayé de venir te voir à Oxford. Je m'y suis rendu seul, dans l'espoir de te retrouver, mais ma mère est venue me chercher pour me ramener à la maison. On ne t'a pas abandonnée. J'ai toujours eu peur que tu le croies.

— Je n'ai jamais pensé une chose pareille. Je pensais… que tu me haïssais.

Un rossignol chanta, chanta, haut et clair. D'un seul mouvement, ils tournèrent leur tête en direction de cette mélodie et Harry lui prit la main, faisant courir son pouce autour de son poignet.

— Je ne pourrais jamais te haïr.

Sa main sur la sienne dans les bois ; sa main sur la sienne ici et maintenant.

— Mais pourquoi avoir fait autant de dessins de cette affreuse période, Harry ?

— Tout n'a pas été aussi terrible et parfois, la vie te brise le cœur pour t'inspirer tes plus belles œuvres. Je ne sais pas pourquoi, mais il n'y a rien de plus vrai. À condition que tu te laisses aller, bien sûr.

— J'étais persuadée que tu m'avais oubliée, lâcha-t-elle, consciente que c'était impossible, mais désirant l'entendre dire pourquoi.

— Je ne t'ai pas oubliée, Hazel. Mais je *devais* t'oublier. Tu n'as pas répondu à ma dernière lettre, celle où je demandais à te voir. Qu'étais-je censé faire ? Te harceler ? Te courir après ?

— Oui, répondit-elle avec un sourire.

Il secoua la tête en riant.

— Non. Rappelle-toi, à Binsey, tu m'as affirmé que tu ne voulais plus jamais me voir.

— J'avais quinze ans, j'étais sous le choc. Comment as-tu pu prendre ça au sérieux ?

— Je t'ai toujours prise au sérieux. (Il s'interrompit comme pour faire ressurgir le souvenir de cette matinée maudite où elle avait décrété : « Je ne veux plus jamais, jamais te revoir ».) Il y avait ta mère aussi. Elle a demandé à la mienne de me tenir à l'écart.

— Elle voulait me protéger, j'imagine. Et sans le savoir, elle m'a écartée de ce que j'aimais le plus au monde.

Il esquissa un sourire à la fois doux et espiègle.

— Ah, alors tu m'aimais.

Elle envisagea d'effacer ce qu'elle venait de dire d'un grand éclat de rire, mais à quoi bon désormais ?

— Oui, je t'aimais.

Il semblait au bord des larmes et pourtant, il resta impassible en prononçant les mots les plus doux.

— Moi aussi, je t'aimais, Hazel.

— On a eu de la chance, reprit-elle, de partager ce premier amour. On a eu de la chance, jusqu'à ce que cette chance tourne.

Il se rapprocha et colla son front contre le sien.

Elle gardait le silence, attendait.

— Tu es la première fille que j'ai aimée. J'ignorais alors ce que c'était, mais plus maintenant. J'ai toujours regretté d'avoir écouté nos mères. J'aurais dû venir te retrouver. J'étais lâche. Et même si ça ne change rien aujourd'hui, ça n'en demeure pas moins vrai.

Ses paroles libérèrent quelque chose en elle, quelque chose d'aussi serré que les poings d'un boxeur au moment où la cloche sonne le début du combat. Elle lui laissa libre cours.

— Harry, j'étais malade d'amour. Je me sentais coupable de me languir de toi alors que Flora avait vraiment disparu.

Il releva la tête et la regarda dans les yeux, à deux doigts de l'embrasser.

— Hazel ?

La jeune femme se retourna sur Eleanor, la mère de Barnaby, et Meldon, son père, à quelques pas derrière elle. Eleanor portait une robe couleur champagne si seyante qu'elle semblait avoir été cousue sur elle, et ses cheveux argentés étaient tirés en chignon. Meldon avait les mains enfoncées dans les poches de son long manteau noir.

Harry et Hazel s'écartèrent l'un de l'autre, une tâche difficile, car ce mouvement allait à l'encontre de ce que son corps désirait. L'adrénaline embrasa son visage. Sa langue lui paraissait engluée d'excuses et de mensonges.

— Quel plaisir de vous voir ! Que faites-vous donc ici ?

Son ton calme l'étonna et sa gorge se noua.

On l'avait surprise en flagrant délit.

Eleanor dévisagea Harry, les lèvres pincées.

— Nous sommes venus voir l'exposition. Et vous ?

— Quelle chance vous avez ! Voici justement Harry Aberdeen, l'un des artistes, lança-t-elle d'une voix tremblante sans se départir de ses efforts pour rester imperturbable. Harry, je te présente Eleanor et Meldon Yardley.

Le visage de la femme se pétrifia et son regard se fit de glace quand il se posa sur Hazel. Elle l'avait vue. Elle savait.

— Où est mon fils ?

— Il dîne avec ses collègues de la faculté. (Hazel avait l'impression qu'elle allait vomir sur le trottoir.) Nous partons pour Paris dans quelques jours.

— Ah, vraiment ?

Eleanor se tourna vers Meldon qui fixait Harry.

Qu'est-ce qui lui était passé par la tête ? Qu'elle était immature, irrationnelle et impulsive... Ce comportement lui coûterait cher.

Meldon prit le bras d'Eleanor et lui fit faire demi-tour, si bien qu'elle faillit trébucher avec ses talons élégants. Ils partirent dans la direction opposée à celle de l'exposition, reprenant l'itinéraire qu'ils avaient emprunté pour venir, et Eleanor cria :

— Meldon, chéri... l'exposition !

Harry les regarda s'éloigner et pivota vers Hazel, la main sur le ventre.

— Qui est-ce ?

— Barnaby... Les parents de mon petit ami Barnaby. Son père est l'un des plus grands collectionneurs d'art d'Angleterre.

Harry hocha la tête.

— Ils n'avaient vraiment pas l'air contents.

— C'est peu de le dire.

Hazel suivit le couple des yeux, persuadée qu'ils allaient s'empresser de téléphoner à leur fils.

CHAPITRE 33

Mars 1960

Les lumières étaient éteintes dans l'appartement de Hazel. Une fois à l'intérieur, la jeune femme retira son imperméable puis secoua son parapluie et referma la porte d'entrée. De petites flaques d'eau s'étaient formées sur le tapis du vestibule et Hazel grelottait dans sa robe trempée. Elle parcourut rapidement l'appartement en allumant toutes les lampes sur son passage.

Mais dans la cuisine, une faible lueur rougeoyait déjà, celle d'une cigarette qu'une ombre fumait, accoudée au plan de travail.

Hazel laissa échapper un petit cri.

— Barnaby, tu m'as fait une de ces peurs, caché comme ça dans le noir !

Elle alluma une lampe sur le côté et il plissa les yeux.

— Hazel, chérie, où étais-tu ? demanda-t-il en venant vers elle.

— Je te l'ai dit, à une exposition dans Hampstead avec Kelty et Fergus. Il y avait Midge aussi.

— Ma mère m'a appelé.

— Oui, répliqua-t-elle en tâchant de garder son calme, de ne rien laisser paraître.

— Avec qui étais-tu, Hazel ?

— Barnaby, ça ne te ressemble pas de m'interroger comme si j'avais quelque chose à me reprocher.

Il écrasa sa cigarette dans le cendrier alors qu'il n'en avait fumé que la moitié.

— Tu étais en compagnie de ce garçon de Binsey.

— Oui, Harry Aberdeen faisait partie des artistes exposés.

Elle s'accrocherait à la vérité aussi longtemps que possible sans pour autant laisser une petite bêtise – avoir cédé à son désir puéril pour Harry – gâcher la vie qu'elle s'était construite avec Barnaby.

— Es-tu amoureuse de l'homme qui se trouvait près de toi sur le trottoir, ce soir ? s'enquit-il. Pour ma mère, vous aviez l'air amoureux.

— C'est ridicule.

Il se pencha plus près.

— Mes parents m'ont aussi posé des questions sur le livre dérobé et les illustrations.

— Dérobé ? Tu sais très bien que je ne l'ai pas volé… c'était juste…

— … une erreur, je sais.

— Attends, comment diable sont-ils au courant ? Tu leur as dit ?

Elle avait la bouche sèche, déshydratée.

— Non, je ne leur en ai pas parlé. (La fatigue atténuait le volume de sa voix.) Mon père t'a aidée à décrocher cette place chez Sotheby's et ils l'ont appelé.

Hazel avait bien entendu les mots clairs et distincts de Barnaby, ce qui ne l'empêchait pas d'être perplexe. Elle ouvrit la bouche pour répondre puis secoua la tête.

— Tout va bien ? demanda-t-il.

— Non, je suis… perdue ? (Une fêlure, nette et irrégulière, lézardait l'image qu'elle avait de sa vie.) Ton *père* m'a aidée à décrocher ce boulot ? De quoi parles-tu ? J'ai mérité cette place.

— Il a passé quelques coups de fil, voilà tout.

— Assez pour qu'ils se sentent obligés de le mettre au courant pour Hogan et les illustrations ?

— J'imagine, oui. Et ma mère, qui a toujours tendance à dramatiser, affirme que tu nous as trahis.

Il tira une autre cigarette de sa poche et la glissa entre ses lèvres sans l'allumer.

— C'est moi qui vous ai trahis ?

Hazel se massa les tempes. Elle ne pouvait pas répondre aux questions de Barnaby alors qu'elle s'en posait tant sur elle-même.

— Harry et moi ne sommes pas amoureux l'un de l'autre.

— Hazel, mon amour, nous partons à Paris dans deux jours. Si tu as quelque chose à me dire, je t'en prie, fais-le maintenant.

— Barnaby, je suis allée voir une exposition avec Kelty et je discutais dehors avec Harry quand on a croisé tes parents. Ta mère a mal interprété ce qu'elle a vu. Je t'aime. Nous partons à Paris dans deux jours. Il n'y a rien à dire de plus.

Il la regarda avec insistance tandis qu'il pesait ses mots, son passé, et leur avenir. Puis il l'attira contre lui et l'embrassa. Hazel eut la sensation de voir ce baiser de loin, comme si elle voyait un couple d'inconnus s'enlacer derrière une fenêtre.

Barnaby ronflait encore et Hazel jeta un coup d'œil au réveil : il était 6 heures du matin. Elle ne parvenait pas à trouver le sommeil, alors autant se lever. Se glissant hors du lit, elle alla à la cuisine se faire bouillir de l'eau pour se préparer du thé. Elle devait reprendre pied, retourner dans le monde réel.

Alors qu'elle traversait le salon, son regard tomba sur le dernier *Vanity Fair* que Barnaby avait sorti de la poubelle et jeté sur la console. Elle le ramassa et relut le gros titre en couverture. *Les Enfants perdus de Pied Piper* par Dorothy Bellamy.

Peut-être que Hazel avait tort. Peut-être cette journaliste pouvait-elle l'aider. Il était fort probable que celle-ci disposât de sources auxquelles elle n'avait pas accès. Hazel emporta le magazine et une fois le thé prêt, lut l'article de Bellamy. Il évoquait une petite fille de Hillingdon, membre du Club Mickey, qui devait vivre le temps de l'évacuation chez ses cousins au Canada. Mais cette pauvre Beryl Myatt était morte le 17 septembre 1940, à l'âge de neuf ans, lorsque le navire sur lequel elle avait embarqué avait été détruit par une bombe. Quatre-vingt-dix enfants se trouvaient à bord et soixante-dix-sept d'entre eux y avaient perdu la vie.

Le cœur de Hazel se brisa. Impossible de lire un mot de plus. Une telle douleur. On avait arraché des enfants à leur foyer sous prétexte de les mettre en sécurité et on les avait envoyés à leur perte.

Elle refusait que Flora s'ajoutât aux histoires mélodramatiques de Dorothy Bellamy, censées faire frissonner d'horreur les « *femmes jeunes et intelligentes* ». Elle jeta à nouveau le magazine à la poubelle et passa en revue le courrier sur la table. Elle buvait son thé à petites gorgées en examinant ses factures jusqu'à ce qu'elle tombe sur une enveloppe à l'en-tête du commissariat de police de Thames Valley.

Elle l'ouvrit et lut les quatre noms des infirmières, tapés à la machine ; ils semblaient en relief et chaque « e » était de travers. Il y avait une note, rédigée de la main d'Aiden, attachée à la liste par un trombone.

En septembre 1940, elles ont toutes été interrogées et facilement lavées de tout soupçon quant à leur implication dans la disparition de Flora.

Imogene Wright, épouse Mulroney, à Henley-on-Thames. Elle est mariée et a une fille répondant au nom d'Iris Taber, qui vit, comme elle, à Henley-on-Thames.

Frances Arkland est décédée un an après la guerre.

Maeve Muldoon est mariée, mère de six enfants, et habite Glasgow.

Lilly Carnigan est célibataire et vit à Birmingham.

Cordialement,

Aiden

Il avait joint leurs adresses et numéros de téléphone. Le cœur de Hazel s'emballa.

— Qu'est-ce que c'est ? lança la voix de Barnaby dans son dos.

Surprise, elle lâcha la lettre qui flotta jusqu'au sol. Il la ramassa.

— Bonjour, dit-elle en déposant un baiser sur sa joue rêche. As-tu bien dormi ?

— Bonjour, mon amour. (Il plissa les yeux en lisant la note.) Qu'est-ce que c'est ?

— Les quatre infirmières de Binsey. Je t'ai dit que j'étais allée voir Aiden, l'inspecteur de police que je connais, non ?

Il lui décocha un regard noir.

— Tu ne lâcheras jamais, n'est-ce pas ? Tu passeras le reste de ta vie à tenter d'éclaircir cette disparition ?

— Tu es injuste, Barnaby. Comment pourrais-je abandonner les recherches ?

Il posa la feuille sur la table et se prépara à partir.

— Je dois être à mon bureau ce matin. Il faut que je file.

— Si tôt ?

Il y avait tant de doutes entre eux désormais. Barnaby sembla blessé par sa question.

— Oui, j'y vais, mon amour. (Il l'embrassa.) À ce soir.

— Barnaby… ! s'écria-t-elle alors qu'il allait sortir.

Il jeta un coup d'œil par-dessus son épaule sans s'arrêter pour autant.

— Oui ?

— Je t'aime.

Elle ne voyait pas comment arranger ça, ni le reste d'ailleurs.

— Je t'aime aussi.

Mais sa réponse sonna faux et la porte s'ouvrit avant de se refermer sur lui.

La fille d'Imogene.

Une fille unique.

Iris.

CHAPITRE 34

Février 1940

Hazel ne commença à transcrire ses histoires de Whisperwood dans ses cahiers d'école qu'après l'Imbolc. Elle les cachait dans le tiroir du bas, en dessous des chemises et des pantalons bien pliés, sous le fond de tiroir en soie que Bridie leur avait confectionné. Elle les avait placés juste à côté des dessins quotidiens de Harry.

Bien que l'Imbolc marquât le début du printemps, l'hiver eut le dernier mot en cette fin février. Une tempête de neige se déchaîna pendant deux jours, recouvrant les terres d'un voile qui les confina à l'intérieur de la maison, près d'un feu flamboyant, entre leurs devoirs d'école et des piles de livres. Ils partaient jouer dehors, revenaient parcourus de fourmillements électriques, les doigts et les orteils gourds, et allaient se réchauffer près de l'âtre. Bridie préparait un chocolat fumant qu'ils rêvaient tous d'adoucir avec du sucre.

Pendant ce temps, Hazel continuait à écrire.

Si tu en es conscient dès le premier jour, tu trouveras à travers bois le chemin menant jusqu'aux portes étincelantes d'un pays qui n'a été créé pour toi.

Elle avait pris l'habitude de coucher de nouvelles histoires sur le papier chaque soir, dans sa petite chambre derrière la cuisine. Bercées par le son étouffé de la musique qui passait à la radio de Bridie, Flora fermait les yeux pendant que sa grande sœur griffonnait dans son cahier jusqu'à l'épuisement. Elle notait les activités de la journée et pourtant il ne s'agissait pas d'une simple énumération ; elle agrémentait le tout d'éléments magiques, comme si Whisperwood avait quitté le domaine de l'imaginaire pour investir le monde réel. La chouette franchissait les frontières du chimérique et les observait avec Harry, près du fleuve. Les deux univers s'entremêlaient au fil des mois et de ses récits.

Le 20 mai, Flora et Hazel coururent dans la prairie et la découvrirent transformée. C'était devenu un terrain bruyant, chaotique, hérissé de toiles de tentes et envahi de soldats. Terrifiées à l'idée que le méchant homme soit arrivé à Oxford, elles se précipitèrent chez Bridie. Celle-ci leur expliqua qu'il ne fallait pas céder à l'affolement – il s'agissait juste d'une opération destinée à venir en aide au Corps expéditionnaire britannique et aux troupes alliées qu'on avait sauvées d'un port maritime français, du nom de Dunkerque, où l'on avait secouru des hommes rassemblés là. Il y avait des Belges, des Français et des Britanniques qu'on avait regroupés dans l'attente de leur prochaine mission.

Le matin suivant l'arrivée des soldats, Harry, Flora et Hazel se ruèrent dehors dès le petit-déjeuner terminé. Le soleil matinal se hissait dans un ciel argenté et Bridie se rendit en ville faire des courses. Flora se dandinait pour imiter une cane menant ses canetons jusqu'au fleuve. Harry riait puis la fit tourbillonner dans les airs au moment où ils atteignirent les berges.

Ils virent, au même moment, les hommes et le campement. Ils s'arrêtèrent et, immobiles, observèrent sur l'autre rive des tentes juchées sur les verts pâturages de Port Meadow. Ces soldats portaient l'uniforme des troupes du corps expéditionnaire britannique – marron terreux et vert olive, des boutons, barrettes et décorations épinglés sur le tissu – et défilaient dans les environs. D'autres déambulaient, l'air hagard, comme s'ils venaient à peine de se réveiller.

— Ils viennent de Dunkerque, leur murmura Harry comme s'il s'agissait d'un secret alors que ce n'en était pas un. Hazel avait lu un article à leur propos dans l'*Oxford Mail* et Bridie leur avait déjà tout expliqué.

— Ils ont été évacués parce que Hitler a envahi la France et que nous devions *tous* les sortir de là.

Nous, avait-il dit. Ce « nous » désignait la Grande-Bretagne, et il l'avait prononcé sur un ton fier.

— Dès que je le pourrai, je m'enrôlerai, ajouta-t-il.

Hazel se planta en face de lui.

— Certainement pas.

— Bien sûr que si, s'emporta-t-il, si bien qu'on aurait pu croire qu'il cherchait à s'en convaincre. Dans trois ans à peine, il me sera possible de rejoindre l'armée. Je pourrais y aller tout de suite, mais Maman me dénoncerait aussitôt en leur disant que j'ai menti sur mon âge.

— Ne fais pas ça, reprit Hazel en pensant à son père et au jour de son départ.

Elle détourna les yeux, de peur de fondre en larmes à la seule idée qu'il s'en aille et ne revienne jamais.

La brume qui jaillissait du fleuve, tel un fantôme, planait sur les prés. Dans le lointain, se profilait le clocher d'une église d'Oxford qui veillait sur les rescapés. Flora tenait fermement Berry, et Hazel se rapprocha de Harry, poussée par un élan qui s'intensifiait de jour en jour.

— Tu ne peux pas te ruer vers le danger et risquer la mort. Ta mère n'y survivrait pas.

Harry s'écarta juste assez pour croiser son regard qui posait cette question : *Et toi ? Pourrais-tu y survivre ?* Mais elle ne répondrait pas à cette interrogation silencieuse, pas même avec les yeux.

— Hazel ?

Flora tirait sur la robe à fleurs de Hazel qui avait raccourci d'au moins trois centimètres en un mois.

Hazel s'accroupit.

— Oui ?

— Est-ce que Papa est là-bas ?

Elle comprit la confusion de sa petite sœur. La dernière fois que celle-ci avait vu son père, il portait un uniforme comme ceux de ces soldats. Hazel sentit un sanglot enfler dans sa gorge et le ravala.

— Non. Il nous a quittées, Flora. Tu le sais.

— Et comment tu le sais, d'abord ? lança-t-elle dans un cri désespéré en la frappant sur la hanche. Il pourrait être juste là. Peut-être qu'il n'est pas mort. Peut-être qu'il se trouve parmi eux…

Elle pointa le campement du doigt et, les abandonnant, fonça droit vers le fleuve.

Hazel lui courut après et la retint par le bras juste avant qu'elle n'atteigne la rive boueuse et meuble. Surpris, des canards et des oies se jetèrent à l'eau, tandis qu'un rameur matinal passait dans sa barque.

— Flora, arrête immédiatement !

— Je veux voir Papa. Je veux le voir. Je veux… (Elle enfouit sa tête dans la robe de Hazel.) Il faut qu'on le retrouve.

— Oh, Flora…

La jeune fille se laissa tomber sur l'herbe et sentit la boue pénétrer le tissu fin de sa robe, le tacher au niveau du derrière. Les soldats désemparés et brisés, leurs uniformes déchirés, les pansements maculés de rouille qu'ils avaient sur les bras et le visage, rendaient la guerre bien réelle. Aussi réelle que la perte de leur père.

Hazel le sentit ; elle était allée trop loin avec son pays imaginaire. Flora ne parvenait plus à distinguer ce qui était vrai de ce qui ne l'était pas. Ces contes de fées ne lui faisaient aucun bien.

— Je t'en prie, va jeter un œil là-bas, l'implora la petite.

Hazel prit sa sœur dans ses bras et soudain, Harry apparut à leurs côtés, assis dans la boue et l'herbe tendre, le bras enroulé autour d'elles deux.

Flora nicha son visage au creux de son cou.

— Est-ce que tu peux le ramener ?

Harry appuya sa tête contre la sienne et regarda Hazel. Leurs regards se croisèrent au-dessus de la chevelure satinée de Flora, et Hazel se mit à pleurer en silence. Il passa son doigt sur sa joue pour essuyer ses larmes, léger comme une plume. Ensuite il se pencha et cueillit un séneçon ; son cœur jaune et ses pétales couleur citron étaient délicats. Il tira si fort que les racines noires vinrent avec la fleur et les aigrettes blanches se dispersèrent sur le sol sombre. Après avoir coupé la tige, il glissa le séneçon derrière l'oreille de Hazel, qui sanglotait et faisait trembler la tête de Flora blottie entre eux deux. Naturellement, parce qu'il n'y avait rien d'autre à faire, Hazel s'inclina et déposa un baiser sur la joue de Harry. Ou du moins c'était son intention, mais comme il avait tourné la tête au même moment, leurs lèvres se rencontrèrent doucement, subrepticement.

— Les enfants ! cria la voix d'une femme, étouffée par la brume matinale.

Flora releva si vite la tête qu'elle heurta le menton de sa sœur. Elles poussèrent un cri en même temps et la petite se dégagea. Hazel se caressa le menton, sentit quelque chose d'humide et de chaud et s'aperçut qu'il y avait du sang sur son majeur. Flora se frotta le crâne, mais ne pleura pas.

Quand elles se retournèrent, elles virent les quatre infirmières s'approcher – leurs capes bleues volant derrière elles, leurs uniformes blancs froissés, tachés d'iode et de sang. Les enfants n'auraient su dire laquelle les avait appelés.

Frances les rejoignit la première.

— Que faites-vous donc ici ? Où est Bridie ? Qui vous surveille ?

Harry se mit debout et essuya ses mains pleines de boue sur son pantalon marron.

— On regardait les soldats. On ne faisait rien de mal, m'dame. Flora était triste, alors on…

Le visage de Frances se renfrogna comme si elle avait repéré une anomalie répugnante sur l'autre rive du fleuve, puis elle secoua la tête.

— Moi j'ai plutôt l'impression que vous étiez en train de savourer une petite douceur à l'insu de cette innocente fillette.

— Non ! objecta Hazel en bondissant sur ses jambes.

Les trois autres femmes arrivèrent à côté de Frances et se plantèrent sur la rive. Leurs visages étaient las, leurs traits tirés. Des cercles bleutés se formaient sous leurs yeux. Il y avait une petite croûte de sang ovale sous le menton de Maeve, dans la partie douce au creux de son cou.

Flora se redressa elle aussi, serrant Berry contre elle, son regard passant d'une infirmière à l'autre.

— Est-ce que mon papa est là-bas ? demanda-t-elle.

Imogene, celle qui avait les cheveux noir corbeau et gardait souvent la petite fille, répondit :

— Non, ma chérie.

— Comment tu le sais ? Tu l'as cherché ?

Imogene s'accroupit, plaça ses mains à plat sur ses cuisses et embrassa Flora sur le front.

— Il n'y est pas, ma chère enfant.

L'été venu, les tentes et les hommes avaient disparu. On recommença à oublier que la guerre faisait rage. Hazel et Flora couraient à travers bois, derrière l'église en pierre, devant le cottage des infirmières et le long du puits de mélasse. Elles jetaient des pierres dans le fleuve et les regardaient couler, faire des ronds dans l'eau qui s'estompaient et dispersaient les canards et les cygnes. Le temps semblait s'être arrêté, les journées s'étiraient, interminables, leur laissant tout loisir de visiter Whisperwood.

Bridie tricotait des chaussettes épaisses pour les soldats, préparait des concombres et des oignons marinés au vinaigre, demandait aux filles d'étiqueter les pots qu'elles entreposaient ensuite dans un cellier bien frais. Elle leur apprit à faire des tourtes au lapin et à l'agneau, à étaler la pâte avec juste assez de farine pour qu'elle s'effrite dans le four. Quand les autres enfants, engoncés dans des tenues guindées, devaient endurer de longs dimanches et des messes austères, Flora, Hazel, Harry et sa mère se promenaient dans les bois. Ils apprenaient à reconnaître l'algue chara, verte comme une limette, qui s'épanouissait sous l'eau, juste au bord des rives du fleuve, et la violette délicate. Ils dénichèrent des champignons de prairie qui poussaient dans ce qu'on appelait des cercles de fée. Bridie leur apprit à se méfier de la berce verte feuillue qui leur brûlerait la peau et ils découvrirent les nuances entre le cri de la mésange boréale et celui du rossignol. Flora connaissait le nom des fleurs comme la marguerite blanche, la reine-des-prés et la fougère langue de serpent. Cela paraissait impossible, ou peut-être injuste, de mener cette vie si idyllique alors qu'ailleurs les bombes pleuvaient, des gens mouraient et des soldats en lambeaux arrivaient à l'hôpital. Leurs journées étaient remplies d'aventures innocentes. Hazel et Harry remontaient le chemin de terre qui longeait la rivière aussi loin qu'ils le pouvaient, sachant très bien quand faire demi-tour. Ils couraient après les vaches dans Port Meadow. L'été, quand Flora était avec Imogene ou avec Bridie en ville, ils nageaient dans le fleuve. Tous les matins, Hazel cherchait le dessin de Harry sous la porte et se demandait à quoi ils occuperaient leur journée. Il arrivait parfois que Flora et Hazel s'assoient dans l'herbe pour regarder Harry jouer au cricket avec des garçons de Binsey, équipés de battes bricolées avec des morceaux de bois et de balles qui avaient connu des jours meilleurs. Les garçons taquinaient Harry sur le fait qu'il vivait avec deux filles et il balayait leurs moqueries d'un éclat de rire en regardant Hazel et Flora l'air de dire : « Qu'est-ce qu'ils en savent ? » Hazel était jalouse quand il partait avec d'autres garçons et ne l'autorisait pas à se joindre à eux.

Lorsqu'elle pensait à son retour à Londres, elle ne parvenait pas à le visualiser. Elle connaissait le moindre recoin du monde de Whisperwood, mais était incapable de se projeter dans une ville qui existait déjà. À Londres, il n'y avait pas de vastes pâturages et le fleuve était encombré de bateaux et de détritus. À Londres, elle ne trouvait pas des dessins sous la porte tous les matins et ne faisait pas ses devoirs autour d'une table ronde, près d'un feu de cheminée ardent. À Londres, il n'y avait pas Harry et cela paraissait inimaginable puisqu'il était devenu… quoi ? Pas un frère. Non. Son meilleur ami ? Elle n'aurait su le dire et pour l'heure, cela n'avait aucune importance tant qu'elle pouvait se réveiller chaque jour sous le même toit que lui.

Le jour de juillet où Flora fêta ses six ans, Hazel était avec elle dans les bois. Le soleil dardait ses rayons pareils à des épées, à travers la canopée des arbres au feuillage luxuriant et dans l'herbe mouillée de rosée. Elles couraient entre les bosquets de chênes et d'aulnes touffus quand Flora pointa du doigt un emplacement précis – Hazel la laissait toujours trouver la porte étincelante – et s'exclama : « La voilà ! »

— Je la vois, confirma sa grande sœur en courant.

Elles avaient si souvent trouvé l'accès à Whisperwood que Hazel en venait à croire qu'elles voyaient la même porte, au même moment. Elle reconnaissait l'endroit que Flora désignait du doigt, là où elles se précipiteraient puis entreraient, pour s'étendre dans l'herbe et fermer les yeux, avant de s'envoler vers de nouvelles aventures. Elles se glisseraient dans la cavité du tronc et murmureraient leur incantation.

La pluie de la nuit dernière avait rendu le sol spongieux. Hazel posa sa main près de Flora et elles se collèrent au tronc d'arbre, sentirent son écorce tranchante s'enfoncer dans leurs paumes.

Une fois qu'elles se furent glissées dans le renfoncement, Hazel commença son histoire par sa phrase rituelle :

— Il était une fois, il n'y a pas si longtemps, un endroit invisible, tout près d'ici. Il nous est possible de nous transformer à notre guise pour atteindre le château qui nous attend.

— Des hiboux, dit Flora.

Elle ne zozotait plus – elle sortait de la petite enfance, ce qui attristait un peu Hazel.

— Oui, des hiboux, répéta-t-elle. La rivière d'étoiles s'écoule plus vite aujourd'hui et le soleil brille de mille feux. Regarde les cerfs de l'autre côté de la rive. Ils nous regardent !

— *Hoot*, *hoooot*, lâcha Flora.

Elles volèrent à tire-d'aile en direction du château, croisèrent des fées parées de robes d'un bleu et vert éclatant qui, pareilles à des arcs-en-ciel, les encerclèrent et leur chuchotèrent des mots d'encouragement avant de leur indiquer les chemins secrets vers leur destination.

— Nous y sommes, dit Flora en se pelotonnant contre Hazel. Tu vois les grandes portes ?

— Oui, répondit Hazel. Qui va les ouvrir ?

— Nous.

Elles battirent de leurs ailes de hiboux jusqu'au château et entrèrent dans la cour, puis foncèrent vers la salle du trône où la reine était assise, comme d'habitude. Elle était d'une grande beauté, farouche et sauvage, avec ses cheveux roux et sa couronne d'étoiles.

— Bonjour, déclara-t-elle gaiement.

Elle appréciait leurs visites, quelle que fût la forme que prenaient les filles.

— Nous avons une question, dit Flora.

— Les humains sont-ils tous dignes ?

— Oui, mais certains l'ignorent, alors ils font comme s'ils ne l'étaient pas. Ils n'ont pas encore découvert leurs propres portes étincelantes.

Flora éclata de rire en entendant Hazel prendre deux voix différentes.

Puis une autre retentit : c'était celle de Harry qui les appelait.

Aussitôt, elles revinrent à la vraie forêt de Binsey, et aux ombres plus longues, motifs de dentelles fines, que découpaient les arbres au soleil.

Elles s'extirpèrent du tronc, prêtes à sourire.

— Joyeux anniversaire, Flora ! lança Hazel en la prenant dans ses bras.

— C'est le meilleur que j'aie jamais eu, dit Flora. Si l'on peut se changer en ce qu'on veut, peut-être qu'un jour on pourra se transformer en fleuve.

Hazel s'arrêta, s'accroupit et dit doucement :

— Si tu te changes en fleuve, tu ne pourras plus revenir ici auprès de moi. N'oublie pas que Harry t'a dit de ne jamais entrer dans le fleuve.

— Je ne veux pas revenir. Je préfère Whisperwood.

Hazel chercha la meilleure réponse à lui donner, la meilleure façon de maintenir sa sœur en sécurité.

— Si tu restes là-bas, tu ne me reverras plus jamais, ni Harry, ni Bridie, ni Maman. Et ce n'est pas ce que tu souhaites.

Les lèvres de Flora tremblèrent et elle réfugia sa tête dans la robe de sa grande sœur.

Hazel se fichait bien d'avoir effrayé sa cadette. Elle la conduisit à la lisière du champ de fleurs sauvages, là où Harry les attendait, entouré d'un nuage de lumière, près des groseilles à maquereau vertes et veinées qui tombaient en cascade le long d'un mur en pierre et, loin derrière lui, des vaches Angus qui meuglaient plaintivement dans un champ.

Harry portait son pantalon d'été kaki et une chemise à manches courtes en lin blanc sur laquelle Bridie avait cousu des boutons neufs la veille au soir. Il aperçut les deux filles et leur adressa un signe de la main.

— Maman a dit que c'était l'heure de fêter ton anniversaire, petite. Le gâteau est prêt et ta mère ne va pas tarder à arriver.

Flora se mit à courir, mais Hazel resta en arrière.

— Je te rejoins, lui cria-t-elle. Pars devant.

Elle voulait regagner le cottage en marchant doucement. Elle n'avait encore jamais pris la voix de la reine. Cela méritait d'être creusé, médité. Comment pouvait-il y avoir deux voix en elle ? L'une qui posait des questions et l'autre qui y répondait ?

C'était nouveau, comme un rebondissement. Et cela la fit sourire ; l'histoire allait s'enrichir. Un frisson d'excitation la parcourut à l'idée de s'être découvert ce pouvoir, celui d'étendre encore cet univers.

Hazel atteignit le cottage au moment même où le taxi s'engageait dans l'allée en gravier. Elle vit sa mère descendre du siège arrière. Elle regardait autour d'elle sans voir personne, la main en visière sur le front. Sa fille l'observait à son insu.

Quelque chose clochait.

Ce n'étaient pas tant ses vêtements qui semblaient trop grands pour elle ou ses cheveux en bataille que son expression qui lui rappelait le jour où sa mère était arrivée dans le jardin, derrière leur appartement de Mecklenburgh Square, en tenant l'ordre d'évacuation à la main. Son visage ne portait pas la moindre trace de maquillage, pas même son rouge à lèvres rouge habituel. Et sa bouche tremblait.

En courant, Hazel passa près des bottes de foin puis de la charrette renversée et se précipita vers sa mère en criant :

— Maman !

Cette dernière se retourna, mais ne sourit pas, ouvrant à peine les bras pour la recevoir. Elle comprenait maintenant ce qui rendait sa mère différente – elle pleurait.

— Qu'y a-t-il ? lui demanda-t-elle, lovée contre sa robe rose. Que se passe-t-il, Maman ?

— Nous n'avons rien perdu, ma chérie, je commencerai par ça. Je vais bien, mais il y a trois jours, le fils des McWhorter a été tué au combat en Belgique. (Elle s'interrompit et des larmes s'accumulèrent au coin de ses yeux, débordèrent et ruisselèrent sur ses joues, sans qu'elle s'en soucie.) Hazel, il est mort.

La jeune fille ferma les yeux et essaya d'imaginer le jeune voisin tombant sur le champ de bataille. Ce n'était pas possible.

— Non ! s'écria-t-elle en reculant d'un bond.

Elle fit deux pas en arrière, les deux paumes en avant comme pour repousser la vérité.

— Je ne cherche pas à t'effrayer. Si je te dis tout ça, c'est pour te faire comprendre que vous ne pouvez pas rentrer à la maison. Pas pour le moment. Et cela risque de durer.

Bridie apparut sur le seuil de la porte et derrière elle, Flora surgit, fonçant droit sur sa mère, les bras levés pour qu'elle la prenne dans ses bras.

— Maman !

Hazel ne voulait pas que sa sœur soit mise au courant pour McWhorter, qu'elle perçoive l'instabilité de leur monde, qu'elle en soit affolée. Alors elle courut. Elle courut à travers champs, sur le chemin de terre le long des buissons de framboisiers, accrochant des ronciers sur son passage, à peine troublée par les piqûres d'orties sur ses chevilles. En haut de la colline qui menait à l'église et au puits de mélasse, elle tomba à genoux et enfonça ses doigts dans la terre.

Hazel regarda les eaux sombres en contrebas : un trou dans le pays où l'eau jaillissait des entrailles de la terre, une ouverture qu'elle avait cru magique.

La magie n'existait pas, ni ici, ni nulle part. Il n'y avait que de l'eau surgissant de la terre.

La nuit suivante, les étoiles brillaient assez pour éclairer le pâturage, et Hazel était allongée sur la couverture à carreaux qu'elles emportaient toujours au bord du fleuve avec Flora. Tout le monde dormait dans la maison, mais elle n'arrivait pas à trouver le sommeil ; elle voyait des bombes s'abattre sur son quartier. L'horreur avait fini par atteindre cette partie-là de la ville. Comment aurait-il pu en être autrement ? Comment avait-elle pu croire que de petites histoires inventées la mettraient à l'abri ?

Hazel pleurait en silence pour ne réveiller personne. L'herbe mouillée imbibait la couverture et sa chemise de nuit en flanelle. Elle frémit et contempla le ciel. La lune était décroissante ; Hazel le savait grâce à Bridie qui lui avait enseigné le cycle lunaire.

La terre trembla et, se retournant, Hazel vit Harry marcher vers elle. Il se laissa tomber à ses côtés et, comme elle, s'allongea, les yeux rivés sur le ciel, jusqu'à ce qu'il demande :

— Qu'est-ce que tu fais ?

— Qu'est-ce que tu fais, toi ?

— Je t'ai entendue te faufiler dehors. Ça m'a inquiété.

— Tu n'as pas à t'en faire pour moi, Harry. Alors arrête. Je ne suis pas une petite fille dont tu dois t'occuper.

La colère valait mieux que la tristesse.

— Je sais très bien que tu n'as pas besoin de moi pour ça. Mais j'aime bien le faire, c'est tout.

Sa voix si douce réveilla le désir qui couvait en elle ces derniers mois. Elle avait si souvent eu envie de le toucher que cette fois, elle se laissa aller. Elle tendit la main et toucha la sienne.

Harry passa ses doigts entre les siens.

— Tu es triste ?

— Très, dit-elle. Les étoiles me remontent parfois le moral, mais pas ce soir.

— Comment ? Comment font-elles pour te remonter le moral ?

Hazel réfléchit une minute avant de répondre.

— Peut-être en me disant que je peux voir plus loin. Et si j'y arrive, ce n'est qu'une infime partie d'un tout bien plus grand.

— Ton idée me plaît bien, commenta-t-il en roulant sur lui-même.

Il lâcha sa main, s'appuya sur un coude, posa le menton sur sa paume et fixa Hazel avec tant d'intensité qu'elle dut détourner le regard.

— Ou peut-être qu'elles m'apaisent parce que même si elles se cachent toute la journée, elles sortent toujours la nuit ; elles ne s'en vont jamais. (Elle s'interrompit et, les yeux dans ses yeux, lui demanda :) À ton avis, d'où viennent-elles ?

— Il y a des gens, bien plus intelligents que moi, qui essayent de comprendre tout ça.

— Crois-tu que c'est là qu'on va ? Quelque part, là-haut ?

— Tu me demandes si ton père est monté au ciel à sa mort ? Je pense que c'est possible.

Elle essaya de ne pas pleurer, en vain. Elle ne voulait pas paraître faible, ni montrer à Harry ses sentiments. Tout cela la submergeait.

Il se rapprocha, plia le coude jusqu'à ce que ses lèvres atteignent les larmes qui coulaient sur sa joue. Il l'embrassa si délicatement qu'elle se demanda si elle l'avait imaginé.

— Je suis désolé, murmura-t-il. C'est triste de ne pas avoir de père.

Elle tourna légèrement la tête, juste assez pour que sa bouche frôle la sienne. Il aurait pu se dégager, mais n'en fit rien. Elle avait attendu ce moment si longtemps et pourtant, maintenant qu'il se présentait, elle ignorait quel comportement adopter.

Il l'embrassa une première fois, puis une deuxième, s'attardant suffisamment pour qu'elle se surprenne à lui rendre son baiser, pour que ses lèvres suivent le mouvement, que son corps se relâche, comme si sa tristesse s'envolait soudain vers le ciel étoilé. Ses bras l'enlaçaient et il détacha ses lèvres des siennes. Il l'attira suffisamment près de lui pour que sa tête repose sur son épaule et que son bras soutienne son cou.

— Je me sens mieux, dit-elle.

— C'est ce que j'espérais.

Hazel avait des fourmis dans le corps et si elle en avait eu le courage, elle l'aurait supplié de continuer à l'embrasser.

— En as-tu récupéré un peu ? demanda-t-elle.

— De quoi ?

— De la tristesse.

Il lui caressa les cheveux.

— Je l'espère.

CHAPITRE 35

Mars 1960

Quand Hazel décida, au saut du lit, de monter dans un train jusqu'à Henley-on-Thames, elle le fit sans réfléchir, comme lorsqu'elle avait dérobé le livre chez Hogan. On aurait dit qu'une part séparée d'elle-même prenait des décisions auxquelles elle souscrivait. À l'aube, elle avait contacté les trois infirmières : Maeve n'avait jamais entendu parler de ces balivernes de contes de fées, mais lui présentait toutes ses condoléances, car elle avait désormais six enfants et ne survivrait pas à leur disparition ; Lilly ne connaissait pas le mot Whisperwood et son ton grave fit comprendre à Hazel qu'elle ne voulait plus jamais reparler de cette terrible époque. Seule Imogene restait injoignable et ce n'était pas faute d'avoir essayé ce matin-là.

Elle décrocha son manteau de la patère et se mit en route pour la gare de Piccadilly. Hazel aurait dû en informer Barnaby ou même sa mère, elle qui téléphonait plusieurs fois par jour pour prendre de ses nouvelles, lui demander, inquiète et tendue comme une corde de violon, si elle avait trouvé la source de l'histoire de Peggy Andrews.

Hazel sortit précipitamment en direction du parc et s'enfonça dans la brume du soleil levant. Un écureuil grimpait à un arbre et lui reprocha en gazouillant de l'avoir dérangé. Un homme assis sur un banc en fer dévorait un croissant, un bonnet de laine enfoncé sur sa tête.

— Hazel.

Elle sursauta et se retourna.

— Harry.

Il s'approcha d'elle avec un sac en papier à la main.

— Je t'ai apporté un croissant.

— Qu'est-ce que tu fais là ?

Elle sortit la viennoiserie du sac, reconnaissante. Elle avait bondi dehors – et s'était lancée, le ventre vide, dans ce qui s'annonçait comme une énième impasse. La première bouchée au goût de beurre la rasséréna.

— Je voulais te parler, commença-t-il. Tu t'es enfuie hier soir et…

— Oui. J'en suis désolée.

Elle lui adressa un sourire. Bon sang, comme elle était heureuse de l'avoir trouvé là, dans le parc, à l'attendre.

— Où vas-tu comme ça ?

— Tu m'épies ? demanda-t-elle. Tu m'attendais dans le parc prêt à me suivre ? Cela ne te ressemble pas.

Il éclata de rire.

— Non, je n'ai pas ton numéro de téléphone et je redoutais de frapper à ta porte et de déranger… (Il haussa les épaules.) Je ne voyais pas de meilleure option, mais à voir ta tête, je n'ai pas fait le bon choix.

— Si, c'est un bon choix et j'en suis ravie. Je vais à Henley-on-Thames.

— Pour quoi faire ?

— C'est une longue histoire.

— J'aimerais l'entendre, dit-il.

Tous les deux debout sous les jeunes feuilles d'un chêne, ils croisèrent une mère qui poussait un landau.

Hazel commença à marcher et il cala ses pas sur les siens.

— J'allais… (Elle secoua la tête.) Je *vais* à Henley-on-Thames pour discuter avec une des infirmières qui vivaient à Binsey. Tu te rappelles ?

Il hocha la tête.

— Oui. M'autorises-tu à t'accompagner ?

— C'est une très mauvaise idée.

— J'en suis sûr. On dirait que nous excellons dans cet art ces derniers temps.

— Comme Flora, elle porte le nom d'une fleur, dit Hazel au moment où ils prenaient place dans le train et inclinaient leur tablette pour boire un thé. Iris Taber.

— Il peut s'agir d'une coïncidence.

— Mais comme le dirait ta mère…, répliqua Hazel en se glissant côté fenêtre avant de se tourner face à Harry, les coïncidences n'existent pas.

Leurs regards se croisèrent. Hazel sentit son estomac pris d'un vertige familier.

— Mais admettons qu'une infirmière l'ait enlevée, reprit Harry, et emmenée là-bas pour l'élever, tu ne crois pas qu'Aiden l'aurait découvert ?

— Et si elle l'avait bien cachée ? Peut-être est-elle une sorte de génie criminel ou qu'elle a eu de la chance, je n'en sais rien, lui répondit-elle. J'ai vraiment l'impression d'avoir été aveuglée pendant tout ce temps, à l'image du roi Algar, celui dont tu nous as parlé il y a des années. Flora est Frideswide et je ne suis pas censée la retrouver.

Au moment où le train démarra, elle pensa à Barnaby, à son laïus sur les causes perdues. La gare disparut et très vite, le paysage urbain fit place à la campagne, comme le jour où elle avait quitté Londres avec Flora.

Elle regarda Harry.

— Alors j'ai pensé que ça valait au moins la peine d'essayer, mais… ma quête provoque des dommages collatéraux.

— Comment ça ?

— J'ai peut-être perdu mon nouveau boulot. Barnaby est contrarié.

Elle reporta son attention sur la ville qui défilait derrière la vitre, les toits de chaume et le clocher d'une petite église, le cimetière situé trop près de la voie ferrée, puis se tourna vers Harry, abasourdie. Après toutes ces années, il était là, assis à ses côtés.

— Il faut que je t'avoue quelque chose, dit-il. J'aurais dû t'en parler la première fois où je t'ai vue.

Hazel retint son souffle. Était-ce au sujet de Flora ? D'une réponse qu'elle attendait ?

— En fait, je suis venu te voir. Une fois.

— Pardon ? lança-t-elle en portant sa main à son cou.

— C'était un an après ma dernière lettre. Je me suis rendu à l'appartement d'où tu m'écrivais. Le teinturier m'avait donné ta nouvelle adresse et je suis passé te voir.

— Je ne saisis pas bien. Qu'est-il arrivé ? Pourquoi ne pas avoir…

— J'ai attendu à l'endroit précis où tu m'as vu ce matin. Sur le même banc. Dans le même parc. La nuit tombait et tu rentrais chez toi, bras dessus, bras dessous avec un homme grand. Tu avais l'air si heureuse ! Il t'embrassait et je me suis dit : je ne peux pas faire ça. Je ne peux pas immiscer son passé dans son futur. Lui infliger ça. Elle s'en est très bien sortie et, à l'évidence, elle est tombée amoureuse.

— Alors tu es parti ? Tu t'es éloigné, comme ça ?

— Oui.

— Mon Dieu, Harry, je ne me rappelle même pas le nom de l'homme avec lequel tu m'as croisée. Il faudrait que je revienne en arrière, à cette année-là – c'était en quoi ? 1946 ?

— Je crois, oui.

— Peu importe qui c'était, ça n'avait rien à voir avec de l'amour.

Il grimaça.

— Je suis désolé. En te regardant, j'ai compris que je ne devais pas gâcher tout ce que tu avais reconstruit de bon dans ta vie.

Hazel aurait voulu remonter le temps, détacher son attention de l'homme grand dont le nom lui échappait, repérer Harry assis sur un banc dans le parc, comme ce matin même. Elle soupira.

— Je regrette de ne pas t'avoir vu.

— Moi aussi, répondit-il. Moi aussi.

— Bon, et si on changeait de sujet ? suggéra-t-elle. Parle-moi de St Ives. C'est si beau. Parle-moi de tes œuvres. Parle-moi de toi, ajouta-t-elle en lui serrant la main

Hazel avait appris que Henley-on-Thames se trouvait presque exactement à mi-chemin entre Oxford et Londres, et que son existence remontait au IIe siècle. La petite ville en pierre et en briques, avec ses toits rouges, était entourée de collines ondoyantes et on y accédait par un pont à quatre arches. Hazel et Harry marchèrent le long de maisons enduites de plâtre blanc puis s'arrêtèrent à un carrefour, à l'angle du marché et d'une boulangerie. Les eaux argentées et rapides de la Tamise, tenues responsables de la disparition de Flora, s'écoulaient vers Londres avec une aisance tranquille. Des bateaux amarrés, recouverts de bâches bleues et blanches, dansaient côte à côte le long des rives.

Une pensée violente traversa l'esprit de Hazel : si Flora s'était noyée, son corps avait peut-être été charrié jusqu'ici et traversé la ville de Henley-on-Thames. Elle frémit et se détourna du fleuve.

— Ça va ? lui demanda Harry.

— Oui, lui répondit-elle assez vite pour qu'il en déduise qu'elle mentait.

Il lui prit la main et baisa sa paume avec tant de tendresse qu'elle aurait voulu le serrer dans ses bras jusqu'à ce que l'image du corps de Flora couchée au fond du fleuve et entraînée par le courant disparaisse à jamais. Un vieux monsieur les bouscula sur son passage. Il avait une cigarette allumée dans une main et une laisse dans l'autre, au bout de laquelle trottinait un petit chien blanc.

— Pardonnez-moi, commença Harry.

L'homme s'arrêta et sourit, puis il inclina sa casquette en laine grise.

— Oui ?

— Nous sommes un peu perdus. Nous cherchons le 17 Allington Way.

— Ah, Iris Mulroney ?

— Oui, confirma Harry en écarquillant les yeux. Vous la connaissez ? Ou sa mère, Imogene ?

— Oui, répondit-il. Comme tout le monde. C'est un chien que vous voulez ?

— Un chien, non..., répliqua Hazel qui le regarda d'un air déconcerté.

— Imogene recueille tous les animaux blessés de la ville, tous les égarés et toutes les bêtes abandonnées, de l'oiseau jusqu'aux chats et aux chiens. La plupart des gens qui viennent la voir souhaitent adopter un animal.

— Et sa fille ? l'interrogea Hazel.

— Faites vingt pas dans cette direction, dit-il en pointant son doigt vers l'est, puis, après la galerie, ce sera la deuxième à droite et enfin la quatrième maison sur votre droite. Blanche avec des fleurs à la fenêtre.

Il repartit tranquillement sans même un « au revoir », et Harry regarda Hazel.

— Eh bien, en voilà une indication bien précise.

— Cette famille semble très connue.

Hazel évita de regarder le fleuve lorsqu'ils dépassèrent la mairie en briques rouges qui dominait les environs à l'extrémité du centre-ville. Très vite, ils trouvèrent la maison et son allée de briques et de galets qui conduisait à la porte d'entrée en bois sombre ornée d'un heurtoir en forme de croix celtique. Elle était encadrée de deux fenêtres sous lesquelles on avait posé des jardinières foisonnantes, générées par la folie printanière.

Hazel et Harry s'arrêtèrent sur le trottoir, devant une petite clôture blanche et un portail en fer galbé. Du lierre grimpait sur le mur ouest de la maison et poursuivait sa progression jusqu'à la façade.

— Blanche-Neige pourrait tout à fait habiter ce genre d'endroit, dit Hazel. On s'attendrait presque à en voir sortir les sept nains.

Harry la tira vers lui et l'embrassa sur la joue.

— Bon, allons-y.

Les mains de Hazel tremblaient dans les poches de son manteau en laine légère. Le soleil d'après-midi jetait leurs longues ombres sur le sol : on aurait dit que s'étiraient dans l'allée deux personnages dessinés en bâtonnets.

— Reconnaîtrais-tu Flora immédiatement si tu la voyais ? lui demanda-t-il.

— Je crois. Je la cherche partout, parfois même sans le savoir. Je balaie du regard une salle bondée, un pub plein à craquer ou un marché, puis je réalise que je cours après une petite fille aux boucles blondes avant de me rappeler qu'elle a vingt-cinq ans aujourd'hui. Elle pourrait être grande ou petite, potelée ou mince. Comment savoir ?

— C'est impossible, mais j'espère vraiment qu'on finira par le découvrir.

Hazel souleva le loquet du portail. Ils remontèrent l'allée et elle s'apprêtait à frapper de son autre main quand la porte s'ouvrit.

Une silhouette de femme se découpa dans un halo de lumière jaune formé par les lampes allumées à l'intérieur de la maison.

— Bonjour ! lança Iris d'une voix amicale qui trahissait quand même une pointe de prudence. Puis-je vous aider ?

Un cri d'enfant et le jappement d'un petit chien s'élevèrent derrière elle. La jeune femme s'avança sur le perron et referma la porte sur ce qu'elle semblait vouloir protéger à l'intérieur.

Iris était menue, plus jeune qu'eux – de combien d'années ? Hazel n'aurait su le dire. Ses cheveux blonds tiraient sur une teinte crème anglaise et ses yeux étaient marron, ou verts peut-être.

— Je m'appelle Hazel Linden et j'ai connu autrefois une certaine Imogene Wright à Binsey. (Le reste de son monologue jaillit comme un torrent.) Je l'ai connue alors que je n'étais encore qu'une enfant. Elle travaillait comme infirmière au village pendant la guerre, l'Opération Pied Piper et… (Elle marqua un temps.) Je vivais chez les Aberdeen.

— Oh, c'est formidable ! s'écria Iris en tapant des mains avant de les ramener sur sa poitrine. Maman sera enchantée d'apprendre que vous êtes là. Elle m'a parlé de votre famille et de la mère… Bird ou…

— Bridie, la corrigea Hazel. Et voici Harry Aberdeen.

Iris sourit au jeune homme.

— Laissez-moi lui passer un coup de fil. Elle habite juste en bas de la rue. Cela lui fera tellement plaisir de vous voir.

— Avant de l'appeler, intervint Harry en avançant d'un pas, si vous me permettez une question saugrenue : quel âge avez-vous ?

Son effronterie choqua Hazel qui redoutait la réponse. Tout cela allait trop vite à son goût.

Elle essaya de décomposer le visage de la jeune femme. Un nez, un bouton de fleur. Une peau blanche et claire, aucune tache de rousseur. Des pommettes hautes. Est-ce que ces éléments juxtaposés correspondraient au visage de Flora, au bout de vingt ans ?

Iris se mordit la lèvre inférieure.

— Vingt ans.

Cinq ans de moins. Impossible. Iris Taber n'était *pas* Flora.

Hazel sentit le sol devenir spongieux et instable sous ses pieds.

— Avez-vous une sœur ? s'enquit Harry.

— Puis-je vous demander la raison de toutes ces questions ?

— Nous sommes vraiment désolés de vous embêter. (Le sourire de Harry, sa voix douce et son aura affable aidèrent la femme à se détendre.) Quand votre mère habitait à Binsey, il y avait une petite fille…

Il chercha un signe d'assentiment de la part de Hazel avant de poursuivre. Mais Iris reprit :

— Oui, une fillette a disparu. Maman m'en a parlé. Elle ne l'a jamais oubliée.

— C'était ma sœur, Flora, intervint Hazel.

— Pourrions-nous parler à votre mère ?

Iris ouvrit la porte et les invita à entrer.

— Venez. Je vais mettre de l'eau à chauffer et nous allons prendre une tasse de thé.

CHAPITRE 36

8 septembre 1940

Le matin du 8 septembre, Harry glissa sous la porte de la chambre un dessin qui, à ce jour, demeurait l'un des préférés de Hazel : au premier plan, Flora courait vers une forme floue. Elle avait les cheveux au vent, les bras écartés. Des objets arrondis et des pointes acérées composaient sa vague destination. On aurait pu y voir ce qu'on voulait, se dit Hazel en l'examinant : un château, une montagne, une cathédrale.

Avant de se réveiller, la jeune fille avait été piégée dans un rêve confus. Le Père Fenelly se trouvait dans leur maison de Bloomsbury et riait en parlant avec Maman qui batifolait autour de lui dans une longue robe en tulle avec des rubans d'un bleu brillant. Ses cheveux étaient si longs qu'ils balayaient le sol. Maman ne prêtait aucune attention à ses deux filles, malgré leurs appels.

Hazel chassa les restes de ce rêve étrange, ces ombres de la nuit et posa le dessin de Harry sur la commode pour que Flora le voie en se levant. Plus tard, il rejoindrait tous les autres dans un classeur – qui en contenait trois cent cinquante-deux pour l'instant, rangés dans le même tiroir que ses histoires.

Elle chaussa ses pantoufles duveteuses qui s'étaient faites à son pied et entra dans la cuisine baignée de soleil, surprise de la trouver vide. Même lorsque Bridie avait un rhume si mauvais que son nez virait au cramoisi, elle était là, occupée à mélanger du porridge, faire frire des saucisses, préparer le thé que Hazel était désormais autorisée à boire chaque matin dans une tasse en porcelaine qu'elle avait trouvée dans un dépôt-vente d'Oxford durant l'un de ses périples.

Et c'était toujours ça, avec Bridie : on ne partait pas en balade ou faire une course au marché, mais à l'aventure.

Il n'y avait personne dans la pièce.

Cela n'augurait rien de bon.

Hazel se dirigea vers l'évier et se hissa sur la pointe des pieds pour regarder par la fenêtre. La Flying Nine toute cabossée qui surprenait toujours Bridie au démarrage avait disparu. Une plaque de givre qui commençait à fondre au soleil recouvrait les fenêtres. Des ombres matinales déformaient le gazon et le jardin si bien qu'à l'image du dessin de Harry, Hazel pouvait leur donner la forme qu'elle souhaitait. Mais elle n'était pas d'humeur. Elle voulait savoir ce qui se passait, ce qui ne tournait pas rond à l'aube de cette journée.

Hazel se tourna vers la radio posée à côté de l'évier.

La voix du présentateur se répandit dans la cuisine. « Londres a été bombardée. »

Hazel s'effondra sur une chaise. Même s'ils savaient tous que cela arriverait – sinon pourquoi serait-elle à Binsey ? –, la vérité la percuta en pleine poitrine. Elle alla éteindre la radio pour éviter que sa sœur entende la nouvelle et attendit que Bridie ou Maman ou quelqu'un d'autre vienne lui expliquer ce qui se passait. C'étaient les bombes qu'ils redoutaient, les explosions prévisibles qui les avaient amenées à Binsey un an plus tôt.

Peu de temps après, Flora se réveilla et Hazel prépara des tartines pour elles deux. Puis la voiture s'engagea bruyamment dans l'allée. Bridie et Harry étaient partis acheter le journal au village.

Bridie les installa autour de la cheminée et informa Hazel et Flora qu'à 16 heures, la veille, les premières bombes avaient déchiré le ciel en sifflant et anéanti rues, maisons, cathédrales et toute la beauté de Londres. Hazel n'avait *pas* rêvé la voix du Père Fenelly – il était passé au cottage le matin même pour parler de cette dévastation à Bridie.

Cette dernière continua d'une voix tremblante.

— Votre mère a appelé et laissé un message au Père Fenelly pour nous faire savoir qu'elle va bien, que votre immeuble n'a pas été touché. Mais j'ai de terribles et tristes nouvelles.

— Kelty, lâcha Hazel, qui savait que c'était elle.

Elle n'aurait jamais dû s'enfuir en pleine nuit pour retourner dans sa famille.

— Eh bien, oui, Kelty a été hospitalisée. Sa mère et elle rentraient de l'hôpital où elles avaient rendu visite à une amie quand une bombe a été larguée près de Willowbridge Road où elles se trouvaient, détruisant deux maisons et… (Bridie frémit)… mettant le feu à un bus bondé.

— Est-ce que sa mère va bien ? demanda Hazel, un étrange pressentiment coincé en travers de la gorge.

— Non.

Un vent glacial envahit la poitrine de la jeune fille, descendit dans ses bras et remonta le long de sa colonne vertébrale, si bien qu'elle en fut étourdie.

— Est-ce qu'elle est blessée ? demanda Hazel, qui espérait une terrible blessure plutôt que quelque chose de pire.

— Elle a été tuée.

La voix de Bridie se brisa et des larmes ruisselèrent le long de son nez jusqu'aux rides des coins de sa bouche. Elle ne prit même pas la peine de les essuyer, comme si elle n'avait pas conscience de pleurer.

— Comme Papa, commenta Flora sur un ton si détaché que Hazel en eut le cœur fendu.

La mort ne devait pas prendre une tournure factuelle. Jamais.

— Je suis tellement peinée, dit Bridie qui prit la main des deux filles dans les siennes. Kelty est à l'hôpital, blessée mais vivante. Ses jours ne sont pas en danger. De là, elle rejoindra sa tante dans le Lancashire. Je tâcherai d'en savoir plus.

— Elle a une tante ? l'interrogea Hazel comme si cela importait plus que le reste. Je l'ignorais. Pourquoi ne l'a-t-elle pas hébergée plutôt que de laisser sa mère l'envoyer chez la sorcière ?

— Je ne crois pas que sa tante, la sœur de son père, souhaitait l'accueillir. Mais aujourd'hui, elle n'a plus le choix.

— Oh, pauvre Kelty, lâcha Hazel en pressant ses doigts sur ses yeux. Et son père, où est-il ?

— Pour l'instant, il est porté disparu ; la dernière fois qu'il a été vu, c'était au Luxembourg.

Les noms des différentes zones du front ne disaient pas grand-chose à Hazel. Elle les avait entendus dans des conversations de sa propre mère ou vus dans les journaux ; des noms d'endroits inconnus où des hommes se battaient au couteau, au pistolet, s'envoyaient des bombes, où des gens mouraient pendant qu'elle était tranquillement assise dans un cottage bien douillet des environs d'Oxford et inventait des histoires d'un pays magique.

Ce n'était ni bien, ni juste. On n'aurait pas dû l'autoriser à mener cette vie-là alors que les autres souffraient autant.

— Ça aurait pu être notre mère. Ou…

Hazel s'étrangla d'émotion sur ses mots.

— Faites venir Kelty ici ! s'écria Flora en bondissant du canapé.

— Ma chérie, j'aimerais bien, mais je ne peux pas. Quand tout cela sera terminé, nous serons tous à nouveau réunis.

— Maman ! s'écria Hazel. Je veux Maman !

Trois jours plus tard, leur mère arriva à Binsey, et ses yeux striés de rouge leur dirent tout ce qu'ils avaient besoin de savoir sur les horreurs de Londres. À cent kilomètres de là, le monde était diamétralement différent et elle ne souhaitait pas en parler.

Au lieu de ça, elle prit des nouvelles de Binsey, se répandit en « Ohh » et « Ahh » devant leurs devoirs scolaires, le potager de légumes d'hiver que Bridie avait planté avec l'aide de Flora, le ragoût que Hazel avait préparé grâce à la recette que lui avait donnée leur mère d'accueil. Maman leur assura que leur immeuble avait été épargné. Comme elle, qui se rendait à son travail au ministère de la Guerre à bicyclette et fuyait les raids aériens en courant se réfugier dans le métro dès que les sirènes retentissaient dans la nuit.

La pluie tombait sans interruption ce soir-là, martelant le toit, et bientôt le dernier train pour Londres allait partir. Bridie convainquit Maman de rester dormir sur le canapé confortable et de ne repartir que le lendemain matin, de bonne heure.

En pleine nuit – Hazel ne savait pas quelle heure il était, mais la lune n'apparaissait pas à la fenêtre et le silence avait gagné la maison, troublé uniquement par les craquements et les bruissements confus des parquets et des murs –, elle se faufila à côté de sa mère sur le canapé et se laissa câliner comme elle câlinait sa sœur Flora chaque soir.

Elle pensa à la pauvre Kelty, privée de sa mère, et finit par s'endormir. Le lendemain matin, sa mère se glissa hors du canapé sans la réveiller. Ce fut l'animation de Bridie et Camellia qui se préparait à attraper le premier train qui la réveillèrent.

Hazel sut ce qu'elle devait faire. Pendant que sa mère disait au revoir à Flora et finissait son thé, elle se précipita dans leur chambre et prépara son sac à toute vitesse, y attacha son masque en caoutchouc et, près du miroir de la commode, attrapa son étiquette d'identification pour la passer autour de son cou. C'était celle qu'elle portait le jour de son arrivée à Binsey.

Quand elle courut dehors, la pluie mitrailla son imperméable. Chaussée de ses bottes, elle pataugea dans l'herbe mouillée et alla se planter près de sa mère devant la porte ouverte de la voiture de Bridie, côté passager.

— Emmenez-moi avec vous. Il faut que je voie Kelty, lança Hazel, sa lèvre tremblante annonçant qu'elle était au bord des larmes.

Elles se blottirent sous le parapluie rouge que tenait Maman. Flora et Harry, toujours à l'intérieur, les regardaient depuis l'entrée – le garçon retenait par la main la fillette qui tirait de toutes ses forces afin de rejoindre sa mère et sa sœur.

— C'est trop dangereux. S'il t'arrivait quoi que ce soit... (Elle déglutit et secoua la tête.) Tu dois rester ici auprès de ta sœur. Et être une grande fille.

— Rien qu'une journée, Maman. C'est tout. Emmène-moi dans le train. Je suis assez grande pour revenir toute seule.

— Non.

Hazel tapa du pied, projetant de la boue sur le bas de sa robe et la portière de la voiture.

— Si tu refuses, je viendrai quand même. Je connais le chemin pour aller dans Great Ormond Street où se trouve l'hôpital de Kelty.

À l'entendre, elle paraissait plus courageuse qu'elle ne l'était vraiment. Sa voix semblait forte, mais ses entrailles tremblotaient comme de la gelée. Contrairement à ce qu'elle venait de dire, elle n'était pas vraiment certaine de connaître le trajet.

— Il faut que je voie Kelty.

Camellia regarda Hazel. Bridie avait déjà gagné le siège du conducteur et mis le contact une puis deux fois avant qu'il ne crachote.

— D'accord, mais tu reviens chez Bridie cet après-midi. Je ne t'autoriserai pas à rester la nuit. (Elle s'exprimait sur un ton ferme, presque froid.) Je ne veux prendre aucun risque avec toi.

— D'accord, Maman. C'est promis.

Hazel ouvrit la portière arrière et se glissa dans la voiture de Bridie.

CHAPITRE 37

Mars 1960

À Henley-on-Thames, Imogene Mulroney s'assit en face de Hazel et Harry, à la table ovale de la cuisine de sa fille sur laquelle étaient éparpillés livres de coloriage, boîtes de crayons de couleur et petites voitures. C'était une femme menue qui faisait plus de cinquante ans avec ses yeux d'un bleu brillant et ses boucles couleur de boue qui partaient dans tous les sens. Pour Hazel, cette personne n'avait pas l'air capable d'enlever une enfant – même si elle aurait espéré que ce fût le cas.

Ils avaient tous vidé leurs tasses de thé et ils parlaient de Bridie et de la guerre, de la terre qui avait continué de tourner malgré leur sentiment que tout pouvait encore basculer.

— Ce type d'oubli est nécessaire, dit Imogene. Nous n'allons pas nous apitoyer sur notre sort, n'est-ce pas ?

Finalement, Hazel demanda avec ménagement :

— Vous souvenez-vous de Flora ?

— Bien sûr ! C'était un vrai petit farfadet, celle-là. Je pense souvent à elle. Ce que ta famille et toi avez dû traverser… Je ne peux même pas l'imaginer. Chaque 19 octobre, je prie le rosaire pour elle et mes pensées l'accompagnent pour le jour de la fête de sainte Frideswide.

— Et vous n'avez pas une idée de ce qui lui serait arrivé ? demanda Hazel.

— Oh, si c'était le cas, je serais vraiment la plus heureuse au monde. Je l'aurais crié sur les toits ou me serais lancée à sa recherche pour vous la ramener.

— Moi aussi, j'aimerais la ramener, dit Harry en soulevant sa tasse vide.

Il en inspecta le fond puis la reposa.

Le regard d'Imogene allait de Harry à Hazel.

— Je me souviens de vous deux. Copains comme cochons. Vous vous ressembliez comme deux gouttes d'eau. Vous grimpiez aux arbres, couriez à travers bois. Quand je gardais cette chère Flora, vous décampiez si vite qu'on aurait dit des sauterelles. Je savais bien que vous finiriez ensemble, tous les deux. Vous aviez toujours l'air seuls au monde.

— Pardon ? s'enquit Hazel en se penchant en avant. Nous ne sommes pas en couple et… Flora était là, avec nous.

— Bien sûr. Et pardonnez mon audace. Vous semblez juste si…

— Arrêtez, Maman, l'interrompit Iris. Ce ne sont pas vos affaires.

— Ma fille me trouve trop curieuse et trop bavarde.

Iris apporta une assiette de sablés qui sortaient du four et les découpa soigneusement en petits carrés pendant que les autres continuaient à discuter et que son fils, un enfant de deux ans, pourchassait un lapin imaginaire à travers la maison.

Imogene poursuivit à voix basse :

— Et vous m'avez posé une question. Bon ! La police est bien venue nous interroger. Personne n'avait rien vu ni ne savait quoi que ce soit. Quand nous avons appris la nouvelle, nous étions toutes en larmes et nous nous sommes senties impuissantes. Je crois que l'agent était vraiment embarrassé vis-à-vis de nous. (Elle fronça les sourcils et pencha la tête.) Comment m'avez-vous trouvée ?

Hazel décida de dire toute la vérité.

— Aiden, l'inspecteur de police, m'a donné le nom et l'adresse de toutes les infirmières. J'espère qu'il n'y a pas de mal à cela.

— Oh non. Mais peut-être serait-il plus intéressant pour vous de contacter cette infirmière américaine de la Croix-Rouge – Frances, je crois ? ajouta Imogene en baissant son regard. Elle venait de… je ne m'en souviens pas avec exactitude. Une fille étrange, mais gentille. Nous n'étions pas préparées à cette guerre, et elle encore moins. Elle était venue ici dans l'espoir de rencontrer un charmant petit Britannique et de tomber amoureuse. Une rêveuse romantique, celle-là. Frances se prenait pour Florence Nightingale, à essuyer le front des soldats blessés au combat, comme si on allait un jour ériger une statue à son honneur. Elle a décampé dès que ça a commencé à se gâter. (Elle secoua la tête.) Le Blitz… (Sa voix se brisa.) Ces pauvres garçons. En particulier ceux de la RAF, on les envoyait voler dans des coucous branlants qui tombaient en morceaux dès l'atterrissage.

— Oui, c'était horrible, admit Hazel.

Le visage d'Imogene s'altéra, comme si elle s'apprêtait à pleurer ou crier, Hazel n'aurait su le dire.

— Je n'ai pas réussi à les sauver. Ce n'est pas faute d'avoir essayé, ah ça ! On a toutes fait de notre mieux. Parfois, on n'y peut rien. On a beau le vouloir, tout essayer, ne pas fermer l'œil pendant des lustres, comprimer le sang qui jaillissait avec une compresse…

— Maman ! intervint Iris en lui prenant la main. Tout va bien.

— Oui, acquiesça Hazel en tressaillant et en cherchant la main de Harry. Vous avez toutes fait de votre mieux.

Imogene sembla reprendre ses esprits et esquissa un sourire. Hazel savait que cette femme avait vu des choses qui lui avaient été cachées ainsi qu'à Flora, Harry et à tous les enfants. Elle retenta pourtant d'accéder à la vérité d'Imogene, de trouver une once d'indice susceptible de la conduire à sa petite sœur.

— Quand vous avez gardé Flora, est-ce qu'elle vous a jamais parlé d'un pays magique ?

Imogene détourna son regard vers la fenêtre.

— Pas que je me souvienne. Je suis désolée de ne pas pouvoir vous aider davantage. (Elle fit un signe de tête en direction d'Iris.) Le soir du grand feu de joie de la Sainte-Brigid, j'étais déjà enceinte de cette enfant. Et j'étais terrifiée, avec mon homme parti sur le front. Nous ne nous étions pas mariés avant son départ.

— Maman, intervint Iris. Ils n'ont pas besoin de savoir ce genre de chose.

— Qu'elle est ringarde, ma fille, rétorqua-t-elle, l'air malicieux. (Elle lui tapota la main.) C'est la raison pour laquelle je m'étais prise d'affection pour Flora. Je venais d'apprendre ma grossesse et j'imaginais ma vie avec un petit bout.

— Le père d'Iris est-il revenu ? demanda Harry, qui entamait son deuxième morceau de sablé après avoir retiré les miettes de ses lèvres.

— Oui – avec une jambe en moins, mais que m'importait qu'il lui en manque une ? Je l'aimais et l'aime encore éperdument.

Iris s'assit à côté de Hazel.

— Père est merveilleux. Il travaille au bazar aujourd'hui. Martin, mon mari, et lui se sont associés. Nous possédons le seul bazar de la ville.

La conversation se poursuivit jusqu'à ce que le petit Toby trébuche sur le carrelage en criant. Alors, ils se levèrent et se dirent au revoir.

Une fois sur le perron, tandis qu'Imogene s'affairait pour nettoyer la cuisine, Iris cala son fils sur sa hanche et lança :

— Désolée que Maman n'ait pas pu vous aider davantage. Elle garde un souvenir affreux de cette époque. Et maintenant, elle tâche de sauver tout ce qui lui passe sous les yeux, de la plante morte aux animaux blessés. Mais rien ne parvient à effacer ce qui est arrivé à ces pauvres garçons qu'on amenait à l'hôpital. Rien.

— J'en suis navrée pour elle, dit Hazel. Et merci de nous avoir si bien accueillis dans votre maison. Je suis désolée de ce qui s'est passé à cette époque.

De retour dans le train, Hazel laissa éclater les mots qui bouillonnaient sous sa déception.

— C'était un coup d'épée dans l'eau, comme tous ceux qui l'ont précédé. On se croirait face à… une maladie. Je devrais renoncer, mais comment pourrais-je m'y résoudre ?

— Hazel, dit-il.

— Il faut que je fasse attention, Harry. À chercher une réponse qui demeure introuvable, je risque de tout perdre.

Il s'appuya contre la fenêtre.

— Qu'entends-tu par « tout perdre », Hazel ?

— Mon nouveau boulot. Barnaby. L'amour. Je vais tout perdre. Flora l'a forcément raconté à quelqu'un qui l'aura rapporté à quelqu'un d'autre. Il faut que je renonce.

— Et comment comptes-tu t'y prendre, au juste ? s'enquit Harry. Comment renoncer, bon sang ? Tu connais l'existence de ce livre qui s'intitule *Whisperwood* et puis… il y a moi. Il y a nous.

— Arrête, Harry. Il n'y a pas de nous.

— Tu ne peux pas faire fi de ce que tu sais, Hazel. Tu ne peux pas fermer les yeux devant tout ça. Ni te détourner de tout ce qu'on t'a révélé. C'est tout bonnement impossible.

Elle se tapa la cuisse.

— Tu prétends que je ne peux pas faire toutes ces choses, mais en réalité, si. Malgré toutes ces zones d'ombre, je suis tout à fait capable d'avancer pour préserver ma vie.

— Préserver quelle vie, Hazel ? Quel genre d'existence est-ce que tu vas sauver ?

— Où veux-tu en venir, Harry ?

— J'essaie de te faire comprendre que tu n'as rien à perdre.

— Pourtant, si. Je tenais tant à ce que ce soit vrai que j'ai fini par tout gâcher. J'ai blessé Barnaby. J'ai froissé Edwin Hogan, mon patron à la librairie, que j'aime comme un père. Ça suffit.

— Reprendre sa liberté ne se fait pas sans douleur ni pots cassés, tu le sais mieux que quiconque.

Hazel s'affaissa dans son siège, exaspérée.

— Harry, que ce soit pour conjuguer ces satanés verbes latins, réciter les tables de multiplication ou faire des ricochetsavec les galets du fleuve, tu ne m'as jamais laissée renoncer. (Elle le poussa un peu.) Je trouve ce trait de caractère très agaçant.

Il éclata de rire et se recala dans son siège.

— J'ai toujours adoré t'agacer. (Il lui adressa un clin d'œil.) Cela prouve que tu n'es pas indifférente.

— Quel âge as-tu, déjà ? Quatorze ans ?

Il reprit soudain son sérieux.

— J'aimerais bien, Hazel. Si c'était le cas, on pourrait tout changer.

— Je sais, répliqua-t-elle. Je sais.

À la tombée de la nuit, Harry s'arrêta devant l'appartement de Hazel, qui ne déverrouilla pas la porte.

— Tu ne peux pas entrer, Harry.

Il recula d'un pas sans lâcher le portail en fer.

— Je ne peux pas faire ça avec toi, même si une partie de moi en a envie. Nous avons laissé passer notre chance, Harry. Tu le sais aussi bien que moi.

— Je n'en sais rien. Je t'ai entendue parler de l'auteur américaine. De la façon dont elle a changé le cœur de l'histoire. Rien ne nous empêche de faire pareil.

— C'est impossible, répondit Hazel en fouillant dans son sac pour en sortir sa clé et l'introduire dans la serrure de la porte. On ne peut pas. Je ne peux pas.

Elle plaça sa main sur le bouton de porte en cuivre.

— Alors tu vas renoncer ?

— Je refuse de mettre en péril quoi que ce soit d'autre dans ma vie. Et de trahir Barnaby. Je t'en prie, laisse-moi entrer seule, parce que sinon je reproduirai la même erreur avec toi, et je ne veux pas prendre ce risque.

Sur ces mots, elle tourna la clé dans la serrure, entra, et referma derrière elle sans se retourner.

Une fois à l'intérieur, Hazel posa son sac sur le banc et accrocha son chapeau à la patère. Elle était seule. Cet appartement de Bloomsbury avait déjà connu des départs : celui des deux sœurs pour la campagne, ceux d'autres hommes qu'elle avait envoyés au diable ; il avait connu la guerre, la destruction, et un cœur brisé à cause d'un père qui n'était jamais revenu.

Elle se dirigea vers la cuisine dans un état second, au bord des larmes. Comment pouvait-elle laisser partir Harry Aberdeen ? Et comment le laisser décemment rester ?

Et soudain, elle remarqua là, sur la table en pin, son carnet ouvert à la page où elle avait écrit la liste de tous ceux qui avaient peut-être entendu parler de ce pays magique.

Elle examinait attentivement les noms, cherchant à établir des corrélations, quand les paroles de Harry lui revinrent à l'esprit.

Harry : *Il arrive que la vie te brise le cœur pour t'inspirer les meilleures œuvres.*

Bridie, près du feu de l'Imbolc : *Les histoires forgent l'âme.*

Hazel s'assit.

Et si, avant de partir pour Paris, elle consentait encore une fois à ce que l'extraordinaire pénètre son quotidien ? Et si elle autorisait la chouette à pousser son long cri dans la nuit ?

Encore. Une. Fois.

Si tu en es conscient dès le premier jour…

CHAPITRE 38

Septembre 1940

À la fin du trajet de Binsey à la station de Russell Square, Hazel pensa que sa mère et elle n'étaient pas descendues au bon arrêt : le paysage avait changé et lui semblait à la fois familier et complètement étranger. Elles passèrent devant un drapeau britannique, en loques, qui claquait au vent, au sommet d'un mât planté dans un énorme tas de débris de toutes sortes : briques, béton, bois calcinés, morceaux de meubles – un bout d'armoire, un pied en bois tordu qui avait dû soutenir une table, une colonne de lit.

En face de Hazel se dressait une maison sans façade. On disposait d'une vue dégagée sur le salon dans lequel un canapé avait été disposé sous un lustre en cristal. On aurait dit une maison de poupée à taille humaine, rien n'avait été dérangé à l'intérieur, mais des éclats de verre brillaient sur les pavés dehors, et des bouts de briques et de béton formaient des piles qui semblaient avoir été posées là, comme un jeu de cubes renversé par un enfant. Elles croisèrent une femme vêtue d'une robe kaki déchirée, accompagnée de trois marmots. Ils s'enlaçaient les uns les autres devant une maison, les yeux braqués sur un tas de ruines et de bois, le garçon pointant quelque chose du doigt que Hazel ne parvint pas à voir. Le plus jeune pleurait Sandy, le chat perdu, et l'aîné, âgé de dix ans peut-être, restait stoïque malgré ses crises de tremblements.

— Ils ont perdu leur maison, commenta Hazel.

— Oui, lui répondit sa mère. Comme tant d'autres. Jusqu'ici, nous avons eu de la chance.

Jusqu'ici.

Il y avait de la poussière partout, sur les lampadaires, les voitures garées le long de la rue, les devantures des magasins aux vitrines soufflées, et les rideaux noirs qui flottaient au milieu de cette dévastation. Puis elles virent une boucherie indemne à côté d'un café détruit. L'espace semblait avoir été ravagé de façon aléatoire. Des maisons intactes à côté d'autres anéanties. La chaussée en parfait état s'effondrait plus loin et formait un cratère assez grand pour y plonger.

Le bus rouge à impériale numéro 77 à destination de KING'S CROSS qui affichait une publicité pour *Picture Post* sur son flanc paraissait planté dans le sol, l'arrière du véhicule avalé par un abîme.

— Ce quartier a été bombardé il y a quarante-huit heures, pendant la nuit. Tu vois que je ne te racontais pas d'histoires quand je te disais que c'est dangereux ici.

— Je n'ai jamais pensé que tu me racontais des histoires. Je n'ai... Je croyais...

Camellia s'arrêta brusquement, se tourna vers Hazel et prit le visage de sa fille entre ses mains – elles avaient la même taille.

— Au cas où tu aurais envie de revenir, de t'enfuir comme Kelty, je voulais que tu saches la vérité.

Hazel acquiesçait quand une femme passa devant elles, une valise à la main et la figure noire de crasse.

La voix de Camellia était claire et forte.

— Les bombardiers remontent le fleuve, Hazel. Ils se servent de notre Tamise chérie comme d'une carte de la ville. On peut entendre le vrombissement de leurs moteurs, puis le sifflement de la bombe après son largage, et le bruit sourd au moment où elle percute le sol, rasant des maisons, incendiant des cathédrales, des bibliothèques et des musées. Ils viennent toujours une fois la nuit tombée. (Elle frémit.) On ne peut jamais prédire l'arrivée de la suivante. Le ciel tremble comme par temps d'orage. Qu'on soit loin ou près, on voit un éclair de lumière blanche puis une flamme jaune.

Hazel se sentit oppressée par la peur d'une attaque imminente. Comment sa mère pouvait-elle trouver le sommeil en sachant qu'ils reviendraient, encore et encore ?

— On est entassés sur les quais du métro. J'ai vu des gens enterrés vivants dans un abri antiaérien s'en extraire sains et saufs, Dieu merci, mais la prochaine fois…

— Maman, arrête. (Hazel n'arrivait plus à respirer, les mots de sa mère lui faisant le même effet que les bombes.) Viens vivre avec nous à Binsey.

— Impossible, Hazel. Et puis, cela finira bien un jour. Flora et toi, vous habitez loin pour pouvoir revenir quand ce sera terminé. Kelty s'en est sortie, mais s'il t'arrivait quoi que ce soit…

— Tu n'as pas à me protéger.

— Au contraire, c'est mon devoir. Rien d'autre n'a d'importance. Peu importe mon bonheur, que je sois heureuse ou satisfaite. Mon devoir est de prendre soin de vous. (Elle ne quittait pas Hazel des yeux.) Nous avons la chance que Bridie vous ait choisies, Flora et toi. Il faut que vous restiez en lieu sûr. Ils s'imaginent pouvoir nous anéantir. Eh bien, qu'ils détruisent nos bâtiments, nos voitures, nos bateaux, ils ne viendront pas à bout des Anglais, de notre combativité. De nous. De vous, Hazel. Ou de moi.

— Je comprends, Maman. Je vais retourner à Binsey, je te le promets. Laisse-moi juste voir Kelty et la maison. Je partirai tout de suite après.

Camellia l'enlaça et la serra fort contre elle.

— Je ne peux pas te perdre, ma chère Hazel. Je ne prendrai pas ce risque.

Tout le monde était en blanc. Ce fut la première chose que Hazel remarqua en suivant sa mère derrière les grandes portes en bois de l'hôpital de Great Ormond Street jusqu'à l'accueil où une infirmière avec une toque blanche, et un tablier blanc sur une robe blanche, leur indiqua où se trouvait Kelty.

— Au fond du couloir, à droite, salle C.

L'infirmière semblait aussi fatiguée que celles qui vivaient derrière l'église de la paroisse. Son chignon bas dépassait un peu de sa toque et des mèches de cheveux gras lui caressaient les épaules. La sonnerie déglinguée du téléphone retentit et elle fit un signe de tête dans la direction qu'elle leur avait indiquée avant de décrocher. « Great Ormond Street. »

La salle qui était censée abriter Kelty disposait de grandes portes-fenêtres à cadres métalliques rectangulaires, tachées et sales. Elle était bondée, remplie de rangées de lits en fer-blanc à barrières. Un garçon assis sur l'un d'entre eux écoutait une infirmière qui lui lisait une histoire. Une petite femme, qui portait une toque à lacets, différente de celle des autres, était penchée sur le lit d'un autre enfant qui dormait et lui caressait le dos.

Des lampes blanches diffusaient une lumière blafarde cerclée d'ombre et sur les tables de chevet, il y avait des vases aux bouquets de fleurs fanées et des feuilles de papier griffonnées. Des rubans de couleur, qui flottaient au passage des infirmières, étaient accrochés à certains lits. Une petite fille, les yeux fermés, tripotait les siens.

Hazel chercha Kelty du regard et la repéra tout au fond. Les barrières latérales de son lit étaient montées et semblaient la maintenir en cage. En approchant, elle s'aperçut que son amie avait les yeux fermés et le bras et le front bandés.

La jeune fille laissa échapper un cri et se précipita à son chevet.

— Kelty.

Son amie ouvrit les yeux et sourit.

— Je leur avais bien dit que tu viendrais, mais elles ne m'ont pas crue.

— Oh, Kelty… (Hazel tendit la main pour prendre la sienne avant de voir la perfusion rattachée à son bras par une large bande tachée d'une seule auréole de sang séché.) Je suis si désolée de tout ce qui s'est passé.

— Maman est morte. (Sa joue gauche était déformée par un hématome jaune bleuté qui remontait jusqu'à son pansement au front, mais elle ne versa pas une larme.) Elle était juste à côté de moi. Et puis soudain, elle a disparu. (Sa voix se voila d'émotion et elle ferma les yeux.) Ils vont m'envoyer chez ma tante Bernice, dans le Lancashire. Je ne l'ai vue qu'à de rares occasions. Laisse-moi revenir à Binsey avec toi. Je t'en prie.

— Je peux, Maman ?

Cette dernière ne répondit pas et le regard de Hazel s'attarda sur les rubans accrochés au lit.

— Qu'est-ce que c'est ? demanda-t-elle.

Kelty détourna les yeux et son visage s'affaissa.

— Certaines filles s'échangent les rubans que leurs parents apportent pour en avoir de toutes les couleurs. Les mamans les nouent dans leurs cheveux puis en rapportent encore d'autres.

— Maman ! s'écria Hazel. Il faut que tu en apportes à Kelty.

— C'est promis, ma chérie.

— Il faut que Kelty rentre avec moi, reprit-elle en se tournant vers sa mère qui était passée de l'autre côté du lit et caressait le bras de son amie.

— Elle n'ira nulle part, déclara une voix ferme derrière elle.

L'infirmière, celle coiffée de la toque à lacets, s'était arrêtée au chevet de la voisine de Kelty. Cette petite fille devait avoir le même âge que Flora. Elle avait les yeux fermés et des lettres noires inscrites sur le front : M ¼. L'infirmière, par sa petite taille, pouvait facilement passer pour une enfant si on oubliait ses cheveux grisonnants et sa tenue. De toute évidence, il s'agissait de la responsable. Elle parcourut le dossier médical accroché au montant du lit de la malade et se tourna vers Hazel et sa mère.

— Je m'appelle Matron Lane, et cette jeune fille n'ira nulle part pour l'instant.

Le regard de Hazel se posa sur la fillette couchée dans l'autre lit.

— Pourquoi a-t-elle une inscription sur la tête ?

L'infirmière la dévisagea comme si elle réfléchissait avant de répondre, puis lui dit doucement :

— Dans l'urgence, c'est le meilleur moyen de communiquer rapidement. Cette note indique qu'elle a reçu un quart de dose de morphine. (Matron Lane posa sa main sur les barrières du lit de son amie.) Kelty, ta migraine s'est-elle calmée ?

— Oui, je vais beaucoup mieux, lui assura-t-elle. Je n'ai plus mal nulle part. Puis-je partir à présent ?

— Pas encore. (L'infirmière regarda Camellia.) Êtes-vous de la famille ?

— Oui, assura Hazel. Nous sommes de la famille.

Matron Lane lui offrit un demi-sourire las.

— Êtes-vous de la famille ? répéta-t-elle.

Camellia fit non de la tête.

L'infirmière toucha délicatement le bandage qui recouvrait le front de Kelty.

— Elle s'en remettra. Nous allons la garder un jour de plus pour nous assurer qu'elle est bien nourrie, ce qui laissera le temps à sa tante de venir jusqu'ici pour l'emmener. Ces derniers jours ont été très éprouvants, nous vivons vraiment des moments terribles.

— Elle est comme ma sœur, reprit Hazel. Je vous en prie, laissez-la rentrer à la maison avec moi.

Kelty avait les yeux gonflés de larmes quand elle rassembla tout son courage pour lui dire :

— Nous nous retrouverons, Hazel.

Flora se recroquevilla contre Hazel, le dos contre le ventre de sa grande sœur. Bridie avait informé Hazel que la petite n'avait pas quitté la chambre de la journée, qu'elle l'avait attendue là, s'accrochant à Berry, jusqu'à son retour. C'était une nuit sans lune.

— Raconte-moi, lui demanda Flora.

— Je suis trop fatiguée pour inventer quoi que ce soit, lui dit Hazel qui tombait de sommeil et sentait poindre la douceur de l'oubli.

— Non, parle-moi de Kelty.

Hazel décida de ne pas mentionner l'hôpital, ni les pansements, ni les rubans, ni les enfants aux fronts marqués d'inscriptions noires.

— Kelty va bien. Sa tante Bernice la ramènera chez elle demain. (Hazel prit une grande inspiration. Ce n'était pas facile à dire, mais il le fallait.) Nous ne pouvons pas partir d'ici. C'est notre vraie maison et nous devons rester en lieu sûr. Nous ne quitterons pas cet endroit tant que tout ça ne sera pas terminé.

— Même pour aller à Whisperwood ? demanda Flora, dont la voix se brisa.

— Oui.

Alors seulement, Flora fondit en larmes, s'écarta de sa sœur, se pelotonna en serrant fort Berry contre elle. Hazel tendit le bras pour lui caresser le dos. Face à toutes les horreurs qu'elle avait vues ce jour-là, la jeune fille avait compris que son pays n'était qu'une illusion. Whisperwood et sa rivière étincelante d'étoiles – bien sûr que rien de tout cela n'était réel ni vrai. Un jeu d'enfant. Il n'y avait pas d'étoiles nichées dans le fleuve impétueux ; rien que de l'eau boueuse qui allait se jeter dans la mer depuis toujours et à jamais. Elle avait quinze ans et la guerre était bien réelle. Finis les contes de fées, reines de pacotille et portes étincelantes. Il lui fallait protéger sa sœur, aider Bridie et les maintenir en sécurité.

Hazel n'était pour rien dans la fin de Whisperwood ; les bombes, la guerre et l'affreux bonhomme à moustache avaient mis un terme à leur histoire.

CHAPITRE 39

19 octobre 1940
Jour de la Sainte-Frideswide

Il faisait exceptionnellement chaud pour un mois d'octobre. Bridie avait expliqué à Hazel qu'il s'agissait sans doute de la dernière belle journée avant que l'hiver ne prenne ses quartiers dans le sol dur et froid. Elle avait nettoyé le jardin, et les arbres alentour avaient perdu leurs feuilles.

La radio de Bridie ne diffusait plus beaucoup de musique, ces derniers temps. La voix de Churchill résonnait dans la maison et la BBC donnait les dernières nouvelles pendant que Harry et Hazel faisaient de leur mieux pour se concentrer sur leurs devoirs et suivre les injonctions de Bridie et Churchill : « Ne renoncez jamais. »

Des mois s'étaient écoulés ; Harry et Hazel n'avaient jamais reparlé de leur baiser ni de leur nuit sous les étoiles. Ce silence n'en avait pourtant pas atténué l'importance, car dès que son esprit vagabondait, Hazel repensait à ses caresses. Elle se souvenait du contact de sa tête sur son épaule, de la position de son bras sous son cou, de son odeur, mélange de feu de bois et de savon. Son désir pour lui la consumait dans les moments les plus improbables : au milieu du dîner, d'une course dans les bois, ou quand elle emmenait Flora faire des commissions en ville avec Bridie. Sa peau. Ses lèvres. Elle ne comprenait pas ce qui s'était passé et pourtant elle brûlait de le vivre encore.

Et encore.

Elle avait constaté que plus son désir pour lui s'intensifiait, plus elle devenait cassante et acerbe à son encontre. Quand Harry lui posait une question, elle lui répondait sèchement, lorsqu'il lui demandait si son nouveau bonnet tricoté par sa mère lui plaisait, elle l'ignorait ; elle finissait le gâteau sans le partager. Sa colère la protégeait de son envie : le supplier de la toucher à nouveau.

Pendant ce temps, Flora apprenait l'alphabet, en récitant les lettres les unes après les autres. Elles étaient peintes sur des carrés de papier et accrochées au mur du fond de la salle de séjour, près de la table sur laquelle ils faisaient chaque jour leurs devoirs. Harry leur avait donné des couleurs différentes, avec sous chaque lettre une image dont la première lettre correspondait à celle écrite sur le carré. Arc pour A, ballon pour B. Il ne choisissait pas les mots classiques qu'on trouvait dans les écoles primaires tels qu'avion pour A ; il optait pour ceux qui lui venaient à l'esprit ou que Flora choisissait avec lui. Chouette pour C, murmure pour M, rivière pour R, sorcière pour S. Un champ lexical constitué d'indices sur leur pays secret et pourtant, Whisperwood avait disparu.

Ils avaient désormais des rideaux noirs que Bridie avait cousus sur sa machine Singer, installée dans un coin de sa chambre, et se contentaient des nouvelles rations qu'elle récupérait en espérant obtenir assez de viande pour eux quatre. La mort et la destruction faisaient la une de tous les journaux.

Mais le jour de la Sainte-Frideswide, Bridie prépara un panier de pique-nique avec du fromage et des tranches de jambon. Elle plia les serviettes en chantant une comptine qui parlait d'un « *tisket* » et d'un « *tasket* », ajouta trois assiettes en porcelaine blanche marquées en leur centre de l'emblème de l'université d'Oxford. Au-dessus, elle plaça la couverture en laine rouge qu'ils avaient dépliée sur les bords du fleuve plus de fois que Hazel ne pouvait les compter. La répétition des rituels aidait les enfants à se sentir en sécurité.

— Je dois me rendre à Oxford aujourd'hui, annonça Bridie en ce matin d'octobre alors qu'elle lissait la couverture rouge et refermait le couvercle du panier. Je vais essayer de nous dénicher un téléphone. Il nous en faut un au cas où il y aurait… des nouvelles.

Elle gardait les yeux fixés sur le panier pour éviter qu'ils ne trahissent sa peur.

Hazel savait pourtant ce qu'elle insinuait : des nouvelles d'une blessure ou de la mort de Maman, ou d'une autre horreur. Bridie irait en ville dans sa voiture bruyante pour acheter un téléphone et faire installer à travers ses vastes champs une ligne téléphonique qui ne recevrait qu'un seul type de nouvelles : les mauvaises.

Elle tapota une dernière fois le panier, releva la tête avec ce sourire étincelant qui lui plissait les joues, attrapa son sac noir avec son fermoir en argent, embrassa Harry, Hazel et Flora sur le front, et passa le seuil de la porte d'entrée en criant :

— Et maintenant, allez profiter de cette journée et veillez bien les uns sur les autres.

Veillez bien les uns sur les autres.

La bruyère ondulait dans la brise tandis que Hazel et Flora couraient, arpentant le chemin qu'elles avaient déjà emprunté à maintes reprises. Harry les poursuivait, en portant le panier à pique-nique que Bridie leur avait préparé.

Le courant du fleuve était puissant ce jour-là, comme s'il courait vers son destin.

Les enfants atteignirent la berge et s'arrêtèrent. Flora percuta Hazel, manquant de la pousser dans l'eau tumultueuse.

— Flora !

— Pardon.

Quand Harry les rejoignit, les joues rouges d'avoir trop couru, il posa le panier en osier par terre. Hazel essaya de ne pas relever que ses muscles avaient pris du volume au cours du dernier mois. On aurait dit qu'un homme cherchait à éclore de ce garçon. Hazel installa la couverture rouge sur l'herbe et, ensemble, ils s'assirent en tailleur.

Au cours de ces derniers mois, la jeune fille cherchait toujours le moyen d'effleurer Harry, l'air de rien. Du coude, pendant qu'il faisait ses devoirs et que ses lèvres articulaient silencieusement chaque mot ; du genou quand ils étaient assis au bord du fleuve ; de la main pendant la prière. Un simple contact, même à travers les pulls, les gants ou les chaussettes, lui procurait un sentiment curieusement vivifiant. Elle avait l'impression de respirer et de suffoquer en même temps. Et elle traquait toujours sur son visage la confirmation qu'il ressentait la même chose qu'elle.

La nuit, dans ses rêves, il lui prenait la main, lui caressait la joue ou l'attirait contre lui alors que l'orage se déchaînait dehors. Il lui arrivait de s'inventer des histoires, qu'elle n'écrirait jamais de peur que Bridie ou lui ne les découvre. Dans ces histoires-là, Harry et elle vivaient seuls dans cette maison. Ils ne traversaient pas seulement la forêt, mais la vie ensemble. Il l'embrassait le matin, pour lui dire bonjour, et le soir, en guise de bonne nuit. Ils partageaient la même chambre – ce qui s'y passait, derrière la porte close, n'était toutefois pas très clair.

Le cœur et l'esprit de Hazel ne pouvant plus supporter l'absence de contes pour enfants, les histoires entre Harry et elle semblaient venir remplacer celles de Whisperwood.

Au bord du fleuve, avec lui à leurs côtés, Flora commençait à somnoler, car c'était l'heure de sa sieste.

— Encore une de nos histoires.

— Chut, lui dit Hazel qui sentait poindre la chaleur de leur secret tandis que Harry vidait le panier.

Elle caressa le dos de sa petite sœur jusqu'à ce qu'elle s'endorme. Harry s'appuya sur son coude et sourit.

— Allez, raconte-moi l'une de vos histoires.

— Comment sais-tu... ? rétorqua-t-elle sur un ton tranchant.

Il avait l'air désorienté, comme si elle l'avait giflé.

— J'ai dit quelque chose de mal ? s'enquit-il en gigotant sur la couverture, les yeux braqués sur elle, ses longs cils brillant sous le soleil.

Hazel se leva en se demandant comment il avait pu les entendre parler de Whisperwood.

— Nous as-tu espionnées ?

Son cœur s'emballait, cognant aussi fort que le marteau de Bridie sur les clôtures.

— Non, jamais de la vie ! répondit-il en rougissant sous ses taches de rousseur.

Il se leva et ils se retrouvèrent face à face.

— Dans ce cas, comment es-tu au courant pour nos histoires ?

Flora était allongée en chien de fusil, son ours en peluche à côté d'elle. Sa robe à fleurs de centaurées rose et bleu l'entourait tel un nuage.

Leurs regards se croisèrent. Hazel se sentait submergée par l'embarras : parler de ses histoires, c'était comme se mettre à nu.

— Je ne vous espionne pas, se défendit-il. On habite le même cottage, tu sais ?

Hazel fit deux pas vers lui, plaça ses mains sur son torse et le poussa en arrière. Il trébucha.

— N'écoute pas aux portes, ça ne te regarde pas.

— Pourquoi es-tu si en colère ? demanda-t-il en s'approchant, exauçant ainsi son souhait le plus cher.

— Cette histoire nous appartient. C'est notre pays secret. Même notre mère ignore qu'il existe.

Tout était étrangement calme, autour des deux jeunes gens, par cet après-midi d'automne.

Harry s'éclaircit la voix et enfonça son bonnet sur sa tête.

— Vous avez un pays secret ?

— Je ne te le dirai jamais, affirma Hazel.

— Oh, allez, dis-le-moi.

Il lui adressa un large sourire avec cet air si particulier qui, Hazel l'espérait, n'était réservé qu'à elle et à personne d'autre.

Mais il possédait déjà tant de choses qui n'appartenaient qu'à lui – une mère qui chantait des chansons et les embarquait dans des aventures, un cottage au milieu de vastes landes de bruyères, des amis qui recherchaient sa compagnie et l'adoraient. Hazel ne lui donnerait pas le seul bien qu'elle partageait avec Flora.

— Jamais ! Il est à nous, tu entends ? Pas à toi ! s'écria-t-elle en s'approchant.

Puis elle se mit à courir – ce qu'elle faisait souvent quand elle ignorait comment réagir – sans savoir où, ni pourquoi. Elle connaissait bien le chemin qui conduisait à l'arbre fendu, et à la petite caverne de Whisperwood. Une fois près du tronc, elle se glissa à l'intérieur, se faufilant dans la cavité sombre de façon à ce que son dos prenne appui sur l'écorce comme tant de fois auparavant.

Combien de temps demeura-t-elle là, les yeux clos, sa confusion, ses larmes et sa frustration infectant le sang qui battait dans ses veines ? Cette question reviendrait sans cesse la hanter plus tard. Son corps était assailli par une cacophonie d'émotions : colère et désir, avidité et peur, perte. Son père décédé. Sa mère meurtrie ; celle de Kelty ; les bombes, la guerre et l'effroi.

Et la façon dont elle avait anéanti Whisperwood, dont elle l'avait arraché à Flora.

Puis cette langueur pour Harry, son contact, un peu plus que ce qu'elle avait déjà, quelque chose qui la maintenait éveillée la nuit.

Finalement, elle perçut un bruissement et un cri en provenance de l'extérieur.

C'était Harry et elle lui répondit :

— Ici.

Son visage apparut dans l'ouverture du tronc ; il se pencha en avant et rejoignit Hazel.

— Regarde un peu ce que tu as trouvé, dit-il. C'est vraiment magique.

Hazel garda le silence.

— Je ne voulais pas te mettre en colère.

Harry tendit le bras et lui effleura la joue, aussi doucement que le souffle du vent. Elle ferma les yeux et se sentit partir, se noyer, et sombrer encore... exactement comme elle l'avait espéré. Ses bras l'entouraient, l'attiraient à lui. Elle posa sa tête sur son épaule, à croire qu'elle avait été faite pour elle.

Hazel se sentait si bien avec lui. Il passa ses doigts dans ses cheveux emmêlés et un picotement joyeux et rassurant lui parcourut le cuir chevelu. Hazel releva la tête pour accueillir ce qui s'annonçait.

Il plaça son front contre le sien et décela l'odeur du thé qu'elle avait bu le matin même. Il l'embrassa, et ce qui restait chez la jeune fille de pensées vindicatives se dissipa aussitôt. Son baiser fut d'abord tendre, puis leurs bras et leurs jambes s'emmêlèrent et son envie se mua en autre chose, un sentiment sur lequel elle n'avait aucune prise : du désir.

Il mordilla le lobe de son oreille et lui murmura :

— Maman nous a demandé de veiller les uns sur les autres. Je n'arrêterai pas maintenant.

— Veiller les uns sur les autres.

Une longue sonnerie retentit aux oreilles de Hazel, un son aigu qui la fit pousser Harry loin d'elle et remit ses pieds en mouvement, vers la rivière, vers Flora, vers la couverture rouge étendue sur le sol froid.

Elle entendait le pas précipité de Harry dans son dos, la terre tremblait. Ils atteignirent ensemble la rive du fleuve. La couverture avec le panier et un morceau de fromage était toujours là ; il régnait aussi un calme vide.

Flora avait disparu.

CHAPITRE 40

Mars 1960

— Pegs, donne-moi des exemples de différences entre les contes de fées et, disons, *Les Aventures de Pierre Lapin* ou *Les Voyages de Gulliver*, lui demanda Wren.

Dans le lit à baldaquin de l'hôtel Savoy de Londres, ils étaient tous les deux emmêlés et même si Wren faisait courir sa main le long de sa jambe et la serrait contre lui, Peggy avait encore du mal à croire qu'elle ne rêvait pas. Tout était allé si vite : leur rendez-vous à minuit sur la plage, le trajet jusqu'à l'aéroport, pied au plancher, la journée dans le terminal de Boston, une nuit d'avion à somnoler, et, juste après, le bavardage, marqué d'un fort accent british, du chauffeur de taxi.

Se sentant déconnectée du réel, comme en plein rêve, elle fit de son mieux pour répondre à Wren.

— Les fables d'Ésope mettent en scène des animaux. *Gulliver* est le conte d'un voyageur et… *Alice au pays des merveilles*, un conte sur le rêve.

— Ces contes ont-ils été classés par quelqu'un ? Leur appellation a-t-elle de l'importance ?

— Seulement pour les doctorants qui cherchent à finir leur thèse. (Elle passa ses doigts sur son torse.) J'ai toujours préféré *Alice*. Je ne le considérais pas comme le récit d'un rêve, jusqu'à ce qu'on me le qualifie ainsi. J'ai rêvé de son rêve, même si je sais que ça peut paraître un peu débile.

Cette conversation sur les contes de fées et les histoires avait débuté au décollage de l'avion, alors qu'elle reposait sa tête sur son épaule et qu'ils s'élevaient au-dessus des nuages, et s'était poursuivie jusqu'à leur descente vers un nouveau pays. C'était un échange interminable ponctué de caresses, de baisers et de la sensation de se métamorphoser, à l'image des transformations de Protée, le dieu aux multiples visages.

Leur altitude de croisière atteinte, elle lui avait demandé :

— Wren, peux-tu m'expliquer pourquoi tu as été renvoyé de Harvard ?

Il s'était écarté d'elle. Elle n'aurait pas dû lui poser la question.

— Il y a eu de la triche dans notre cours de chimie, répondit-il avec calme. J'ai refusé de balancer mon ami et nous avons tous été renvoyés. Finalement – et ta mère a omis de le préciser – mon ami a tout avoué et nous avons été blanchis. La suspension a été levée. Comment a-t-elle appris cet incident, je n'en ai pas la moindre idée. Elle est… waouh !

— Oui, c'est vrai, avait-elle admis en se pelotonnant plus près, stupéfaite de pouvoir le faire.

Et désormais, dans le lit d'un hôtel luxueux, plus éloignée de sa mère qu'elle ne l'avait jamais été, elle étendit langoureusement le bras et Wren reprit :

— Les rêves parlent des rêves.

Il la ramena doucement vers lui. Elle acquiesça sur sa poitrine, un doux creux couvert de poils couleur d'algues.

— D'après Tolkien, le but d'un conte de fées, énonça-t-elle, s'il en a un, est de nous donner une vision différente de notre monde, et la consolation d'une fin heureuse. Un réconfort en quelque sorte. Comme si nous quittions ce monde pour voir le nôtre sous un nouveau jour. Tu vois ce que je veux dire ?

— Comme quand je m'éloigne de toi, et que tout est différent ; ou quand je suis avec toi et que le monde, avec tout ce qu'il contient, me paraît vivant et rien que pour moi ?

Un feu la parcourut ; elle buvait ses paroles comme un sol aride la pluie.

— Je te donne une autre vision du monde ? demanda-t-elle en calant sa hanche contre lui.

Il enroula ses jambes autour des siennes, leurs corps s'épousant à nouveau.

— Tu es mon conte de fées, dit-il. Depuis toujours.

CHAPITRE 41

19 octobre 1940

— Quand as-tu vu Flora pour la dernière fois ?

Posté sur la rive du fleuve, Aiden Davies avait posé cette question à Hazel, puis à Harry et Bridie, d'un air si calme qu'un cri enflait dans les entrailles de la jeune fille.

— Moi, c'était en fin de matinée, lui répondit Bridie. Quand j'ai laissé les enfants pour me rendre à Oxford en voiture et faire enregistrer ma demande de téléphone.

— Elle était juste là, en train de dormir comme tous les après-midi, tout allait pour le mieux.

Hazel piétinait la couverture étalée à seulement quelques mètres des eaux boueuses du fleuve. Ses bottes avaient laissé leurs empreintes dans la terre.

Harry était si pâle que Hazel crut qu'il allait défaillir.

— Je suis allé chercher Hazel, dit-il. Je ne voulais pas réveiller Flora.

Aiden Davies prenait des notes sur le carnet qu'il avait sorti de sa poche. Une barbe naissante commençait à recouvrir ses joues rêches.

Dès que Hazel et Harry avaient compris que Flora avait disparu, lui s'était précipité à la maison pour en informer

Bridie pendant qu'elle avait couru d'amont en aval du fleuve sans cesser de crier « Flora Lea ! » à tel point qu'elle en avait encore la gorge enflammée et irritée.

Quelques minutes plus tard, Harry était revenu et avait joint sa voix à celle de son amie. Bridie s'était rendue chez le Père Fenelly pour appeler la police et tous ensemble, ils avaient fouillé les abords du fleuve. Ils s'étaient déployés le long des berges, dans les bois environnants, jusqu'à la forêt de Wytham et au-delà. Certains avaient couru jusqu'au hangar à bateaux, à l'endroit où le fleuve se divise avant de confluer à nouveau de l'autre côté.

Flora Lea !

L'arrivée de la police avait été prompte et sonore, toutes sirènes hurlantes sur la route de Binsey. Hazel, Bridie et Harry avaient couvert la zone la plus étendue possible et Bridie en avait profité pour interroger la jeune fille. Elle ne l'avait accusée de rien ; elle était trop gentille pour ça.

— Où êtes-vous allés ? Pourquoi l'avez-vous laissée seule ? Pendant combien de temps ? Que faisait-elle ?

Ce fut Harry qui avoua à sa mère :

— Hazel était contrariée parce que je lui avais dit une bêtise et elle s'est enfuie, mais seulement jusqu'à la clairière. Je lui ai couru après. Nous ne nous sommes absentés que cinq minutes.

— Jusqu'où peut aller une petite fille en cinq minutes ? s'était-elle interrogée à voix haute, le visage décomposé par la peur.

Hazel se demandait si cela n'avait duré que cinq minutes. Elle aurait aimé revenir en arrière, à cet instant où elle avait fui Harry. Jamais elle n'aurait laissé sa sœur. Au grand jamais. Qu'avait-elle donc fait ?

Ses pensées se bousculaient, s'entremêlaient. Elle se formaient trop vite et lui laissaient un goût ferreux dans la bouche.

Au bord du fleuve, son pied dérapa. L'eau trouble bouillonnait, rageait, déferlait plus vite après l'orage de la veille au soir qui avait gonflé son cours et ramolli ses berges. Des ombres légères y formaient des taches sombres.

Hazel repéra une boule de fourrure sale et poussa un cri. La tête de Berry et sa patte droite émergeaient près du bord. Le reste de son corps était pris dans la vase et semblait presque avalé par les joncs marron et les roseaux verts. Elle l'attrapa par la patte.

— Là ! s'écria-t-elle.

Tout le monde accourut dans sa direction ; les deux policiers, Harry, Bridie, fixaient la surface du fleuve comme s'ils s'attendaient à la voir, flottant à la surface et leur faisant de grands signes.

Aiden Davies laissa échapper un grognement et regarda Hazel.

— Est-ce le sien ?

— Oui. Elle ne va jamais nulle part sans Berry.

La nouvelle se répandit très vite et M. Nolan, Mlle Swife, les jumeaux Baldwin ainsi que certains écoliers accompagnés de leurs parents arrivèrent sur place. La foule se pressait sur les berges quand Aiden cria :

— Ne vous approchez pas. Nous devons chercher des traces de pas.

Le groupe s'arrêta tandis qu'Aiden se déplaçait méthodiquement sur la rive, se frayant un chemin à travers les roseaux, examinant les trous remplis d'eau cachés sous les branches basses.

— Je ne vois pas la moindre empreinte, dit-il comme s'il s'agissait d'une bonne nouvelle.

Mais Hazel comprenait ce que cela voulait dire : Flora s'était aventurée dans la rivière et n'en était pas ressortie.

Elle sut ce qu'il lui restait à faire : s'asseoir sur la terre tendre et froide, ôter ses bottes et ses chaussettes en laine épaisse, et s'en débarrasser. C'est donc ce qu'elle fit et avant que quiconque pût s'en apercevoir ou l'arrêter, elle avait sauté dans le fleuve, bravant le froid, le courant et la turbidité des eaux.

Quand Hazel s'était baignée avec Harry l'été précédent, Flora était alors sous la surveillance d'Imogene, le niveau du fleuve était plus bas. Ils avaient voulu se rafraîchir et s'étaient d'abord trempé les pieds dans la vase, avant de se laisser envelopper avec délectation par le miracle de l'eau fraîche.

Mais les eaux étaient plus profondes et agitées désormais. Elle dut s'immerger jusqu'à la taille pour s'ancrer dans les fonds instables et limoneux. Après avoir pris une inspiration qui racla sa gorge irritée, elle plongea la tête sous l'eau en ouvrant les yeux et fit courir ses mains sur le fond vaseux. Elle ne trouva que des pierres, remonta à la surface et replongea aussitôt.

Elle ignorait ceux qui l'appelaient, lui criaient d'arrêter, de sortir de là, la voix de Harry couvrant toutes les autres. Puis une douleur lui crispa l'épaule – quelqu'un la tirait en arrière par le bras. Elle se débattit, effort inutile. Aiden Davies était plus grand, plus fort – solide comme un roc.

— Arrête ça, Hazel, lui ordonna-t-il. Nous allons la retrouver. Arrête !

Les doigts du policier enserraient son bras engourdi et y laisseraient sans doute un hématome. Les voisins attroupés autour d'elle la regardaient fixement. Parce que son corps grelottait, que ses dents claquaient, Hazel savait qu'elle avait froid sans pour autant en sentir la morsure habituelle. Elle n'éprouvait qu'un profond désespoir, un vide semblable – quoique plus abyssal encore – à celui qui s'était ouvert à l'annonce de la mort de son père.

— Où est la vieille sorcière ? s'écria-t-elle.

Elle tenta de dégager son bras d'un coup sec, mais le policier refusait de la lâcher. Elle le gifla, le frappa.

— Vous ne le voyez donc pas ? Il ne manque que Mme Marchman. Elle a enlevé Flora, je le sais. Elle l'a enlevée pour remplacer Kelty.

Aiden libéra Hazel, ramassa la couverture – sur laquelle Flora était allongée avant de disparaître – et la plaça sur les épaules de Hazel.

— Rentre chez toi, bien au chaud. Laisse-nous faire notre travail.

La jeune fille le toisa et, au lieu d'acquiescer, s'enfuit à toutes jambes. Ils partiraient du principe qu'elle s'empressait de rentrer à la maison, mais elle se souvenait très bien du chemin qui menait chez Mme Marchman. Ses pieds nus martelèrent le sol moelleux puis le chemin de terre. Elle dépassa Le Perchoir, que M. Nolan avait abandonné toutes portes ouvertes pour se ruer vers le fleuve et proposer son aide. Elle longea l'école et son toit de chaume bas, croisa l'infirmière américaine à vélo, son panier rempli de fleurs sauvages dont les capitules blancs s'agitaient au vent.

Hazel *devait* sauver Flora.

C'était de sa sœur qu'il s'agissait, pas d'un conte merveilleux.

De la vraie vie.

Elle entendit Harry courir sur ses talons. Il ne criait pas son nom, mais il était là. Ensemble, ils arracheraient Flora des griffes de la vieille sorcière. Mme Marchman, avec ses cheveux rêches, ses ongles jaunis et son odeur nauséabonde, mélange de liqueur et de sueur, les avait sans doute épiés, attendant patiemment le moment où elle pourrait surgir du bois, enlever Flora et ainsi remplacer Kelty.

Aiden Davies pouvait bien croire que Flora était tombée dans la rivière et s'y était noyée. Hazel lui prouverait qu'il avait tort.

Devant la maison de la sorcière, le jardin à l'abandon témoignait d'un monde en ruines : de l'herbe jaillissant d'un pneu crevé, une houe cassée aux dents tordues et rouillées, une clôture blanche effondrée encerclant un jardin mort. Au fil des années, la peinture verte de la porte d'entrée s'était écaillée et lorsque Hazel l'atteignit et frappa du poing, Harry la rejoignit, tout essoufflé.

Mme Marchman, qui portait la même robe sinistre que d'habitude, apparut sur le seuil. Ses longs cheveux étaient tirés en natte. Éblouie par le soleil, elle leva sa main fripée pour s'en protéger.

— Que voulez-vous ? s'enquit-elle.

Sa maison sordide dégageait une sombre odeur de moisissure, de cave ou d'entrepôt de ciment.

— Rendez-nous Flora ! lui hurla Hazel.

La sorcière les observa, plissa les yeux l'air perplexe, et la jeune fille sut aussitôt qu'elle s'était trompée. Cette misérable ne serait jamais capable d'enlever qui que ce soit. Elle était perdue, effarée et loin de se douter du terrible drame qui venait de se jouer à proximité, au bord de la Tamise.

Les jambes de Hazel se dérobèrent, mais Harry parvint à la rattraper. Sous le regard froid de la vieille femme, il l'étendit sur le sol, la serra dans ses bras et lui dit :

— On la retrouvera.

Hazel ferma les yeux, dans l'espoir de tout faire disparaître. Au lieu de ça, elle se rappela un de ses cauchemars dans lequel Flora tombait dans le puits de mélasse de Frideswide, près du cimetière.

Le puits.

Le puits d'*Alice au pays des merveilles*.

Elle claqua des dents et attrapa Harry par le col de son pull.

— Le puits, murmura-t-elle.

Comme Hazel avait refusé d'ouvrir les portes étincelantes dans les bois, peut-être Flora s'était-elle rabattue sur l'endroit qui – d'après ce que la souris avait dit à Alice – abritait les trois sœurs.

Harry aida la jeune fille à se relever et demanda à Mme Marchman :

— Si vous avez le téléphone, appelez la police s'il vous plaît et demandez-leur de nous rejoindre à la chapelle.

Elle hocha la tête et claqua la porte tandis que les deux jeunes gens se ruaient vers l'oratoire. Harry connaissait un raccourci qui passait à travers champs. La bruyère fouettait son pantalon en velours côtelé et les jambes nues de la jeune fille, les orties lui brûlant les pieds malgré le sol tendre et fertile. Le jour cédait la place à la nuit. Bientôt, le clocher de la chapelle apparut, perçant le soleil couchant à l'image d'une aiguille perçant un ballon rose. Les pavés fissurés et irréguliers du cimetière scintillaient dans la lumière déclinante.

Hazel était terrifiée à l'idée que le jour s'enfuie sans Flora à ses côtés et que les ténèbres recouvrent ces terres. Sa petite sœur n'était jamais seule à la nuit tombée, mais toujours serrée contre son aînée.

À leur arrivée au puits, Aiden Davies se trouvait déjà sur place, ainsi que le Père Fenelly et une poignée de villageois. Ethan Baldwin était penché sur le trou noir qui, bien que trop étroit pour permettre le passage d'un enfant, exerçait ses pouvoirs de fascination sur lui aussi.

— Aujourd'hui, c'est la Sainte-Frideswide, rappela le curé d'une voix douce. C'est le jour où Oxford fête l'anniversaire de sa mort.

Nauséeuse et prise de vertige, Hazel se tourna vers lui.

— Je m'en fiche. Je me fiche de cette princesse idiote. Où est Flora ?

— Tu nous as fait venir ici ? lui demanda Aiden avec beaucoup de délicatesse, les mains jointes en prière, collées contre sa poitrine.

— Oui. Si Flora s'était enfuie, elle serait venue au puits. Elle le croyait magique…

— Magique ? cracha avec mépris un autre policier qu'elle n'avait jamais vu, en se tournant vers Harry et Hazel.

Une ancienne maladie lui avait grêlé la peau du visage et ses yeux étaient enfouis sous les plis de ses paupières, aussi épaisses qu'un pâton. L'homme tripota sa casquette et fusilla Aiden du regard.

— Nous avons perdu notre temps, à venir jusqu'ici, poursuivit-il. Elle est forcément au fond du fleuve.

Aiden retira son manteau en laine bleu foncé avec de gros boutons en cuivre et le jeta sur les épaules de la jeune fille.

— Tu vas finir par tomber malade si tu ne rentres pas te mettre au chaud.

Hazel fut prise de vertige, accablée par la course, la peur et la culpabilité – car elle savait que tout était sa faute. Son environnement se brouilla bientôt : les auréoles formées par le soleil autour des visages rassemblés près du puits en pierres noires, son eau étincelante pareille aux diamants d'une mélasse. C'était elle qui se noyait dans la rivière, qui cherchait à reprendre sa respiration, qui sombrait.

CHAPITRE 42

Mars 1960

La veille de son départ pour Paris avec Barnaby, Hazel rêva de Harry. Il était debout au bord du fleuve, au milieu de fleurs sauvages qui proliféraient si vite qu'il les regardait surgir de terre. En les voyant déployer leurs pétales rouges, jaunes et orange face au ciel céruléen, il éclatait de rire. Hazel l'appelait par son nom, en vain, il ne l'entendait pas, et elle recommençait encore et encore jusqu'à ce qu'elle se réveille, la nuque raide et le visage écrasé sur la table de la cuisine.

Barnaby la secouait doucement.

— Hazel.

Elle se redressa en grognant.

Il avait mis une cravate et son costume avec la petite poche portant le logo de l'université.

— Ça va ? (Il grimaça.) Tu criais… le nom de ce type.

Elle se frotta le visage, tourna la tête, la pencha à gauche puis à droite pour dénouer sa nuque et planta son regard dans celui de Barnaby.

— J'ai fait un cauchemar et personne ne m'entendait. J'étais au bord du fleuve et…

Il prit son bloc-notes, en parcourut les pages puis haussa les sourcils.

— Tu écris ton histoire ? C'est pour ça que… tu ressasses tout. Pourquoi ?

Elle se leva et une violente douleur lui vrilla la hanche. Au beau milieu de la nuit, alors qu'elle était en train d'écrire, elle avait appuyé sa tête sur la table. Quelle heure pouvait-il être alors ?

— Il me faut un thé, lâcha-t-elle.

Hazel sentit qu'il l'observait pendant qu'elle posait la bouilloire sur la gazinière, se frottait la tête, essayant de s'extirper du sommeil. Elle pivota vers lui.

— Je voulais terminer l'histoire, mais je n'ai pas réussi.

— Nos histoires ne finissent jamais, décréta-t-il en esquissant un sourire de façade.

— Mais je tiens à clore celle-là. (La vérité perça dans sa voix.) J'aimerais tellement que cette période soit derrière moi, reléguée aux oubliettes. J'ai essayé de relater par écrit tout ce qui s'était passé jusqu'à maintenant, mais je me suis endormie en racontant le jour de la disparition de Flora. (Se ressaisissant de sa fatigue, elle ajouta :) Je suis désolée pour ces quinze derniers jours. J'ai été tellement distraite, distante et…

— Viens là, mon amour, lui dit-il en lui tendant les bras pour qu'elle le rejoigne. (Il lui caressa le dos en murmurant :) Tout va s'arranger.

— Je cherchais juste à évacuer toute cette histoire, à m'en libérer. C'est comme si cette époque était coincée au fond de moi, avoua-t-elle en tressaillant contre lui. Elle continue à vivre en moi contre mon gré.

— Sors-toi ça de l'esprit. Sors-*le* de ton esprit.

Il l'embrassa dans le cou. Elle releva la tête et le regarda d'un air incrédule.

— Harry, précisa-t-il. Sors-le de ton esprit, je t'en prie.

Elle se dirigea en silence vers la bouilloire fumante et se prépara une tasse de thé.

— Ce n'est pas *lui* le problème. Mais tout le reste.

— Ne t'inquiète pas. J'ai arrondi les angles avec mes parents. Je leur ai expliqué qui était Harry et la raison de ta présence là-bas. Ils ont compris.

— Merci, répondit-elle machinalement. Mais honnêtement, tes parents sont le cadet de mes soucis.

— Tu réalises que nous partons ce soir..., dit-il en jetant un coup d'œil à sa montre. Dans dix heures ?

Elle se tourna vers lui en se forçant à sourire.

— Le Night-Ferry. J'en rêve depuis si longtemps. Traverser la Manche de nuit, dans un train, à bord d'un ferry ! Une expérience aussi privilégiée qu'inoubliable !

Barnaby plongea la main dans la poche intérieure de son manteau et en sortit deux billets.

— Nous irons de Charing Cross à Victoria et monterons dans le wagon-lit. Il y a aussi un wagon-restaurant. Quand le train arrive à Douvres, les wagons sont dételés et embarqués sur le ferry. Nous nous réveillerons à Paris !

— Imagine un peu, dit-elle en l'embrassant.

— Oui, reprit-il. Ensuite, nous irons à l'hôtel Meurice, puis acheter des macarons, visiter le Louvre, boire du vin rouge...

Il appuya la main dans son dos, comme s'ils dansaient. Si seulement elle s'était sentie aussi libre et légère qu'elle feignait de l'être. Barnaby la souleva pour l'embrasser.

— Mais pour le moment, il faut que je file travailler et toi, ma chérie, tu dois faire tes bagages – même si j'espère que tu ne seras pas constamment vêtue.

Après lui avoir donné un dernier baiser, il lui adressa un clin d'œil et s'en alla.

Au-dessus du panneau déroulant des horaires des trains, l'horloge noire de la gare de Charing Cross indiquait 18 heures. Barnaby poussait le chariot d'une main et, de l'autre, cherchait à stabiliser la pile de bagages qui menaçait de basculer. Hazel et lui se pressaient en direction du quai n° 7. Elle sentait quelque chose la retenir à chaque pas, comme une corde qui la tirerait vers l'arrière et qu'elle aurait coupée si elle avait su comment s'y prendre. Pour l'instant, mieux valait encore qu'elle l'ignorât.

Elle avançait au côté de Barnaby, arborant sa tenue de voyage la plus chic composée d'une jupe en tweed rouge et d'une veste assortie avec de gros boutons noirs. Elle avait agrémenté le tout d'une paire de ballerines noires et d'une toque. Il lui semblait indispensable d'arriver à Paris avec force élégance.

La voûte en treillis qui recouvrait la gare laissait entrevoir un ciel dégagé. Des affiches publicitaires vantaient les mérites des vêtements Moss Bros. et de la bière Guinness ; des drapeaux du Royaume-Uni rouge, bleu et blanc flottaient sur le toit ; des porteurs affublés de casquettes noires poussaient des chariots croulant sous les bagages et des enfants traînaient derrière leurs parents épuisés, au milieu de la vapeur, du grincement et du sifflement des trains qui entraient en gare.

Hazel avait rempli deux valises des plus belles pièces de sa garde-robe, des robes en soie avec chapeaux assortis jusqu'à la lingerie achetée pour l'occasion – il y avait toujours l'étiquette sur les bretelles de ses chemises de nuit et de ses soutiens-gorge demi-bonnets en dentelle.

Barnaby fit tomber les bagages du chariot et laissa échapper un juron lorsqu'une petite valise noire atterrit sur son pied.

Peut-être devrait-elle simplement sauter dans le premier avion pour l'Amérique, retrouver cette auteur et lui réclamer une explication. *Répondez immédiatement. Qui êtes-vous ? Où avez-vous déniché cette histoire ? Est-ce que vous cachez ma sœur quelque part ?* Elle avait épuisé toutes les pistes et sources imaginables ici, en Angleterre, et se heurtait désormais à des impasses bouchées par des murs en briques.

Et si elle attrapait le bras de son amant, là, tout de suite, et lui avouait : Barnaby, mon amour, je crois qu'il vaudrait mieux changer nos plans et partir à Boston plutôt qu'à Paris. Ce serait génial !

Absurde. Insensé. Si elle souhaitait gâcher leurs vies et leur relation, y mettre un terme comme à toutes celles qui l'avaient précédée, c'était le meilleur moyen d'y arriver. Et ce n'était pas ce qu'elle voulait. Elle voulait tenir le coup ; elle voulait un amour pérenne ; elle voulait arpenter la vie aux côtés d'un homme qui l'aimait et qu'elle aimait en retour.

À force de courir à reculons, elle ne pourrait bientôt plus aller de l'avant. En supposant que Flora avait survécu par miracle pour raconter cette histoire et la diffuser par-delà les mers, la petite Flora de six ans avait bel et bien disparu. Hazel aurait beau retrouver sa sœur, elle ne retrouverait pas celle qu'elle avait perdue.

Sa manie de chercher des raisons et des explications à tout, son besoin irrésistible de donner du sens à ce qui n'en avait pas finirait par anéantir tout ce qu'elle avait ici et maintenant. Elle regarda Barnaby se diriger vers le train et lui emboîta le pas. La locomotive vert olive longea le quai et freina dans un crissement et un nuage de fumée.

Il lui sourit.

— Nous voilà partis !

La porte s'ouvrit en grinçant, et Hazel grimpa derrière lui les marches en métal du wagon-lit de première classe. Barnaby lui tendit la main pour l'aider à monter. Dans l'encadrement de la porte se tenait une femme avec une broche en forme de chouette sur sa veste bleue.

— Oh, excusez-moi, dit la dame en se décalant pour la laisser passer.

Une chouette.

Whisperwood.

— Hazel !

La voix de Kelty. Ou était-ce le produit de son imagination ? Puis à nouveau :

— Hazel ! Arrête !

Barnaby se retourna, lâchant la main de la jeune femme qui trébucha sur les marches. Retrouvant rapidement l'équilibre, elle descendit sur le quai et aperçut Kelty qui courait vers elle, sa fille Midge sur ses talons.

— Bon sang, mais qu'est-ce qui se passe ? s'agaça Barnaby qui jeta un regard furieux à la nouvelle venue.

— Midge ! s'exclama Hazel en se penchant pour prendre dans ses bras sa filleule, qui paraissait si grande et « comme il faut » avec sa veste bleue et son col Claudine en dentelle. Comment va ma petite chérie ?

— Je veux venir à Paris avec toi, mais Maman dit que c'est impossible.

— La prochaine fois ? lui proposa Hazel.

Midge hocha la tête et pivota du côté de sa mère qui avait le souffle court, le front trempé de sueur. Ses cheveux roux hirsutes faisaient penser à une torche en flammes. Kelty parla si vite qu'on avait du mal à la comprendre.

— Je suis allée chez toi pour te dire au revoir, pour vous souhaiter le plus merveilleux voyage du monde. Midge et moi vous avions apporté une boîte de chocolats à déguster dans le train.

— Nous sommes partis plus tôt pour être tranquilles, lui expliqua Barnaby. Mais vous avez fait tout ce chemin pour une boîte de chocolats ?

Sa voix était emplie d'espoir alors que Hazel se doutait bien qu'il ne s'agissait pas de simples sucreries.

— Non. (Kelty tendit un bout de papier.) Et pourtant, j'ai changé d'avis dix fois en venant...

— C'est vrai, confirma Midge. On a fait demi-tour à deux reprises.

— Mais je savais que tu ne me le pardonnerais pas, Hazel. Ou que je ne me le pardonnerais pas.

Hazel s'empara du papier. Une belle écriture disait : *Je suis à Londres. J'aimerais vous rencontrer dans le lobby du Savoy demain matin à 9 heures, si cela vous convient. Peggy Andrews.*

Hazel chancela et se rattrapa au bras de Barnaby.

— Qu'est-ce qui est écrit ? demanda-t-il.

— Peggy. Elle est ici. À Londres.

Il lui arracha le message des mains, le lut et grinça des dents.

— Hazel...

Il posa la main sur la pile de bagages et elle comprit ce qu'il cherchait à lui dire.

Choisis. C'est elle ou moi. Le passé ou moi. Le pays magique de ton enfance ou moi.

Elle ne pourrait pas avoir les deux.

CHAPITRE 43

19 octobre 1940

— Hazel !

Tel un écho, la voix de Maman se propagea dans sa tanière, sous les couvertures.

Pendant quelques merveilleuses minutes, Hazel, quinze ans, oublia la réalité et crut qu'elle se trouvait bien au chaud dans son lit douillet avec Flora. Maman était venue les voir à Binsey, des cadeaux plein les bras : une nouvelle toupie ou peut-être une corde à sauter, et si elles avaient de la chance, un nouveau sac de billes ou un lasso que Flora pourrait faire tournoyer.

Hazel ouvrit les yeux. Désorientée, elle se découvrit allongée à l'arrière d'une voiture, la tête posée sur les genoux de Harry. La portière de la voiture était ouverte au niveau de ses pieds et, saisie de surprise et de confusion, elle repoussa le garçon. Elle s'assit et vit sa mère à l'extérieur de l'habitacle.

Qu'est-ce qu'elle faisait là ?

Quel genre de voiture était-ce ?

Pourquoi était-elle pieds nus ?

Les questions se bousculaient dans un épais brouillard.

Puis la réponse explosa dans son cœur : elle avait perdu Flora.

Hazel sortit du véhicule en titubant ; ils se trouvaient devant le cottage de Bridie. Elle se précipita dans les bras de sa mère. Celle-ci portait son manteau le plus doux, ses gants en cachemire couleur camel. Elle caressa ses cheveux sans pour autant lui dire que tout allait bien. Cette absence de mots rassurants lui confirma que Flora avait bel et bien disparu.

Après avoir bu un bouillon chaud, qui ne la réchauffa pas, et avoir été bordée sous de douces couvertures qui ne lui furent d'aucun réconfort, Hazel se retrouva seule dans le lit de la petite chambre derrière la cuisine. On lui avait placé une bouillotte sur le ventre et des tas de couvertures tout autour d'elle qui la clouaient là sans remplacer la chaleur de sa petite sœur. Les autres s'attelaient à des tâches d'adulte : ils planifiaient les recherches et envoyaient des volontaires dans les villages voisins pour passer des coups de fil, informer la presse de façon à diffuser sa photo dans les bourgs alentour et dans Oxford même.

Hazel, qui avait froid et chaud en même temps, frissonna et repoussa les couvertures. La bouillotte tomba par terre dans un bruit sourd et oscilla doucement.

Elle ne méritait aucune consolation.

Aujourd'hui, fête de Sainte-Frideswide, la princesse était morte. Hazel ne permettrait pas que Flora partageât avec elle cette date funeste. Elle descendit de son lit et au contact de sa peau brûlante, son pyjama en flanelle lui fit l'effet d'un gant de crin. Ses pantoufles glissaient sans faire de bruit sur le parquet. Elle ouvrit le dernier tiroir de la commode. Ses histoires de Whisperwood étaient soigneusement empilées les unes sur les autres, juste à côté des dessins de Harry. Elle prit les pages qu'elle avait écrites et contempla, à la lumière de la lune, ses mots et le récit qui lui avaient arraché Flora.

La culpabilité et la honte bouillonnaient en elle. Hazel avait entraîné sa sœur dans un fleuve impétueux, à la recherche de quelque chose qui n'existait pas. Nul ne devrait jamais prendre connaissance de ces feuillets.

La fièvre l'élançait derrière ses pupilles, dans sa nuque, pourtant rien ne lui importait plus que de détruire ces histoires. Mais les adultes qui étaient rassemblés autour de la table de la cuisine, juste derrière la porte, la verraient si elle sortait.

Dans la chambre baignée par le clair de lune, elle fourra ses feuilles tout au fond de son sac à dos, dans lequel sa mère avait rangé son pull et ses tickets de rationnement, ses chaussettes et ses tennis un an plus tôt. Hazel gardait un souvenir encore intact de ce moment qui était peut-être en train de se reproduire à cet instant même.

Elle déverrouilla la fenêtre, l'espagnolette en bronze était facile à ouvrir. Après avoir glissé ses doigts gercés sous le crochet, elle tira doucement puis de toutes ses forces jusqu'à se ménager une ouverture assez grande pour y passer. Elle retomba dehors, les deux pieds sur la terre ferme, ses chaussons en laine de mouton absorbant l'humidité.

La lune, pleine, était tapie derrière des nuages plats et bas. Capable de retrouver son chemin même par nuit noire, elle atteignit la rive où elle avait trouvé Berry, perdu Flora, à l'endroit même où le monde s'était effondré.

D'un geste sûr, elle laissa tomber son sac à dos sur le sol, en défit les boucles et, d'une main ferme et décidée, en sortit ses feuilles puis retira ses pantoufles. Ses pieds nus se prirent dans des orties brûlantes, mais elle ne le sentirait que plus tard, lorsque des zébrures apparaîtraient, qu'on lui poserait un cataplasme sur ses blessures, que la fièvre la tourmenterait et qu'une infirmière l'entourerait de murmures de compassion.

Mais pour l'instant, elle marchait le long du fleuve sans s'y glisser, prise d'assaut par des images de Flora tombant dans la Tamise. Pourquoi n'avait-elle pas hurlé ? Pourquoi

Flora n'avait-elle pas crié le nom de Hazel ? Et si elle l'avait fait ?

Elle desserra les doigts et les pages s'envolèrent, ailes blanches striées de lignes remplies de son écriture, qui retombèrent sur l'eau et y sombrèrent les unes après les autres. Elle les regarda disparaître sous le poids de leur culpabilité, de leur honte d'avoir existé, attirées vers le fond, jusqu'à la mer.

Hazel pria pour que sa sœur n'ait pas connu le même sort, mais si c'était le cas, il fallait que ces histoires l'accompagnent.

Une fois qu'elles eurent toutes disparu, Hazel marcha dans la nuit en traînant les pieds. Son vide intérieur se creusait et contaminait l'extérieur. Le monde ne pouvait exister sans Flora.

Ignorant ses tremblements, elle retourna de nouveau à l'église Sainte-Margaret. Plutôt que de se rendre au puits cette fois, Hazel poussa les portes en bois massif et pénétra dans le sanctuaire.

Même dans le noir, elle savait retrouver le chemin jusqu'à l'autel et les prie-Dieu sous les figures de saints brodées par les paroissiennes. Elle alla se placer face au crucifix, d'où Jésus, le visage maculé du sang qui coulait de sa couronne d'épines, la surplombait.

Elle le regarda et s'agenouilla. « Je vous en prie, ramenez-la-moi. »

D'un regard circulaire, Hazel chercha quelque chose pour s'entailler la peau et la faire saigner, car il n'existait plus d'autre solution à présent. Ne trouvant rien et se rappelant qu'elle était pieds nus, elle baissa les yeux. Sa cheville avait saigné, stigmate de sa fuite dans les bois. Elle gratta la croûte, laissa s'écouler le sang frais et rouge, y trempa le doigt et le passa sur l'autel en marbre.

« Par mon sang, commença-t-elle, je fais le serment de ne plus jamais raconter de fausses histoires ni d'inventer des échappatoires illusoires vers Whisperwood. Ramenez-moi Flora et je ne reverrai plus jamais Harry Aberdeen. Je m'engage à renoncer à tout ça. J'en fais le serment sur ma vie. »

Puis des cris retentirent dans l'église – étaient-ce les siens ou ceux de la chouette ? – et résonnèrent contre les pierres humides. Elle répéta ses vœux à trois reprises – comme une incantation.

Hazel avait la sensation de se décomposer, comme lorsque sa mère avait brandi l'ordre d'évacuation dans le jardin de Bloomsbury. Ce n'était pas la guerre qui menaçait sa vie ; c'était la disparition de Flora. D'une certaine façon, elle avait pressenti qu'un drame allait survenir, et ce, par sa faute. On avait tiré un fil. Et c'est ce qui la ravageait.

Il fallait absolument retrouver Flora. Et Hazel y parviendrait. Peu importait le temps que cela prendrait, ou ce que cela lui coûterait.

Hazel retourna au cottage et escalada à nouveau la fenêtre avant de se remettre dans son lit. Aux premières heures du jour, sa mère la secoua pour la tirer du sommeil.

— Hazel, réveille-toi. Je ne peux pas te porter. Il faut qu'on t'emmène à l'hôpital.

Elle grelottait de fièvre, la langue et le visage en feu, l'esprit embrumé. Obéissant à sa mère, elle chancela dans son pyjama en flanelle de la chambre au salon puis jusqu'à la porte d'entrée.

Juste avant d'atteindre le taxi qui patientait, le souvenir de la journée et de la nuit de la veille produisit comme une déflagration dans son cerveau. Hazel vit alors Harry et Bridie sur le perron, démunis, qui se soutenaient mutuellement. À côté d'eux, Aiden Davies avait son carnet à la main et l'air perdu.

La jeune fille se rappela que Harry lui avait demandé de lui raconter son histoire, puis leur baiser au creux de l'arbre, et la promesse qu'elle s'était faite à la chapelle, sous le Christ en croix, de ne plus jamais, jamais voir ou adresser la parole à Harry. Ce serment pouvait ramener Flora. Elle se dégagea des bras de sa mère et hurla au milieu d'un brouillard chargé de peur et de désespoir : « Je ne veux plus jamais, jamais te revoir ! »

CHAPITRE 44

Octobre 1940

À l'hôpital, quand Hazel finit par se réveiller, sa mère était assise à son chevet.

— Tu es là, dit Hazel.

— Oui, ma chérie.

Un flacon de liquide clair était suspendu à un crochet en métal et relié à son bras par un cathéter. Elle entendait le bruissement des uniformes amidonnés, le bruit métallique des chariots, les voix feutrées et les cris de douleur en provenance du fond de la salle. L'odeur, mélange d'alcool et d'urine, lui donnait des haut-le-cœur.

— Depuis quand suis-je ici ?

— Trois jours.

Hazel s'était enfoncée dans les sables mouvants du désespoir ; même le simple fait de respirer lui faisait mal. Elle émergeait d'un long rêve extravagant dans Whisperwood, peuplé de chouettes parlantes, d'une reine silencieuse assise sur son trône, de noyés et de puits qui débordaient.

Hazel grogna, la gorge sèche et douloureuse.

— Et Flora ?

— Le Blitz accapare l'attention de tous, lui répondit sa mère avec son visage amaigri et sa peau parcheminée autour des yeux. Le monde est en feu. Mais l'inspecteur Davies dit qu'ils poursuivent les recherches. J'ai collé des affiches et des photos d'elle sur toutes les vitrines d'Oxford.

— Je la retrouverai, promit Hazel, sa voix se brisant sur chaque mot.

— Pour l'instant, tu souffres d'une pneumonie, ma chérie, et tu ne peux pas quitter ce lit. Pas encore.

— Dès que je pourrai me lever, je la retrouverai. (Elle s'enroula dans sa fine couverture.) Je sais que tu me haïras tant que je ne l'aurai pas ramenée.

— Non ! (Sa mère avait crié si fort que l'infirmière accourut. Cette dernière tira doucement le rideau qui séparait le lit de Hazel de celui d'une femme inconsciente.) Ce n'est pas ta faute. Je t'interdis de porter ce fardeau. Promets-le-moi.

— Je ne promets rien, sinon que je la retrouverai. Et je ne reverrai plus jamais Harry, ni Bridie Aberdeen.

— Oh, Hazel. Je n'aurais jamais dû vous envoyer loin de moi. Si seulement je vous avais gardées à Bloomsbury. Ou si j'étais partie avec vous.

— Maman, tu as suivi les instructions, en ne songeant qu'à notre bien. Et nous adorions cet endroit. Tout cela n'a rien à voir avec toi. J'ai manqué de vigilance.

— Oh, ma chérie, tu dis des bêtises…

— Je suis sûre que Bridie et Harry me détestent aussi.

Hazel ressentait cette perte comme une amputation et son cœur, saturé de douleur, se brisa.

— Ils ne te détestent absolument pas.

— Tu mens pour me rassurer. Inutile de te donner cette peine, Maman. (Un long silence suivit cette déclaration avant qu'elle reprenne :) Que dit l'inspecteur Davies ?

— Il est convaincu qu'elle s'est noyée. Tant de gens sont à sa recherche, il pense que quelqu'un l'aurait aperçue sinon. Et puis son ours en peluche a été retrouvé au bord du fleuve.

— Elle ne s'est pas noyée, affirma Hazel.

— Je prie pour que tu aies raison, ma chérie. Je prie pour que tu aies raison.

Aiden Davies envoya des équipes de recherche d'Oxford à Godstow ; des groupes se formèrent pour passer au peigne fin les rives et les bois de Shotover Hill. On dragua aussi le lit du fleuve.

Pendant deux mois, Hazel et sa mère demeurèrent à Oxford dans un studio qu'elles partageaient. Elles passèrent leurs journées à aller de boutique en boutique, à faire du porte-à-porte, à coller des affiches de la disparue, et à forcer les bureaux de l'*Oxford Mail* pour supplier les journalistes de consacrer leur une à un article et une photo de Flora.

Le Blitz n'avait connu aucun répit depuis huit mois. Journaux, journalistes et policiers croulaient sous une avalanche de catastrophes. Que représentait une enfant de plus, qu'on avait de toute évidence laissée seule, livrée à elle-même ?

Certains matins, Camellia ne parvenait pas à s'extirper de son lit. Ou elle restait éveillée plusieurs journées d'affilée. Hazel n'allait pas à l'école et errait dans les rues et forêts de l'Oxfordshire, à la recherche de sa sœur. Mère et fille traînaient leur lot de chagrin, tantôt dans des directions opposées, tantôt se retrouvant, voguant sur la même détresse, se raccrochant l'une à l'autre pour ne pas sombrer. Elles étaient toutes les deux surprises de la peur, rampante et sournoise, qui les saisissait à la gorge ou leur comprimait la poitrine. C'était la peur que l'enfant fût vivante et avec quelqu'un d'autre, la peur d'apprendre sa mort, la peur d'avoir à lui survivre une vie entière, la peur d'endosser l'entière responsabilité de sa disparition.

Maman se faisait un sang d'encre à l'idée de perdre Hazel comme Flora et son mari, et finalement, pour la nouvelle année, après les vacances, elle la ramena chez elle à Bloomsbury. Au diable les bombes et la peur ; à Londres, il y avait un appartement, un travail et des voisins pour les soutenir.

Hazel chercha désespérément quelqu'un à blâmer – de Dieu à Bridie en passant par l'Opération Pied Piper, mais elle finissait toujours par se sentir coupable. Elle savait que les ragots et les journaux pointaient leur doigt sur Bridie et Harry. Elle aurait sans doute pu y mettre un terme si elle avait parlé de Whisperwood, de Flora qui avait dû se lancer à sa recherche, des raisons pour lesquelles Harry et elle n'étaient pas en train de la surveiller. Mais elle n'en fit rien.

Hazel se trouvait lâche.

Sa mère et elle s'installèrent dans un Londres triste et patientèrent dans des queues interminables pour se procurer tout ce dont elles avaient besoin, du pâté de jambon en conserve aux légumes défraîchis.

Puis, à ses dix-sept ans, en 1942, Hazel quitta la capitale pour l'université et essaya de laisser derrière elle le souvenir de ces événements auxquels elle ne pouvait rien. Alors que la guerre faisait rage, Hazel passa l'examen d'entrée et se retrouva dans une chambre d'étudiante du Newnham College. Elle étudia la littérature à Cambridge. Les rêves continuèrent : la panique et les tâtonnements pour retrouver ce qui avait été perdu, l'angoisse nauséeuse qui la saisissait chaque fois qu'elle y pensait. Elle traversa cette période en traînant ce souvenir comme un boulet dont elle refusait de se délester.

Le 7 mai 1945, Hazel obtint son diplôme. Et en septembre, quand les cloches sonnèrent la fin de la guerre, elle travaillait chez Hogan à Londres. Pourtant, elle continuait à traquer partout la fillette aux boucles blondes qui riait aux éclats dans les bois de son imagination.

CHAPITRE 45

19 mars 1960

Peggy Andrews se leva tranquillement du lit à baldaquin ; les abat-jour rouges des lampes projetaient l'éclat d'un soleil levant. De son côté, Wren dormait à poings fermés, les jambes allongées et les doigts de pieds dépassant de sous les draps.

En le regardant, elle comprit qu'elle l'aimait.

Mon Dieu, de quoi sa mère l'avait-elle donc protégée en lui parlant des dangers du sexe et des garçons ? De la grossesse, et des vices de Wren ?

Peggy s'attendait à éprouver de la colère et de la haine à l'égard de celle-ci, mais ne trouvait que pitié. Cette femme avait traversé tant d'épreuves, la perte déchirante de Papa, tombé à Pearl Harbor, le déménagement à l'autre bout du pays pour retrouver sa sœur qui avait rendu l'âme ensuite. Il était inutile de se demander pourquoi elle tenait tant à la sécurité.

Aujourd'hui, Peggy allait rencontrer la femme qui prétendait avoir inventé Whisperwood, ce qui n'entrait pas du tout dans la catégorie « sécurité ».

La première chose que Wren et Peggy avaient faite après avoir atterri et s'être enregistrés à l'hôtel avait été de prendre un taxi pour la British Library, dans le nord de Londres, et de solliciter l'accès aux archives des journaux. Ils avaient demandé celles d'Oxford depuis la fin de l'année 1940 et lu en silence les articles sur Flora Lea Linden. Peggy avait été bouleversée par la tristesse et le mystère entourant la disparition de cette enfant chérie par sa famille. Elle avait pleuré, ses larmes coulant sur les papiers gondolés et jaunis.

— Comment ont-ils pu le supporter ? avait demandé Peggy à Wren.

— Je doute qu'on supporte ce genre de chose. Mais cela explique son appel, son télégramme. À sa place, moi non plus je ne renoncerais jamais.

Les contes de fées, et en particulier celui-ci, avaient pris le pas sur sa vie et ses études. Et voilà qu'elle vivait enfin sa propre histoire vraie, dont elle savourait chaque instant, paressant en attendant que Wren se réveille pour se glisser dans sa robe à fleurs et faire la connaissance de Hazel Linden.

Debout dans sa cuisine, Hazel buvait son thé en attendant l'arrivée de Kelty et de sa mère. Elle essayait de chasser ses espoirs de son esprit, mais cela revenait à tenter d'empêcher le soleil de se lever, de rompre la grisaille pour imposer un temps resplendissant.

8 h 30.

À cette heure-là, Hazel aurait dû se trouver dans un wagon-lit de première classe avec Barnaby, regarder l'accostage de leur navire et, plus tard, jeter un premier regard à Paris en sirotant son thé. Une vague de culpabilité l'assaillit. Elle l'avait abandonné sur le quai, le visage empourpré par la colère. Et elle le comprenait – à sa place, elle aurait été tout aussi hors d'elle. Kelty avait aidé Hazel à porter ses bagages pendant que Midge, l'air perdu, demandait si elles pouvaient manger les chocolats à présent.

Hazel avait tenté de présenter ses excuses à Barnaby, de lui expliquer qu'elle n'avait pas le choix, mais il avait coupé court. Lorsqu'elle s'était risquée à lui demander de reporter le voyage, il l'avait fusillée du regard. Alors elle l'avait laissé là avec ses bagages. Était-il parti sans elle ?

Hazel entrouvrit la fenêtre de la cuisine et laissa entrer la brise humide du printemps, chargée d'odeurs limoneuses qui annonçaient l'arrivée d'une vie nouvelle, parfums de verdure. Les oiseaux gazouillaient, chantaient, trillaient. Elle avait cru qu'elle ne fermerait pas l'œil de la nuit mais elle avait dormi comme une souche.

Une idée avait pris forme : et si l'écrivain était Flora ? Lentement, cette idée s'était muée en espoir.

De retour dans sa chambre d'hôtel et revigorée par une tasse de café, Peggy se regardait dans le miroir en pied en essayant d'imaginer ce que Hazel penserait en la voyant.

Derrière elle, Wren remonta la fermeture Éclair de son pantalon et se passa la main dans les cheveux avant de l'attirer vers lui en la prenant par la taille. C'était sa façon de lui faire tout oublier, de balayer ses sempiternels soucis. Ensemble face au miroir, ils contemplèrent leur reflet.

— Regarde-nous un peu, dit Wren. On forme un sacré couple.

— En Angleterre, précisa-t-elle avec un sourire qu'elle apprenait à voir et sentir plus souvent sur son visage.

— C'est l'heure.

Peggy fit volte-face et jeta ses bras autour de lui, comme si cela avait toujours été leur façon de se comporter, de se toucher et de communiquer.

— J'ai beau avoir passé une bonne partie de la nuit à y réfléchir, déclara Peggy, je ne sais toujours pas ce que je lui dirai quand je la verrai.

Wren recula d'un pas et lui tapota le front.

— Elle gamberge sans arrêt, celle-là.

Elle éclata de rire, il l'embrassa et ils quittèrent leur chambre pour s'engager dans le long couloir à la moquette verte. Elle appela l'ascenseur.

Hazel boutonna son manteau couleur jaune pollen et fit un nœud papillon avec la ceinture. Camellia et Kelty l'attendaient dehors, sur le perron. Hazel referma la porte à clé derrière elle.

— Bon, allons-y.

Elles descendirent du taxi à un pâté de maisons de l'hôtel. Le ciel haut formait un dôme bleu, joyeux et sans nuages.

Kelty leur demanda :

— Vous croyez que vous reconnaîtriez Flora si vous la voyiez ?

— Je la reconnaîtrai à la seconde même où mes yeux se poseront sur elle, répondit aussitôt Camellia. C'est ma fille.

Hazel se sentit prise d'une bouffée d'amour. Même si sa mère s'était remariée, avait aimé et eu un nouvel enfant, elle reconnaîtrait sa fille en une fraction de seconde. Sa disparition les avait accompagnées toute leur existence et pourtant, Maman avait curieusement réussi à aimer à nouveau.

— Je crois que oui, hasarda Hazel. J'ai cherché à retrouver Flora dans les traits d'Iris, mais je n'y suis pas arrivée. Bien sûr, j'aurais pu simplement lui demander de me montrer son poignet pour voir si elle portait la marque des oreilles de lapin.

Camellia haussa le ton pour la corriger.

— Des ailes de papillon.

Et elles échangèrent un sourire au souvenir de leur ancienne querelle.

Puis Kelty demanda :

— A-t-on la moindre idée de ce à quoi ressemble Peggy Andrews ?

— Je ne connais que son âge – vingt-quatre ans. Mais je n'ai aucune idée de ce à quoi elle pourrait ressembler. (Elle fixa l'entrée de l'hôtel.) Elle a dit qu'elle nous retrouverait dans le hall.

— Je meurs d'envie de savoir ce que cette femme pourrait nous apprendre, lança Kelty quand elles arrivèrent devant la façade de l'hôtel avec « Savoy » écrit en lettres rouges. (Près du rond-point saturé, des taxis allaient et venaient, à deux pas du portier coiffé d'un haut-de-forme, une rose blanche au revers de sa veste, qui ouvrit la porte d'un geste sec.) Et elle a intérêt à nous servir une bonne explication parce que je ne vais pas me contenter de balivernes du genre : « Il y a de la magie dans l'air. »

Même taraudée jusqu'à l'os par l'inquiétude, Hazel éclata de rire et elles entrèrent ensemble dans le hall rutilant et rempli de bouquets de fleurs.

Peggy regardait autour d'elle. Le restaurant de l'hôtel s'ouvrait sur le hall dallé de marbre où trônaient une table ronde et une jarre en porcelaine blanche d'où surgissait une composition florale de roses, jonquilles, hortensias, renoncules, feuilles et tulipes. Peggy s'arrêta pour les admirer et toucha les pétales d'une jonquille jaune pour s'assurer que tout cela était bien vrai : l'hôtel, cette journée, les fleurs. Un pétale soyeux se détacha et atterrit dans sa main. Elle referma les doigts dessus et le rangea dans son sac.

Le restaurant se remplissait à vue d'œil, et une ou deux phrases se détachèrent du brouhaha jusqu'à Peggy. Elle balaya le hall du regard.

— J'ignore à quoi ressemble Hazel Linden. Comment va-t-elle nous trouver ? demanda-t-elle à Wren.

— J'imagine qu'elle nous demandera à la réception et qu'ils l'orienteront vers nous.

— Mais j'ai donné ton nom de famille, pas le mien.

— Ce n'est pas très compliqué de trouver deux Américains dont l'une se prénomme Peggy. Attendons-là ici comme tu l'as indiqué dans ton message. Si elle n'arrive pas, j'irai à l'accueil demander si quelqu'un a cherché à nous contacter.

— Merci, Wren. Merci d'être là. Merci de m'avoir amenée ici.

— Merci à toi, d'être telle que tu es.

Une bouffée de chaleur, celle de le savoir si près d'elle, lui embrasa les joues. À peine une minute plus tard, la concierge s'approcha dans son bel uniforme rouge.

— Êtes-vous Peggy Andrews ?

— Oui, répondit-elle en plaçant sa main gauche sur son cœur comme pour l'empêcher de bondir hors de sa poitrine.

— Plusieurs femmes vous cherchent.

— Plusieurs ? Il y en a plus d'une ? demanda-t-elle.

— Oui, elles sont trois, répondit la dame en faisant un geste vers l'autre côté du hall.

— Elle ne voulait probablement pas venir toute seule, commenta Wren.

— Et si elle arrivait avec sa mère ? Si elle faisait un drame ? Et si elles avaient alerté la police ou un avocat ?

Wren sourit.

— Et si rien de ce que tu viens de dire n'était vrai ?

Peggy lui prit la main et ils traversèrent le hall.

Hazel et Kelty étaient plantées au milieu du lobby et promenaient leur regard des ascenseurs au restaurant. Camellia était partie se repoudrer le nez. Les fleurs du gros bouquet posé au milieu de la table dégageaient tant de parfums que Hazel en était presque étourdie.

Un homme et une femme se dirigeaient vers elles. Elle portait ses cheveux bruns attachés en queue-de-cheval, noués à la naissance de sa nuque, une robe verte et un gilet assorti cousu de perles. On aurait dit une enfant déguisée en adulte.

Hazel scruta son visage, chercha des correspondances avec Flora dans sa façon de marcher et de s'accrocher au bras de cet homme. Il était grand et blond, avait les cheveux encore humides, et un pantalon en tweed avec un pull crème. Il semblait tout juste descendu d'un bateau de pêche.

Leurs regards se croisèrent.

— Êtes-vous Mlle Linden ? demanda la femme.

— Oui, répondit Hazel, qui, après s'être posé tant de questions, se contenta de lui tendre la main avec un : Enchantée, je suis Hazel Linden.

En lui serrant la main, elle attendit le frisson, le picotement, le petit quelque chose qui lui confirmerait qu'il s'agissait de sa sœur.

Peut-être. C'était possible. Le nez retroussé, les traits fins, les yeux marron tirant un peu sur le doré. Et pourtant il manquait quelque chose d'essentiel. Une petite chose… Flora.

— Enchantée, répliqua calmement Peggy.

Camellia surgit alors et se planta à côté de Hazel. Elle dévisagea Peggy Andrews et affirma d'une voix forte et assurée :

— Ce n'est pas elle.

— Non, reconnut Hazel.

Peggy se tourna vers Wren.

— De quoi parlent-elles ?

Wren esquissa un sourire triste.

— Je crois que Mlle Linden espérait que tu serais sa sœur. Sa sœur disparue.

CHAPITRE 46

19 mars 1960

Ils étaient tous les cinq debout derrière l'hôtel dans les Victoria Embankment Gardens, au bord de la tumultueuse Tamise qui, de l'avis général, avait englouti Flora. Gardienne du temps, Big Ben se profilait à l'horizon ; les tours du palais de Westminster crevaient le ciel et le Waterloo Bridge enjambait le fleuve. Sous la statue de Robert Burns assis et l'air rêveur, Hazel et Kelty s'étaient installées de part et d'autre de Camellia en face de Wren et Peggy.

— Je suis navrée pour votre sœur, dit Peggy en tripotant les boutons de son gilet. Sincèrement. J'aimerais vous aider. C'est l'une des raisons de mon séjour ici. Je cherche également à savoir pourquoi ma mère refuse de me dire toute la vérité au sujet de Whisperwood.

— Votre mère doit savoir, répondit Hazel. Quelqu'un lui en aura parlé et elle vous aura raconté cette histoire. Votre mère est la clé.

— Ce n'est pas elle qui a écrit le livre. (Peggy redressa ses épaules et sembla grandie.) C'est moi.

— Je sais et il est remarquable. Je ne vous accuse pas d'avoir volé mon manuscrit. Il n'est pas question de cela.

Vous avez simplement pris un monde, produit de mon imagination, et vous l'avez rempli de magie, peuplé d'une superbe série d'aventures dont je ne cherche pas à revendiquer les droits. Il m'importe juste de savoir comment vous en avez eu connaissance, car cela pourrait signifier… cela pourrait signifier que ma sœur vit toujours. Loin de moi l'idée de m'accaparer vos histoires. Je veux uniquement savoir d'où elles viennent.

— La seule en mesure de vous dire la vérité, c'est ma… (Peggy s'interrompit brusquement, le regard figé au-dessus de l'épaule de Hazel.) Mère ?

Son cri de surprise, sa façon effrayée et tremblante de prononcer le mot « mère » les firent toutes se retourner. Une femme se dirigeait vers eux, traversant la vaste pelouse à grandes enjambées. Sa colère semblait l'entourer d'une aura d'un gris scintillant. Ses longs cheveux noir ébène recouvraient son dos tel un voile sombre. Les pans de son manteau noir déboutonné claquaient au vent.

— C'est ma mère, les informa Peggy.

Les nuages se déplaçaient rapidement et masquaient le soleil, projetant des ombres oblongues sur le gazon.

Avant même de les rejoindre, la femme s'écria :

— Peggy Maria Andrews, qu'as-tu donc manigancé ?

La jeune femme fit un pas vers elle et demanda :

— Mère, comment avez-vous… que faites-vous donc ici ?

— Je sais toujours quand tu cours un danger. (Elle pointa son doigt vers Wren.) Et la plupart du temps, c'est en sa compagnie.

Sa voix résonnait dans le jardin et attira l'attention d'un groupe de touristes munis de cartes et d'appareils photo qui s'arrêtèrent par curiosité, mais Linda Andrews n'y accorda pas la moindre attention, obnubilée par sa fille.

— Tu as pris l'avion ? Je n'arrive pas à y croire, dit Peggy d'une petite voix nasillarde. Comment as-tu su que j'étais là ?

— Une lettre est arrivée après ton départ en catimini, au beau milieu de la nuit. Elle nous avait été envoyée par cette folle de Hazel Linden. C'est la maison d'édition qui nous l'a fait suivre. Cela n'a pas été très compliqué de savoir où tu étais. Je suis allée chez la mère de Wren ; il se trouve qu'il lui avait dit, *lui*, dans quel hôtel vous étiez descendus.

Hazel regarda fixement Mme Andrews. Oh, bon sang, mais bien sûr, la lettre qu'elle avait envoyée deux semaines plus tôt et qui réprimandait cette femme était parvenue à destination. Elle recherchait des traits familiers dans ce visage ciselé.

Linda Andrews posa ses mains sur les épaules de sa fille.

— Je ferais n'importe quoi pour toi, même voler à bord d'un engin qui pourrait me tuer. N'importe quoi. (Elle dévisagea le reste du groupe et secoua la tête.) Laquelle d'entre vous est Hazel ?

— Moi, répondit l'intéressée en avançant d'un pas. J'ai écrit à votre fille.

— Vous l'avez traquée, puis harcelée pour qu'elle vienne jusqu'en Angleterre ?

On aurait dit qu'elle allait fondre en larmes.

— Non. Il se trouve que vous avez vendu une première édition de son livre avec des illustrations originales qui ont atterri entre mes mains.

— Mère ! s'écria Peggy qui avait retrouvé sa voix. Tu as vendu les illustrations ?

— Pour notre bien, mon ange. Notre bien et notre avenir. C'était une grosse somme d'argent. (Elle se tourna vers Hazel.) D'après votre lettre, vous avez perdu votre sœur ?

— C'est vrai, intervint Peggy. J'ai lu les articles de journaux, c'est une histoire terrible. Le moment est venu pour toi de dire la vérité. (Elle s'exprimait d'une voix calme et posée.) Raconte-leur ce qui s'est passé. Elles ont souffert. Tu dois leur révéler ce que tu sais. Ou ce que tu as fait.

— Mais je n'ai rien fait, affirma-t-elle avant de se placer face à Hazel, Kelty et Camellia et de répéter : Je n'ai rien fait.

Camellia s'approcha d'elle.

— Imaginez, juste un instant, que votre fille de six ans ait disparu et que vous passiez votre vie à tendre l'oreille dans l'espoir de l'entendre rire, que vous la cherchiez partout.

Linda Andrews laissa échapper un cri :

— Non !

Camellia se rapprocha encore et poursuivit :

— Nous avons vécu ce drame, alors, je vous en prie, comprenez que nous cherchions désespérément à savoir comment vous avez eu vent de cette histoire, que nous soyons animées par l'espoir que ma fille Flora, la petite sœur de Hazel, ait survécu quand tout le monde est convaincu du contraire.

Après avoir passé ses deux mains sur son visage pour en essuyer les larmes, Linda s'effondra sur le banc en fer derrière elle.

— Je n'ai rien fait, je le jure.

Camellia s'assit à ses côtés. Cette conversation se poursuivrait de mère à mère.

— Je suis navrée que votre fille se soit enfuie pour venir ici sans vous en informer. À votre place, j'en serais tout aussi chamboulée.

— C'est ce garçon, répondit Linda en pointant Wren du doigt. Il la dévergonde.

— Vous m'en voyez navrée, lui répondit doucement Camellia. J'ai moi aussi dû regarder ma fille se détourner du droit chemin pour chercher sa sœur, faire son deuil, se reprocher sa disparition. Ce fut terrible. Cet événement a bouleversé nos vies. Si vous pouvez nous dire la moindre chose. Quoi que ce soit.

Linda contempla sa fille, les yeux chargés de larmes.

— Tout ce que j'ai fait ou dit, c'était pour ton bien.

Peggy tomba à genoux devant elle.

— Soit, mais dis-nous la vérité maintenant, pour que nous puissions aider ces personnes.

— Ta tante Maria…

— Celle qui a raconté l'histoire ?

— Oui. Elle ne l'a pas inventée. Elle nous l'a rapportée. Une année durant…

Linda se tourna vers le groupe puis les regarda l'un après l'autre, Wren, puis Hazel, et enfin Kelty.

— Continue, Mère.

— Pendant la guerre, Maria, ma sœur, voulait contribuer à la résolution du conflit, participer activement à la victoire, alors elle s'est portée volontaire dans une association qui missionnait des femmes de l'autre côté de l'océan pour aider les enfants des veuves de guerre. Elle a été envoyée à Newcastle, en Angleterre, où elle s'est occupée quelque temps d'une enfant qui, pour reprendre ses termes, se servait d'histoires comme d'un doudou.

Chaque mot aimantait Hazel un peu plus près des deux femmes, si bien qu'elle se tenait à présent au-dessus de Linda et Camellia et tendait l'oreille.

— Quand Maria rentra à la maison à la fin de cette année-là, continua Linda, ton cher papa venait d'être abattu par ces sauvages, à Pearl Harbor. J'ignorais comment t'apaiser, te protéger. Nous avons déménagé à Cap Cod pour nous rapprocher de Maria et elle nous a raconté cette histoire… et puis nous… (Linda s'arrêta et se redressa.) Nous l'avons développée en y ajoutant notre touche personnelle.

— Oh, Mère. Pourquoi ne m'en as-tu pas parlé ?

— Maria ne m'a jamais dit comment s'appelait cette enfant et cela m'était bien égal. (Elle haussa la voix.) Quelle importance que Maria ait tenu cette histoire d'une petite Anglaise ? Elle nous l'a racontée et nous nous la sommes appropriée. (Linda marqua ses paroles d'une tape sur sa cuisse.) C'était la nôtre.

Hazel l'interrompit sur un ton plus sec qu'elle ne l'aurait voulu, ses paroles portées par la brise venue de la Tamise.

— Non, vous *vouliez* que ce soit la vôtre.

Linda secoua la tête.

— Vous vous trompez. (Elle se contorsionna sur le banc pour faire face à sa fille.) C'est la nôtre, à présent. Et ce depuis toujours. Ma petite fille et moi ne possédions rien, absolument rien. Ma sœur nous avait quittées. Tout comme mon époux. Maria ne nous a laissé qu'une seule chose – cette histoire. À quoi bon se soucier de sa provenance ?

Peggy faisait non de la tête.

— Mère, cesse de prétendre qu'il s'agit de notre histoire. Arrête. Et si cette fillette de Newcastle était sa fille disparue ? Sa sœur disparue ?

Linda Andrews porta sa main à sa bouche, mais ne put réprimer son cri.

— Oh, mon Dieu.

Elle saisit Peggy par le bras et le serra.

— Vous souvenez-vous de certains noms ? lui demanda Camellia. D'un seul ? Un nom de famille ? Ou du prénom de cette enfant ?

Linda pressa ses majeurs sur ses paupières et secoua la tête.

— Maria n'en a jamais mentionné aucun. (Elle ouvrit les yeux pour regarder Camellia.) Je vous dis la vérité. Maria a aidé de nombreuses familles, mais cette histoire est restée gravée dans sa mémoire. Il lui semblait qu'elle… avait sauvé cette petite fille. Ensuite, peu de temps après son retour, elle nous a quittées – trois ans après, exactement. Cette histoire appartient tout autant au passé de notre famille qu'au vôtre.

— Mère ! s'offusqua Peggy.

— Pardonnez-moi. Tout ce que je voulais dire, c'est que j'ai perdu Maria qui m'avait raconté cette histoire, rien de plus. Je n'ai rien d'autre à vous apprendre. Elle ne m'a jamais dit un mot au sujet d'une enfant disparue. Rien de ce genre. (Elle marqua un temps.) Ce n'était qu'une simple histoire.

Hazel faillit éclater de rire.

— C'est toujours plus qu'une simple histoire.

— Oui, je sais, acquiesça Peggy.

Camellia se leva.

— Connaissez-vous le nom de l'association qui a envoyé votre sœur en Angleterre ?

Linda grimaça.

— Peut-être se trouve-t-il quelque part dans un de mes dossiers à la maison. Je l'ignore.

Camellia se tourna vers sa fille.

— Je sais que tu n'en as aucune envie, Hazel, mais il est peut-être temps que nous parlions à Dorothy Bellamy. Si nous la laissons écrire cette histoire, quelqu'un reconnaîtra peut-être cette famille ou la jeune fille de Newcastle.

— Il me suffit d'aller à Newcastle et d'interroger les gens directement sur place, Maman.

— Vingt ans se sont écoulés. Crois-tu vraiment qu'ils y seront encore ? Un magazine ne toucherait pas juste quelques locaux, mais des milliers de personnes.

Hazel n'avait plus entendu ce désespoir dans la voix de sa mère depuis des années ; il faisait écho à l'époque qui avait suivi la disparition de Flora.

— Maman, Dorothy Bellamy va rapporter l'intégralité de cette terrible journée dans un magazine. Et les gens vont recommencer à nous blâmer, Bridie, Harry et moi. Elle va déterrer tout ça…

— Et si cela nous permettait de retrouver la petite fille qui a raconté l'histoire ? Un article sur une enfant de Newcastle encouragera peut-être quelqu'un qui l'a connue à se manifester.

Camellia avait raison. Le moment était venu de contacter la journaliste qui écrivait pour les « *femmes jeunes et intelligentes* ».

À peine une heure plus tard, Hazel s'engouffrait dans son appartement pour extirper de sa poubelle la lettre froissée qu'elle y avait jetée. Elle la trouva sous une pile de courrier et composa rapidement le numéro de téléphone qui y était inscrit.

— Dorothy Bellamy, déclara une voix fluette à l'autre bout du fil.

— Madame Bellamy, Hazel Linden à l'appareil.

Il y eut une brève inspiration trahissant la surprise.

— Mademoiselle Linden. Je suis tellement heureuse de vous entendre.

Hazel n'aurait su expliquer pourquoi elle s'attendait à une voix plus âgée, enrouée par le tabagisme et le passage des années.

— Oui, eh bien, j'espère que vous accepterez de me rencontrer à Binsey. Il y a un pub là-bas, Le Perchoir. Je pourrais y être dans deux heures. J'aimerais vous parler.

— Je suis dans le nord de Londres et il me faudra à peu près deux heures, à moi aussi, pour vous y rejoindre. Comment vous reconnaîtrai-je ?

— Je porte un manteau rouge. (Elle se tut un instant.) Et vous ?

Les conjectures de Hazel glissèrent lentement d'une Dorothy Bellamy, journaliste prête à toutes les compromissions qui aurait passé trop de temps courbée sur une machine à écrire, à une femme digne de la une du magazine tendance pour lequel elle écrivait ses articles sur les enfants perdus.

— Je vous trouverai, lui promit Dorothy avant de raccrocher.

Hazel avait le combiné dans la main, le fil de téléphone tendu à travers la cuisine, et se demandait ce qui lui était passé par la tête. Quelle boîte de Pandore venait-elle d'ouvrir, tout ça pour entretenir le maigre espoir qu'un article de cette journaliste inciterait un lecteur à leur donner des informations sur une petite fille de Newcastle, une petite fille qui, en 1940, se raccrochait à un monde magique ?

Et pourtant une fillette de cette agglomération du Nord avait bien parlé de Whisperwood à une volontaire américaine prénommée Maria qui l'avait ensuite rapporté dans le Massachusetts, à Cap Cod, et offert comme un bijou précieux, un prix de consolation, à une autre enfant qui venait de perdre son père.

Hazel traversa la cuisine et replaça le téléphone sur son socle. Elle serait honnête. S'il fallait raconter l'intégralité de l'histoire dans toute sa vérité cruelle pour retrouver sa petite sœur, elle le ferait.

Sa mère était rentrée chez elle, Kelty aussi. Peggy et Wren étaient avec Linda Andrews, quelque part dans Londres, et Hazel se demandait quelle était la teneur de leurs conversations en ce moment même – pardon, reproches, ou colère ? Cela ne la regardait pas. Seule Dorothy Bellamy comptait à présent, la piste qui la mènerait peut-être vers « la fillette de Newcastle ».

CHAPITRE 47

19 mars 1960

Peu de choses avaient changé en vingt ans. Le Perchoir de Binsey était niché tout près de l'étincelante Tamise bleue argentée, qui semblait métallique sous le ciel gris et cotonneux. À l'abri d'un saule pleureur dont les branches murmuraient dans le vent, on avait installé deux chaises de bistrot cannées et une table en fer forgé surmontée d'un petit vase avec deux roses rouges qui perdaient leurs pétales. Des tables de pique-nique étaient disposées un peu partout sur la pelouse tout autour du pub ; c'était un petit jardin en fleurs, entouré de haies bien taillées.

Hazel s'assit et retira son manteau rouge dans le soleil doux de l'après-midi. Elle regrettait à présent d'avoir affirmé à sa mère vouloir régler ça seule. Elle aurait tant aimé l'avoir à ses côtés.

Très vite, elle repéra une femme qui entrait dans le jardin à l'arrière. À sa jupe fourreau, son chapeau à large bord et sa veste faite sur mesure – le tout dans des tons vert olive à l'exception de sa chemise et de son ras-de-cou d'un blanc éclatant –, Hazel devina qu'il s'agissait de Dorothy Bellamy. Elle portait une sacoche en cuir noir et inspectait les alentours.

Leurs regards se croisèrent.

Hazel avait tout fait pour éviter la journaliste qui pourtant la mènerait peut-être à Flora. Elle se sentait capable de tout pour retrouver sa petite sœur : d'abandonner Barnaby sur le quai d'une gare, de voler Edwin, et plus encore si nécessaire. Car peu importait son but dans la vie avant la disparition de Flora derrière les portes d'un monde invisible, son objectif se bornait désormais à réparer sa faute, à trouver Flora et à tout remettre en ordre.

L'expectative lui serra le cœur. Sa route l'avait conduite là et elle ferait preuve d'honnêteté et de franchise. Dorothy rejoignit vite la table et se planta en face d'elle.

— Hazel Linden ?

— Oui. Dorothy ?

— Vous pouvez m'appeler Dot. (Elle balaya la pelouse du regard. Son grand chapeau maintenait son visage dans l'ombre, si bien que Hazel ne pouvait toujours pas voir à quoi elle ressemblait.) Je pensais n'être encore jamais venue ici et pourtant cet endroit me dit quelque chose. C'est curieux. (Elle défit les boucles de sa sacoche, en sortit un bloc-notes à spirale et le déposa sur la table.) Merci infiniment d'avoir accepté de me parler. C'est une histoire très importante et je peux comprendre vos hésitations. Soyez certaine que je traiterai votre sœur avec le plus grand respect.

Hazel observa le mouvement de ses lèvres rouges tandis qu'elle parlait. L'inflexion de sa voix la fit frissonner de la tête aux pieds et la déstabilisa, car elle y avait perçu quelque chose d'étrangement familier. Avant même de pouvoir l'exprimer avec des mots, son corps pressentait une réalité, comme lorsque sa mère était entrée dans le jardin de Bloomsbury avec l'ordre d'évacuation ou quand elle avait, à l'arrière de chez Hogan, défait le paquet qui renfermait l'ouvrage de Whisperwood, ou encore à cet instant feutré du baiser échangé avec Harry, où elle avait réalisé qu'elle devait courir vers Flora qui avait disparu de la berge du fleuve.

Une intuition. Oui, c'était cela ; tout ce qu'avait traversé Hazel la conduisait à ce moment précis : elle allait dire la vérité et ramener Flora à la maison. Ce qu'elle aurait dû faire dès le début.

Dot ôta son manteau et le posa sur le dossier de sa chaise. Elle lui adressa un sourire, quoique timide.

— Vous ne voyez pas d'inconvénient à ce que nous fassions l'interview assises ?

Elle tendit le bras vers la table et son geste remonta légèrement la manche de son ample chemise en lin blanc, exposant son poignet.

Ses bracelets en argent tintaient les uns contre les autres. Et, en dessous, Hazel reconnut la tache de naissance. Sur le poignet de Dot Bellamy, à deux centimètres de son articulation, l'ombre de deux oreilles de lapin qui pointaient l'une vers la gauche, l'autre vers la droite. Des ailes de papillon, avait décrété leur mère. Des oreilles de lapin, avait déclaré Hazel.

Cette dernière sentit le séisme provoqué par la collision de deux mondes : le réel et l'imaginaire, le visible et l'invisible, le désiré et le refoulé. Elle touchait du doigt le possible, l'éventualité purement et simplement inopinée. *Tout est possible à présent*, pensa-t-elle. *Absolument tout.*

— Il était une fois, il n'y a pas si longtemps, un endroit invisible, tout près d'ici…

Dot cligna des yeux dans le soleil avant de les braquer sur Hazel.

— Et si tu en es conscient dès le premier jour…, poursuivit Dot. Qu'est-ce que c'est ?

— Et si tu en es conscient dès le premier jour, continua Hazel, sa voix devenant à chaque mot plus forte, tu trouveras à travers bois le chemin menant jusqu'aux portes étincelantes d'un pays qui n'a été créé que pour toi.

Hazel regarda attentivement Dot Bellamy. Était-ce cet instant où l'espoir se heurte au désespoir ? Où le passé fait irruption dans le présent ? Où la joie remplace l'agonie de la perte ?

Pendant toutes ces années, elle avait cherché Flora dans les visages qu'elle croisait sans penser le trouver dans celui d'une journaliste qu'elle évitait depuis un an.

— C'est toi, déclara Hazel en plaquant sa main sur sa bouche pour contenir un cri aussi soudain qu'intense.

Dot recula.

— Moi ?

— Tu es ma sœur, lâcha-t-elle, le souffle coupé par l'émotion, avant de fondre en larmes. Mon Dieu, tu es là.

Hazel aurait voulu jeter ses bras autour de Dot, l'étreindre et retrouver dans ses traits toutes ses journées perdues. Mais Dot Bellamy semblait terrifiée. Elle s'écartait déjà.

Après avoir retiré son chapeau et ses lunettes de soleil, elle les déposa lentement sur la table.

— Est-ce que vous vous sentez bien ?

Hazel prit la main de la jeune femme et passa doucement le pouce sur la tache de naissance. Elle perçut sa réticence, mais Dot ne recula pas.

— Tu es l'enfant que tu cherches. Tu es l'Enfant du Fleuve.

Hazel examina son visage. L'espoir – mon Dieu, quel mot bien étrange, plus fort que le mot « souhait ». Elle avait depuis toujours aspiré à découvrir la vérité sur Flora. Cet espoir résumait toute sa vie et le voilà qui vacillait désormais dans les yeux hésitants de cette femme qui ignorait tout de Hazel.

— Ne *sens-tu* pas qui tu es ?

— Je suis Dorothy May Bellamy, répondit-elle. Je sais très bien qui je suis.

Ses paroles fendirent l'âme de Hazel qui serrait toujours le poignet de Dot.

— Dis-moi qu'il n'est pas trop tard. Que le temps et les mensonges ne m'ont pas effacée. Regarde-moi. Vois-moi.

Différentes expressions se succédèrent par vagues sur les traits de Dot, signes qu'elle la reconnaissait. Son regard rencontra celui, intense, de Hazel et sa main trembla.

— Je te cherche depuis vingt ans.

— Moi ?

— Tu es ma sœur perdue et moi, je suis la tienne.

Dot appuya sa main libre sur la table pour reprendre l'équilibre. Hazel s'accrochait à l'autre. Elle ne la lâcherait pas ; pas cette fois, plus jamais.

Il lui paraissait de plus en plus évident que Flora était enfouie dans les gestes de Dot, la vulnérabilité de ses doigts nerveux, la forme de ses yeux. Hazel se languissait, ou plutôt brûlait de la serrer dans ses bras.

Dot poussa un cri qui résonna dans les branches au-dessus d'elles.

— Je ne rêve pas. Tu… tu es ma sœur.

Dot s'élança vers elle et les deux jeunes femmes tombèrent dans les bras l'une de l'autre.

Rien de ce qu'avait imaginé Hazel n'était comparable à ce moment de pure grâce inespérée. Elle tenait contre elle le corps de Flora, sa sœur devenue adulte. Après tout ce qu'on leur avait pris, elles étaient aujourd'hui réunies à Binsey.

Dot fut la première à se dégager. Elle essuya ses larmes du dos de la main, étalant du mascara sur sa joue droite. Son regard ne lâchait pas sa sœur, un regard désespéré et avide de savoir.

— Je connais Flora Lea Linden. Je sais tout de son enfance ; elle m'obsédait. Et je te connais, toi. Comment est-ce possible ?

— Tu n'as jamais cessé de te chercher et moi non plus, répondit Hazel.

Dot ferma les yeux un instant avant de les rouvrir.

— Que s'est-il passé ?

Hazel manqua d'éclater de rire à travers ses larmes.

— J'espérais justement que tu pourrais me le dire.

Dot sentit quelque chose céder en elle, comme le bouchon d'une bouteille, une délivrance, une porte qui s'ouvre.

Depuis deux ans, elle avait essayé de reconstituer l'histoire de Flora Lea Linden pour sa série sur l'Opération Pied Piper et se retrouvait désormais face à une femme dont elle avait rêvé. Dans son esprit, des images se déployaient les unes après les autres tels des pétales de fleurs.

Un fleuve s'élançant entre deux champs couleur émeraude.

Une maison en pierre et un âtre en briques noircies par la suie dans la cuisine.

Un feu de camp projetant des étincelles pareilles à des étoiles dans une nuit froide.

Un puits propice à la magie.

Dot frissonna. Elle avait le vertige et tout le corps hérissé par la chair de poule.

Les deux jeunes femmes étaient en larmes.

Dot ne pouvait pas concevoir d'être quelqu'un d'autre que ce qu'elle était : Dorothy May Bellamy, née à Newcastle, en Angleterre, fille de Claire et William Bellamy, sœur de quatre garçons et cousine de nombreuses personnes. Elle était l'épouse de Russell McCallister, mère d'un petit garçon de quatre ans et journaliste. Elle n'était pas une fillette disparue.

Mais quelqu'un d'autre sommeillait en elle. Et ce quelqu'un d'autre, une enfant, se réveillait, les mains pleines de souvenirs.

Les images se rattachaient les unes aux autres comme les fleurs des guirlandes qu'elle fabriquait dans son enfance, marguerite après pissenlit après marguerite pour en faire de longs colliers. Un pour Hazel. Un autre pour la dame du cottage en pierre. Et un pour elle, pour Flora.

Je suis Flora, la Fille du Fleuve.

Dot chancela sous le coup de cette révélation. Elle se sentait légère comme une plume flottant au vent et, se tournant vers le saule pleureur, elle dit :

— Il me semble apercevoir une porte étincelante là-bas.

La voix de Dot avait changé, plus douce, infantile, prenant ce ton simple propre aux croyances.

Les autres clients du Perchoir, assis devant leur bière mousseuse et leurs fish and chips bien gras, regardaient pleurer les deux jeunes femmes.

Parmi tous les enfants disparus dont elle avait raconté l'histoire, aucun n'avait jamais vu une autre vie se substituer à la sienne. Elle n'avait même jamais imaginé pareille possibilité. Comme la police et les journaux, elle était toujours partie du principe que Flora Lea Linden s'était noyée dans la Tamise. *Telle* était l'histoire de la Fille du Fleuve.

— Que sommes-nous aujourd'hui ? demanda Dot.

— Ce que tu veux, répondit Hazel avec un rire de pure joie.

— Des lapins. Tu refusais toujours qu'on soit des lapins.

Elles étaient l'une en face de l'autre, redevenues deux petites filles de quatorze et cinq ans, qui avaient quitté Londres en train puis avaient été séparées par le fleuve avant de finir par se retrouver à Binsey.

Dot en était certaine à présent : elle était la Fille du Fleuve, celle qu'elle cherchait depuis si longtemps.

— J'ai lu quelque part que le père de Flora était décédé, mais sa mère… sa mère est-elle toujours vivante ?

— Maman est tout ce qu'il y a de plus vivante, répondit Hazel, et elle non plus n'a jamais cessé de te chercher.

— Je ne comprends pas.

Dot ignorait quoi faire à présent, comment réagir. Allait-elle se décomposer, permettre à la fillette enfouie de la scinder en deux et de venir bouleverser tout ce qu'elle pensait savoir d'elle-même ?

— Quand j'étais enfant, je faisais des rêves très précis sur toi et un arbre creux, sur des bois et un puits. (Elle secoua la tête et des mèches de cheveux s'échappèrent de son chignon avant de retomber, toutes bouclées, sur ses épaules.) J'affabulais, d'après ma mère. Toi et ton imagination débordante, me disait-elle. Et mes cauchemars de noyade, elle y voyait les traces laissées par la guerre. J'ai grandi à Newcastle. J'ai toujours vécu là-bas.

— Et pourtant, je n'ai jamais cessé de te chercher.

Dot prit sa tête entre ses mains.

— Mon Dieu, je croyais rechercher des enfants perdus alors que ce sont eux qui me cherchaient. (Elle s'interrompit et regarda tout autour d'elle comme pour essayer d'en repérer un.) J'en suis une.

— Nous avons la vie devant nous pour démêler tout ça, la rassura Hazel. Mais pour l'instant, nous nous sommes retrouvées.

— Tu me racontais des histoires, n'est-ce pas ? Sur un pays magique. C'était toi.

— Oui. On l'appelait Whisperwood.

— Oui. (Dot s'assit sur une chaise et Hazel s'installa en face d'elle.) C'est ça. Whisperwood. J'avais oublié son nom. Comment est-ce arrivé ?

— Je l'ignore. Mais voilà ce que je sais : tu es devenue ce qu'on t'a dit de devenir. On t'a peut-être caché ton passé, mais il a toujours été là, à t'attendre. J'ai toujours été là, à te rechercher, à t'attendre.

Dot sentit remonter un vrai souvenir viscéral. À cette minute même, elle avait l'impression de se trouver avec Berry dans un champ verdoyant. Elle était très fière de ses nouvelles bottes vertes, et voulait à tout prix être une lapine. Puis un fleuve, une pente boueuse qui se dérobait sous ses pieds ; il n'y avait aucune autre prise que de l'herbe et de la gadoue.

— Je suis tombée dans le fleuve. (Dot essayait de chasser l'image qui ressurgissait et l'absorbait.) J'ai coulé. Je ne pouvais plus respirer.

Dot leva la main comme si elle cherchait à regagner la surface, à reprendre sa respiration, à retrouver la lumière du soleil. Dans le fond, elle ne correspondait pas à l'idée qu'elle se faisait d'elle-même. Pas le moins du monde.

— Je suis là, cette fois, lui assura Hazel. Et tu ne couleras pas.

CHAPITRE 48

19 mars 1960

Après avoir demandé à la barmaid du Perchoir si elle pouvait utiliser le téléphone du pub, Hazel appela sa mère pour la prier de la rejoindre à Binsey.

— Maintenant.

— Pourquoi ? Je m'apprêtais à sortir avec Tenny, lança Camellia qui semblait pressée.

On entendait le bruit d'un papier qu'on froisse et une voix qui l'appelait à l'arrière-plan.

— Maman, reprit Hazel en adoptant le ton le plus sérieux possible, rejoins-moi ici tout de suite.

Il y eut un silence, puis un cri bref.

— Hazel, as-tu retrouvé Flora ?

— Je te demande juste de venir, Maman.

— Réponds-moi tout de suite. Est-elle vivante ?

— Oui, lui répondit-elle. Dépêche-toi.

Hazel regagna la table où Dot – enfin, Flora – l'attendait sous le saule pleureur. La jeune femme, hébétée, fixait le fleuve. Hazel se montrerait patiente, car Flora Lea Linden, qui refaisait lentement surface, se terrait sous les souvenirs de Dot.

Elle se campa face au miracle, sa sœur.

— Pose-moi toutes les questions que tu veux.

Dot ne se détourna pas du fleuve.

— Combien de temps avons-nous vécu ici, à Binsey ?

— Un an. Une vie.

Les deux femmes discutèrent, penchées l'une vers l'autre. Elles burent du vin blanc frais et Hazel reprit prudemment le chemin de leur passé, lui parlant de ce jour où Bridie les avait choisies dans une mairie pleine à craquer et poussiéreuse, de leur jolie maman, de la perte de leur père, du train pour le comté d'Oxford et du puits, de Harry et de son apprentissage de la lecture, des infirmières qui habitaient derrière le presbytère et de leurs virées à la bibliothèque d'Oxford.

Dot secoua la tête.

— Je ne me souviens de rien. Et en même temps, si. Je ne comprends pas pourquoi. Peut-on garder le moindre souvenir de nos six ans ?

— Oui. Mais les tiens sont cachés. Je te promets qu'ils sont là et vrais.

— En dehors de mes articles, à quoi doit-on nos retrouvailles ? demanda Dot.

— La boutique pour laquelle je travaille a reçu un livre.

— Quel genre de livre ?

— Son titre est *Whisperwood et la rivière d'étoiles*.

Dot s'appuya sur le dossier de la chaise.

— Qui l'a écrit ?

— J'ai cru que c'était peut-être toi.

— Ce n'est pas le cas.

— Je le sais à présent.

Hazel lui raconta l'histoire du livre de Peggy Andrews et des illustrations de Pauline Baynes. Dot l'écouta sans mot dire, se contentant de siroter son verre de vin et d'en commander un autre.

— En voilà une belle histoire de fous, lança Dot en tressautant de rire avant de reprendre une gorgée de vin. Tu sais, ma tante ne voulait pas que je me penche sur cette affaire d'enfants perdus.

— Ta tante ?

— Oui, ma tante Imogene.

Hazel poussa un cri de surprise et se redressa sur sa chaise.

— Seigneur, Imogene est ta tante ? L'infirmière ?

Dot plissa les yeux.

— Comment le sais-tu ?

— C'est elle qui t'a enlevée. Seigneur tout-puissant, c'était Imogene depuis le début.

— Je ne comprends pas.

— Elle était infirmière à Binsey à l'époque où on y habitait. Elle te gardait de temps en temps, et il semble bien qu'elle t'ait enlevée.

— Ce n'est pas possible, affirma Dot. Je ne sais pas comment je me suis retrouvée à Newcastle, mais Imogene n'a rien à voir là-dedans.

Le cri d'une femme les interrompit et elles se retournèrent dans sa direction. Leur mère accourait, chancelant sur ses talons dans le jardin du Perchoir.

Dot se leva. Camellia s'approcha d'elle, hésita, puis caressa son visage avant de placer tendrement une main sur sa joue droite.

— Ma petite fille chérie…

Hazel perçut le doute qui crépitait comme des étincelles autour de Dot. Elle ne se souvenait pas de sa mère – pour le moment – et Hazel sentait bien son désarroi. Un halo de lumière les enveloppait, Maman sanglotait. Puis elle tendit les bras vers sa fille perdue et la serra contre elle.

— Je n'ai jamais perdu espoir, pas une fois.

Dot la laissa l'étreindre puis recula d'un pas avec un sourire triste.

— Je suis contente de vous rencontrer.

Camellia lâcha un cri.

— Me rencontrer ? Oh, mon Dieu, tu ne te rappelles pas.

— Si. Quelques bribes. Mais il me reste encore beaucoup de choses à comprendre. Je ne m'attendais pas du tout à cela. Je suis perdue.

— Non, ma chérie, nous t'avons retrouvée. (Camellia joignit ses mains devant elle, comme si elle s'apprêtait à prier.) Nous attendrons que tu sois prête. Il nous reste tant de choses à nous dire. Après toutes ces années, nous avons tellement d'amour en réserve que je ne veux surtout pas t'étouffer dès les premières minutes.

Dot esquissa un sourire doux.

— Il faut que je voie ma famille, que je lève le voile sur ce qui s'est passé. Je ne comprends rien.

Camellia acquiesça et coula un regard implorant vers Hazel, la suppliant de lui faire comprendre.

— Dot, commença Hazel en se levant pour rejoindre les deux femmes à l'ombre du saule pleureur. Comment peut-on t'aider ?

— Vous pourriez être ma famille, je le comprends, mais j'ai grandi dans une autre. J'ai besoin d'en savoir… plus. Il faut que je parle à Imogene.

— Ne t'en va pas, la supplia Camellia sur le ton d'un enfant qui chercherait à retenir un être cher. Pas tout de suite.

Dot attrapa son chapeau posé sur la table, s'en coiffa, et ses yeux disparurent dans l'ombre. Elle rangea ses lunettes de soleil dans sa sacoche et redressa les épaules.

— Je sais que vous devez informer l'inspecteur de police de ce qui s'est passé aujourd'hui, mais je vous en prie, donnez-moi un après-midi pour en discuter avec Imogene.

— Très bien, lui concéda Hazel. J'attendrai demain avant de contacter Aiden Davies. Selon ton souhait.

Dot leur adressa un sourire que Hazel sut décrypter : il trahissait ses doutes, sa peur, et ses efforts pour réconcilier deux personnes différentes. Laquelle était la vraie et comment s'en assurer ? Comment pouvait-il y avoir une deuxième petite fille cachée au fond d'elle ? Avait-elle vraiment une autre mère, une sœur ?

Sans se retourner, Dot commença à s'éloigner, le pas hésitant, le sac battant sa hanche, et Camellia s'effondra sur une chaise.

— Je ne pourrai pas la perdre une seconde fois, Hazel. C'est au-dessus de mes forces.

— Nous ne la perdrons pas, lui assura Hazel. Nous ne la perdrons pas.

— Comment peux-tu en être sûre ?

— Whisperwood, Maman. Ce pays imaginaire nous l'a ramenée et il nous montrera le chemin. J'en suis convaincue.

CHAPITRE 49

Mars 1960

Il était 2 heures du matin. Sous la lumière jaune et vacillante des réverbères à gaz, Peggy et Wren sortaient du club de jazz Ronnie Scott's, dans le West End, et rentraient à pied à l'hôtel. La brume s'étaient répandue depuis la Tamise pendant qu'ils écoutaient les musiciens, buvaient des gin-fizz et dansaient si collés l'un à l'autre que leurs corps n'en formaient plus qu'un. Le quintet était composé d'hommes noirs luisants de sueur, qui soufflaient dans leur saxophone, et d'une chanteuse aux cheveux platine qui avait hypnotisé Peggy avec son micro collé à sa bouche. Ses chansons parlaient d'envie et de désir, de perte et d'amour, des sentiments qui avaient consumé la jeune femme toute sa vie durant comme l'avaient embrasée le contact de Wren et tout ce qu'elle avait raté en vivant recluse dans sa petite maison jaune battue par les sables.

Depuis l'enfance, son amour pour Wren n'avait jamais dépassé le stade du balbutiement. Il représentait l'aventure, la bienveillance et pourtant, alors qu'il habitait la maison d'à côté et lui prêtait toute son attention, elle n'avait jamais envisagé la possibilité d'une idylle entre eux. Et voilà qu'ils étaient ensemble à Londres, corps à corps. Même s'il la quittait demain, si ses caresses étaient aussi éphémères qu'un ardent coucher de soleil, cet instant-là appartenait à Peggy.

Et tout ça, grâce à une histoire.

Avant de laisser sa mère à l'hôtel – qui pleurait sur son thé en répétant qu'elle n'avait rien voulu faire de mal, qu'elle n'avait pas eu l'intention de voler une histoire, qu'elle n'avait jamais agi autrement que pour le bien de sa fille unique – Peggy avait reçu un message, à la réception.

Nous l'avons retrouvée. Nous avons trouvé ma sœur grâce à vous, qui avez porté cette histoire. Affectueusement, Hazel.

La jeune femme lui avait laissé ses coordonnées pour qu'elle puisse la joindre à son appartement de Bloomsbury, un quartier sur lequel Peggy s'était penchée pendant ses études. Le Bloomsbury Group lui avait paru alors si romantique, artistique et séduisant. Et c'était l'endroit où était née la créatrice de Whisperwood. Comme les choses étaient bien faites. Mais encore une fois, Peggy avait cette fâcheuse habitude de voir de la magie partout.

À présent qu'ils approchaient du Savoy, Peggy demanda à Wren :

— D'après toi, comment ont-ils réussi à trouver Flora ? Où était-elle passée pendant tout ce temps ?

— J'espère qu'ils nous le diront, mais je parie que c'est lié à la journaliste qu'elles allaient voir.

— Eh bien, ça n'a pas traîné. (Peggy réfléchit pendant une minute.) Crois-tu que cette journaliste était sa sœur ?

Wren haussa les épaules.

— J'en doute.

Peggy songea aux occupations auxquelles chacun avait vaqué après avoir quitté les jardins le matin même. En milieu d'après-midi, Wren et elle avaient laissé Mère et étaient partis errer dans les rues, faire du lèche-vitrine et déguster un expresso bien corsé à la terrasse d'un café – si amer qu'elle s'était promis de ne plus jamais en boire. Puis elle s'était arrêtée dans un salon de coiffure et avait montré à un coiffeur aux cheveux gominés la photo de Jackie Kennedy tirée d'un magazine.

— Faites-moi la même coupe, avait-elle décrété.

Mère détesterait cette nouvelle coiffure, mais Peggy n'en avait cure. Elle jubilait de pouvoir supporter la déconvenue de sa mère. Quelle merveilleuse façon d'exister au monde ! Le carré lui allait à merveille avec ses cheveux noirs ondulés. Elle portait une barrette décorée de perles à gauche. Et elle se sentait plus libre, légère et même un tantinet plus audacieuse. Ce qui pouvait sembler ridicule, car il ne s'agissait que d'une coupe de cheveux, après tout.

Peggy et Wren s'approchèrent des portes du Savoy et elle retira son chapeau, ses cheveux au carré frôlant le col relevé du nouveau manteau bleu ciel que Wren lui avait acheté le matin même, avant leur petit tour à la British Library. Ils s'engagèrent dans la porte à tambour et un courant d'air chaud caressa leur visage. Peggy était grisée par les gin-fizz qu'elle avait consommés dans le club de jazz.

Dans le lobby, il y avait une femme immobile sur une chaise, ses mains gantées de blanc bien croisées sur ses genoux. C'était sa mère, assise à l'endroit même où ils l'avaient laissée onze heures plus tôt, vêtue de la même robe, son manteau noir lui couvrant les jambes. Elle regarda Peggy et Wren et des larmes ruisselèrent sur ses joues.

Peggy se précipita vers elle.

— Mère, est-ce que ça va ? Que fais-tu encore là ?

— Je te croyais morte, répondit-elle sans bouger d'un pouce ; seul son visage semblait s'animer.

— Pourquoi diable as-tu pensé une chose pareille ?

— Le monde est dangereux, Peggy.

Cette dernière tendit la main vers sa mère qui s'y accrocha en se mettant debout.

— C'est aussi un merveilleux endroit.

— Je ne l'ai pas vu comme ça depuis très, très longtemps.

— Peut-être…, commença Peggy, peut-être parce que tu n'as pas cherché à le regarder.

Mère retira doucement ses gants blancs et effleura les pointes de cheveux de Peggy.

— Tu les as fait couper.

— Oui.

— C'est absolument ravissant.

Peggy reçut ce commentaire comme le cadeau du ciel qu'elle attendait depuis des années : l'approbation d'une décision qui n'émanait pas de sa mère.

Cette dernière pleurait à chaudes larmes désormais, le visage caché dans ses mains.

— Je suis tellement désolée. Je ne voulais pas faire de mal. Pas le moins du monde. Je n'ai jamais agi que dans ton intérêt.

— Il est peut-être temps que tu agisses dans le tien à présent.

Linda leva alors les yeux vers Wren.

— Je me suis très mal comportée avec toi.

Le jeune homme acquiesça et prit la main de Peggy dans la sienne.

— Je l'aime, madame.

— Je sais.

— Mère. (Peggy balaya le lobby du regard, désert à l'exception du gardien de nuit avec son haut-de-forme noir qui détournait discrètement les yeux.) Es-tu restée assise là tout l'après-midi ?

— Oui.

— Pourquoi ?

— Je me disais que si j'attendais là, que si je ne bougeais pas, il ne t'arriverait rien. C'est idiot, je sais. Mais te voilà.

— Mère, je reste ici, je suis là.

— Puis-je dormir dans ta chambre ce soir ? demanda-t-elle en tripotant les boutons de son gilet. Ensuite, je promets de rentrer à la maison.

Les joues de Peggy s'empourprèrent, mais elle décida de lui dire la vérité.

— Je n'ai pas ma propre chambre. Je la partage avec Wren.

Elle prépara son cœur à livrer bataille, bataille qui ne vint pas.

— D'accord, je vais en prendre une alors, concéda sa mère.

Elle fit quelques pas vers la réception puis s'arrêta.

— Me pardonneras-tu un jour ?

— C'est déjà fait et devine…

Mère s'agrippait à la lanière de son sac près de son épaule, le dos aussi droit que la reine qui posait sur le portrait derrière elle.

— Quoi ?

— Ils ont trouvé Flora.

— Oh ! Elle est en vie ?

— Oui, mais je n'en sais pas plus. J'ai hâte d'en apprendre davantage. Cela m'a trotté dans la tête toute la journée et… Mère ?

— Oui ?

— Peu importe ce qui t'a poussée à garder secrètes les origines de cette histoire, car en la maintenant en vie, tu as permis qu'elle parvienne jusqu'à Hazel. Et grâce à cette histoire, une sœur a été retrouvée.

Mère en rit presque et dodelina de la tête, l'air aux anges.

— Je ne suis pas complètement mauvaise, alors.

— Personne ne l'est, répliqua Peggy.

Mère fit trois grands pas vers sa fille et jeta ses bras autour de son cou.

— Je t'aime, ma fille chérie. Je t'aime.

Peggy la sentit trembler contre elle et se laissa aller. Elle regarda les traînées de mascara noir sur ses joues.

— Je t'aime aussi.

CHAPITRE 50

20 mars 1960

Le premier jour de printemps tombait le lendemain de la grande découverte de Dot Bellamy. Depuis l'aube, Hazel était dans sa cuisine. La nuit précédente, elle avait fait un rêve peuplé de chouettes, de bosquets touffus, de longs chemins et d'arbres creux et s'était réveillée en songeant, émerveillée et médusée : *J'ai retrouvé Flora.*

La veille au soir, une fois rentrée chez elle, Hazel avait appelé Kelty pour tout lui raconter. Cette dernière avait pleuré à l'autre bout du fil, proclamant qu'elle avait toujours su qu'ils finiraient par la retrouver.

— Et maintenant ? avait-elle demandé.

— J'ai promis à Dot de lui accorder la soirée pour en parler à sa famille. Ensuite je contacterai Aiden Davies. Le moment est venu d'obtenir des réponses.

— Non ! s'écrira Kelty. Et si Imogene en profitait pour fuir ?

— Cette femme a la cinquantaine. Crois-tu sincèrement qu'elle laisserait sa fille et son petit-fils derrière elle ? Pas moi, mais je prends le risque, si cela peut me ramener Flora.

— Cette Imogene… Elle t'a menti en te regardant droit dans les yeux.

— Évidemment. Elle a enlevé ma sœur. Qu'aurait-elle bien pu me dire ?

Kelty en convint.

— Je suis là si tu as besoin de quoi que ce soit. J'ai tellement hâte de serrer Flora dans mes bras. C'est…, avait commencé Kelty, interrompue par Midge qui l'appelait de loin, c'est encore mieux que tous les livres que j'ai lus jusqu'à présent. Une pure merveille.

— Oui, avait répondu Hazel avant de raccrocher.

Désormais, dans la lumière matinale, Hazel s'imaginait chacun d'eux en train de ressasser cette nouvelle histoire, qu'ils ne comprenaient qu'à moitié. Maman. Dot. Car il était sûr et certain que la vie de quasiment tous ceux qu'elle aimait en serait bouleversée.

Et Barnaby ? Était-il à Paris ? Était-il parti sans elle ?

Hazel déposait la bouilloire sur le feu lorsqu'elle entendit sa porte d'entrée s'ouvrir puis se refermer. Un instant plus tard, Barnaby apparaissait dans l'encadrement de la porte de la cuisine.

Il portait le même costume qu'à la gare, mais froissé, et le bas de la veste était déchiré. Il avait le visage fripé d'épuisement, empestait la cigarette et les lendemains de beuveries nocturnes au pub.

— Cela en valait-il la peine ? demanda-t-il sur un ton qui trahissait sa colère. De me laisser en plan à la gare avec deux billets de train ?

Elle demeura immobile, comme face à un animal inconnu, sauvage et dangereux.

— Oui. (C'était le moment de vérité.) Nous avons retrouvé Flora.

Sa bouche pincée s'ouvrit et lâcha un cri.

— Oh, Hazel ! Était-ce l'écrivain américaine ?

— Non. (L'ironie de la situation la fit sourire.) Il s'avère que c'est la journaliste que j'évite depuis un an.

Il s'approcha d'elle, mais s'arrêta avant de l'enlacer.

— Oh mon Dieu, il faut que tu me racontes tout.

— Tu fais peine à voir, Barnaby. Où étais-tu ? Ne t'es-tu pas changé depuis hier ? Est-ce que tu t'es battu ?

Il fit non de la tête.

— Peu importe. Dis-moi tout.

Elle s'exécuta.

— Mon Dieu, Hazel, lança-t-il à la fin de son récit. J'en reste presque sans voix. Ce mystère se dévoile petit à petit sans jamais vraiment t'apporter toutes les réponses.

— À croire que des miettes de pain ne me conduisent qu'à d'autres miettes de pain...

— Dans Hansel et Gretel, ces miettes de pain sont...

— Je sais... Elles sont mangées par les oiseaux et les enfants finissent chez la sorcière. Je n'ai pas choisi la bonne métaphore.

Elle faillit en sourire. Barnaby se leva et s'étira.

— J'aimerais en parler avec toi. Mais je vais d'abord prendre une bonne douche chaude puis un petit déjeuner, si tu n'y vois pas d'inconvénient.

— Bien sûr que non.

L'eau bouillait. Elle déposa deux œufs dans la casserole et regarda les coquilles blanches danser entre les bulles. Le téléphone sonna. Hazel aurait préféré l'ignorer, mais l'appel provenait peut-être de sa sœur. Cette éventualité la fit sourire : sa sœur... qui lui téléphonait. Elle décrocha.

— Mademoiselle Linden ?

— Oui.

Elle reconnut la voix de lord Arthur Dickson de chez Sotheby's.

— Je vous appelle pour confirmer que le poste vous attend. Nous avons parlé à Edwin Hogan et à Meldon Yardley.

Tous deux se sont portés garants de votre valeur. Nous sommes impatients de vous accueillir dans la famille Sotheby's.

Hazel enroula le fil du téléphone entre ses doigts. Son cœur battait à tout rompre dans ses oreilles. « Portés garants » ? Qui donc était cet homme pour se permettre de la juger ? Elle pensa à Edwin, qui avait embauché Poppy alors qu'elle vivait dans la rue. À l'ambiance chaleureuse qui régnait chez Hogan. Puis au père de Barnaby qui avait appelé lord Dickson pour la recommander.

— Merci, monsieur, mais j'ai décidé de renoncer à ce poste, déclara Hazel dans un soupir.

— Que voulez-vous dire ?

Deux semaines seulement s'étaient écoulées depuis qu'elle avait ouvert le paquet à l'arrière de chez Hogan, deux semaines qui paraissaient une éternité à présent.

— Dérober cet ouvrage et ces illustrations m'a ouvert les yeux sur mes aspirations profondes, et ce poste, monsieur, pardonnez ma franchise, n'en fait pas partie.

— Je suis convaincu que vous regretterez cette décision, mademoiselle Linden, et que Meldon Yardley en sera contrarié. Il a remué ciel et terre pour vous.

— Je sais, monsieur. (Elle était en effet persuadée que Meldon Yardley aurait toutes les raisons du monde de lui en vouloir.) Et je suis sûre que vous trouverez quelqu'un de formidable pour ce poste. Je vous remercie de votre temps et de votre générosité. Au revoir.

Hazel raccrocha.

Que diable venait-elle donc de faire ? Elle avait parlé franchement, voilà ce qu'elle avait fait. Ce n'était pas si sorcier, finalement.

Après avoir retiré les œufs de l'eau bouillante, elle les plaça dans des coquetiers en porcelaine bleue, récupéra les tranches de pain qui l'attendaient dans le grille-pain, et les disposa sur ses deux assiettes préférées, celles avec des liserés de fleurs vertes. Elle beurra les tartines et posa une bonne cuillerée de confiture de framboises sur le rebord de chaque assiette avant de les disposer sur la table de la cuisine. C'était sa vie, charmante et routinière. Elle ne voulait en changer sous aucun prétexte.

Barnaby, vêtu du tee-shirt blanc et du pantalon gris qui l'attendaient toujours chez Hazel, entra dans la cuisine.

— Ai-je bien entendu ? Viens-tu de renoncer au travail de tes rêves ? (Il la dévisageait de ses grands yeux aux pupilles rétractées par sa gueule de bois et l'éclat de la lumière du soleil qui traversait les fenêtres de la cuisine.) As-tu vraiment l'intention de laisser tomber ce super poste après tout ce que tu as fait pour l'obtenir ? Aurais-tu perdu la tête ?

Il se dirigea vers elle, posa ses mains sur ses épaules et la secoua gentiment.

— Non.

— Dis-moi ce qui se passe…, l'implora-t-il d'une voix sereine en inspectant la pièce, comme s'il craignait de voir surgir un danger.

Ils s'assirent de chaque côté de la table.

— J'ai l'impression d'être perdue et de m'être retrouvée en même temps, Barnaby. Je ne sais plus quelle direction prendre, ni quoi faire à présent.

Il contempla ses œufs et ses tartines sans y toucher.

— Je n'y comprends rien. Un livre et des dessins, produits d'une imagination puérile, et toute ma vie vole en éclats ?

— Une imagination puérile ?

— N'est-ce pas ce dont il s'agissait ? s'enquit-il en se penchant en avant, les mains posées à plat sur la table.

— Si, je suppose que tu as raison et pourtant, c'est plus que ça. Moi aussi, je cherche à y voir plus clair. Écoute, tout comme toi, j'ignore pourquoi tout arrive en même temps.

— Je t'ai entendue parler au téléphone et dire à Sotheby's que ça t'avait ouvert les yeux sur tes aspirations profondes. Quelles pourraient-elles être, Hazel ?

— La vérité, et la liberté qui l'accompagne. Je refuse de me laisser guider par la peur et je refuse de vivre certaines expériences uniquement pour le qu'en-dira-t-on. Comme ce travail. Mon poste chez Hogan me plaisait beaucoup – pourquoi m'a-t-il fallu en chercher un meilleur, plus sophistiqué ? Pourquoi n'ai-je pas essayé de me lancer dans l'écriture d'un livre ? Qu'est-ce qui me fait si peur ?

— Tu te poses beaucoup de questions, Hazel.

— En effet, et je n'ai pas les réponses, mais je sais que je ne veux pas d'une situation obtenue avec l'aide de ton père. Ni me contenter de travailler autour de fictions. Je veux en écrire. Et je refuse de rester à l'écart, de vivre loin des choses pour les garder dans l'ombre. (Elle ferma les yeux et essaya de garder son calme, mais quand elle recommença à parler, sa voix tremblait.) Je ne veux plus avoir peur, ni me limiter dans mes actions pour éviter de prendre des risques.

— Je ne comprends plus rien. Je t'aime tant, et pourtant, j'ai l'impression que tu ne veux plus de moi.

— Je n'ai rien dit de tel. Je ne souhaite pas te faire de mal. Je t'ai toujours tenu à distance, terrifiée à l'idée de me laisser aller à aimer totalement quelqu'un ou quelque chose. Je me suis retenue de mener ma vie ou d'aimer comme je l'entendais et cela t'a blessé, toi, l'homme que j'aime. J'en suis vraiment navrée.

Ces paroles adoucirent Barnaby.

— Cela fait beaucoup de choses à intégrer. Tu sais ce qui s'est passé ?

Elle haussa les sourcils.

— Tu as ouvert les portes de Whisperwood, dit-il. Voilà ce qui s'est passé.

Elle le sonda du regard, en quête de méchanceté ou de malveillance, mais ne trouva que de la tristesse.

— Si Whisperwood a le moindre effet sur ceux qui s'y aventurent, c'est de les rendre plus forts, non plus faibles. Il prête courage et me permet de m'améliorer, de mieux me connaître. La peur m'empêchait d'y retourner ; je croyais que cette histoire, que mon désir avaient perdu Flora, mais j'ai laissé une grande partie de moi dans ces bois.

Barnaby hocha la tête. Son visage trahissait des émotions contradictoires.

— Le désir aurait perdu Flora ?

Allait-elle tout lui avouer ? La vérité lui rendrait-elle sa liberté ? Elle en doutait.

— J'étais avec Harry au moment où elle a été enlevée.

— Avec Harry ?

Si la trahison disposait d'un timbre de voix, ce serait celui-là, et Hazel se sentit nauséeuse de lui avoir caché la vérité si longtemps. Celle-ci n'était pas si facile à dire.

— Oui, il m'a embrassée, mais le vrai problème, c'est que j'étais heureuse de me retrouver seule avec lui et l'espace d'une minute, j'en ai oublié mes responsabilités. Depuis, je ne me suis plus autorisée à éprouver… ce sentiment.

— J'ai besoin d'un moment pour y voir clair, pour comprendre, parce que je viens d'en prendre plein la figure, là. Tu as embrassé Harry et tu avais, quoi… treize ans ?

— Non ! Quinze.

— Bon. Tu as embrassé Harry, le garçon avec lequel tu vivais à quinze ans, et tu as oublié ta sœur une minute ou deux. À la suite de quoi tu as bridé tout désir naturel ? Ce qui, si je te suis bien, signifie que tu ne me désirais pas, moi ? Que tu as joué la comédie ?

— Non. Ce n'est pas ce que je veux dire. Absolument pas. Je t'ai désiré. Je t'aime. Comment aurais-je pu feindre un sentiment pareil ? J'essaie juste de t'expliquer que j'étais terrifiée à l'idée d'aimer *trop*, de m'abandonner à ce que je voulais vraiment parce qu'en ce jour d'octobre 1940, j'ai perdu le plus important pour avoir cédé à ce que je convoitais avec tant d'ardeur.

Elle tripota sa serviette en lin posée à côté de son assiette, la fit glisser entre ses doigts avant de croiser le regard intense de Barnaby.

— Whisperwood ne m'a pas abandonnée, reprit-elle. Je me suis convaincue que seul existait ce que nous avions sous les yeux. Whisperwood ne signifiait plus rien. Ce n'était qu'une illusion, un fantasme, un produit de mon imagination débridée. Mais mon imagination a semé des indices dans le monde réel et je les ai ignorés.

— Ce qui m'amène..., répliqua-t-il d'une voix douce et amère. Ce qui m'amène à te poser cette question : que désires-tu *vraiment*, Hazel ? J'ai l'impression que ce n'est pas moi.

— Si.

— En es-tu certaine ?

— Oui.

— Laisse-moi le formuler autrement alors : me désires-tu assez ?

Hazel devait prendre ses précautions avant de répondre, elle marchait sur des œufs.

— C'est quoi, assez ? Le sais-tu, toi ?

Il avait les larmes aux yeux.

— Peut-être ne t'es-tu jamais libérée de celui que tu as aimé avant moi, Hazel.

— Libérée ? demanda-t-elle. Ton appartement croule sous les cartons et les sacs depuis trois ans. Des cartons et des sacs remplis des affaires de ton ex-femme.

— Je ne peux pas les jeter tant qu'elle ne sera pas venue les récupérer.

Il serra et desserra les dents, ce qui fit frémir sa mâchoire.

— Tu ne peux pas ou tu ne veux pas ?

Hazel plia sa serviette en forme de carré bien net.

Il ne répondit pas.

— Libérée, Barnaby ? Je ne sais pas si nous sommes libres ou prisonniers de notre passé, mais je sais ce qu'il faut faire à présent. Je dois appeler Aiden Davies et lui parler d'Imogene Wright. Je veux l'accompagner chez elle. Je ne lui laisserai pas le choix. Quant à Dot, peut-être préférera-t-elle couper les ponts avec nous. Peut-être qu'elle nous détestera d'avoir gâché sa vie actuelle. Mais il faut que j'aille jusqu'au bout. (Elle marqua un temps.) Seras-tu là à mon retour ?

— Non, mon amour, je serai parti. (Il se leva et le tremblement de sa voix déstabilisa la jeune femme.) Si tu veux de nous, Hazel, tu dois faire le premier pas jusqu'à moi. C'est à toi de choisir.

Hazel se posta face à lui. Elle aurait voulu le supplier de rester. Mais il tourna les talons et s'éloigna. Elle regarda son dos, son tee-shirt clair qui moulait ses épaules, jusqu'à ce qu'il disparaisse au détour du couloir. La porte d'entrée s'ouvrit et se referma en claquant.

Peut-être aurait-elle dû lui courir après, l'appeler, le rattraper.

Mais au lieu de ça, elle décrocha le téléphone et composa le numéro d'Aiden au commissariat de Thames Valley.

CHAPITRE 51

20 mars 1960

— J'aurais préféré que tu ne viennes pas, Hazel. C'est dangereux, dit Aiden. J'ignore ce dont Imogene Mulroney est capable.

Il faisait froid ce jour-là, comme si le printemps hésitait à s'installer à Henley-on-Thames. Aiden avait retrouvé Hazel devant le portail à piquets blancs et ils se tenaient là, l'un à côté de l'autre. Consciente qu'il ne l'autoriserait jamais à l'accompagner, elle s'était arrangée pour arriver avant lui. Aiden tenait à ce qu'elle l'attendît dehors, pendant qu'il irait frapper à la porte. Et cela n'arriverait pas.

Hazel resserra son écharpe en laine verte et y enfouit son menton.

— C'est peut-être dangereux, Aiden, mais vous ne pouvez pas me priver de ce moment. Cela fait vingt ans que je vis cette horrible histoire, et vous ne me priverez pas de sa fin.

Le policier souleva sa casquette pour se frotter le crâne comme il en avait l'habitude, puis la remit en place et acquiesça. Ils s'acheminèrent ensemble vers la porte d'entrée de cette maison en stuc couleur crème, dont le toit de chaume s'incurvait au niveau des fenêtres. Aucune lumière n'était allumée à l'intérieur et pas la moindre fumée ne s'élevait de la cheminée. Les lieux semblaient avoir été désertés. Après un petit coup sur la porte qui avait été peinte en vert brillant, Dot Bellamy vint ouvrir.

— Bonjour, inspecteur Davies, dit-elle. (Elle adressa un sourire triste à Hazel avant de reporter son regard vers Aiden.) Ma tante n'est pas là.

— Où est-elle, Dot ? s'enquit Hazel.

Dot attrapa son manteau doublé de polaire accroché à la patère près de la porte, y glissa ses bras, et le boutonna si lentement qu'elle semblait se mouvoir au ralenti, comme au saut du lit. Au moins trois chiens aboyèrent de concert à l'intérieur. Un chat calico chercha à sortir en se faufilant entre les jambes de Dot, mais elle l'intercepta du pied et le repoussa dans la maison. Ensuite, elle s'avança sur le perron et referma derrière elle. Avec ses cheveux emmêlés et ses chaussures marron couvertes de poussière, elle ressemblait davantage à la maman d'un petit garçon qu'à la professionnelle rencontrée la veille.

— Ma tante est allée parler à sa fille Iris, juste en haut de la rue, leur confia-t-elle d'une voix qui dénotait son épuisement. Elle a dit qu'elle ne tarderait pas à rentrer.

— Parler ? demanda Aiden.

— Elle m'a avoué que lorsque Hazel s'était présentée la semaine dernière, elle avait compris que ses jours étaient comptés. Elle est prête à assumer les conséquences de ses actes, mais pas avant d'avoir tout expliqué à sa fille.

— Où habite cette Iris ? lança Aiden, prêt à bondir vers cet endroit qu'il ne connaissait pas encore.

— Non, je vous en prie, répondit Dot d'une voix étranglée. Inutile d'y aller et de l'embarrasser.

Aiden secoua la tête.

— Je lui accorde un quart d'heure. Ensuite, je vais chez sa fille.

Dot fit oui de la tête, stoïque.

— Voulez-vous entrer ?

Hazel et Aiden déclinèrent son offre et ce dernier précisa :

— On va l'attendre ici. Un quart d'heure. Pas plus.

— Puis-je me joindre à vous ? demanda-t-elle. Et m'asseoir ici ?

— Bien sûr, répondit Hazel en quête de l'enfant, de la sœur qui se terrait dans cette femme.

Ils allèrent s'installer sur un banc en béton situé dans le jardin, à l'arrière de la maison d'Imogene Mulroney. Ils courbèrent la tête en même temps.

— Comment s'est passée ta nuit ? s'enquit Hazel. Je sais que ça ne doit pas être facile.

Dot sourit, l'air sombre.

— Je suis bouleversée. Il faut que tu comprennes, Hazel… Malgré ce qu'ils m'ont infligé, ils font quand même partie de ma famille, je les aime tendrement depuis ce qui me semble toute une vie. Il m'est impossible de leur tourner le dos ou de les abandonner. Comment le pourrais-je ?

— Je ne te demande… Nous ne te demandons rien de tel.

Dot se pencha plus près d'elle.

— Ma sœur, je me souviens de toi. Et pourtant, Tante Imogene va se faire arrêter et dans… (Elle se détourna.) Cette idée m'est insupportable.

Hazel garda le silence pour éviter de lui ôter les mots de la bouche, car elle sentait que Dot n'avait pas terminé.

— Tu sais, parmi toutes les personnes que j'ai interviewées, beaucoup ne gardent que très peu de souvenirs de l'évacuation. Ils ont tourné la page. J'en ai interrogé des centaines ; certains ont même essayé l'hypnose. J'ai eu de la chance. J'ai vécu dans un petit village en banlieue de Newcastle, à Wallsend, un endroit où l'on envoyait les enfants, au lieu de les en chasser. Je n'ose même pas imaginer ce que j'aurais ressenti si on m'avait éloignée de ma famille.

Hazel retint sa respiration et attendit que Dot prît conscience de ses paroles, de son erreur blessante.

Ce qu'elle fit.

Dot inspira profondément et porta ses mains à sa bouche.

— Oh ! mon Dieu, on *m'a* éloignée de ma famille, mais je ne me souviens de rien. Oh...

— Je sais, la rassura Hazel. Mais je te promets que cela reviendra.

Le corps de Dot se figea, son regard se perdit dans le vide, son souffle se raréfia. Plusieurs minutes s'écoulèrent, le sursis d'un quart d'heure allait expirer et Aiden finit par intervenir en demandant :

— Où se trouve la maison d'Iris ?

Hazel leva les yeux et lui donna l'adresse qu'elle avait depuis le jour où elle s'y était rendue avec Harry. Aiden partit seul, deux rues plus loin, laissant les deux jeunes femmes derrière lui. Elles attendirent. Puis Dot se leva et tourna la tête vers sa sœur.

— Les enfants qu'on a évacués ont été changés à jamais. Je leur ai parlé. Je les ai écoutés. Certains sont persuadés d'avoir été dépossédés de leur enfance. D'autres étaient si heureux qu'ils ne voulaient surtout pas rentrer chez eux. Quelques-uns n'avaient qu'une hâte, retrouver leur famille. Mais peu importe le bon ou le mauvais, aucun ne s'en est sorti indemne. Cette expérience a bouleversé leur vie. Comment, mon Dieu, comment ai-je pu les écouter sans me douter un seul instant que j'étais l'une des leurs ?

— Je ne sais pas, Dot. Mais nous finirons par le découvrir.

Dot secoua la tête et commença à arpenter le jardin de long en large. Hazel, de son côté, était en proie au soupçon : Imogene s'était enfuie.

Puis Aiden apparut derrière la grille, le visage congestionné.

— Elle est partie. Iris est inconsolable. Où diable est partie votre tante ? Répondez immédiatement, Dot.

— Oh non, oh non, se lamenta-t-elle en levant les yeux. Je n'en ai pas la moindre idée. Je le jure. J'ai vraiment cru qu'elle voulait juste tout avouer à sa fille. (Dot se planta en face d'Aiden.) Je ne vous mens pas.

— Vous avez joué la montre pour lui permettre de s'enfuir ? gronda le policier entre ses dents d'une voix crispée.

— Non, je ne savais pas. Jusqu'à maintenant, je n'imaginais pas qu'elle puisse prendre la fuite.

Hazel se leva à son tour tandis que Dot promenait son regard d'Aiden à sa sœur, le visage crispé par une émotion croissante.

— Ce que Tante Imogene a fait est affreux. Terrifiant. Mais nous ignorons encore pourquoi elle a agi de la sorte. J'ai un acte de naissance. Je suis Dorothy May Bellamy.

— Je la retrouverai, rétorqua Aiden. Elle n'a pas pu disparaître comme ça.

Dot lui sourit, l'air si triste.

— J'ai bien disparu, moi.

Puis une voix retentit derrière eux, portée par la colère.

— Ah, regardez donc qui va là, le valeureux flicard de Binsey qui ne trouverait pas un lapin dans son terrier.

Ils se retournèrent tous sur Imogene qui faisait le tour de la maison pour les rejoindre dans le jardin. Dot se précipita à sa rencontre et l'étreignit.

— Tante Imogene ! Tu n'es pas partie. Dieu soit loué.

— Non, je ne suis pas partie. (Elle sourit à sa nièce et lui tapota le bras, mais en apercevant Hazel, son visage se durcit.) Je ne t'abandonnerais jamais comme cette fille l'a fait.

— Je vous demande pardon ? rétorqua celle-ci en s'avançant d'un pas, son sang ne faisant qu'un tour.

Aiden la retint.

— Laisse-la parler, lui murmura-t-il si bas que personne d'autre ne l'entendit.

Elle savait ce qu'il voulait dire – laisse-la s'enferrer dans sa propre histoire. Laisse-la justifier sa colère et sa rage qui exploseront en même temps, peut-être, qu'une part de vérité.

— Madame Mulroney, commença le policier, la main à la ceinture d'où pendaient des menottes qui étincelaient au soleil. Nous savons que vous avez enlevé l'enfant connue sous le nom de Flora Lea Linden, devenue Dorothy May Bellamy.

— Enlevée ? Je l'ai *sauvée*, oui. Et plutôt deux fois qu'une. Elle serait morte sans mon intervention ! hurla Imogene.

La femme que Hazel avait trouvée si douce, qui partageait thé et biscuits avec sa fille et son petit-fils autour de leur table, l'ange débordant d'amour s'était transformé en harpie bouffie de rage. Son visage était grimaçant. Son manteau en laine couleur crème était largement ouvert et pourtant elle semblait insensible au froid.

— Sauvée ? répéta Aiden en décrochant les menottes.

— Toi ! s'écria Imogene en pointant Hazel du doigt. C'est ta mère qui a envoyé cette merveilleuse et parfaite enfant toute seule à la campagne. Qui se sépare ainsi de sa propre fille ? Qui ose jeter ses petits dans un train et les confier à des étrangers dans une ville inconnue ?

— Une mère qui essaie de mettre ses enfants à l'abri de la guerre et des bombes, siffla Hazel, les poings serrés.

Cette femme, qui écarquillait les yeux entre Dot et Hazel, paraissait folle à lier.

— Tante Imogene, intervint Dot. Que s'est-il passé ? Raconte-leur pour qu'ils comprennent que tu n'as rien fait de mal.

— Ma petite chérie, tu étais là, toute seule, à six ans à peine. (Imogene prit la main de la jeune femme et la pressa contre sa joue.) Six ans, et livrée à toi-même sur une couverture, juste à côté d'un fleuve déchaîné pendant que celle-là… (Elle agita son index menaçant devant Hazel)… celle-là s'était enfuie dans les bois avec ce garçon pour faire Dieu sait quoi à un si jeune âge. (Elle frissonna.) Et ils t'ont laissée toute seule. (Elle lâcha la main de Dot.) Puis ton ours en peluche est tombé, cette chose crasseuse que tu traînais partout.

— Berry, compléta Dot.

— Tu l'as laissé tomber au bord du fleuve, tu t'es penchée pour l'attraper et voilà que tu as basculé dans la Tamise la tête la première. Dans l'eau. Tu as coulé, ma chérie. Seules tes boucles blondes flottaient à la surface. Je me suis précipitée à ton secours. J'ai sauté dans cette eau glaciale, je t'ai attrapée et enfin, oui, je t'ai ramenée à Newcastle. Je t'ai sauvée.

— Alors comment suis-je devenue la fille de Maman ?

— Ma sœur Claire, ma pauvre et jolie sœur, avait perdu une enfant du même âge que toi, emportée par la tuberculose. Et Dieu t'a conduite vers nous pour la remplacer. Ton prénom – Dorothy – signifie cadeau de Dieu.

Hazel sentit un cri monstrueux, incontrôlable, enfler dans sa gorge. Elle le laissa retentir.

— Vous avez utilisé ma sœur pour remplacer une enfant morte ? Vous avez offert Flora à votre sœur en compensation de son enfant perdue ? Vous êtes folle ?

— Non, je suis parfaitement saine d'esprit et j'ai compris ce que Dieu me demandait. Et vous ? Savez-vous ce qu'Il attend de vous ? (Imogene avança d'un pas et cracha sur le sol.) J'en doute fort.

La rage consumait la poitrine de Hazel. Elle faillit fondre sur cette femme, la secouer pour tout le chagrin qu'elle avait causé et les mensonges qu'elle avait conçus.

— Vous voyez donc bien que je l'ai sauvée et non enlevée. Sans moi, elle se serait noyée. (Elle contempla Dot avec tant d'adoration que Hazel éprouva un sursaut de compassion pour elle.) Tu vois, ma Dot, la seule bonne chose qu'on ait sauvée, c'est toi.

— Mais ensuite, vous l'avez enlevée, rappela Hazel.

Il fallait que cette femme continue de s'épancher, de se livrer, de déblatérer dans sa folie.

— Oui, je l'ai enlevée. Vous autres gens qui abandonniez vos enfants, perdiez vos maris, on ne pouvait pas vous faire confiance. Vous qui désertiez la paroisse pour vous livrer à vos propres cérémonies païennes. Vous n'alliez même pas à l'école et moi, je l'ai sauvée de vous tous.

— Tante Imogene, dit Dot. Merci de m'avoir sauvé la vie. Merci. Mais tu aurais dû en informer la police.

— La police ? Tu plaisantes ? Cet incapable d'Aiden Davies ? (Elle lui jeta un coup d'œil assassin.) Sans toi, ma chérie, je n'aurais jamais réussi à supporter tous ces morts, tous ces garçons que je n'ai pas pu secourir.

Aiden s'approcha et ouvrit les menottes, mais Imogene s'était focalisée sur Hazel.

Cette dernière commençait à perdre son calme – le cauchemar de la nuit où Flora avait disparu lui revenait, avec son défilé d'images sombres.

— Comment l'avez-vous cachée ? demanda-t-elle. Nous l'avons cherchée partout.

— Espèces d'incapables. Elle était avec moi, dans l'église.

— Non, répliqua Hazel. C'est faux. J'y suis allée. Vous continuez à mentir.

— Je ne mens pas.

— Vous délirez ! Vous enlevez des enfants, mais vous dites la vérité ? C'est absurde. Et comment se fait-il que les autres infirmières n'en aient rien su ?

— Nous vous avons toutes interrogées, intervint Aiden, les menottes cliquetant dans sa main. Flora n'était pas là.

— Tu m'as cachée dans une église ? intervint Dot.

Elle tressaillit, le regard perdu cherchant une image correspondant à cette information, un souvenir tapi en elle.

Imogene lui caressa l'épaule.

— Oh Dot, tu n'y es pas restée longtemps, ma chérie. Pas longtemps du tout. Juste assez pour que je puisse rassembler mes affaires. Je voulais simplement te savoir en lieu sûr pendant que je me préparais à te ramener à Newcastle, auprès de ta mère.

— J'aimerais comprendre. Tu m'as sauvée du fleuve, puis cachée dans une église et emmenée à Newcastle pour remplacer l'enfant défunte de ma mère ? Je suis devenue cette fille-là ? Ai-je bien tout saisi ?

— À t'entendre, on croirait que c'est horrible alors que ça a été merveilleux, Dot. Merveilleux, lui assura-t-elle en lui caressant le visage. Songe à ta vie, à tes parents, à ta famille, à celle que tu es devenue grâce à moi. À tes frères et tes tantes et tes oncles.

— Dot, demanda Aiden, où est votre mère, en ce moment ?

— Elle est morte d'un cancer du sein il y a trois ans, répondit-elle en levant les yeux vers lui. Papa nous a quittés bien avant elle. Et ils ont emporté ce mensonge dans leur tombe… (Elle secoua la tête.) Quelle histoire de fou !

— Oui. (Le visage d'Imogene se fissura, comme s'il allait tomber en morceaux.) Je t'ai offerte à ma sœur en compensation des souffrances qu'elle avait endurées. Tu étais et tu demeures le trésor surgi de nos épreuves. (Elle leva les yeux au ciel.) Notre splendeur au lieu de la cendre.

Aiden l'observait en silence, mais Hazel n'y tenait plus.

— Elle n'était pas un cadeau, mais votre… butin. Vous la considériez comme votre trésor, hein ? Sa place était pourtant auprès de sa mère et de sa sœur. De moi.

Hazel se courba et plaça ses mains sur ses genoux, cherchant à reprendre son souffle.

— Oh, c'est là où tu te trompes, grogna Imogene. Sa place a toujours été parmi nous. Regarde la vie que nous lui avons donnée.

Alors l'évidence percuta Hazel, comme un coup de poing dans le ventre. Ce soir-là, dans l'église, alors qu'elle grelottait de fièvre, pleurant sur l'autel et faisant le serment de ne plus jamais revoir Harry ni d'écrire une nouvelle histoire, elle n'avait pas entendu le hululement d'une chouette ou le produit de son imagination. Mais Flora qui pleurait. Si près. Flora qui se trouvait juste là, à quelques pas seulement.

— Je t'ai entendue, dit Hazel, qui se sentait reprendre vigueur. J'étais là. J'ai cru percevoir le cri d'une chouette ou mes propres pleurs, mais c'était toi. Je suis allée dans l'église au milieu de la nuit. J'y ai fait le serment de te retrouver. Oh, j'aurais pu te sauver. J'étais… là.

Imogene éclata d'un rire brusque et grossier.

— Et maintenant, foutez le camp de mon jardin. Foutez le camp de chez moi et laissez-nous tranquilles.

Sur ces mots, Aiden bondit près d'elle, les menottes cliquetant dans le vent.

— Cela fait longtemps que j'attendais de pouvoir enfin prononcer cette phrase, dit-il. Imogene Mulroney, je vous arrête pour l'enlèvement de Flora Lea Linden le 19 octobre 1940. Vous avez le droit de garder le silence, mais si vous omettez un détail et le rapportez à la cour plus tard, cela pourra nuire à votre défense. Si vous renoncez à votre droit au silence, tout ce que vous direz ou ferez pourra être utilisé contre vous devant une cour de justice.

— Vous arrêtez la mauvaise personne ! s'écria Imogene. Sans mon intervention, ma nièce serait morte.

Elle recula, trébucha, se redressa et se rua vers la porte de derrière.

Aiden la rattrapa en trois enjambées à peine, lui plaqua brutalement les mains derrière le dos et lui passa les menottes. Hazel assista à la scène, horrifiée. Elle avait l'impression de glisser et de tomber dans le fleuve.

Dot et elle regardèrent le policier emmener Imogene. Elles entendirent la portière claquer, la voiture démarrer et la sirène hurler.

Dot s'effondra sur le banc.

— Et dire que je n'ai pas pu laisser tomber. Elle m'a suppliée de *ne pas* écrire ces articles. Elle prétendait que cela réveillerait d'anciennes blessures. Je ne l'ai pas écoutée.

Hazel s'assit à ses côtés et sentit la petite fille se terrer à l'intérieur de sa sœur, se protégeant de toutes les balivernes qu'Imogene avait crachées au vent matinal. La Flora de six ans se cachait sous tous les mensonges de cette femme, si bien que Dot ne saurait pas ou refuserait de redevenir celle qu'elle avait été autrefois.

— Je suis vraiment désolée, dit Hazel. Ça a dû être terrible pour toi d'assister à cette scène. Je sais que tu l'aimes, mais n'oublie pas que tout ce qu'elle a dit sur moi, Bridie, Harry ou Maman – rien de tout cela n'est vrai. Personne ne t'a laissée ; aucun de nous n'était malintentionné ; on ne t'a pas abandonnée. Tu étais – tu es toujours – profondément aimée.

— Je ne sais plus quoi croire. (Dot se redressa, chassa la mèche de cheveux qui lui tombait sur le visage et se mordilla la lèvre inférieure.) Pourquoi m'aurait-elle emmenée si ce n'est pour m'aider ?

— Le chagrin est une passion dévorante qui nous fait faire des choses impensables. De toute évidence, elle s'est persuadée d'avoir bien agi, alors qu'en réalité…

Dot leva la main pour l'interrompre.

— M'as-tu laissée seule ?

Hazel hésita, mais elle ne pouvait pas ajouter un mensonge à ceux qui venaient d'être proférés, au risque de crouler sous leur poids.

— Oui. C'est vrai. Nous t'avons laissée seule.

— Nous ?

— Harry et moi. Le garçon dont je t'ai parlé hier. Celui qui vivait avec nous. Nous t'avons laissée quelques minutes. Tu dormais.

— Dans ce cas, peut-être que Tante Imogene *devait* me sauver ?

— Peut-être. Peut-être qu'elle t'a sortie du fleuve, mais ensuite, elle t'a enlevée, Flora. Elle t'a attirée loin de ta mère et de ta sœur pour te projeter dans une nouvelle vie.

— Je m'appelle Dot.

— Oui.

— Elle m'a enlevée par amour, déclara Dot. C'est ce qu'elle a dit.

— Par amour ? répéta Hazel en tâchant de réprimer sa colère. C'est n'importe quoi.

Dot secoua la tête.

— Il faut que tu me comprennes, je ne me doutais de rien. De rien. Comment ai-je pu, pendant tout ce temps, être deux personnes à la fois ? Et je ne peux même pas interroger mes parents puisqu'ils ne sont plus là. Ils me l'auraient caché ? Mes frères sont plus jeunes ; ils ne savent rien. Mais Imogene et mes parents ? Les autres membres de ma famille qui étaient vivants avant mon arrivée ? Ils l'ont caché.

— Toutes les familles ont des secrets, répondit Hazel. Mais tu as une mère qui est toujours là, qui t'a pleurée et espère ton retour depuis vingt ans.

Dot se courba.

— Je ne sais ni qui, ni quoi croire. J'avais une belle vie, Hazel. Très belle. Je ne supporterais pas de n'y voir plus qu'un mensonge.

— Je comprends et je suis sûre qu'il y avait une bonne part de vrai dans ta vie. Mais son origine – la vérité de tes origines – t'a été cachée. Cette vie a sans doute été parfaite, mais elle n'était pas *vraie*. Il y en avait une autre, qui se déroulait en parallèle. Tu le sens, je le sais.

Elle s'exprimait avec toute la force du désespoir à présent, cherchant à lui faire comprendre que tout ce qui avait franchi les lèvres perfides d'Imogene était sale, faux, et teinté d'une folie hypocrite.

Dot frissonna et enfonça ses mains dans ses poches, battant à nouveau en retraite.

— J'ai besoin de temps. Tante Imogene a fait un cadeau à sa sœur en pensant obéir à un commandement de Dieu – et ce cadeau, c'était moi. Elle a fait un terrible choix et pourtant elle m'a aimée et chérie toute sa vie. Comment concilier les deux ?

Hazel posa sa main sur la jambe de Dot qui recula d'un bond. La douleur à l'idée de perdre Flora à nouveau la terrassait. Elle refusait de la voir disparaître une deuxième fois.

— Viens avec moi, Dot. Suis-moi à Binsey, maintenant. Chez Bridie.

— Non, il faut que je rentre à la maison, que je voie Iris et que j'essaie de défaire ce qui a été fait.

— Il n'y a rien à défaire. Crois-moi, je n'ai pas cessé d'essayer depuis le jour de ta disparition. Je t'en prie, viens avec moi, ne serait-ce que pour ton article. Allons voir Bridie.

Dot frémit, ferma les boutons du haut de son manteau, resserra son écharpe en laine grise autour de son cou puis se leva. Hazel l'imita et, en la voyant s'éloigner de quelques pas, formula à voix haute la seule pensée qui traversa son esprit paniqué.

— Il était une fois, il n'y a pas si longtemps, un endroit invisible, tout près d'ici. Il existe toujours.

Dot s'arrêta, se retourna et se frotta les bras.

— Très bien. Emmène-moi à Binsey.

CHAPITRE 52

20 mars 1960

La porte bleue du cottage était ouverte et, du haut du perron, Bridie vit s'approcher Hazel et Dot. Hazel ouvrit la grille et Bridie s'avança dans l'allée, ses cheveux poivre et sel lâchés sur ses épaules.

— Hé, bonjour ! s'écria-t-elle en sautillant de dalle en dalle, donnant l'impression de traverser une rivière pour venir à leur rencontre. Hazel, quelle charmante surprise !

Sur ces mots, elle s'arrêta net, dévisagea Dot Bellamy, plaça ses deux mains sur son cœur et inspira profondément. Au lieu d'un souffle, sa poitrine expulsa un cri. Son visage trahissait son soulagement, car elle l'avait reconnue. Et plutôt que de serrer Dot dans ses bras, comme Hazel s'y serait attendue, elle prit les mains de la jeune femme et en baisa les paumes.

— Flora, tu devais arriver aujourd'hui bien sûr, puisque c'est le premier jour du printemps.

Dot ne bougea pas, mais son visage tressaillit.

— J'en ai rêvé à deux reprises la semaine dernière, reprit Bridie avant de reporter son attention sur Hazel. Je l'avais imputé à la visite de Hazel, mais non, c'était le signe que tu étais en chemin. J'aurais dû m'en douter. Comment es-tu arrivée jusqu'ici ?

— Alors ça, c'est une longue histoire, répondit Dot avec un peu d'hésitation. Je préparais une série d'articles sur les enfants disparus de Pied Piper. (Elle disait tout cela en évitant de regarder Bridie.) Jusqu'à hier, j'ignorais tout de ma véritable identité et de mes origines.

Bridie ne chercha pas à masquer ses larmes et se contenta de braquer ses yeux sur la jeune femme.

— Tu t'es trouvée.

— Je n'en suis pas si sûre. Mes souvenirs sont tellement confus. Tout cela m'a un peu bouleversée, mais oui, je sais que je me suis appelée Flora. Ce prénom n'est plus tout à fait le mien puisque je m'appelle Dorothy May Bellamy, ajouta-t-elle avec un rire embarrassé. D'ailleurs, mon vrai nom est Dorothy McCallister, car je suis mariée, mais je signe mes articles de mon nom de jeune fille.

— Il s'avère, interrompit Hazel, qu'Imogene Wright a enlevé Flora l'après-midi de la Sainte-Frideswide.

Bridie ferma les yeux, écarta les bras et offrit son visage au soleil.

— Merci de l'avoir ramenée à la maison. Et maintenant, entrez. Allons boire une tasse de thé. Il faut laisser tous ces souvenirs décanter un peu.

Le crissement du gravier, le ronronnement sourd d'un moteur, et elles se retournèrent pour voir la camionnette Volkswagen rouge pâle de Harry qui grinça dans l'allée et s'arrêta dans un nuage de poussière et de gravillons. Il tira le frein à main qui couina, ouvrit sa portière et se précipita vers elles sans même prendre la peine de la refermer derrière lui.

— Harry ! dit Dot d'une voix calme avec un signe de tête dans sa direction. Oui, c'est Harry.

Il les rejoignit dans son jean couvert de taches de peinture, son tee-shirt noir, sa casquette grise plantée sur ses boucles, et les dévisagea avec curiosité. Il embrassa sa mère sur la joue, puis Hazel – qui ressentit à son contact ce frisson particulier, quoique fugace – et se tourna vers Dot.

— Bonjour, Harry Aberdeen, déclara-t-il en lui tendant la main.

— Je sais. Et moi, je suis… (Elle hésita puis lâcha énergiquement :) Je suis Dorothy Bellamy, du magazine *Vanity Fair*.

— Ah, c'est vous qui écrivez les articles.

Harry jeta un œil vers Hazel en quête d'une confirmation.

— Oui, répondit Dot.

— Avez-vous l'intention de nous interviewer ? demanda-t-il.

Hazel lui sourit avant de désigner Dot du menton.

— Regarde-la bien, Harry. Regarde-la attentivement.

Harry s'exécuta et Hazel vit la révélation doucement irradier son visage, et son esprit, comme elle aurait admiré un lever de soleil.

— Flora.

— Oui, confirma Dot.

Elle affichait un sourire, le premier que Hazel trouvait franc, ce qui lui donna espoir.

— Tu es revenue, commenta Harry d'une voix brisée.

Il prit dans ses bras Dot, qui d'abord se raidit, puis se détendit et lui rendit son étreinte avec un rire gêné.

— Eh bien, tu n'es pas timide, toi ! s'exclama-t-elle.

Elle est drôle, pensa Hazel. Il lui restait tant à apprendre sur cette femme qu'elle avait connue petite, aussi intimement qu'elle-même.

Harry recula d'un pas.

— Nous avons attendu et prié pour ce miracle pendant vingt ans. Comment est-ce arrivé ?

Hazel dévisagea Harry, interloquée.

— Et qu'est-ce que tu fais là, toi, d'ailleurs ? lui demanda-t-elle.

— Maman m'a appelé ce matin en me disant qu'elle avait besoin de moi.

Bridie haussa les épaules.

— Je ne savais pas vraiment *pourquoi* j'avais besoin de lui, jusqu'à maintenant.

Harry secoua la tête et ôta sa casquette qu'il garda à la main.

— Je croyais que j'étais censé ranger la tondeuse à gazon en panne dans la grange.

— Oui. Ça serait bien que tu t'en occupes, mais je sentais bien que quelque chose d'autre se préparait.

Et sur ces mots, elle déposa un baiser sur la joue de son fils.

Dot Bellamy regarda ces gens qu'elle était supposée connaître et les écouta parler de son retour avec des éclats de joie. Elle promena son regard sur le cottage en pierre, le pâturage vert, la grange rouge, et la tondeuse à gazon rouillée, en panne sur la pelouse. Elle vit le frêne et les genêts tout en fleurs qui bordaient l'allée dallée. Hazel se trouvait juste là, avec ses cheveux bruns bouclés retenus dans un chignon bas et ses yeux marron doré que Dot reconnaissait presque. Bridie était là, elle aussi, avec son sourire chaleureux et sa voix douce. Et oui, elle connaissait Harry ; elle l'avait senti à la seconde où il avait sauté de son vieux tacot avec son air malicieux.

Quel était le sens de tout cela ?

La veille au soir, elle n'avait pas pu confier à Russel ce qu'elle avait appris sur son passé et son identité ; c'était trop tôt. Tandis que Connor, leur fils de quatre ans, gambadait autour d'eux en les suppliant de l'aider à faire le puzzle du dinosaure, Russel lui avait demandé, distraitement, comment s'était passée son interview avec la Londonienne. Elle avait alors prétexté une migraine et une envie de se coucher tôt. Et ce, sans mentir.

Quand il l'avait rejointe dans leur lit un peu plus tard, elle avait fait semblant de dormir, mais n'avait pas réussi à fermer l'œil de la nuit. Avant l'aube, elle s'était levée et était sortie discrètement de la maison pour affronter Tante Imogene. Comment annoncer à son mari et à son fils qu'elle était quelqu'un d'autre avant même d'avoir réussi à le comprendre elle-même ?

Oui, elle avait toujours trouvé sa tante un peu bizarre, à accueillir dans son jardin et sa maison les blessés et les égarés, des plantes aux animaux. Son mari s'en débarrassait souvent en les donnant à d'autres dès qu'elle avait le dos tourné. Mais Imogene n'avait en aucun cas été folle, ni perturbée. Ou peut-être que si ? Elle n'avait jamais rameuté quiconque pour sauver des enfants ou protéger fleuves ou églises. Dot n'avait jamais surpris, pas même du coin de l'œil, de scène pareille à celle de sa tante, la veille. Elle n'avait jamais imaginé que son seul secret et la seule chose qui l'empêchait de sombrer dans la folie, c'était Dot.

Maintenant, devant chez Bridie, elle recula et posa sa main sur la clôture. Oui, cet endroit lui disait quelque chose tout comme les images éparses qui lui étaient revenues devant Le Perchoir, mais la confusion régnait dans son esprit. On avait arrêté Imogene, volé ou sauvé son enfance – comment pouvait-elle le savoir ?

Harry lui sourit.

— Tu vas bien ?

— Non.

Dot cherchait un endroit où s'asseoir et repéra une botte de foin. Hazel s'assit à côté d'elle. Mais Dot avait besoin d'air, d'espace. Elle devait essayer de retrouver la mémoire à l'abri de tous ces regards, loin de toutes ces personnes qui prétendaient l'aimer et la connaître. Elle se leva et fit les cent pas.

— Il me faut… je ne sais pas.

— Prends ton temps, la rassura Bridie. Et si je t'apportais quelque chose à boire ?

— Oui, répondit-elle. S'il vous plaît.

Une chouette hulula longuement. Un chant plaintif, une sorte d'appel dans le lointain, ou peut-être tout près. Bridie s'arrêta et virevolta sur elle-même.

— Un cri en plein jour, dit-elle. Comme c'est charmant.

La voix de Bridie résonna profondément en Dot qui embrassa les pâturages du regard ; des bois calcinés, restes d'un feu de camp, scintillaient au loin comme de l'onyx sous le soleil de midi.

Un feu de camp.

— Le fleuve se trouve juste derrière la colline. Nous y allions en courant pratiquement tous les jours, intervint Harry, s'immisçant dans son désarroi.

Dot acquiesça sans détourner son attention. Elle était dépassée par l'entêtante sensation de glisser, de tomber dans une autre vie. Puis la chouette se fit entendre à nouveau. Son chant lézarda le socle de mensonges et les souvenirs s'échappèrent de ces fissures comme des fumerolles.

Elle a six ans désormais. Allongée sur une couverture rouge, elle entend quelqu'un l'appeler. Non par le nom qu'elle porte aujourd'hui, mais par son vrai prénom : Flora.

— Flora !

Elle dort sous le soleil de l'après-midi, emmitouflée dans la couverture en laine. Berry est calé dans le creux de son bras et sa fourrure lui caresse la joue quand une voix familière la tire de son profond sommeil.

À son réveil, elle se redresse sur ses jambes et commence à suivre la voix. Et voilà qu'elle aperçoit la rivière d'étoiles, celle que sa sœur lui interdit d'approcher. La rivière du pays magique de Whisperwood. Elle s'avance de quelques centimètres quand elle glisse, et Berry tombe tout près de l'eau.

Cette voix, qui renouvelle son appel, la fait trébucher, et ses bottes vertes décollent du sol.

Glacé ! Le *plouf* que fait son corps en plongeant dans l'eau, le choc produit par la fraîcheur des eaux d'octobre, la claque du fleuve sur sa poitrine. Ses pieds glissent sur des pierres lisses et rondes et se dérobent sous elle. L'eau la submerge. Elle retient sa respiration à s'en brûler les poumons, envisage un instant de prendre une inspiration puisque la rivière est faite d'étoiles.

Au lieu de ça, elle lève la main ; une autre l'attrape et la tire hors de l'eau. Elle prend une goulée d'air, tousse et crachote, désorientée. Il fait si froid. Allongée sur le dos, elle contemple le ciel.

Ce souvenir coupa le souffle de Dot qui se retourna vers Harry et Hazel, en serrant ses mains à s'en faire mal.

— Elle m'a appelée. Elle a crié mon nom. La voix d'Imogene m'a fait sursauter et je suis tombée dans le fleuve.

Bridie était revenue auprès d'elle et lui tendait un verre d'eau fraîche aromatisée avec un brin de romarin. Dot en but une grosse gorgée.

Ils l'observaient tous en silence, attendant qu'elle retrouve la mémoire.

— Je ne suis pas tombée toute seule. Tante Imogene m'a appelée. (Dot ferma les yeux, chancelant dans le rêve fiévreux d'une noyade.) Oh mon Dieu, ces cauchemars où je me retrouvais enfermée dans une petite pièce. Ces images ne sortent pas de contes de fées, ces rêves ne viennent pas des légendes de Barbe Noire ou de cauchemars, ni de mythes comme le prétendaient ma mère et ma tante. Ils sont issus de ma vie. Ma vraie vie.

— Et si on entrait dans la maison ? proposa Harry, l'air soucieux.

— Non, répondit Dot. La vérité se trouve quelque part ici, dans le paysage, dans la topographie de ces lieux.

— Oui, approuva Bridie.

Dot s'assit sur la botte de foin.

— Ma vie n'a été que mensonges.

Tout à fait immobile, Hazel écoutait Dot ; tout ce à quoi elle avait cru se désagrégeait doucement.

Harry et elle n'avaient *pas* perdu Flora. Leur baiser ne l'avait *pas* fait disparaître. Whisperwood ne l'avait *pas* emportée dans le courant du fleuve. Ce pays magique, celui qui avait détruit sa vie, celle de sa mère comme celle des Aberdeen – du moins Hazel l'avait-elle redouté au point de le tenir caché pendant toutes ces années –, avait continué à diffuser sa magie, à les rapprocher encore plus, jusqu'à les réunir aujourd'hui dans les pâturages de Bridie et Harry Aberdeen.

Ce poids qui avait lesté ses épaules et fissuré son cœur pendant bien plus de la moitié de son existence se dissipait soudain.

Dot la regarda droit dans les yeux et, comme si elle avait deviné ce que Hazel avait besoin d'entendre, elle lui parla lentement, en articulant chaque mot :

— Elle m'a enlevée. Sa voix m'a réveillée et attirée vers le fleuve. Je n'avais que six ans, c'est vrai, mais c'est limpide dans mon esprit. Pour le moment, tout ce qui s'est passé avant ou après demeure incertain à l'exception de cette nuit-là… J'ai toujours cru qu'il s'agissait d'un cauchemar récurrent, mais je sais désormais que cela a réellement existé.

Bridie s'assit à côté de Dot.

— À l'époque, toutes les infirmières avaient toujours sur elles de la codéine, de l'aspirine, du Nembutal. Je pense que tu as été…

— Inutile de le dire, l'interrompit la jeune femme. Oui, elle m'a donné la pilule blanche au goût amer et piquant. Oui.

Hazel et Harry échangèrent un regard qui dans leur langage secret signifiait : ils ne l'avaient pas perdue. En réalité, Imogene l'avait entraînée loin d'eux, tel Hamelin jouant de la flûte. Leurs yeux trahissaient leur compassion.

— Elle devait t'épier de loin, supposa Harry en fixant toujours Hazel. Nous suivre.

Dot se tourna vers la jeune femme.

— Pourquoi est-ce cette Américaine qui a raconté les histoires de Whisperwood ? Pourquoi pas… toi ?

— J'avais tourné la page. J'en avais écrit une grande partie, mais la nuit où Flora – la nuit où tu as disparu – j'ai jeté mon manuscrit dans le fleuve en le suppliant d'emporter cette histoire au loin et de te ramener à la maison.

— À la maison, répéta Dot, qui semblait goûter ces mots pour la première fois.

La brise se leva et chassa doucement un nuage bas ; le soleil baigna alors les pâturages de lumière et de chaleur.

Bridie sourit à Hazel.

— L'invisible qui était tout près s'est rendu visible.

— Je croyais que mon imagination nous avait perdus, se justifia la jeune femme.

— Tu te trompais, dit Harry.

Elle sentit ses yeux se gorger de larmes.

— Je comprends, maintenant. Ce n'est pas mon amour qui l'a perdue ni mon histoire sur Whisperwood qui l'a emportée. Et dire que pendant tout ce temps j'ai cru que c'étaient les deux causes de sa disparition.

— Ton amour ? demanda Harry.

— Pour toi, pour Whisperwood, pour les deux, répondit-elle avant de se tourner vers Dot. Mais mon amour pour Harry n'avait rien à voir avec ta disparition, au lieu de ça, tu as été enlevée par une infirmière névrosée que la guerre avait rendue folle. Une femme qui a épié et enlevé une petite fille.

— Comment ? s'enquit Dot. Comment l'amour et l'imagination auraient pu me perdre ?

— Ils ne t'ont pas perdue ; seulement moi, je l'ai cru.

Dot se leva, fit quelques pas vers Hazel, plongea ses yeux dans les siens et, face à elle, réagit comme sa grande sœur l'avait tant espéré, rêvé pendant plus de vingt ans – Flora Lea Linden jeta ses bras autour de son cou et l'étreignit tendrement.

Plus tard, après avoir traversé le cottage en pleurant à chaudes larmes, Dot s'arrêta sur le seuil de la petite chambre, derrière la cuisine, et dit :

— D'autres images me reviennent que je n'arrive pas bien à mettre en ordre. Honnêtement, après le fleuve, ma vie se réduit à Newcastle, l'université, Russel et Connor, et la recherche des enfants perdus de Pied Piper. (Elle entra dans la chambre de leur enfance et laissa sa main courir sur la commode en pin.) Elle m'a enlevée, cachée dans une pièce noire de l'église, toute seule, puis elle m'a emmenée à Newcastle. Malgré tous les récits que j'ai écrits sur les enfants perdus, je n'aurais jamais pu imaginer une histoire pareille. Mon Dieu, c'est mon histoire. Je me sentais tellement en sécurité dans cette famille que je prenais pour la mienne. Auprès de quatre frères. De parents, aujourd'hui disparus, qui m'aimaient. (Elle pivota pour se placer face à Harry, Hazel et Bridie.) J'ai une grande famille élargie qui inclut Tante Imogene. Je suis si fière d'en faire partie, d'être une Bellamy, que j'ai signé mes articles sous mon nom de jeune fille. N'est-ce pas insensé ? demanda Dot d'une voix aiguë et brisée. Je n'étais pas un cadeau de Dieu. J'étais… quoi, au juste ?

— Flora Lea Linden, répondit Hazel.

— Tu n'as jamais renoncé. Tu as tenu ta promesse.

Le sifflement de la bouilloire poussa tout le monde à suivre Bridie dans la cuisine et à s'installer autour de la table, près du feu éteint de l'âtre. Les fenêtres ouvertes laissaient entrer le chant des oiseaux. Ils étaient tous attablés, genoux contre genoux, penchés sur les tasses de thé fumant et les gâteaux à la noix de coco couverts de glaçage, comme dans leur enfance.

Hazel était assise à côté de Harry, abasourdie d'avoir sa sœur juste en face d'elle. Pendant toutes ces années, Flora avait vécu avec une mère différente dans un village reculé, à seulement quelques heures de Londres.

— Une partie de moi comprend pourquoi elle a fait ça, déclara Dot, mais je ne lui trouve pas d'excuse. Elle était traumatisée. Elle me fait tellement de peine. Après avoir essuyé tant de pertes… elle était vraiment convaincue, à tort, qu'elle m'avait sauvée. Ma pauvre tante a passé sa vie à essayer de sauver tout ce qui lui passait sous la main.

— Elle ne t'a pas sauvée, la corrigea Hazel en s'accrochant au rebord de la table.

— Je sais, mais elle s'en est persuadée. Et maintenant, dis-m'en plus sur notre pays imaginaire.

— D'accord.

— Whisperwood. Whisperwood. Whisperwood, murmura Dot en fermant les yeux, avant de les rouvrir. Tu as conscience des répercussions de cette histoire, n'est-ce pas ? (La jeune femme marqua un temps.) Elle m'a ramenée ici, auprès de vous tous.

— Oui, répondit Hazel, sentant que quelque chose en elle cherchait à retrouver sa place initiale.

— J'ai passé toutes ces années à écrire des articles sur les enfants perdus de Pied Piper, reprit Dot en se penchant sur la table. Un petit garçon écrasé par une voiture pendant l'évacuation. D'autres qui se sont échappés…

— Comme Kelty, l'interrompit Hazel. Elle a fugué.

— Kelty, répéta Dot en secouant la tête. Je la connais, non ? Au moins de nom ?

— Oui. Tu la connais.

— J'ai raconté l'histoire de ces pauvres enfants embarqués pour l'Amérique dans un bateau qui a été torpillé. Je m'apprêtais à relater celle de Flora, celle...

— De ta propre vie, compléta Bridie. D'une enfant perdue, aujourd'hui retrouvée.

Dot se contorsionna sur sa chaise pour voir Bridie.

— Je rêvais de ces enfants. Écrire leurs histoires était devenu une obsession. Mon mari, Russel, me le reprochait souvent. Il disait que cela m'éloignait de lui et de Connor, notre petit garçon de quatre ans. Peut-être avait-il raison, je ne sais pas. Mais quelque chose en moi refusait de passer à autre chose, de renoncer à les chercher.

— Au fond de toi, tu savais, en déduisit Hazel.

— Tu as un fils ? demanda Bridie.

— Oui, il est formidable.

— Ta maman a un petit-fils, s'exclama Bridie à l'intention de Hazel. Quelle grande nouvelle !

Dot prit sa tasse de thé et la fit tourner entre ses mains sans y tremper les lèvres.

— Quand Hazel a raconté le début de l'histoire de Whisperwood hier, au Perchoir, des bribes de cette journée me sont revenues. Je ne les saisis pas encore toutes, mais je promets de tout faire pour y arriver. (Elle se tourna vers Hazel.) Comment ton histoire a-t-elle atterri en Amérique ?

— Te souviens-tu d'une certaine Maria ? Une femme qui a aidé ta mère, et d'autres comme elle, pendant la guerre ? Qui te gardait et te faisait la classe ?

— Il y avait des bénévoles américaines, oui, mais je ne me rappelle pas que l'une d'elles s'appelait Maria.

— Eh bien il semble que tu lui aies raconté cette histoire, dont tu te servais pour te calmer. Cette femme, Maria, l'a transmise à sa sœur Linda, en Amérique, pour l'aider à consoler sa fille Peggy, qui avait elle aussi perdu son père à la guerre.

— Incroyable, dit Dot. Absolument incroyable. Cette histoire que tu me racontais et qui me réconfortait quand j'étais triste et désorientée a traversé l'océan pour nous réunir.

— Hazel, ma chérie, tu as peut-être tourné le dos à Whisperwood, intervint Bridie, mais Whisperwood t'a retrouvée, s'est lancé à ta poursuite sans relâche pour tous nous rassembler ici, dans cette maison.

Hazel acquiesça. Malgré sa passion pour les histoires, certaines choses ne se disaient pas avec des mots. Ils restèrent tranquillement assis dans la cuisine de Bridie, baignée par la lumière de l'après-midi. Dehors, le printemps refaisait surface, amorçant sa renaissance. Tout se renouvelait.

Après le départ de Dot qui avait pris le train pour rentrer chez elle, Harry et Hazel restèrent dehors, devant la maison de Bridie. La nuit était claire et fraîche et les étoiles mouchetaient le ciel indigo. Une légère brise charriait le parfum des roses en pleine floraison, que Bridie avait plantées le long de la clôture.

Hazel sentait le corps de Harry tout près d'elle, et son désir était aussi fort que ce 19 octobre, jour de la Sainte-Frideswide où un baiser lui avait fait perdre la raison et oublier ses responsabilités. Ce désir, quoique toujours aussi intense, avait néanmoins changé. Car il avait été forgé au fil du temps, par d'autres hommes, par ses erreurs, son chagrin et ses pertes.

Alors que Hazel cherchait dans son cœur les mots justes, ou comment lui dire au revoir, Harry la devança.

— On a assisté à un miracle aujourd'hui, non ?

— Je crois, répondit Hazel. Même si je ne suis pas sûre de savoir définir ce qu'est un miracle. Une petite fille raconte une histoire à une bénévole américaine. Cette femme traverse l'océan et la répète à sa nièce, une autre enfant qui a perdu son père. Cette enfant grandit, écrit l'histoire, l'embellit, et en fait un récit beaucoup plus long que ce qu'il était à l'origine.

— Et enfin, poursuivit Harry, cette histoire atterrit sur le bureau d'une boutique que tu t'apprêtais à quitter le jour même.

— Oui, c'est sans doute un miracle, tu as raison.

— Tu n'as pas renoncé, Hazel. Tu ne t'es jamais pliée aux injonctions des autres sur ce que tu aurais dû croire ou faire.

Hazel se laissa envelopper par ces mots qui lui arrivaient comme une bénédiction.

— J'ai pourtant beaucoup renoncé dans ma vie, Harry. Vraiment. Je me suis égarée dans tout un tas de choses qui m'ont blessée, mais jamais je n'ai douté qu'on retrouverait Flora. Jamais.

— Et nous ?

— Nous ?

— As-tu renoncé à nous ? As-tu arrêté de croire en nous ?

Elle n'était pas sûre de comprendre où il voulait en venir.

— Comment ça ? demanda-t-elle en tournant la tête vers lui. Croire en quoi ? Nous nous sommes perdus.

— Nous pensions ne pas avoir le choix, la corrigea-t-il. Nous partions du principe que nous ne pourrions jamais être ensemble, et nous avions tort.

Sa voix s'éteignit. Il semblait la sonder du regard, en quête de quelque chose d'introuvable. Elle voulait le lui donner ; peu importait ce qu'il cherchait, elle le lui aurait offert sur-le-champ si elle avait su ce que c'était.

— Le choix, répéta-t-elle en sentant la possibilité d'un réel rapprochement entre eux

— Que veux-tu, Hazel ? Qu'y a-t-il de vrai pour toi ?

— Je l'ignore, mais voilà ce que je sais : j'ai toujours espéré retrouver le sentiment que j'éprouvais quand nous étions ensemble.

Hazel se montrerait honnête. Plus rien d'autre ne comptait à présent.

— Oui, répondit-il.

Leurs regards se croisèrent.

— Mais la relation que nous avions autrefois n'existe plus, Harry. Nous avons retrouvé Dot maintenant, et ce n'est pas la petite Flora de six ans. Car *elle* a disparu.

— Je ne crois pas qu'il s'agisse de retrouver quoi que ce soit, reprit-il en levant les yeux vers le ciel avant de les reposer sur elle. Plutôt de saisir ce qui est à notre portée ici et maintenant, sans détruire ce qui reste du passé.

Ses mots firent leur chemin jusqu'à Hazel, comme les paroles d'une chanson, une vérité pure qui lui avait échappé. Bridie vint les rejoindre à l'extérieur et tendit son manteau à la jeune femme.

— Tu es prête, ma chère ? Je t'emmène à la gare.

— Oui, répondit-elle en lui souriant. Je suis prête.

Harry l'embrassa sur la joue et elle s'éloigna avec sa mère.

Un choix à faire ? Elle se dit qu'elle n'avait encore jamais envisagé d'avoir cette liberté. Mais la prudence était de mise. La liberté et ses prétendues merveilles avaient aussi un prix.

CHAPITRE 53

Mars 1960

Une semaine après avoir découvert la vérité sur son passé, Dot Bellamy était assise dans la bibliothèque croulant sous les livres de sa maison du nord de Londres ; une lampe à col-de-cygne en laiton éclairait la machine à écrire Underwood gris taupe posée sur le bureau en acajou foncé. Dot pianotait aussi vite que ses doigts le lui permettaient. Russel et Connor dormaient depuis longtemps. L'horloge de la cheminée en pierre indiquait deux heures du matin passées, mais elle n'était pas fatiguée, pas le moins du monde.

Aiden lui avait envoyé une certaine Dr. Maisel, psychiatre spécialisée dans les traumas d'enfants pendant la guerre. Elle lui avait expliqué les mécanismes à l'œuvre dans le refoulement de souvenirs traumatiques, la façon dont un mensonge répété des années durant devient le vrai passé, mais aussi comment le subconscient conserve la vérité originelle et tâche de la transmettre par des rêves récurrents, indices et images jusqu'à ce qu'on finisse par les prendre en considération. Les experts avaient appelé ça le recadrage cognitif. Le mensonge de l'adulte avait pu déplacer la pierre angulaire et le socle de son enfance, car Dot n'était alors qu'une enfant.

Si les rêves de noyade et de prison recommençaient, elle saurait comment les interpréter : comme un message de sa mémoire et non une prémonition. Elle prenait conscience que sa famille Bellamy avait dû la laisser se raconter les histoires réconfortantes de Whisperwood jusqu'à ce qu'elles finissent par s'estomper ; ils avaient attendu que sa vraie famille et le conte de Whisperwood sombrent dans un passé obscur.

Dot avait mené une vie agréable dans une ville paisible en banlieue de Newcastle, grandissant au bon air, en pleine nature et dans une famille bruyante et drôle. Mais cette vie s'était *également* révélée mensongère. La supercherie remettait-elle en cause toute son existence ? Cela restait à déterminer.

Elle n'en avait encore rien dit à Camellia ou Hazel, mais elle couchait sur le papier la moindre bribe de souvenir en vue de rétablir une chronologie cohérente des faits du jour de sa disparition. Seule l'écriture pouvait donner un sens au monde absurde dans lequel elle se retrouvait projetée aujourd'hui. Son mari et son fils étaient désemparés, ses frères bouleversés ; Tante Imogene avait été incarcérée, en attendant son procès. Lorsqu'elle se prenait à imaginer la disparition de son propre fils, de son Connor chéri, le chagrin la submergeait, et pourtant sa mère y avait survécu. Comment ?

Elle connaissait un moyen de traverser cette épreuve – écrire un article sur l'Enfant du Fleuve. Elle raconterait toute son histoire, tout ce qu'on avait infligé à cette petite fille perdue de Binsey.

Son récit commencerait ainsi : « Il n'y a pas si longtemps, tout près d'ici... »

La rédactrice en chef de *Vanity Fair*, Mia Hardingham, attendait avec impatience de pouvoir le lire et tous les soirs, Dot pianotait sur sa machine jusque tard dans la nuit.

Elle rassemblait les morceaux de récits qu'elle tenait de Hazel et d'Imogene pour en façonner un nouveau. Sa tante lui avait brossé à grands traits ce qui était arrivé à la petite fille de six ans, au bord du fleuve, et Dot recourait à son imagination pour combler les blancs. Après tout, il s'agissait de *son* histoire et elle devait trouver sa voie même si cela lui demandait de compléter, par l'invention, les parties manquantes.

Cette semaine-là, elle avait, à deux reprises, arpenté seule les sentiers de Binsey. Elle était passée devant l'école blanchie à la chaux avec ses deux classes, près du Perchoir, le pub au bord du fleuve, et les maisons en stuc et en pierre disséminées comme des galets blancs le long du chemin de terre. Elle était entrée dans le cimetière tapissé de mousse de Sainte-Margaret et s'était agenouillée près du puits. Ses doigts avaient caressé l'inscription gravée sur la paroi intérieure qui disait : Le puits de sainte Margaret. Mais Dot le connaissait sous le nom d'une autre sainte : Frideswide.

À l'image de cette construction, Dot portait elle aussi deux noms. Dorothy May Bellamy, anciennement Flora Lea Linden. Le puits appartenait aux deux saintes et pourtant, c'était sainte Frideswide qui, arrivée la première, avait bâti l'église saxonne et soigné les habitants des environs. Plus tard, l'Église anglicane avait rebaptisé la chapelle. Mais cela n'avait rien changé à la nature essentielle de ce sanctuaire et de ce puits, de même que renommer Flora Dorothy n'avait pas altéré la vérité essentielle de son identité. L'Église ou Imogene pouvaient bien modifier à leur guise le nom des êtres ou des choses, celui qui préexistait demeurerait. Il y aurait toujours quelqu'un pour connaître le premier nom, la première vérité, la première histoire.

Dot était allée jusqu'à la lourde porte de l'église, l'avait ouverte et était entrée. Elle avait eu l'impression de traverser l'allée centrale en flottant et s'était agenouillée devant l'autel pour chercher la petite porte en bois dérobée. Bien que submergée par un flot d'images et de peur qui aurait pu l'engloutir, elle savait qu'elle ne s'y noierait pas.

Russel avait offert de l'accompagner comme l'auraient sans doute proposé Hazel et Camellia, mais certains voyages doivent se faire seul.

Entre le sédatif, l'hypothermie, et le choc de l'enfant, Dot ne se souviendrait peut-être pas de tout, comme c'était le cas de nombreux évacués, mais elle rassemblerait tous les vagues souvenirs que déterrerait sa mémoire pour retrouver la vérité.

Il était 2 heures du matin, et Dot entamait la rédaction du moment où la femme connue sous différents noms – Tante Imogene, l'infirmière, la baby-sitter – l'appelait par son prénom, le vrai, Flora, et la sortait du fleuve.

Dot tapait plus vite à présent, sentant l'histoire monter comme une marée de pleine lune.

> *« J'ai froid, geignit l'Enfant du Fleuve, son corps grelottant lui faisant claquer des dents.*
>
> *— Oh, ma chérie !*
>
> *L'infirmière retira son manteau gris dans lequel elle emmitoufla l'enfant, révélant son uniforme blanc amidonné à la manche tachée de sang, une tache de rouille.*
>
> *Elle souleva Flora et la serra contre sa poitrine, contre sa joue. L'infirmière, sa baby-sitter prénommée Imogene qui sentait le propre, se mit à courir en la tenant dans ses bras, à traverser le champ en direction de l'église, à l'éloigner de sa grande sœur Hazel. Flora connaissait le chemin au milieu des prés dorés qui conduisait chez Bridie et elles prenaient la mauvaise direction. Elle essaya de pointer son doigt vers le cottage, la maison, mais le manteau épais et bien serré l'en empêchait.*
>
> *« Tout ira bien. Respire. Respire, lui intima Imogene.*
>
> *— Berry ! » s'écria Flora, ballottée dans les bras d'Imogene.*

Sa sœur Hazel l'avait prévenue : Si tu descends près de la rivière ou que tu cherches à devenir la rivière, tu ne pourras jamais revenir auprès de Bridie, Harry ou moi.

Mais Flora n'avait pas fait exprès de s'en approcher ; l'infirmière lui avait fait peur et elle avait glissé.

« Whisperwood, Whisperwood, Whisperwood », murmura-t-elle, espérant que les mots magiques forceraient Imogene à rebrousser chemin et à la ramener vers Bridie, Hazel et Harry.

Au lieu de quoi, elles arrivèrent au cottage où logeaient les quatre infirmières et se retrouvèrent seules. Une fois à l'intérieur, dans une pièce sombre et froide, Imogene déposa Flora sur une chaise de cuisine et lui retira ses bottes remplies d'eau qu'elle vida dans l'évier. Imogene sortit d'énormes chaussettes en laine pour adulte et les enfila sur les pieds glacés de l'enfant avant de la pousser près d'un feu éteint où luisaient quelques braises.

« Ramène-moi à la maison, la supplia Flora, tremblante de froid, exprimant son besoin de Bridie, Hazel et Harry et du bon feu de leur cuisine.

— Ils ne savent pas veiller sur toi correctement. Rien ne t'oblige à retourner auprès d'une famille qui ne s'occupe pas de toi.

— Ils m'aiment, affirma la petite, sachant pertinemment que c'était vrai.

— Non. Si c'était le cas, ils t'auraient mieux surveillée. Sans moi, tu te serais noyée. Ils t'ont laissée toute seule. »

Flora ferma les yeux en répétant à voix basse : « Whisperwood. Whisperwood. Whisperwood. » Il fallait qu'elle retourne près de la rivière, qu'elle rejoigne sa sœur. Ce mot n'était-il pas magique ?

« Qu'est-ce que c'est, Whisperwood ? » demanda gentiment l'infirmière.

Flora secoua la tête. Hazel lui avait ordonné de ne jamais, au grand jamais, parler à quiconque de Whisperwood. C'était pour cette raison qu'on l'avait laissée seule, qu'elle s'était retrouvée au bord du fleuve avec Berry – parce qu'elle avait failli révéler l'existence de ce pays magique à Harry. Elle n'en dirait pas un mot à Imogene, qui sentait le savon, mais avait du sang sur sa manche.

L'infirmière disparut dans un réduit et en ressortit avec une couverture en laine.

« Je vais aller te chercher des vêtements et de la nourriture. Et pour l'instant, nous devons te cacher.

— Pourquoi ? »

Sans répondre, Imogene plongea la main dans sa poche et en retira un petit comprimé blanc.

« Ouvre la bouche, ma douce enfant. Cela te fera du bien. »

Flora secoua la tête, serra les lèvres. Imogene la chatouilla sous le bras, l'embrassa dans le cou et profita du gloussement de l'enfant pour introduire dans sa bouche la pilule amère qui fondit sous sa langue. Elle prit à nouveau Flora dans ses bras et la petite pensa qu'elle allait peut-être enfin retrouver Hazel, qui l'emmènerait à Whisperwood et la ramènerait près de Bridie, de son porridge chaud et de ses chansons fredonnées, près de Harry qui lui enseignerait l'alphabet pour former des mots.

Mais l'infirmière transporta Flora sur plusieurs mètres derrière la maison, traversa le cimetière et ses pierres tombales inclinées couvertes de mousse et se dirigea vers l'église Sainte-Margaret et le puits noir où la princesse Frideswide guérissait les gens autrefois.

Flora était accablée par la peur, le froid et l'impuissance. Elle avait besoin de l'aide de Frideswide ou de Whisperwood – elle avait besoin de Hazel. Malgré ses prières, Imogene conduisit Flora dans l'église sombre dont les vitraux laissaient passer un flot de lumière, et la petite eut la sensation de se retrouver sous l'eau même si elle pouvait respirer.

Imogene se posta avec elle devant l'autel. Puis elle fit quelques pas et alla ouvrir une petite porte cachée par laquelle elles pénétrèrent dans la pièce la plus minuscule que Flora n'avait jamais vue. Il y avait une fenêtre, si étroite que la lumière qu'elle laissait passer semblait provenir d'une lanterne, et un seul banc, ainsi qu'un prie-Dieu dont le coussin était brodé de vignes vertes. Un crucifix en bois sculpté était accroché au mur, le visage du Christ tordu par la douleur, sa joue zébrée par une coulée de sang.

« Ramène-moi à la maison ! hurla Flora.

— Je suis ta maison. Je t'ai sauvée comme Jésus m'a sauvée. À présent, reste calme et tiens-toi tranquille ; je reviendrai te chercher. Dis-moi juste une chose, ma chère enfant, qu'est-ce que Whisperwood ? »

Une vague de peur envahit Flora tandis que l'infirmière la posait sur le petit banc et s'agenouillait à ses pieds. Elle savait qu'elle trahirait sa sœur en accédant à sa requête, pourtant elle crut que cela la sauverait, la renverrait tout droit vers Hazel.

« C'est notre pays secret. »

L'infirmière sourit, et Flora la trouva si belle qu'elle fut persuadée que cette femme ne lui ferait aucun mal.

« Eh bien, tu pourras conserver ton pays, mon enfant. Et maintenant, chut, chut. Reste bien tranquille et tu garderas ton pays. Je vais revenir avec des vêtements secs et un bon plat chaud. Repose-toi. »

Flora se retrouva à nouveau seule quand la porte se referma à clé. Elle fit de son mieux pour garder le silence, mais dès que le froid et la faim l'assaillirent de nouveau, elle cria, appelant Bridie, Hazel, Harry et même son Berry tout trempé. Elle se pelotonna sous la couverture en laine sans parvenir à se réchauffer.

Imogene lui avait promis de revenir avec des vêtements chauds et pourtant, à mesure que les heures passaient, Flora était de plus en plus perturbée. Avait-elle pris le mauvais chemin pour les portes étincelantes ? S'était-elle noyée et se retrouvait-elle coincée quelque part de l'autre côté ? Elle grelottait et sombrait dans un délire dont elle émergeait par à-coups avant de s'abîmer dans un sommeil agité, de glisser du banc étroit et de se cogner la tempe en tombant sur le sol en pierre.

Bien plus tard, alors que la petite fenêtre était passée de la nuit au jour, Imogene revint avec des vêtements doux et chauds qui n'appartenaient pas à Flora. L'infirmière habilla l'enfant, lui fit boire une soupe de pommes de terre. Sur le seuil de la porte, une valise à fleurs avec une poignée en cuir les attendait.

« Où allons-nous ? lui demanda Flora, s'apercevant que Hazel avait eu raison : Flora ne pourrait plus rentrer à la maison parce qu'elle avait plongé dans la rivière ; elle avait trahi sa sœur.

— À Whisperwood », lui répondit l'infirmière avec un très beau sourire.

CHAPITRE 54

Avril 1960

Deux semaines après le premier jour de printemps, celui des révélations qui avaient conduit à l'arrestation d'Imogene, Hazel se réveilla dans son appartement.

Au cours des journées précédentes, Dot, Maman et elle s'étaient retrouvées chaque après-midi. Parfois, elles se promenaient sur les chemins des jardins de Kensington et regardaient les canetons s'ébattre dans l'eau, au bord de l'étang argenté ; parfois, elles s'asseyaient autour d'un thé corsé et de gâteaux à la crème sous la véranda de leur mère.

Leurs conversations animées comblaient les trous laissés dans leur mémoire et bâtissaient la structure perdue de leurs vies : leurs histoires tenaient lieu de briques, leur amour, de mortier. Maman et Hazel montrèrent à Dot des photos de son enfance, de l'époque où elle était encore Flora, et l'aidèrent à remonter plus loin dans ses souvenirs que le jour de sa disparition. Lentement, l'enfant qui sommeillait en elle ressurgit dans les rires et les doutes d'un cœur sur la réserve. Son mari Russel et leur petit garçon Connor passaient ces après-midi tous les deux, pour lui permettre de revisiter son passé à la lumière de la vérité.

Même si Camellia et Hazel avaient retrouvé la Flora adulte, elles avaient perdu l'enfant, qu'elles ne verraient jamais plus.

À la fin d'un de ces après-midi, tandis que le soleil tombait sur la véranda et qu'elles étaient toutes les trois installées les unes en face des autres dans le canapé recouvert de chintz, Hazel avait dit à Dot :

— Je ne peux pas pardonner à ta tante pour toutes ces années où tu m'as manquée. Pour ces jours et ces heures de ma vie à te pleurer, pour tout le chagrin qu'elle nous a causé. Je sais que son sort t'attriste, mais aujourd'hui, je ne parviens pas à éprouver la moindre sympathie pour elle ou sa vie gâchée par la séparation d'avec tous ceux qu'elle aime.

— Je dois trouver le moyen de transformer les souvenirs et l'amour en quelque chose de nouveau, leur avait déclaré Dot avec son élégance habituelle, de comprendre que tous les bons moments de mon enfance et de ma vie occultent la pourriture nauséabonde d'un choix immoral que je n'ai pas su voir ni sentir. Je suis convaincue que ce sera le travail d'une vie.

Dot avait terminé son article pour *Vanity Fair* et l'avait fait lire à Hazel et Camellia qui en avaient eu les larmes aux yeux, non seulement d'avoir subi la disparition de Flora, mais aussi de découvrir les souvenirs refoulés de Dot, ceux de sa quasi-noyade, d'avoir été droguée puis cachée toute une nuit dans une pièce glaciale. Elle aussi reconstruisait sa vie, consolidant les fondations d'une enfance longtemps oubliée.

Grâce à la compagnie de Dot, à leurs efforts pour s'apprivoiser à nouveau, Hazel n'avait pas trop pensé à Barnaby. Mais il lui manquait, son absence créait un trou béant dans son appartement où la solitude bourdonnait. Et pourtant, elle savait qu'en retournant auprès de lui, en lui passant un coup de fil, elle risquait de franchir une ligne. Il fallait d'abord qu'elle soit sûre d'elle.

C'était clair : Hazel avait passé tant d'années à se préoccuper de ceux qui l'aimaient qu'elle n'avait jamais songé à s'interroger sur ses propres sentiments. Obnubilée par l'appréhension de ne pas être vraiment désirée par ceux qui croisaient son chemin, elle en avait oublié de sonder son propre désir. Et pourtant, Barnaby s'était montré injuste en l'accusant de n'avoir jamais été tout à fait libre – lui non plus n'avait jamais été complètement disponible, tenant Hazel éloignée de son appartement et des affaires de son ex-femme. Elle devrait faire le premier pas vers lui, avait-il dit, et il avait raison. Pendant la semaine précédente, elle avait failli le faire par deux fois, et céder ainsi à son besoin de réparer à tout prix ce qu'elle avait brisé, de lui témoigner son amour sincère.

Mais l'amour ne se réduisait pas à un simple mot lancé avec désinvolture. Quand elle songeait à Barnaby, et bien sûr à Harry, son cœur balançait, intranquille. Il était possible d'aimer deux hommes, comme elle. Mais comment se décider dans la brume épaisse qui se propageait depuis la rivière de son passé ? Prenait-elle la chaleur et le réconfort de l'enfance pour de l'amour ?

*Tu as un choix à fair*e, avait déclaré Barnaby.

Et il avait raison.

Et Harry. Elle avait décroché son téléphone à plusieurs reprises pour l'appeler avant de se raviser. Elle avait besoin de lui à ses côtés ; besoin de rattraper le temps perdu ; de retrouver ses quinze ans et de ne pas laisser seule Flora endormie ; de réemprunter la voie de l'innocence. Et pourtant tout cela était irrémédiable, alors que pouvait-elle bien lui dire ? Elle répétait des paroles qui ne sonnaient jamais juste, déclamait des tirades, pâles restitutions de ce qu'elle éprouvait vraiment.

Hazel se leva de son lit, se dirigea vers la cuisine et se prépara son thé, son toast, et son œuf mollet. Puis elle posa son carnet et son stylo Woolf sur la table, alluma son vieux transistor et reprit son récit là où elle l'avait arrêté le matin où elle s'était endormie sur la table de la cuisine, le matin de son départ pour Paris avec Barnaby.

Ce matin du jour qui avait tout changé.

À ce moment-là, un choix s'était offert à elle – partir pour Paris ou essayer une fois encore de découvrir la vérité sur les origines du roman sur Whisperwood. Maintenant elle savait – elle allait écrire ses propres mots noir sur blanc, laisser l'histoire s'extraire de son sarcophage de honte et relater chaque instant de son mieux.

L'histoire ne pourrait jamais être parfaitement exacte, bien sûr ; on ne répétait pas une histoire aussi bien qu'on l'avait racontée la première fois. Mais elle serait vraie.

Le stylo avança sur la feuille, son cœur s'ouvrit, son souffle se stabilisa et elle retourna à son premier amour, celui auquel la peur et la honte l'avaient fait renoncer : son amour pour les histoires.

En fin d'après-midi, elle posa son stylo et partit faire une longue balade, seule, dans les jardins de Kensington, près de la statue enchanteresse de Peter Pan. Elle ne pourrait bientôt plus se passer d'un travail et d'un salaire. D'après ses estimations, il ne lui restait que de quoi vivre pendant deux mois. Demander de l'aide à sa mère ? Elle n'en ferait rien. Il ne lui fallut pas longtemps avant de comprendre où ses pas la conduisaient et elle sourit. Sa promenade avait un but à présent, et une demi-heure plus tard, elle franchissait le seuil en pierres bleues du magasin de livres rares Hogan et en poussait la porte, faisant tinter le carillon familier au-dessus de sa tête.

— Bonjour ! claironna-t-elle.

Tim et Poppy étaient assis sur des tabourets derrière l'accueil. Il n'y avait personne d'autre dans la boutique. Ils levèrent le nez des livres qu'ils étaient en train de lire.

— Hazel ! Tu nous as tant manqué, s'écria Poppy en bondissant de son siège.

— Tellement ! confirma Tim.

Poppy reposa son roman de Graham Greene.

— Et mon petit doigt me dit que tu as plein de choses à nous raconter. Les deux semaines qui se sont écoulées depuis ton départ et le Grand Vol de Livre n'ont pas été une sinécure, pas vrai ?

Hazel éclata de rire.

— Pas tout à fait. Edwin est dans l'arrière-boutique ?

Tim hocha la tête avec un sourire entendu.

En entrant dans la pièce, Hazel repéra le vieil homme, assis à son bureau couvert de taches d'encre, en face d'une jeune femme élégante en tailleur bleu clair, ses cheveux couleur terre ramassés en queue-de-cheval à la naissance de sa nuque.

— Et quel était votre dernier emploi ? s'enquit Edwin d'un ton bourru en se frottant la barbe d'un air soucieux.

— Je travaillais chez Foyles, monsieur. Mais je pense que votre librairie sera plus en adéquation avec mon diplôme de littérature anglaise.

Hazel toussa discrètement, Edwin leva les yeux et un sourire éclaira son visage. Elle contempla la pièce : le registre posé au centre de la table en pin, les étagères croulant sous les formulaires à remplir, une pile de colis qui lui donnait des fourmis dans les doigts à la simple idée de pouvoir arracher le Scotch des cartons et découvrir ce qu'ils renfermaient. Deux semaines à peine s'étaient écoulées depuis son départ, et rien n'allait plus.

— Bonjour, Edwin, pourrais-je vous parler un instant ?

Il tapota sur son bureau.

— Les seuls mots que je veux t'entendre dire sont : « Je suis ici chez moi. »

— Dans ce cas, je fais comme chez moi, répondit-elle en fonçant vers la pile instable de colis pour en prendre un et le déposer sur la table en pin.

Elle ouvrit le registre.

La jeune femme se leva, regardant tour à tour Edwin puis Hazel.

— J'imagine que le poste n'est plus à pourvoir ?

Edwin acquiesça et se redressa en s'accrochant à sa canne.

— Mais je vous remercie de vous être déplacée. L'arrivée de Hazel est une circonstance imprévue qui a remis en cause l'ouverture de ce poste.

Hazel ravala un rire et sourit à la candidate.

— Je suis navrée. Mais d'après mes sources, une place vient de se libérer chez Sotheby's.

Le visage de la jeune femme s'éclaira.

— Vraiment ?

— Oui.

La candidate lui sourit avant de franchir les portes battantes et de quitter la boutique.

— Alors comme ça, je suis une circonstance imprévue ? demanda Hazel en riant.

— Tout à fait, répondit Edwin. À propos, vous savez que je vais être obligé de déduire le montant de la marchandise volée et endommagée de votre paye ?

— Déduisez, dit-elle en essayant de ne pas sourire.

— Alors, Hazel, quel bon vent vous ramène chez nous ?

— Whisperwood.

— Ah, un jour, vous me raconterez tout ça, reprit-il, l'air plus heureux encore.

Une heure plus tard, Edwin s'était remis au travail et répondait au téléphone d'une voix monocorde, à un bout de la pièce, pendant que Hazel ouvrait un nouveau colis.

Comment avait-elle pu penser que ce serait une bonne idée de quitter cet endroit ? N'était-elle pas supposée travailler ici ? D'autres choix l'attendaient, bien sûr. Mais pour l'instant, il y avait cette boutique ; Tim, Edwin, Poppy et des livres rares.

Elle savait qu'elle ne resterait pas là indéfiniment. Le matin même, sa vie s'était dégagée à chaque mot couché sur le papier, à chaque anecdote affreuse, merveilleuse, terrible, enchanteresse, relative à leur séjour à Binsey. Mais, en attendant son heure, y avait-il meilleur refuge que chez Hogan ?

Edwin attrapa sa canne et claudiqua vers la table des réceptions. Elle le regarda se déplacer lentement, les yeux sur elle. Il avait quelque chose à dire et il allait prendre son temps.

— Je viens de m'entretenir au téléphone avec une certaine illustratrice.

— Pardon ?

Hazel le dévisagea. Ses yeux chassieux se remplissaient-ils de larmes ?

— Une certaine Pauline Baynes.

— Ah ?

Edwin opina et la peau détendue de son cou accompagna le mouvement.

— Elle a lu l'article de l'*Oxford Mail* au sujet de votre histoire, de ses illustrations dérobées qui ont conduit à la résolution de la disparition de votre sœur, l'Enfant du Fleuve, comme ils l'appellent.

— Et ? dit Hazel d'une voix plus forte.

— Elle souhaiterait réaliser deux nouvelles illustrations pour remplacer les deux endommagées et en ajouter une troisième pour augmenter la valeur de l'ouvrage et appâter l'amateur.

Hazel réfréna un grand cri de joie et n'esquissa qu'un sourire à Edwin.

— Bien, bien, on dirait que l'ouvrage en ma possession vaut bien plus que je ne l'avais prévu.

— En effet. Peut-être que quelqu'un de Sotheby's en fera l'acquisition pour le mettre aux enchères. (Edwin s'efforçait de conserver son air sérieux.) Une de vos relations, peut-être ?

Hazel éclata de rire en secouant la tête.

— Un certain lord Arthur Dickson ne cherche ni ne souhaite avoir de mes nouvelles, qu'importe le trésor en ma possession, croyez-moi.

Edwin eut un large sourire et, pour la première fois depuis qu'elle le connaissait, il contourna la table et la prit dans ses bras. Son étreinte, chargée d'odeurs de poussière et d'encre, s'attarda un moment. Il la relâcha, lui caressa la joue et bien qu'il semblât sur le point de parler, Edwin garda le silence, tourna les talons et quitta la pièce en boitillant.

Hazel demeura un moment immobile en repensant au jour où elle avait ouvert le paquet, à tout ce qui s'était passé ces dernières semaines et aux changements que pouvait entraîner une simple histoire. Whisperwood avait ramené l'imagination et la beauté dans sa vie. Ce pays avait enrichi son existence même si elle lui avait longtemps tourné le dos.

Et maintenant ? Qu'est-ce qui l'attendait ?

Après avoir enregistré le contenu du dernier colis – une première édition signée de *Tactique du diable* –, elle regagna la boutique. Il n'y avait aucun client. Quant à Poppy et Tim, ils étaient debout derrière le comptoir près de la caisse.

— Tu as fini ta journée ? demanda Tim.

— Je crois. Et si on fermait plus tôt ? La journée paraît plutôt calme, remarqua Hazel en balayant la pièce du regard. On pourrait aller se boire une pinte à La Charrue ?

— Je cherche quelque chose, mais je n'arrive pas à mettre la main dessus.

La voix provenait du rayon romans policiers. La voix de Harry. Hazel fit volte-face.

Poppy ne le connaissait pas, bien sûr, alors elle descendit de son tabouret pour aller à sa rencontre.

— Puis-je vous aider ? Que cherchez-vous exactement ?

— Quelque chose de rare, répondit-il avec son sacré sourire.

— Je vois, répliqua Poppy. Vous êtes donc au bon endroit.

Harry ne regardait pas Poppy, qui se retourna. Elle s'aperçut alors que les yeux de cet homme couvaient Hazel avec adoration.

— Oui, je cherche quelque chose de rare et de vrai, reprit-il en faisant quelques pas vers Hazel.

— Oh, vous ne vous adressiez pas vraiment à moi, n'est-ce pas ? comprit Poppy qui regagna le comptoir.

Hazel se rapprocha de lui. Il n'y avait plus que Harry dans la pièce à présent.

— Cela me paraît un peu vague. Pourriez-vous m'expliquer *précisément* ce dont il s'agit ?

Harry sourit.

— De l'imagination et de la bonté, des bois, des créatures fantastiques et d'une rivière d'étoiles qui se jette dans la mer.

Depuis le jour où elle avait ouvert ce paquet, Hazel était convaincue de ne poursuivre qu'une seule quête, celle de retrouver Flora, alors qu'il lui fallait faire un choix depuis le début. Tout devenait clair à présent – elle l'avait déjà fait il y avait bien longtemps, dans le creux d'un chêne où l'on se racontait des histoires.

CHAPITRE 55

Deux ans plus tard

En mars 1962, deux ans jour pour jour après l'arrivée chez Hogan d'un paquet emballé dans du papier kraft et un ruban rouge, la mer Celtique, calme et paisible, étincelle comme un silex dans la baie de St Ives, en Cornouailles. La lanterne d'un réverbère semble suspendue dans les airs, sorte de lune déchue. Ils habitent ici à présent, sur une terre de mythes et de légendes, de collines battues par les vents et de mers exceptionnelles, entre les toits jaunis par les lichens et les longs chemins qui murmurent dans la brise et serpentent autour de cottages en pierre et d'ateliers blanchis à la chaux.

Depuis la fenêtre de leur appartement, situé au premier étage, Hazel et Harry Aberdeen contemplent le passage du jour à la nuit, savourant ce moment d'intimité avant l'effervescence de l'inauguration de leur galerie au rez-de-chaussée. Une brise salée soulève les voilages couleur crème et Hazel hume le parfum de la mer. Harry la tient contre lui, sa paume posée sur son ventre déjà bien engagé dans son septième mois de grossesse sous sa robe en coton.

— On a réussi, lâche Harry.

Hazel lève le visage vers lui et ils s'embrassent.

— Quoi donc ?

— À écrire une meilleure fin.

— Et tellement plus, dit-elle en posant sa tête sur son épaule. Est-ce que tu sais à quel moment je suis tombée amoureuse de toi ?

— Non, dis-moi.

Il y avait tant de joie dans sa voix.

— Quand tu as ramassé les affaires qui étaient tombées de mon sac à dos, au milieu de la rue.

— Et le coup de foudre a été réciproque, mon amour.

On entend un musicien accorder sa guitare et tester le micro à l'étage inférieur.

— Tante Hazel ! crie quelqu'un en bas de la fenêtre. Descends tout de suite me faire un câlin.

Hazel et Harry se penchent et découvrent Midge, dix ans désormais, trépignant sur le trottoir avec Fergus et Kelty. Tous les trois font des grands gestes comme pour demander à un taxi de s'arrêter.

— J'arrive ! lance Hazel avant de lisser sa robe. Suis-je présentable ou ai-je l'air d'une baleine dans un sac à fleurs ?

— Tu as l'air radieux de la nouvelle propriétaire d'un atelier de livres rares et d'illustrations sur la côte de Cornouailles.

— Ça fait chic, tu ne trouves pas ? dit-elle en soulevant la tête pour récolter un autre baiser. Très chic.

Mais elle sait que c'est vraiment loin d'être le cas. Elle a vécu dans la poussière et la crasse et subi l'épuisement engendré par l'ouverture d'une nouvelle galerie sous leur appartement : H2 – Art, Livres et Illustrations Originales. Harry et Hazel forment le H2 et ils ont combiné son travail, l'artisanat local, les livres rares avec leur spécialité : les illustrations originales de romans célèbres ou de contes de fées.

Avec précaution, Hazel descend les marches de l'escalier en pierre de taille du XVIIIe siècle, corrodé par le temps, qui mène à l'arrière-boutique où le soleil darde par les fenêtres ses rayons couleur miel. Harry y a installé son atelier, à l'abri des regards. Des portes de grange, qu'ils ont poncées et repeintes en bleu vif, le séparent de la galerie. Hazel les ouvre et entre dans la partie exposition.

Les traiteurs s'affairent dans tous les sens tandis que le barman installe les verres et le musicien égrène les notes d'un air apaisant sur sa guitare. Hazel s'arrête un moment pour les admirer avant de s'empresser d'accueillir ses amis. Elle n'aurait pas pu rêver d'une plus belle galerie d'art. Des illustrations colorées dans leur cadre en bois clair sont disposées sur des étagères en bois flottant, que Harry a fixées avec soin. Ce sont celles de Pauline Baynes, conçues pour la série Whisperwood de Peggy Andrews.

Des bijoux artisanaux, dessins, tableaux, gravures, coussins, poteries et toutes les œuvres que les amis de Harry souhaitaient proposer à la vente sont répartis par catégories dans ce spacieux et lumineux espace.

Et au milieu de tout cela, sur une table ronde en bois, trône une pile de livres écrits par Hazel Mersey Linden. *L'Enfant du Fleuve : Un souvenir de Whisperwood*. La couverture montre une rivière sinueuse constellée d'étoiles s'engouffrant dans une forêt enchantée ; chaque livre est entouré d'un ruban en soie rouge, à l'image de l'ouvrage qui avait atterri sur la table des réceptions du magasin Hogan.

Hazel pose sa main sur la pile et sourit ; son bébé lui donne un coup de pied qui lui réchauffe le cœur, comme si l'enfant à naître savait déjà de quoi parle ce livre. Non, Hazel n'est pas certaine que ce soit une fille, mais elle le pense. Et même si elle n'en a pas encore parlé avec Harry, elle aimerait beaucoup appeler leur enfant Flora Lea Aberdeen.

Hazel s'achemine vers la porte d'entrée fermée à clé et rit en découvrant Midge, le visage collé à la fenêtre à meneaux en fer, les paumes ouvertes de chaque côté de ses yeux. La jeune femme fait glisser le verrou métallique et Midge lui tombe aussitôt dans les bras.

— Tante Hazel !

Hazel l'étreint tout en serrant Kelty contre elle et Midge se retrouve coincée entre les deux amies.

— Oh, regarde-moi ça ! s'écrie Kelty en posant sa main sur le ventre de Hazel. On s'est pourtant vues le mois dernier… es-tu sûre de ne pas attendre des jumeaux ?

— Retire tout de suite ce que tu viens de dire ! Vous êtes en avance et tant mieux, vous allez pouvoir m'aider à finir de tout installer.

Kelty balaie la pièce du regard et ses yeux s'embuent de larmes.

— Je suis si fière de toi. Tellement, bigrement fière de toi.

— Eh bien j'espère qu'il y aura du monde ce soir ! Tu sais ce qu'Edwin disait souvent… (Elle marque un temps et repense au *tip tap* de sa canne, à sa peau parcheminée et à son regard bienveillant.) Paix à son âme. Il disait qu'il y a les collectionneurs d'un côté et de l'autre, les ignorants, qui ne voient pas du tout pourquoi on fait tout ce foin. J'espère que ce sont les premiers qui viendront ce soir.

— Il disait aussi qu'il vivait pour dénicher la perle rare, ajouta Kelty, je m'en souviens.

Hazel se sent accablée de tristesse à l'idée que son enfant ne connaîtra jamais Edwin et chanceuse de l'avoir elle-même côtoyé.

La porte du fond s'ouvre sur Harry qui les rejoint à grands pas dans la galerie.

— Eh bien, voyez donc qui arrive la première !

Il se précipite vers Midge et la fait voler dans ses bras.

Ce sera un sacrément bon père, pense Hazel. Il a beau n'avoir jamais su ce qu'est devenu le sien, c'est le meilleur homme qu'elle ait jamais rencontré. Et ce, depuis l'enfance.

En l'espace d'une heure, la galerie fourmille de clients, amis, membres de la famille. Arrivant par groupes de deux ou trois, ils franchissent si vite la porte que Hazel n'a pas le temps de tous les saluer. Sa mère et Alastair se sont mis sur leur trente et un pour une exposition et une dédicace de livres dans une station balnéaire. Tenny est venu accompagné. Suspendue à son bras, il y a une jeune fille qui cherche à ressembler à la célèbre photo de Jean Shrimpton avec son serre-tête en velours et sa frange effilée. Dot et son mari, Russel, ainsi que leur fils de six ans, Connor, contemplent les illustrations de Pauline Baynes. Ils passent à St Ives au moins tous les deux mois depuis que Hazel et Harry s'y sont installés l'année dernière. Dot et Hazel sont plus que des sœurs, aujourd'hui ; des amies très intimes.

À Londres, Camellia et Dot ont noué une nouvelle relation basée sur de longues promenades et des conversations sereines autour d'un thé. Et chaque fois que Camellia regarde la jeune femme, Hazel surprend un éclat particulier sur le visage de sa mère, celui de l'émerveillement face au miracle de la présence de Flora parmi elles, devenue une femme vivante avec son propre enfant.

Quelques applaudissements, initiés par ceux qui ont reconnu l'auteur de la série *Whisperwood*, accueillent Peggy et Wren. Ils fondent sur Harry et Hazel avec lesquels ils échangent étreintes et embrassades. Peggy est si élégante dans sa robe droite en crêpe jaune vif et son châle qui retombe en vagues dans son dos. Elle pose sa main sur l'épaule de Hazel et recule d'un pas pour mieux l'admirer.

— Tu es resplendissante !

— Toi aussi, lui répond-elle.

La sortie fracassante du second tome de *Whisperwood* en Angleterre remonte à plus d'un an à présent, et l'éditeur de Peggy l'a envoyée à Londres pour une tournée promotionnelle prolongée. Depuis, elles n'ont échangé que quelques lettres et de brefs coups de fil, mais leurs œuvres sont traversées par des liens forts.

— Comment se présente ton prochain livre ? demande Hazel en la tenant par la main.

— Lentement mais sûrement. J'ai été un peu prise par… les préparatifs, répond Peggy.

Elle brandit sa main gauche et un diamant entouré d'émeraudes étincèle à son annulaire sous la lumière des bougies.

— Oh, félicitations ! s'écrie Hazel en la prenant dans ses bras avant d'embrasser Wren sur la joue. Et ta mère ? Quelles sont vos relations à Boston ?

— Elle s'adapte, soupire Peggy.

Hazel rit. Elle a pardonné à Linda depuis longtemps déjà. Ce n'est pas sa faute si une pauvre jeune infirmière qui n'a pas réussi à sauver tous les grands blessés de guerre a « sauvé » une jeune fille qui n'avait pas besoin de l'être. Dans ses bons jours, Hazel éprouve de la pitié pour Imogene Wright et son esprit tourmenté, dérangé par le carnage sanglant de jeunes soldats qu'elle n'a pas pu secourir. Mais, dans ses mauvais jours, lorsqu'une terreur nocturne la tire d'un cauchemar où elle court sur les rives boueuses du fleuve en criant le nom de Flora, elle ne ressent plus la moindre compassion pour Imogene, mais seulement une rage violente et féroce. Ces sentiments finissent toujours par s'estomper même si la colère reste tapie dans les recoins de son cœur d'enfant et revient la tourmenter au cœur de la nuit.

Bridie et M. Nolan apparaissent dans l'embrasure de la porte. Hazel traverse la foule en courant et les accueille en les serrant fort contre elle.

— Tu es radieuse, commente Bridie.

— C'est ce que m'a dit Harry ! répond Hazel en embrassant sa belle-mère, puis elle prend la main de M. Nolan dans la sienne. Je suis contente que vous soyez venus tous les deux.

M. Nolan glisse un regard vers sa compagne.

— Tu veux le lui dire ?

Elle acquiesce et un sourire espiègle ourle le coin de ses lèvres.

— Nous ne nous sommes pas déplacés que pour la soirée. Nous ne partirons pas tant que tu n'auras pas accouché. On est venus pour vous aider, Harry et toi, et pour être auprès de vous.

— Oh, Bridie ! C'est la meilleure nouvelle de la soirée.

— Non, objecta-t-elle en pointant du doigt les livres de Hazel disposés sur la table. C'est ça, la meilleure nouvelle de la soirée. Va donc accueillir tes admirateurs.

Même si les invités s'étaient réduits à cette poignée de personnes, le cœur de Hazel aurait débordé de joie. Mais ils ne cessent d'affluer. Aiden Davies arrive à la galerie avec son feutre à la main, l'air émerveillé. Il suit Dot partout en serrant son whisky *on the rocks*, comme s'il ne voulait pas la perdre de vue.

Des amis de St Ives, Ethan notamment, d'autres artistes, des commerçants qui ont fermé plus tôt, et des touristes qui flânaient dans le quartier, remplissent la galerie de leurs conversations en admirant les dernières nouveautés artisanales.

L'agent littéraire de Hazel, Meg, pénètre dans la salle avec un sourire solaire, son long caftan bleu vif ondulant derrière elle.

— Je déteste jouer les « madame-je-sais-tout », commence-t-elle en se dirigeant vers Hazel pour la prendre par les épaules, mais je te l'avais dit.

Elle esquisse un signe de tête vers le livre.

— J'aime quand tu as raison, lâche Hazel en riant.

Harry monte sur l'estrade en bois qu'il a fabriquée et installée cette semaine pour l'occasion. Il tend sa main vers Hazel qui l'y rejoint. Puis, armé d'un pinceau, il fait tinter son verre en cristal.

— Je voudrais porter un toast, lance-t-il.

Le silence se fait progressivement dans la salle.

— Hazel et moi vous souhaitons la bienvenue à l'inauguration d'H2 et à la signature du livre de ma ravissante épouse. (Il se tourne vers elle.) Ce sont tes histoires qui nous ont apporté tous ces bonheurs, et je t'aime tant.

— Comme je t'aime. (Elle lui sourit.) Et tu es l'une de mes histoires préférées.

Elle croise alors le regard de Dot et lui adresse un clin d'œil, sachant pertinemment que c'est elle, la meilleure de toutes les histoires.

Hazel lève son verre et des cris résonnent dans la salle. Au milieu de son toast, alors que Harry remercie toutes les personnes auxquelles il pense, Tim et Poppy franchissent le seuil de la galerie.

Hazel leur sourit et les salue d'un geste. Profitant d'une pause, Dot lève la main et s'écrie en s'esclaffant :

— Une question de Dorothy Bellamy de *Vanity Fair* : Hazel, pourquoi avoir ouvert ce lieu ici, à St Ives ?

Hazel rit et pose ses mains sur son ventre, car son enfant semble avoir perçu la joie dans la voix de Dot, la voix de Flora.

— Les Celtes évoquent des lieux étroits, commence-t-elle. Et s'il en existe en dehors de Whisperwood, c'est bien ici. Cette terre est liminale, exaltante… mystique, même. (Elle sourit.) Chaque colis qui arrive ici recèle peut-être une nouvelle aventure, une nouvelle quête, un nouveau mystère. J'imagine que quelqu'un d'autre pourrait trouver le paquet simple : un livre rare, ou une illustration signée. Mais laissez-moi vous confier un secret : rien n'est jamais simple.

Hazel s'interrompt et on dirait que la marée dehors, sa respiration intérieure et la foule autour d'elle sont suspendues à ses lèvres.

— Car lorsqu'on voit le monde étinceler, comme le contour des portes de Whisperwood, le mystère et l'enchantement sont partout, il suffit juste d'ouvrir les yeux. Dans le royaume sans carte de vos âmes, j'espère que vous trouverez le pays qui n'a été fait que pour vous.

Note de l'autrice

Chère lectrice, cher lecteur,

Il était une fois, il n'y a pas si longtemps, un endroit invisible, tout près d'ici. Il existe toujours. Si tu en es conscient dès le premier jour, tu trouveras, à travers bois, le chemin menant jusqu'aux portes étincelantes d'un pays qui n'a été créé que pour toi.

C'est ainsi que débute *Retrouve-moi à Whisperwood* qui nous rappelle que nous sommes des faiseurs de mythes ; une façon bien à nous d'expliquer l'inexplicable et de donner du sens à ce qui n'en a pas. Voilà pourquoi nous racontons des histoires.

Mes récits sont souvent nés d'une découverte étonnante et ce roman n'échappe pas à la règle. Au cours de recherches pour un autre ouvrage, j'ai été frappée par un épisode de l'histoire britannique, survenu en 1939. Lors de l'Opération Pied Piper, on envoya les enfants des grandes villes du pays loin de leurs familles pour les protéger des inévitables bombardements allemands. Expédiés par train vers des lieux inconnus, ces enfants étaient munis d'une étiquette autour du cou, d'un masque à gaz pendu à leur sac à dos et d'un petit mot affranchi qu'ils enverraient à leurs parents dès qu'ils connaîtraient leur destination.

À l'idée de me séparer ainsi d'un de mes enfants, je frémis. Comment ces parents ont-ils pu s'y résoudre ?

Les autorités britanniques ignoraient-elles la terrifiante histoire du joueur de flûte de Hamelin ? Ce récit prend sa source au cœur du Moyen Âge, dans le Saint Empire romain germanique, au XIVe siècle. Comme la plupart des légendes, elle a évolué et s'est transformée, mais, à l'origine, « Le Joueur de Flûte » se déroule dans Hamelin, une petite ville allemande. Cette histoire raconte comment des enfants, charmés par la flûte d'un musicien paré de couleurs vives, sont entraînés vers la Weser, dans laquelle ils se noient. De nombreuses versions se sont succédé au cours des siècles, du poème de Johann Wolfgang von Goethe en 1803 à celui de Robert Browning, en passant par les contes des frères Grimm. Après de nombreuses adaptations en comédies musicales, opéras, pièces de théâtre et livres, le roman graphique d'un jeune adulte, Jay Asher, a été publié en 2017. C'est une légende qui a été racontée maintes et maintes fois, de différentes façons.

Pourquoi le gouvernement avait-il planifié cette opération de sauvetage sous le nom d'une légende d'enfants disparus, noyés ? Je suppose qu'ils ne connaissaient pas vraiment l'histoire, qu'ils avaient choisi ce nom sans s'intéresser à la légende.

On a déclaré que le gouvernement britannique avait eu du mal à prendre cette décision douloureuse. Cette opération consistait à éloigner les enfants des zones qui risquaient d'être bombardées et à les envoyer dans des endroits plus sûrs, certains à la campagne (comme les sœurs de mon roman, Hazel et Flora, conduites dans l'Oxfordshire), et d'autres outre-mer : Afrique du Sud, Australie, États-Unis ou Canada.

Après l'annonce de septembre 1939, plus de trois millions d'enfants furent déplacés en quatre jours, une prouesse.

Finalement, on dénombre plus de trois millions et demi d'enfants évacués. Il y eut d'extraordinaires histoires pour ceux qui se retrouvèrent dans de charmants foyers à la campagne et pour d'autres, terribles. Tous les enfants ne furent pas en sécurité. Soixante-dix-sept petits périrent à bord du bateau à destination du Canada qui fut torpillé par un sous-marin allemand.

Pour écrire la scène de mon roman dans laquelle Hazel et Flora sont choisies par une famille du comté d'Oxford, j'ai reconstitué une situation réelle qui s'est répétée d'innombrables fois entre 1939 et 1944. Cette interpellation – « Je choisis celui-ci » – se répéta en écho à travers tout le pays. Des affiches collées partout dans le royaume incitaient les mères à envoyer leurs enfants quand d'autres exhortaient les familles à faire leur devoir envers la couronne, et à accueillir des évacués.

En parallèle de mes recherches sur ce plan gouvernemental, je me documentai aussi sur les légendes, leur signification et leur impact sur nous. L'histoire des contes de fées est longue, belle et complexe, liée à la mythologie malgré leurs différences. J'ai été fascinée par la déclaration de J. R. R. Tolkien selon laquelle les contes de fées sont absolument essentiels à l'équilibre psychique des enfants, car ils offrent ce qu'il appelle « la consolation de l'heureux dénouement ».

En pensant à cette opération affublée du nom d'une légende funeste, menée pendant la guerre, et au monde des contes de fées qui avait nourri tellement d'enfants au fil des siècles, j'ai imaginé les deux sœurs Hazel et Flora vivant dans le quartier Bloomsbury, à Londres. Je les ai vues envoyées dans le comté d'Oxford, par mesure de sécurité. J'ai entendu Hazel réconforter sa petite sœur avec Whisperwood, son monde féerique, un monde mythique et inventé, raconté au creux d'un chêne. Là, les filles se trouvent à l'abri… Jusqu'à ce qu'elles ne le soient plus et que Flora, six ans, disparaisse.

J'ai toujours été subjuguée par les vertus apaisantes autant qu'évocatrices des deux mondes, réels et imaginaires, et par la capacité des enfants à s'en remettre aux histoires pour survivre dans un monde devenu fou. La métaphore du fleuve, avec sa source et son embouchure, m'a toujours captivée.

Dans *Retrouve-moi à Whisperwood*, j'ai voulu ancrer l'histoire dans un environnement mystique qui ferait écho à l'enchantement de la narration, et décrire le lien entre sœurs, un premier amour candide, la perte de l'innocence et la conservation de l'espoir envers et contre tout. Je tenais à ce que les filles vivent dans un pays magique, né de leur imagination comme de la nature, et je les ai installées à Binsey (un hameau qui a ses mythes et ses légendes propres), dans les environs d'Oxford.

Mais, surtout, j'ai cherché à raconter une fable qui entrerait en résonance avec cette citation de Mary Oliver : « La rivière dit : imagine tout ce que tu peux imaginer, et poursuis ton chemin. »

Avec tendresse et imagination,
Patti

Si vous souhaitez plus d'informations sur l'opération Pied Piper, voici quelques recommandations bibliographiques.

When the Children Came Home de Julie Summers
Torpedoed de Deborah Heiligman
Evacuees : Children's Lives on the WW2 Home Front de Gillian Mawson
Out of Harm's Way de Jessica Mann
Don't Forget to Write : The True Story of an Evacuee and Her Family de Pam Hobbs
The British Evacuees Association

Remerciements

Un roman s'écrit seule, mais jamais dans l'isolement : un paradoxe, à n'en pas douter. Tant de gens ont permis à ce livre d'exister que cela me rend à la fois humble et reconnaissante.

Meg Ruley, tu es mon agent et aussi une visionnaire extraordinaire doublée d'une alliée loyale. Je suis si chanceuse de t'avoir eue à mes côtés pendant cet incroyable périple ! Tes idées, ton humour, ton soutien et les modifications que tu as apportées à ce conte se sont révélés précieux. Quant à vous, les génies de la Jane Rotrosen Agency : de Jane Rotrosen Burky à Andrea Cirillo en passant par Jessica Errera, sans oublier Rebecca Scherer, Annelise Roby, Chris Prestia, et toute l'équipe de JR Agency, je m'incline devant votre expertise et votre enthousiasme. Dana Isaacson, comme je te l'ai déjà dit et le dirai encore, tu es une faiseuse de livres. Merci d'avoir lu les premières pages et d'avoir orienté l'histoire dans de nouvelles directions avec délicatesse, gentillesse et détermination.

Et vous, l'équipe d'Atria, du groupe Simon & Schuster, vous êtes exceptionnels. Quel privilège pour moi d'avoir été entraînée dans votre vortex de créativité, de finesse d'esprit et de savoir-faire narratif ! Et Trish Todd, mon relecteur : je suis si heureuse que nous nous soyons trouvés dans ce monde de fous. Grâce à ta perspicacité et ta sage contribution, cette histoire a pris une autre ampleur et je t'en suis reconnaissante. Je te remercie, Libby McGuire, mon éditrice, de m'avoir accueillie dans ta paroisse littéraire et d'avoir soutenu ce livre. Merci à l'extraordinaire équipe « Flora Lea » formée de Lindsay Sagnette, Dana Trocker, Lisa Sciambra, Megan Rudloff, Morgan Hoit, Dayna Johnson, Karlyn Hixson, Paige Lytle, Jade Hui, Sean Delone et à Kwan Laywan, cet artiste qui a conçu la couverture – votre imaginaire et vos idées ont créé de nouveaux mondes.

Quand la pandémie s'est déclarée, le podcast *Friends and Fiction* faisait ses débuts. Ces dernières années, il est devenu une sorte de ballast dans un océan d'incertitudes. Comme vous le voyez dans ma dédicace, mes coprésentatrices sont Mary Kay Andrews, Kristy Woodson Harvey et Kristin Harmel (et Mary Alice Monroe qui contribua à la création du groupe en 2020 !). Un jour, alors que j'écrivais dans la montagne, j'avais lancé à Mary Kay Andrews : « Je voudrais que mon pays féerique soit un monde secret, situé dans les bois. » Elle a répondu : « Whisperwood. » Toute l'histoire tient à ce seul mot. Outre mes très chères amies que vous suivez sur votre écran, il y a Ron Block, le documentaliste que vous ne voyez pas souvent, Meg Walker la directrice générale et Shaun Hettinger le gourou de l'audiovisuel, qui sont restés stoïques tout en gardant leur sens de l'humour au milieu du chaos.

Meg Walker de Tandem Literary – notre fille du New Jersey – est mon indéfectible guide depuis des années, et une véritable force de la nature comme en témoignent son enthousiasme enjoué, ses paroles sages, ses talents d'organisatrice, son incroyable sens de l'humour et son inventivité. Judy Collins maintient mon site Internet au top et continue à envoyer ma lettre d'information. Aucun détail ne lui échappe et je l'en remercie !

Cette salve de remerciements s'adresse également aux amies autrices qui m'ont dit : « Évidemment que tu peux le faire. » Elles ont cru en moi, m'ont écoutée et joué les psychanalystes pour mes personnages. Je remercie aussi ceux, intègres, honnêtes et sensibles, dont les conseils reflètent la vie qu'ils mènent : vous vous reconnaîtrez et vous avez toute ma reconnaissance, car je n'aurais pas voulu, ni été capable de faire tout ça sans vous. Merci Paula McLain : grâce à toi, j'ai pu clarifier les passages sur lesquels je butais. Kristin Hannah, je te suis reconnaissante de m'avoir évité de me fourvoyer plus d'une fois après mes énormes corrections.

Par ailleurs, je m'en voudrais de ne pas m'incliner devant les autrices que j'admire tant et qui ont investi leur temps et leur énergie pour soutenir ce roman avant sa parution : Christina Baker Kline, Jamie Ford, Sarah Penner, Sadequa Johnson, Fiona Davis, et Janet Skeslian Charles.

À mes plus chers amis, à ceux qui m'ont écouté parler d'un monde imaginaire en acquiesçant avec intérêt. Je vous aime tous autant que vous êtes. À la folie.

À tous ceux qui en coulisse m'ont ouvert leur cœur et leur vie quand j'ai eu besoin de les interviewer, de visiter des lieux ou juste de récolter des informations. À Jan Pardy, cette enfant extraordinaire, évacuée, qui m'a laissée entrer dans son intimité, et à sa nièce Jane Pennell. À Tom Byars, ce libraire de Londres spécialiste en livres anciens qui ne s'est jamais lassé de mes questions, ni de me voir manipuler ses précieux ouvrages. À Tabby Lucas, ma guide touristique qui m'a accompagnée dans le monde magique du vrai Binsley, a partagé ma fascination pour sainte Frideswide et m'a conduite à son sanctuaire. À ma guide londonienne – Ann Marie – pour avoir flâné avec moi dans les jardins, librairies et bibliothèques tout en me régalant des récits de coutumes disparues. Je vous suis tellement reconnaissante à tous. Ce livre ne serait pas le même sans vous.

Et à *vous*, ceux pour qui j'écris : lecteurs, bibliothécaires, libraires, blogueurs, podcasteurs et l'entière communauté littéraire. Ce livre vous est destiné.

À Pat Henry, Meagan, Evan, Bridgette et Beatrix Rock, Thomas Henry et Rusk Henry, à ma famille au sens large, à vous tous. À vous, Bonnie et George Callahan qui, comme mes sœurs, Barbi Burris et Jeannie Cunnion, avez cautionné chacun de mes mots, même s'ils ne le méritaient pas toujours. Je vous aime éperdument – merci de m'avoir supportée alors que je vivais à la croisée de deux mondes. Votre dévouée.

Composition et mise en pages
Nord Compo à Villeneuve-d'Ascq

#lisez! engagé
www.lisez.com
Pour plus d'information :
Imprimé sur du papier issu de forêts gérées durablement.

CET OUVRAGE
A ÉTÉ ACHEVÉ D'IMPRIMER
SUR ROTO-PAGE
PAR L'IMPRIMERIE FLOCH
À MAYENNE EN MARS 2025

N° d'impression : 106695
R15797/01
Imprimé en France